笑う男

ヘニング・マンケル

正当防衛とはいえ，人を殺したことに苦しむヴァランダー。このまま警察官を続けるか否か，長期休暇を取りデンマークの海岸で悩む彼のもとへ友人の弁護士が訪ねてきた。同じ弁護士の父親が交通事故で死亡したが，腑に落ちない点があると言う。しかしヴァランダーに他人の悩みに力を貸す余裕などなかった。ついに警察を辞める決心をし，イースタに戻った彼が見たのは，自分が助力を拒み突き放した友人の死亡記事だった。他殺である。急拠，意を翻して復職し，事件を追い始めた彼の身に，犯人の魔の手が迫る。ゴールドダガー受賞人気シリーズ第4弾。

登場人物

クルト・ヴァランダー……………イースタ警察署警部
アン＝ブリット・フーグルンド……イースタ署の新任刑事
マーティンソン………………………イースタ署の刑事
スヴェードベリ………………………イースタ署の刑事
スヴェン・ニーベリ…………………イースタ署鑑識課の刑事
ビュルク………………………………イースタ署署長
ペール・オーケソン…………………検事
ステン・ヴィデーン…………………ヴァランダーの旧友。馬の調教師
ソフィア………………………………ヴィデーンが雇っている女の子
バイバ・リエパ………………………リガに住む未亡人
ステン・トーステンソン……………ヴァランダーの友人。弁護士
グスタフ・トーステンソン…………その父親。弁護士
ドゥネール夫人………………………トーステンソン父子の秘書
ラース・ボーマン……………………県庁の会計監査官
アルフレッド・ハーデルベリ………グスタフ・トーステンソンの顧客。ファーンホルム城の主
クルト・ストルム……………………ファーンホルム城の警備員。元警官

笑う男

ヘニング・マンケル
柳沢由実子訳

創元推理文庫

MANNEN SOM LOG

by

Henning Mankell

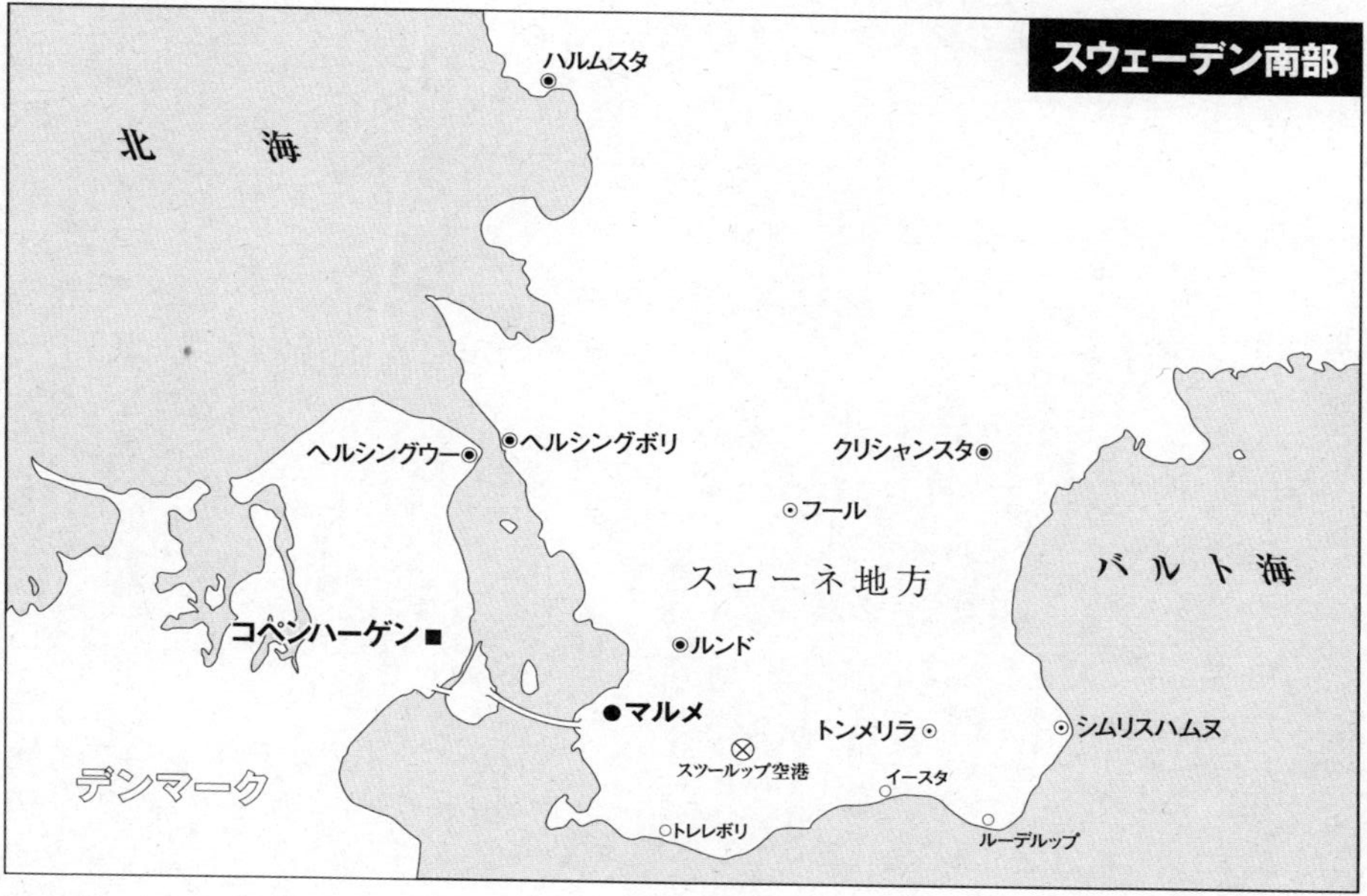
スウェーデン南部
ハルムスタ
北海
ヘルシングウー
ヘルシングボリ
クリシャンスタ
フール
スコーネ地方
バルト海
コペンハーゲン
ルンド
マルメ
トンメリラ
シムリスハムヌ
スツールップ空港
イースタ
デンマーク
トレレボリ
ルーデルップ

笑う男

われわれが恐れることがあるとすれば、それは偉大な人物たちの不道徳性ではない。
不道徳性が人を偉大さに導くことがある、それをこそ恐れるのだ。

De Tocqueville（ドゥ・トクヴィル　Tocqueville, Alexis de. 1805-59　フランスの思想家、政治家）

1

霧。

それは音もなく忍び寄る野生動物のようだ、と男は思った。

自分はどうしても霧に慣れることができない。このスコーネの地で生まれ育ったというのに。

ここでは霧に人が覆い包まれるのはいつものことだというのに。

それは一九九三年十月十一日の午後九時のことだった。

霧は海から転がるようにさっと陸に広がった。男はイースタの家に向かって車を走らせていた。ちょうどブルースアルプス・バッカルの峠を通り過ぎたところで、真っ白い霧の中に突入した。

男の中にあった恐怖心が急に強まった。

おれは霧を恐れている、と彼は思った。本来なら自分はたったいま会ってきたファーンホルム城の男を恐れるべきなのに、その代わりに霧を恐れている。あのにこやかに笑う男の背後には、いつも恐ろしい男たちがいる。その男たちは目立たないように背後に控えていて、その顔は影になり決してはっきりと見えることはない。自分はあの男のことを考えるべきなのだ。そしてあの男のにこやかな笑顔の陰に隠されているものを。あの男の、非難の余地のない市民としての完璧さについて考えるべきなのだ。あの男をこそ恐れるべきなのだ。海から忍び寄る霧のことなど本当はどうでもいい。あの男は、行く手を阻む者がいれば躊躇《ちゅうちょ》なく殺すと知るに至ったいまは、とくに。

彼はフロントガラスの曇りを拭うためにワイパーを動かした。彼は夜の運転が苦手だった。車のライトに驚いて、道路に躍り出てくる野うさぎを轢《ひ》くのを恐れるからだ。

たった一度だけ、それも三十年以上も前のことだが、彼は野うさぎを轢いてしまったことがある。早春の夜、トンメリラへ行く途中のことだった。ブレーキを必死に踏んだにもかかわらず、車は止まらず、鈍いドンという音がしたのをいまでもはっきり覚えている。彼は車を止めて、外に出た。車の後ろに野うさぎが倒れていて後ろ肢で空《くう》を蹴っていた。上体は動かなかった。その目はじっと彼を見ていた。彼は仕方なく石ころを探してきて、目をつぶって野うさぎの頭を石で殴って殺した。そのあとは、振り向きもせずに車に戻った。

以来彼はその野うさぎの目が忘れられなくなった。もがき蹴っていた後ろ肢も。そのイメージはどうしても消すことができない記憶となって彼の中に残り、いつもまったく予期していないときに浮上して彼を驚かせた。

不快さを振るい落としたかった。

三十年以上も前に死んだ野うさぎが、人間につきまとうとは。生きている人間とつきあうだけで自分は手いっぱいなのに。

そのとき彼は、自分がいつもより頻繁にバックミラーに目をやっていることに気がついた。

おれは恐れている、と彼はふたたび思った。自分は逃げているのだといま初めて気がついた。ファーンホルム城の城壁の陰に隠されているものから逃げているのだ。そこになにかが隠されていることを自分は知っている。そしてそれに彼らが気づいていることもまた、自分は知っている。彼らは自分がどこまで知っていると思っているのだろう？ おれが弁護士になったときに誓った守秘義務を破って、彼らが恐れていることをだれかにしゃべるほど、知っていると思っているのだろうか。かつては弁護士の誓いは絶対に守らなければならない義務だった。老いた弁護士の良心を彼らは恐れているのだろうか？

バックミラーは暗かった。霧の中、ほかに人影はなかった。一時間以内にイースタに着くはずだ。

そう思うと気分が軽くなった。追いかけては来なかったのだ。明日、どうするべきか決めなければ。法律事務所をいっしょに経営している息子に打ち明けよう。必ず解決法があるはずだ。それは彼がこの人生で学んだことだった。今回もきっとまた解決策がみつかるはずだ。

暗い中を手さぐりでラジオのスイッチを探した。新しい遺伝子の発見について語る男の声が車中に広がった。言葉は聞こえるが、意識の中には入らないまま、ただ流れていった。時計を見た。まもなく九時半だ。バックミラーは依然として真っ暗だ。霧はますます濃くなってくるようだ。だが彼はアクセルをもっと強く踏み込んだ。ファーンホルム城から遠ざかるほど、安心できる気がする。いや、もしかすると、取り越し苦労なのかもしれない。

できるだけ簡潔に考えてみよう。

そもそも、どのように始まったのか？　あるとき電話がかかってきた。そして秘書が、照合の必要な急ぎの仕事があるので連絡を請うという男の名前をメモして机の上に置いた。その名前にはまったく覚えがなかったが、彼は電話をかけた。一介の田舎法律事務所には、知らない客だからといってむげに断る余裕はなかった。彼はいまでもそのときの相手の声を覚えている。礼儀正しく、ストックホルム地方の標準的アクセントだったが、その声には時は金なりを信条とする人間の、有無を言わさぬ押しつけがましさがあった。男は用件を手短に説明した。それはコルシカ島に登録してある造船所とサウジアラビアに、セメントを定期的に運送する複雑な商取引のことだった。サウジアラビアでは彼の所有する会社の一つがスウェーデン最大のセメント会社スカンスカの代理店をしているという。背後にサウジアラビアのハミース・ムシャイトに巨大なモスクを建設する計画があるらしかった。いや、ジェッダ市に建てる大学だったかもしれない。

数日後、彼らはイースタのホテル・コンティネンタルで会うことに決めた。彼は予定の時間より早く到着した。ホテルのレストランにはまだランチの客がいなかったので、隅のテーブルで待った。相手は一人でやってきた。ユーゴスラヴィア出身のウェイターが陰鬱な顔で案内してきた。それは一月の中ごろのことで、バルト海から風が吹きつけ、いまにも雪が降りだしそうな厳しい寒さの日だった。にもかかわらず、やってきた男は日に焼けていた。ダークスーツに身を包み、五十歳にも満たない若さに見えた。どう見ても、一月の季節にもイースタにもふさわしくない風貌だった。その笑いと日に焼けた顔がどこかちぐはぐな、見知らぬ男だった。

それがファーンホルム城の城主の最初の印象だった。どこにも属さない男、特別誂えのダークブルーのスーツを着た、自分だけの宇宙をもっている男。その宇宙では彼の笑いが中央にあり、その周りを真っ暗な衛星がぐるぐる回って周囲を見張り、不気味な影がひそんでいる。最初の出会いのときから、男の背後には影がつきそっていた。影の男たちは、決して紹介されることはなかった。男たちは決まって二人、背後に控えていて、会合が終わると音もなく立ちあがった。

黄金の時代、と彼は胸の内で苦々しくつぶやいた。自分は愚かにもそんなものがあると信じてしまったのだ。弁護士の世界はばら色の未来という幻想にごまかされてはいけない。少なくとも、この世においては。だが、半年後、日に焼けた顔の男からの仕事は、片田舎の法律事務所の仕事の半分を占めるようになった。一年後、法律事務所の収入は倍になった。支払いは規則正しく、一度も督促状を出す必要がなかった。何年も事務所として借りてきた建物を修復することもできたし、男からの仕事はすべて、中には複雑で面倒なものがあったとしても、きちんとしていて問題はなかった。ファーンホルム城の男は、世界のあらゆるところから指示を送ってきた。それも明らかに無作為に選ばれたようなところから。ファックスや電話、携帯電話がおかしなところからかかってくるのはしょっちゅうのことだった。その地名は事務所の来客用のテーブルに置いてある地球儀にはないものばかりだった。だが、たとえ発信地がわからなかろうが、意味のわからない通信があろうが、仕事はきちんとしたものだった。

新しい時代なのだ、と思った。新しい時代の仕事はこのようにおこなわれるのだ。そして、ファーンホルム城の男が電話帳の弁護士の項目から自分をみつけてくれたことに、心から感謝したものだ。

突然だれかに後ろからつつかれたような気がして、考えが中断した。一瞬、思い違いかと思った。だがすぐに、バックミラーに車のライトが二つ映っているのが見えた。

影たちはこっそりやってきて、突然こんな近くで姿を現したのだ。

恐怖がよみがえった。やっぱり彼らはあとをつけてきている。おれが弁護士の誓いを破って、他人にしゃべるのを恐れているのだ。

彼は反射的にアクセルを強く踏んで、真っ白い霧の中に逃げ込もうと思った。早くもシャツの下で汗が流れている。後ろからのライトが彼の車にぴったりと当てられている。

人殺しの影だ、と彼は思った。自分は彼らから逃げ切ることはできない。いや、だれにもできないだろう。

そのとき、後ろの車が彼を追い越した。追い越されるとき、灰色の顔がちらりと見えた。そのあと、車の赤いテールランプが遠ざかって消えた。

彼はジャケットのポケットからハンカチを取り出して、顔と首の汗を拭いた。

もうじき家に着く。なにも起きはしない。秘書のドゥネール夫人が机の上の予定帳に、今日はファーンホルム城に行くと書き込んでくれた。だれも、たとえあの男といえども、家路についたこの老弁護士を殺すために影を送り出しはしないだろう。それはあまりにも危険すぎる。


なにかがおかしいと気がついたのは、二年ほど経ってからのことだった。それは小さなことだった。政府の貿易振興会が保証人になって大きな借款がおこなわれた。ポーランドへタービンの部品を、チェコにコンバイン機を輸出する取引だった。それはいくつかの数字が突然合わなくなっただけの、ほんのささいな細部のことだった。きっとどこかに間違った書き込みがあったのだろうと、彼は考えた。もしかすると二つほど、数字を落としてしまったのかもしれない。そう思って初めからチェックし直した。そしてそれが偶然ではなく、故意におこなわれていることに気がついた。抜けているものなどなにもなく、計算はすべて正しかった。そして結果は恐ろしく間違っていた。彼は椅子の背に寄りかかった。夜もかなり遅い時間だったと覚えている。吟味して調べ直したことで作為を発見したのだと気がついた。最初は信じられなかった。だが、しまいには、それ以外の説明はあり得ないことがわかった。明け方近くになって、やっと彼は事務所を出て家に帰ることにした。ストールトリエットの広場近くまで来たとき、彼は立ち止まり、ファーンホルム城の男は犯罪行為をしている、それ以外の説明はあり得ないという結論を出した。それは貿易振興会に対する深刻な裏切り、大がかりな脱税、書類捏造だった。

それ以来、彼はファーンホルム城の男から送られてくるすべての書類に目を通し、暗い穴を探した。穴はあった。必ずしもいつもではなかったが、たいていの場合、あった。しだいに彼は犯罪の規模を知るようになった。最後の最後まで、自分の目を信じまいとした。だがしまいには不可能になった。

それでも彼は行動に出なかった。自分が発見したことを息子にさえも話さなかった。

それは彼が最後の最後まで本当だと信じたくなかったためなのだろうか？　自分以外のだれも、税務署やほかのだれも、このことに気づいていないのだろうか？

彼はだれの目にも見えない秘密を発見してしまったのだろうか？

あるいは、もしかすると初めから、これが狙いだったのだろうか？　片田舎の法律事務所の唯一のクライアントといってもいいほど絶対的存在になってしまえば、どんなデタラメも通せると？

霧はますます濃くなってきたようだ。イースタの近くまで行けば、きっと薄れるだろうと彼は思った。

同時に、この仕事はもう続けられないと思った。ファーンホルム城の男の手が血に汚れていると知ってしまったいまは。

息子と話さなければ。スウェーデンには法の秩序というものがある。たとえ近ごろでは抜け道だらけで、法の縛《いまし》めは弱まっているとはいっても。彼自身が沈黙を守ってきたこと自体、犯罪に荷担していることだった。こんなに長い間目をつぶってきたからといって、これからも沈黙し続けることはできない。

自殺は考えられなかった。

突然、彼はブレーキを踏んだ。

車のライトの前をなにかが横切ったような気がした。野うさぎかと思ったが、すぐに霧の深い道路になにかが立っているのだと気づいた。

彼は車を止めて、フルライトにした。

道路の真ん中に椅子が一脚あった。木製の粗末な台所用の椅子だ。その上に人間の大きさの人形が載っている。顔は真っ白だ。

もしかすると人形を思わせるような人間かもしれなかった。

胸の鼓動が速まった。

霧が車のライトの中でいたずらをしているのだ。

しかし、椅子と人形は気のせいではなかった。同様に、縛られたような恐怖も気のせいではなかった。彼はバックミラーをふたたび見た。暗闇以外にはなにも映っていない。彼はゆっくりと椅子と人形から十メートルほど離れたところまで車を近づけた。そしてまた車を止めた。

人形は人間そっくりだった。急ごしらえのかかしではなかった。

この人形は自分に宛てられたものだ、と彼は思った。

彼は震える手でラジオを消した。そして霧の外に耳を澄ました。すべてが静まり返っている。

最後の最後まで彼はためらった。

ためらったのは、霧の中にある椅子のためではなかった。幽霊のような人形のためでもなかった。その後ろのなにか、彼からは見えないなにかのためだった。それはもしかすると、彼の心の中にしかないものかもしれなかった。

おれは怖いのだ、と彼はまた思った。恐怖心で考える力もなくなっている。

それでもやっとシートベルトを外して車のドアを開けた。冷たく湿った外気に、一瞬彼はたじろいだ。

彼は車のライトに浮かぶ人形と椅子をにらみつけながら車を降りた。最後に思ったのは、これはまるで、これから俳優が登場する芝居の序章のようだということだった。

そのとき、後ろで音がした。

だが、彼は後ろを見なかった。

振り返る前に、頭を殴られたのだ。

濡れたアスファルトの路面に体が倒れる前に、彼は死んでいた。

霧がさらに濃くなった。

時間は十時七分前だった。

2

風は刺すように冷たく、まっすぐ北から吹いてきた。

凍った海岸を歩いていた男は、冷たい風に背中を丸めた。ときどき立ち止まって、風に背を向ける。男は首を垂れて砂の地面を見、両手をポケットに入れたままじっと立ちつくした。それからまた当てもなく歩き続け、いつのまにか灰色の風景から消えた。

毎日犬の散歩に海岸にやってくる女は、日ごとに不安をつのらせながらこの男を見守っていた。男は朝早くから夕方日が落ちるまで海岸を歩いているらしかった。彼が突然姿を現したのは、数週間前のことだった。まるで壊れた人間の漂流物のように。ふつう、海岸で出会う人たちは、それも決して多くはなかったが、たいてい目礼し合った。秋も深まり十一月に近かったので、海岸に来る人間はほとんどいなかった。だが、黒いオーバーコートを着たその男は、彼女に目礼しなかった。最初、内気なのかもしれないと彼女は思った。しだいに、礼儀を知らない外国人かもしれない、と思うようになった。だが、その後、大きな悲しみを背負っているのかもしれないと思うようになった。海岸を歩いているのは、苦痛を和らげるための贖罪行為のように見えた。彼は不規則に、飛びはねるような歩き方をした。ときにはゆっくり歩くこともあった。ほとんど体を引きずるような歩き方だった。それから急にぎくっとしたように体を立て直すと、水際すれすれに飛ぶように歩いた。足が彼を導いているのではなく、頭の中の不安な想いが彼を操《あやつ》っているように見えた。また、ポケットの中の手は固く握られているにちがいなかった。見えたわけではないが、そうだと確信した。

一週間後、彼女は彼のイメージを決定した。どこから来たのかしれないその男は、深刻な個人的危機を脱しようとしている。それはまるで船が不確かな地図を見ながら、当てにならない海路を探そうとするようなものだ。だから彼は心を閉ざし、不安げに散歩をしているのだ。夜になると彼女は海岸をさまようこの孤独な男のことを、リューマチを患って早期退職をした夫と語り合った。一度、夫は犬と妻といっしょにわざわざ海岸までやってきた。リューマチが痛み、戸外に出るのを嫌がっていたにもかかわらず。そして妻の観察に同意した。だが、夫は男の行動がおかしいと思ったので、スカーゲンで警官をしている友人に電話をかけて、ここだけの話だと断りながら、自分たちが観察したことを話したのだった。もしかすると男はデンマークにまだ残っている数少ない精神病院の一つから脱走して、手配されているのではないか？　だが、人里離れた暮らしをしたくてデンマークのイッランド半島の過疎の地までやってくる変わり者たちをさんざん見てきた経験豊かな警官は、だいじょうぶだろうと彼をなだめた。その男のことはかまわない方がいい。窪みのある砂山に囲まれた海岸と、二つの海が混じり合うところに広がる砂浜は、やってくる人々みんなのものだ、と。

犬を連れた女と黒いオーバーコートを着た男は、それからも約一週間、沖ですれちがう船のように浜辺ですれちがった。だが、ある日、正確には一九九三年十月二十三日、一つの出来事がおきた。彼女はその出来事と男の姿が急に見えなくなったことが関係あるように思えてならなかった。

　それは風のない、真っ白い霧が海岸と海をすっかり覆いつくした、この地方ではめずらしい日のことだった。遠くから霧笛が、目に見えない捨てられた牛の鳴き声のようにかすかに聞こえていた。この地方独特の、景色全体が息を詰めているかのような日だった。海岸を歩いていた女は、突然黒いオーバーコートの男が現れたので、足を止めた。

　男はひとりではなかった。ウィンドブレーカーのジャケットを着、ハンチングをかぶった背の低い男といっしょだった。彼女は観察した。新しい方の男は説得しようとするかのように懸命に話をしている。ときどきポケットから手を出して、言葉を強調しようとゼスチャーを加えている。なにを話しているかまでは聞こえなかったが、男の様子から非常に興奮しているのがわかった。

　数分後、彼らは海岸沿いに歩きだし、霧に飲み込まれて見えなくなった。

　翌日、黒いオーバーコートの男はふたたび浜辺にひとりでやってきた。だが、それから五日後、男はいなくなった。十一月の中ごろまで、女は毎朝犬を連れてグレーネン海岸に行き、黒いコートの男に会うのを心待ちにしていたが、男は戻ってこなかった。彼女は二度とその男の姿を見ることはなかった。

　イースタ警察署の犯罪捜査官、クルト・ヴァランダー警部は一年以上病気のため休職していた。この間《かん》、彼は完全に無気力になり、生活も行動もそんな精神状態に支配されていた。これ以上イースタにいることはできないと感じると、金があるときはあてもない旅に出た。スコーネ地方を離れさえすれば、気分が変わり、うまくいけば基礎的な生活力もよみがえるのではないかという虚しい希望をもって。団体旅行に加わって、カリブ海へも行った。だが、目的地に着く前にすでに飛行機の中で悪酔いし、旅行中はずっと二日酔いで気分が晴れなかった。彼はパニック症状としかいえない状態にどんどん陥っていった。それはどこにも自分の居場所がないという、絶望的な精神状態だった。椰子の木の陰に隠れ、日によってはホテルの部屋から一歩も外に出ない日もあった。他の人間に会うのが耐えがたいほど恥ずかしかった。一度だけ泳いだが、それもよろよろと桟橋を歩いていたときに、足を踏み外して海に落ちたのだった。一度呼び止められた売春婦に金を巻き上げられてからは、ホテルで出される朝食だけが食事となり、スツールップ空港に到着したときには、出発前よりもさらにひどい鬱《うつ》状態に陥っていた。定期的に彼を診ていた医者は、彼が完全にアルコール依存症になってしまうのを恐れて、今後このような旅行に出ることを禁止した。しかし、二ヵ月後の十二月初め、彼はまた旅行に出かけた。今度は、それまでヘルパーだった三十歳も若い女性と結婚したばかりの父親から、気分を変えるために新しい家具を買いたいと言って金を騙しとり、まっすぐにイースタの旅行会社に行って三週間のタイ旅行の切符を買ったのだった。旅はカリブ海旅行とまったく同様のパターンになった。完全な失敗にならなかったのは、行きの飛行機で隣席に座り、またホテルも同じだった年金暮らしの老薬剤師が、朝食で酒を飲みはじめ、行動がおかしい彼に同情し、止めてくれたおかげだった。だが、この薬剤師のせいで、ヴァランダーは予定よりも一週間早く帰国する羽目になったのだった。翌年の四月、担当医はクルト・ヴァランダーに対して警察官として復帰することはもちろん、職業人として社会で働くことすらもはや不可能だと、病気退職、早期年金取得者となることを真剣に勧めた。

彼がデンマークのスカーゲン地方へ一回目の旅行をしたのは、いや、逃げたというのがもっと適切な表現だが、このときだった。娘のリンダのおかげで、彼はすでに禁酒に成功していた。イタリア旅行から戻ったリンダは、父親の状態もアパートの散らかり具合も尋常ではないと見てとった。彼女は当然の反応をした。アパートにあるアルコールの瓶という瓶の中身をすべて流しに捨て、父親を叱りつけたのだ。リンダがマリアガータンの彼のアパートにいてくれたその二週間、ヴァランダーにはやっと話をする相手ができた。彼は娘に手伝ってもらって、心の中にできていたいちばん痛い腫れ物を切りとった。リンダはストックホルムに戻るとき、父親が二度と酒を飲まないと言った言葉を信じることができた。ふたたびひとりきりになり、空っぽのアパートにひとりでいることに耐えられないと思ったとき、彼は新聞でスカーゲンにある安いペンションの広告を見たのだった。

だいぶ昔のことになるが、まだリンダが生まれたての赤ん坊だったころ、彼は妻のモナといっしょにひと夏スカーゲンで休暇を過ごしたことがあった。それは彼のいままでもっとも幸せな記憶として残っていた。貧乏だったし、宿も雨漏りのするテントだったが、生きている、世界の中心にいるという実感にあふれていた。

ヴァランダーは広告を見た日に電話をかけて部屋を予約した。そして五月の初旬、ペンションに到着した。ポーランド出身の女主人は、彼をひとりにしてくれた。彼は毎朝自転車を借りてグレーネン海岸に出かけ、ひとけのない砂浜を散歩した。自転車の荷台にはサンドウィッチを入れたビニール袋があった。こうして彼は夕闇がおりるころやっとペンションに戻る日々を送った。他の客はひとり者も夫婦者もいたが、年輩者ばかりで、ペンションはまるで図書館の閲覧室のように静かだった。一年ぶりに彼はやっと眠れるようになった。大洪水のあとのようだった彼の心の中がようやく乾きはじめたように感じた。

この一回目のペンション滞在のときに、彼は手紙を三通書いた。最初の手紙は姉のクリスティーナに宛てたものだった。この一年間、彼女はよく彼に電話をかけて具合を訊いてくれた。その心遣いに感謝しながらも、彼は一度として自分から電話をかけたり手紙を書いたりしたことがなかった。だが、姉との関係は、カリブ海から酔っ払って出した、ろくすっぽ覚えてもいない絵葉書のために悪化していた。姉はそれについてひと言も言わなかったし、彼も訊かなかった。ひどく酔っ払っていたから住所が間違っていたかもしれないし、切手を貼るのを忘れていたかもしれないと淡い希望すらもっていた。とにかく彼は、スカーゲンのペンションで、ベッドに横たわり、書類カバンを下敷きにして姉に宛てて手紙を書いた。一年前に人を殺してからというもの、一瞬も途絶えることなく彼につきまとう虚ろな気分、恥と罪の意識を書こうとした。あれはだれが見ても明らかな正当防衛だったとは言え、また、警察嫌いの、禿げタカのようなマスコミでさえ飛びかかってこなかったとは言え、どうしても罪悪感は払拭できなかった。それから逃れることはもはやできない、できるとしても、どうやって罪悪感とともに生きるかを身につけることまでだろう。

「自分の魂の一部に義手がはめられたような感じだ」と彼は書いた。「いまでもその義手はおれの命令に従わない。ときどき、気分が暗いときなど、これからも一生おれの言うことを聞かないだろうという思いにとらわれる。だが、まだすっかりあきらめてしまったわけではない」

二つ目の手紙はイースタ署の同僚たちに宛てたものだった。それをスカーゲンの郵便局のポストに入れたとき、手紙に書いたことの多くは本当のことではないと思った。だが、それはどうしても出さなければならない手紙だった。まず同僚たちが前年の夏、みんなで金を出し合ってプレゼントしてくれたステレオ装置に礼を言った。そして礼を言うのにこんなに時間がかかってしまったことを謝った。ここまでは、もちろん、本心だった。だが、手紙の最後に、自分の健康は快方に向かっていて、ふたたび勤務に就ける日も間近だと思う、と書いたのは希望であって、現実はまったくそうではなかった。

三つ目の手紙の宛先はリガのバイバ・リエパだった。この一年間、彼はほぼ一ヵ月おきに、彼女に手紙を書いていた。そして、彼女はその一つ一つに返事をくれた。彼は彼女が自分だけの守護神になったような気がしていた。彼女が心配をするかもしれない、もしかすると不安になって返事を書くのをやめるかもしれないという恐れから、それまで彼は本当の気持ちが書けなかった。少なくとも本当と彼が信じていた気持ちが。どうしようもない無気力にゆっくり陥っていった過程で、彼は確かなものなどなにもないという気分になってしまった。頭がはっきりしたわずかな時間、それは海岸を散歩しているときだったり、嚙みつくように冷たい風を避けて砂山の窪みに座っているときだったりしたが、すべては幻想だと思った。彼がバイバに会ったのは、リガでのほんの数日にすぎなかった。彼女はラトヴィアの犯罪捜査官カルリス・リエパ中佐の未亡人で、夫を愛していた。その彼女がいま突然スウェーデンの警察官を愛しはじめるなどということがあるだろうか？　あのときの自分は単に仕事を忠実に遂行しただけだった。たとえそのやり方が、規則に忠実だったとは言えなかったとしても。だが、それがわかっていても、彼はひたすらそれを否定するのだった。それはまるで、心の中では真実を知っていても、それを認めたくないかのようだった。バイバ。バイバを想うこと。それは彼の唯一の望みだった。たとえ幻想だとしても、護らなければならない最後の要塞だった。

このときヴァランダーはペンションに十日間滞在した。宿を引き揚げるとき、彼はできるだけ早くここに戻ると決めていた。実際、七月の中ごろにはまたペンションにやってきた。そしてポーランド人の女主人から前と同じ部屋を借りることができた。ふたたび彼は自転車に乗って浜辺へ出かけた。最初のときとは異なり、海岸は夏休みを過ごす人々でいっぱいだった。笑い転げ、浜辺で遊び、水音をたてて泳ぎ回る人々と比べて、自分は人には見えない影のようだと彼は思った。まるで自分は二つの海流が混じり合うグレーネン海岸の、世間にはまったく知られていない監視区で個人的な任務を果たしているかのようだった。ここで彼はひとりパトロールし、自分自身を監視している。同時に彼はこの惨めな状況から脱出する出口探しもしているのだ。かかりつけの医者は初めてスカーゲンに行ったときを境に、彼が少しずつ回復しはじめていると見ているようだった。だが、決定的な変化が起きたと判断するには、兆しはあまりにも弱すぎた。ヴァランダーは一年以上服用している薬をやめてもいいのではないかと医者に訊いた。薬のせいで気分が重く、疲れを感じるような気がしていた。だが医者はもう少しがんばって薬を続けるよう告げるにとどまった。

朝目が覚めると、今日もまた起きなければならないのかと自問する日々が続いていた。だが、スカーゲンのペンションにいると、それほど深く落ち込まないことに気がついた。ときどき体が軽くなったように感じた。前年の出来事の苦しみがときどきふと消えたような感じがして、まだ未来というものが自分にもあるのかもしれないと思える瞬間すらあった。

数え切れないほどの時間海岸を歩いて、過去の出来事の背後に隠れていたものをすべて探り出し、苦しみをコントロールするすべを少しずつ手に入れていった。ふたたび警察官としてやっていける力、ふたたび警察官であり人間としてやっていける力をみつけたような気がした。

彼がオペラを聴くのをやめたのもこの滞在の最中のことだった。海岸を歩きながら、たいてい彼は小さなテープレコーダーで音楽を聴いていた。だがある日、もう十分だと思った。その晩ペンションに戻ると、彼はカセットテープをすべて集めてカバンに詰め込み、戸棚に入れた。その翌日、彼は街に自転車で出かけ、名前だけは知っているが曲もよく知らないポップミュージシャンのカセットをいくつか買った。驚いたことに、何十年も聴いてきたオペラをもはや一瞬たりとも聴きたいとは思わなかった。

もうまったくスペースがない。おれの中のなにかがいっぱいになってしまったのだ。もうじき壁が崩れる。

十月の中ごろ、彼はまたスカーゲンにやってきた。今回こそ、滞在中にこれからの人生をどうすべきか決断する覚悟だった。かかりつけの医者は、彼の健康はゆっくりとではあるが間違いなく回復に向かっていると診断した。長期間の鬱状態からの緩やかな回復。そして、明らかにその助けになったデンマークのペンションに戻ってさらに療養するように勧めた。彼は自分の行動を勝手に決める医者の命令に背かなかったばかりか、イースタ警察署の署長ビュルクに電話をかけて、ふたたび仕事を始める日はそう遠くないかもしれないと言った。

スカーゲンに戻ったヴァランダーはまた自転車で海岸へ出かける生活を始めた。秋になって、海岸はふたたび人がまばらになった。浜辺で出会う人間は少なく、年輩者か、汗をかいてジョギングする人、それと犬を連れた好奇心あふれる女ぐらいだった。彼は以前のパトロールの任務を再開した。当てもなく、以前よりはしっかりした足取りで、砂と水際のはっきりしない境目を歩きまわった。

自分はいままさに中年のど真ん中にいる。もうじき五十歳だ、と彼は考えた。去年一年間で、彼は痩せた。イースタのアパートのクローゼットにここ七、八年眠っていた服が着られるようになった。身体的にはいままでにないほど調子がいい。完全に酒をやめたせいだ。体の調子がいいところに、未来を見出すことができるという気もした。つまり、なにか予期せぬことが起きないかぎり、あと二十年ほどは生きられるだろう。彼の悩みは、もう一度警察官としての生活に戻れるか、あるいはまったく別の職業に就かなければならないかを見極めねばならないところにあった。病気のための早期退職など、考えることもできなかった。そんな状態で生きることには耐えられないだろう。

彼は毎日のように霧に覆われた海岸で過ごした。だがときに、晴れ上がったすがすがしい日もあった。空気が澄み切って海面がきらめき、白いカモメが空を飛び交う。そんなとき彼は、自分が背中にネジのついたおもちゃの人形のようだと思った。ネジを回すカギがなくなって、もはや動けないのだ。もし警察官を辞めたら、どんな仕事があるのだろう。警備員か保安係か。警察官としての経験は、犯罪者を捜し出すこと以外に使い道があるのだろうか。まったく違う分野、長年の警察官生活の外に仕事を探さなければならないような気がした。だが、もうじき五十歳になる元警察官など、だれがほしがるだろう。

空腹になって、風の吹き込まない砂地の窪みを探した。サンドウィッチとコーヒーを入れた魔法瓶を持って、冷たい砂地の上にビニール袋を敷いて座った。食べている間くらいは、将来のことなどまったく考えないようにしようとしたが、たいていうまくいかなかった。彼には現実的に将来を考えることとは別に、非現実的な夢想があった。

ほかの警察官にもよくあることだが、彼は、逆の立場に、すなわち罪を犯す側に立ってみたいという思いにときどき駆られるのだ。実際に犯罪者となった警官をみると、警察の追跡や捜査の基本的な技術を使って捕まらないようにすればいいのに、そうしない者が驚くほど多かった。じつを言うとヴァランダーは、一瞬にして金持ちになってけちけちと働かなくてもすむような、うまい犯罪がないものかとしばしば空想していた。だが、たいていはすぐに現実に戻って、そんな夢を頭から追い払うのだった。同僚のハンソンを見るといい。ハンソンはまるでなにかに取りつかれたように競馬に金を賭ける。だが、ほとんど勝ったためしがないのだ。あんな情けない姿にだけはなりたくない。

そんなことを考えながら彼はふたたび浜辺を歩きはじめた。これでは堂々巡《めぐ》りだと思った。結局は警察官を続ける以外にないのではないか。仕事に戻って、いつか去年の記憶とともに生きることができるようになるのを願うしかないのかもしれない。それがいちばん現実的な選択だ。少しでも生きる意義を感じることがあったとすれば、それは自分が警察官の仕事をしていたときだ。人々が少しでも安全な暮らしができる手伝いをすること、街からいちばん悪いやつらを除去すること。警察官を辞めることは、自分にできる仕事を捨てるのと同じだった。もしかするとほかの同僚と比べても決して悪くない警察官の自分が。それだけではない。彼はこの仕事を辞めることによって、自分の中の奥深くに埋められている大切なものまで失ってしまうのだ。それは、自分が社会の一部に繋がっているという思いだった。自分の人生に意義を与えている大事な絆だった。

だが、一週間ほどスカーゲンに滞在したのち、その間にも秋は深まり冬が顔をのぞかせたが、ヴァランダーはもうこれが限界だと感じた。警察官としての日々は終わったのだ。昨年受けた心の傷で、自分は二度と立ちあがれないほど変わってしまったのだと思うに至った。

いつにも増して濃い霧がグレーネンを覆っていたある日の午後、彼はついに決心した。仕事を辞めることにしたと、医者とビュルクに話そう。

　これで、昨年霧で姿が見えない羊たちの中で自分が殺した男に、結局は復讐されたことになると思いながらも、心のどこかにほっとした気持ちがあった。

　その晩、彼はスカーゲンまで自転車で行き、ほとんど客がいないのに音楽がやけにうるさい、たばこの煙が充満した、小さなレストランで酒を飲んだ。今日の酒は明日には繋がらない、今日だけだと知っていた。だが、これは彼がついにたどり着いた決心を確認し、ゆるぎないものにするための儀式だった。彼の警官としての人生は、これで終わる。夜遅く自転車でペンションに帰る途中、彼はよろめいて転び、ほおを擦りむいた。帰りが遅いのを心配したペンションの女主人は起きて待っていた。そして彼が断ったにもかかわらず、彼女はほおの傷を消毒し、汚れた服を洗うと言い張った。それからいっしょに部屋まで行き、ドアの鍵を開けてくれた。

「そういえば、ヴァランダーさんはいないかと言って、さっき男の人が一人来ましたよ」と言いながら、女主人は鍵を彼に渡した。

「私を訪ねてくる人間などいるはずがない」とヴァランダーは言った。「私がここにいることを知っている人はいないのだから」

「でも、あの男の人は知っていましたよ。それにとても会いたがっていました」

「名前は？」

「名乗りませんでした。でもスウェーデン人であることは確かですよ」

　ヴァランダーは首を振って、いま聞いたことを無視しようとした。だれにも会いたくなかったし、自分に会いたい人間などいないだろうと思った。

翌日、嫌々ながらまた海岸に出かけたとき、彼は前の晩女主人から聞いたことなどすっかり忘れていた。霧の濃い日だった。気分が重かった。その日初めて、自分はいったいこの海岸でなにをしているのだろうと自問した。二、三キロも歩くとこれ以上進めないような気がして、浜辺の砂に半分埋まるように打ち上げられていたボートの残骸に腰を下ろした。

そのとき、霧の中から男が一人姿を現した。

ひとけのない海岸にある彼の事務所に、突然土足で踏み込まれたような気分だった。最初、それはぼんやりとした人影にすぎなかった。ウィンドブレーカーのジャケットを着て、窮屈そうなハンチングをかぶっている。だがすぐにヴァランダーはその男に見覚えがあると思った。壊れたボートから立ちあがって、男をすぐ近くで見たとき、だれかがわかった。彼らはあいさつを交わした。ヴァランダーは、いったいどうやって彼はおれの居場所を知ったのだろうと思った。最後にこの男、ステン・トーステンソンに会ったのはいつだっただろう。たぶん去年の春、担当した事件絡みだったにちがいない。

「昨日、ペンションに行ったのは私だ」ステン・トーステンソンが言った。「じゃまするつもりは毛頭ない。だが、どうしても話したいことがあってね」

これまでのおれたちは警察官と弁護士の関係だった。犯罪者を間にこっち側と向こう側に座っていた。ときどき、と言ってもめったにないことだったが、逮捕に十分な根拠があるかどうか口論することもあった。モナとの離婚問題で悩んでいたときには、ステンは代理人をしてくれた。二人の間に友情のようなものが生まれたと感じたことがあった。友情というものは、思いもしなかったときに発生する、奇跡のようなもの。それはおれがこの人生で学んだことだ。ステン・トーステンソンはある週末、おれをヨットに誘ってくれた。あれはモナが出ていったあとのことだった。沖では強い風が吹き、おかげでおれは一生ヨットには乗るまいと決心をしたものだ。そのあと、おれたちはしょっちゅうではなかったが、たまに会うようになった。そしていま彼はおれを探し出し、話したいことがあると言う。

「だれかがおれに会いに来たとは聞いたが、どうやっておれの居場所を探し出したんだ？」

ヴァランダーはこの海と砂山の隠れ家をみつけられたことを不愉快に思っているのを、隠すことができなかった。

「きみは私がどんな人間か知っているだろう」ステン・トーステンソンが言った。「私はよほどのことがなければ、人の休息のじゃまをしたりしない。秘書に言わせれば、私は自分のじゃまをすることさえ嫌がる男らしい。それがどういう意味か知らんが。とにかく私はきみの姉さんに電話をかけた。正確には、きみの親父さんに電話をして、ストックホルムのクリスティーナの電話番号を教えてもらったのだ。姉さんはきみの居場所を知っていた。ペンションの名前も住所も。それで私はここに来た。昨晩はアート・ミュージアムのそばのホテルに泊まった」

二人は海岸沿いに歩きだした。風が背中を押すように吹いていた。いつも犬の散歩にやってくる女が足を止めて彼らをみつめた。彼女はきっと自分に客がいることに驚いているのだろうと、ヴァランダーは思った。彼らは黙って歩いた。ヴァランダーはかたわらに人がいることに慣れていない自分に気がついた。

「きみの助けがほしい」ステン・トーステンソンが言った。「友人として、また、警察官として」

「友人としてだな」ヴァランダーは言った。「それもできるかどうか、自信がない。とにかく警察官として話を聞くことはできない」

「きみがまだ病気で休職中だということは知っている」

「いや、それだけじゃない。あんたはおれが警察官を辞めることを知る最初の人間だよ」

ステン・トーステンソンは足を止めた。

「そういうことだ。それじゃ、あんたの用事を聞こうか？」

「父が死んだ」

ヴァランダーはステン・トーステンソンの父親を知っていた。彼もまた弁護士だったが、犯罪者の弁護を引き受けるのはごくまれだった。ヴァランダーの知るかぎり、父親の方は主に企業の顧問弁護士の仕事をしていたはずだ。ヴァランダーはステンの父親は何歳だっただろうと考えた。七十歳近かったはずだ。死んだとしてもおかしくない年齢ではある。

「二週間ほど前に自動車事故で死んだ。ブルースアルプス・バッカルの峠の南で」ステンが言った。

「そうか。気の毒に。なにが起きたんだ？」ヴァランダーが訊いた。

「それなんだ。それで私はこうしてきみに会いに来たんだ」

ヴァランダーは不審そうな顔でステンを見た。

「ここは寒いな」ステンが言った。「アート・ミュージアムに喫茶室がある。私の車で移動しないか？」

ヴァランダーはうなずいた。自転車はステンの車のトランクからはみ出した。車は砂山を、自転車を載せて走りだした。朝もまだ早かったので、ミュージアムには人がほとんどいなかった。カウンターの中にいた若い女性が鼻歌で歌っているメロディーに聞き覚えがあって、ヴァランダーは驚いた。それはこの間買ったばかりのカセットに入っていた曲だった。

ステン・トーステンソンが話しだした。

「夜だった。正確に言えば、十月十一日のことだ。父はうちの事務所でももっとも大事なクライアントに会って、その帰り道だった。スピード運転をしていた車が転覆しての事故死だと、警察は言っている」

「一瞬の不注意で事故は起こりうるよ」

「その晩は霧が出ていた」ステンが話し続けた。「いいか、父は決してスピード運転をしない人間だ。それなのに、霧の濃い晩になぜ父がスピードを出していたと言うのだろう？　父はいつも野うさぎを轢くのを極端に恐れていたから、決してスピードは出さなかった」

ヴァランダーは注意深くステンをながめた。

「あんたはなにか、心当たりがあるのか？」

「この件を担当しているのは、イースタ警察署のマーティンソンだ」ステンが言った。

「彼は優秀な男だ」ヴァランダーは言った。「彼が事故をそのように説明しているのなら、そのとおりと思って間違いないだろう」

ステン・トーステンソンはヴァランダーを真顔でみつめ返した。

「マーティンソンが優秀な警官であることを疑っているわけではない。また、父が車の中で死んだ状態でみつかったのも疑ってはいない。車は畑の中に突っ込んで、ひっくり返っていた。だが、あまりにも不審な点が多すぎる。なにかが起きたにちがいないのだ」

「なにかが？」

「ああ、なにかほかのことが」

「たとえば？」

「それがわからない」

ヴァランダーは立ちあがり、二杯目のコーヒーを取りに行った。

おれはなぜ事実をそのまま言わないんだ？とヴァランダーは思った。マーティンソンは想像力豊かでエネルギッシュだが、ときどき雑な仕事をする、と。

「私は警察の報告書を読んだ」ステンはふたたび腰を下ろしたヴァランダーに言った。「それを持って、父が死んだ現場へ行った。解剖結果も読んだ。マーティンソンとも話した。私は考えた。でも疑問は消えない。それでここに来たのだ」

「おれになにができる？」ヴァランダーは言った。「あんたは弁護士だから知っているだろう？　裁判所に持ち込まれる事件や犯罪捜査には必ず空白部分があるということを。親父さんは死んだときひとりだったのだろう？　あんたの話から目撃者がいないことがわかる。なにが起きたか説明できる唯一の人間は、親父さんだということだ」

「なにかが起きたにちがいない」ステンはかたくなに言った。「あまりにもつじつまの合わないことが多すぎる。私はいったいなにが起きたのか、それを知りたいのだ」

「手伝いたくても、おれにはなにもできない」ヴァランダーは言った。

だが、ステン・トーステンソンはその言葉が耳に入らないようだった。

「たとえばキーのことだ。鍵穴にささっていなかった。床に落ちていたのだ」

「衝突のショックで、押し出されたのかもしれない。衝突事故では、そういうことがよくある」

「鍵穴にはまったく異状がなくてもか？」ステンが訊いた。「キーホルダーに付いていたキーも、どれも曲がっていなかった」

「それでも、そういうことは起こりうる」ヴァランダーは言った。

「ほかにも挙げられることがいくつもある。なにか、異常なことが起きたにちがいないんだ。父は車の事故で死んだとされているが、実際はなにかほかの原因があるにちがいない」

ヴァランダーは返事をする前によく考えた。

「自殺ということは、考えられないか？」

「私もその可能性については考えた。しかし、それはないという結論に達した。父の性格から言ってあり得ない。私は父をよく知っている」

「自殺はたいてい家族にとって思いがけないものだ。だが、あんたが言うからにはそのとおりなのだろう」

「ほかにも自動車事故とはどうしても思えない点がある」ステンが言った。

ヴァランダーは注意を集中させた。

「父は本来神経質できちょうめんな性格だった。もし私が父をよく知っていなかったら、あのごくわずかな、ほとんど目につかないような変化に気がつかなかったかもしれない。しかし、ここ半年ほど、父の精神状態は間違いなく変化していた」

「もっと具体的に言えるか？」

ステン・トーステンソンは首を振った。

「いや、できない。あくまで私が受けた感じというよりほかない。父はなにかが気になっていた。いや、気に病んでいたと言った方がいいかもしれない。絶対に私に気づかれたくないようななにかだ」

「そのことについて、親父さんとは話さなかったのか？」

「一度も」

ヴァランダーは空っぽのコーヒーカップを押しやって、話を終えることにした。

「手伝いたくとも手伝えそうもないな。友人として話を聞くことはできる。だが、おれはもはや警察官としては機能しない人間だ。あんたがおれと話をするために、わざわざここまで来てくれたことも、悪いがおれはうれしくない。おれはただもう疲れてしまい、心が重く落ち込んでいるのだ」

ステン・トーステンソンはなにか言いかけたが、途中でその気を失ったらしく、口を閉じた。

二人は立ちあがり、喫茶室を出た。

「わかった。きみの健康状態を優先するべきなのはもちろんだ」アート・ミュージアムの外に出たとき、トーステンソンが言った。

ヴァランダーは車までいっしょに行って、自転車を降ろした。

「人間は決して死には勝てない」ヴァランダーは慰めになるかどうかわからなかったが、悔やみの言葉を言った。

「そんなことは初めからできると思っていない。私はただ、真実が知りたいだけだ。あれは単純な自動車事故ではない」

「マーティンソンともう一度話してみるといい。だが、おれから勧められたとは言わない方がいいかもしれない」

彼らはそこで別れ、ヴァランダーは車が砂山の陰に姿を消すのを見送った。

急に忙しくなった。これ以上ぐずぐずしてはいられない。同じ日の午後、彼は医者とビュルク署長に電話をかけて、辞職の意を伝えた。

さらに六日間彼はスカーゲンに滞在した。自分の内側が、焼け野原の戦地になったような感じは消えなかったが、とにかく結論を出すことができたのはよかったという気分だった。

十月三十一日日曜日、彼はイースタに戻った。翌日正式に辞職届を出すためにイースタ署に行くつもりだった。

月曜日の早朝、目覚まし時計が六時ちょっと前に鳴ったとき、ヴァランダーはすでに目を覚ましていた。昨晩はほとんど眠れなかった。何度かベッドから出て、マリアガータンに面している台所の窓から外を見下ろし、自分はまたもや人生における大切な判断を間違って下したのではないかと思った。もしかするともはや自分には、生き続ける理由がなくなったのだろうか？　満足のいく答えが得られないまま、彼は居間のソファに座り込み、小さくかけているラジオの深夜音楽放送を聞くともなしに聞いた。そして、目覚まし時計が鳴るほんの少し前に、やはりほかに選択肢はないと見極めた。諦めの境地だった。それは自分でもはっきり認識していた。だが、遅かれ早かれ、だれにも諦めはやってくるのだ。目に見えない力が人間すべてを支配しているのだ。だれも逃れることはできない。

時計が鳴ったので、彼は起きあがり、イースタ・アレハンダ紙を玄関の新聞受けから抜き取ると、台所へ行ってコーヒーをセットしてからシャワーを浴びに浴室に入った。自分のアパートで、以前どおりの習慣を繰り返すのが奇妙に感じられた。ヴァランダーは体を拭きながら、最後に勤務した日のことを思い起こした。一年半近く前になる。警察署の自室を整理したあの日は夏だった。署を出てから海岸のカフェへ行って、バイバへ下手な手紙を書いた。ずいぶん前のことのような気がするが、ついこの間のような気もする。

台所のテーブルに向かって、スプーンでコーヒーをかき回した。

そう、あれが最後に働いた日だった。

そして、今日が本当の終了日になる。

二十五年間、警察官として働いたことになる。これからどんなことが起きようとも、この二十五年が彼の背骨になることは間違いない。それはなにがあっても変えることができない事実だ。いままでの人生は無意味だといって、もう一度サイコロを振って初めからやり直すことはできない。引き返す道はないのだ。問題は将来に進む道があるかどうかだ。

仕事を辞める今日の自分の気分をうかがった。すべてが空虚に感じられた。まるで秋の霧が頭の中にまで入り込んだようだった。

ヴァランダーはため息をついて新聞を取り上げ、うわのそらでページをめくりはじめた。目がぼんやりと紙面を移り、写真も記事もみんな前に何度も読んだことがあるような気がした。新聞を下に置こうとしたとき、死亡広告に目が留まった。

最初、それはなんの意味ももたなかった。次の瞬間、胃がぎゅっと縮まった。

弁護士ステン・トーステンソン、一九四七年三月三日生まれ、死亡一九九三年十月二十六日。

ヴァランダーは信じられないものを見るようにまじまじとその死亡広告を見た。

死んだのは父親のグスタフ・トーステンソンではなかったか？　ステンなら、つい数日前にグレーネンの海岸で会ったばかりではないか？

彼は考えを巡らした。いや、これはだれかほかの人間の間違いだろう。名前を取り違えたのだ。しかし、そんな間違いがあろうはずはない。ステン・トーステンソン、つい先日スカーゲンまで会いに来たステンが死んだのだ。

彼は体を硬くしたまま座り込んだ。

それから立ちあがり、手帳を持ってきて電話番号を見ながら電話をかけた。相手が早起きなのは知っていた。

「こちらマーティンソン」

ヴァランダーは受話器を置きたくなる衝動をぐっとこらえた。

「クルトだ。起こしたのでなければいいが」

マーティンソンは息を呑み、しばらく答えなかった。

「あなたでしたか？　これはまた、思いがけない」

「ああ、そうだろうな」ヴァランダーは言った。「ちょっと訊きたいことがあって」

「辞めると聞きましたが、うそでしょう？」マーティンソンが早口に言った。

「いや、そのとおりだよ。だが、今日はその話をするために電話をしたのではない。ステン・トーステンソン弁護士になにが起きたのか、知りたいのだ」

「知らないんですか？」

「昨日イースタに戻ったばかりで、なにも知らない」

マーティンソンは黙った。

「殺されたんですよ」とぼそりと言った。

ヴァランダーは驚かなかった。死亡広告に目が留まった瞬間、自然死ではないと直感した。

「先週の火曜日、事務所で撃たれたんです。非常に奇妙な話です。もちろん、悲しいことでもあります。つい数週間前に父親が自動車事故で死んでいますからね。あ、それも知らなかったですか？」

「ああ」とヴァランダーはうそをついた。

「また仕事に戻ってきてくださいよ」マーティンソンが言った。「この事件の解決にはあなたが必要です。ほかにも仕事は山積みなんです」

「いや、さっき言ったとおりだ。会ったときに説明するよ。イースタは小さい町だ。いずれ必ずどこかで見かけるだろう」

そう言って、彼はそそくさと電話を切り上げた。

その瞬間、たったいま自分がマーティンソンに言ったことは、真実ではなくなったと悟った。わずか数秒の間にすべてが変わってしまった。

彼は廊下の電話台のところに立ちつくした。それからコーヒーを飲み、アパートを出て車に乗った。七時半過ぎ、ほぼ一年半ぶりにイースタ警察署のドアを押して中に入った。受付の警備員にうなずくと、まっすぐビュルク署長の部屋に行き、ノックした。ビュルクは立ちあがって彼を迎えた。少し痩せたようだ、とヴァランダーは思った。それに自分が辞職する件をどう扱っていいかわからない様子だった。

早く安心させてやろう、と彼は思った。だが、きっとビュルクは戸惑うだろう。それはおれも同じことだ。

「きみが元気そうなのはうれしい」やっとビュルクは口を開いた。「だがもちろんわれわれとしては、きみが辞めるのではなく、またいっしょに働いてくれる方を望んでいた。きみが必要なのだよ」

そう言うと、彼は両腕を開いて書類でいっぱいの机を示した。

「今日、私はありとあらゆる決断をしなければならない。たとえば警察官の制服の新しいデザインにイエスかノーかを言わなければならないし、県レベルでの警察システムの改善策と、県警察の総責任候補者名を挙げよとの伝達に答えねばならない。このことは知っているか?」

ヴァランダーは首を振った。

「いったい、どうなってしまうのだろう」ビュルクは苦々しそうに言った。「いま提案されている新しい制服が決まったら、スウェーデンの警察官は大工とも鉄道員ともつかぬ格好になるだろうよ」

ビュルクは黙って聞いているヴァランダーを見上げた。

「警察は一九六〇年代に再編成された。いままたすべてをやり直すという。国会は地方の警察システムを全廃して、すべてを警察本庁のシステムに統一することを審議している。国会は地方の警察はいままでだって国のシステムだったではないか? 地方単位での統治などは中世に終わっている。書類仕事ばかりが増える中で、どうやって警察本来の仕事ができるというのだ? そのうえ私は、『拒絶の仕方』という議題のばかばかしい会議で話すための準備もしなければならない。ひらたく言えば、滞在許可を得られなかった移民や亡命者を、あまり大騒ぎさせないで出国する船とかバスに乗せるための、警察官の心得みたいなものなのだが」

「仕事が多いことはわかります」とヴァランダーは言い、ビュルクは相変わらずだと思った。彼は決して署長の役割に慣れるということがない。逆に地位に振りまわされてしまうのだ。

「だがきみはわれわれが、猫の手も借りたいという状態にいることがわかっていないようだ」

ビュルクはそう言うと、机を前に腰を下ろした。

「書類はぜんぶそろっている。辞職届の書類だ。これらにサインをすれば、きみは警察官ではなくなる。どんなにしぶしぶでも、きみの決断を尊重しないわけにはいかないからね。それから、九時に記者会見を開くことに反対はしないだろうね。きみはこのところ有名な警察官になった。ときどきおかしな振る舞いをすることはあったけれども、それでもきみが警察全体の評判をよくしたことは否めない事実だ。警察学校の生徒たちの中には、きみのようになりたくて警察官を志望する者もいるそうだよ」

「それは単なる噂でしょう。記者会見は取り消してください」ヴァランダーは言った。

「そんなことはできない」ビュルクがムッとしたように言った。「きみもそのくらいのことはしてくれてもいいだろう。そういえば、『スウェーデン警察』誌も特別インタビューを組むそうだよ」

ヴァランダーはビュルクの机に数歩近づいた。

「私は辞めません。今日ここに来たのは、仕事を始めるためです」

ビュルクは呆然としてヴァランダーを見た。

「記者会見は必要ありません。今日から復職させてください。医者に連絡して回復証明を宣言してもらいます。気分はいいし、また仕事がしたいのです」

「まさか、冗談ではないだろうね？」ビュルクが不安そうに言った。

「いえ。あることが起きたために、私は決心を変えたのです」

「またずいぶん突然だったな」ビュルクが言った。

「自分にとってもそうです。正確に言えば、決心をしてからまだ一時間も経っていません。ただし一つ条件があります。条件というよりも頼みと言った方がいいのですが」

ビュルクは警戒しながらうなずいた。

「ステン・トーステンソンの事件を担当したいのです。いま担当者はだれですか？」

「みんなで捜査に当たっている」ビュルクが言った。「スヴェードベリとマーティンソンが中心だが。担当検事はペール・オーケソンだ」

「ステン・トーステンソンは私の友人でした」

ビュルクはうなずいて椅子から立ちあがった。

「さて、復職するというのは本当だな？　本当に辞めないんだな？」

「言ったことは守ります」

ビュルクは机をぐるりと回り、ヴァランダーの前に立った。

「こんなうれしいニュースを聞いたのは久しぶりだ。それじゃ、書類は破ろう。みんなびっくりするぞ」

「私の部屋はいまだれが使っていますか？」ヴァランダーはビュルクの言葉を避けるように言った。

「ハンソンだ」

「できれば、またあの部屋を使いたいのですが」

「もちろんだ。それにハンソンはいまハルムスタで講習を受けていて、いない。きみは今日から部屋を使っていい」

二人は廊下に出て、ヴァランダーが以前使っていた部屋の前まで来た。

彼の名札が部屋の前から取り払われていた。一瞬、彼は不愉快になった。

「みなに会う前に一時間ください」ヴァランダーが言った。

「八時半にステン・トーステンソン殺害事件の捜査会議を開くことになっている。小さい方の会議室だ。だいじょうぶだな？ 決心は変わらないだろうな？」

「なぜ、そんなに言うんですか？」

ビュルクは一瞬ためらってから口を開いた。

「いままできみが、判断ミスをしたり誤解を招くような行動をとったりしているからだよ。それを忘れることはできないからね」

「記者会見をキャンセルするのを忘れないでくださいよ」ヴァランダーはそれだけ言った。

ビュルクは握手の手を差し伸べた。

「よく戻ってきてくれた」

「どうも」

ヴァランダーはドアを閉めるとすぐに受話器を外し、それから部屋の中をぐるりと見渡した。机が新しくなっている。おそらくハンソンが入れたものだろう。だが椅子はヴァランダーが前から使っていたものだった。

彼はジャケットを脱いで椅子に腰を下ろした。

同じ匂いだ、と彼は思った。同じ清掃剤、同じ乾燥した空気、長年この建物の中で飲まれてきたコーヒーのすえた匂い。

彼は長い間そのまま座っていた。

一年以上も自分自身を知りたくて、またこれからどうすればいいのか知りたくて悩み苦しんだ。どうしてもわからない中で、苦し紛れの結論が出た。だがその結論は、たった一つの新聞記事でがらりと変わった。

久しぶりに、うれしさが込み上げてくるのを感じた。

ついに結論を出したのだ。これが正しいかどうか、それはわからない。だが、そんなことはもはや重要ではなかった。

彼は机に身を乗り出し、大型のノートを取り出して紙をめくり、名前を一つ書いた。

ステン・トーステンソン。

クルト・ヴァランダーは復職した。

3

八時半、ビュルクが会議室のドアを閉めたとき、ヴァランダーはずっと休職していたという気がしなかった。一年半という、捜査会議に参加していなかった時間はまったく存在しなかったかのようだった。時間が止まっていた夢から醒めたような感じだった。

いま彼らはそれまで何度もそうしたように楕円形のテーブルについていた。ビュルクがまだなにも話していなかったので、ヴァランダーはそこにいる人々はみな、これから自分が辞職のあいさつをするのを待っているのだと思った。あいさつが終わり、みんなと握手を交わして自分が部屋を出たら、ステン・トーステンソン殺しの捜査会議に入るつもりなのだ、と。

ヴァランダーは席についてから、そこは彼が座るいつもの場所であることに気がついた。ビュルクの隣である。その隣の席が一つ空いていた。みんなが、もはや現役の警官ではない人間の近くに来るのを避けているようだ、と彼は思った。真向かいにマーティンソンが座っている。いつものように大きな音をたてて洟をかんだ。ヴァランダーは、風邪をひいていないマーティンソンに会ったことがあるだろうか、と思った。その隣にスヴェードベリが座っている。いつもどおり鉛筆で薄くなった頭のてっぺんを掻いている。

つまり、いままでとすべてがまったく同じだ、もしいちばん離れた席に青いセーターにジーンズ姿の女性が座っていなければ。会ったことのない女性だったが、だれであるかは知っていた。名前までも。二年近く前に、イースタ署の犯罪捜査官の人員を増やす話があった。そのときアン＝ブリット・フーグルンドの名前が挙げられた。まだ若く、その三年前に警察学校を卒業したばかりだったが、すでにひときわ目立つ存在だった。卒業時に、彼女は成績優秀者に与えられる賞を受けた二人の学生の一人で、すべてにおいてほかの学生たちより優れていた。もともとはイースタの近くのスヴァルテ出身だったが、子どものときにストックホルムの近郊に引っ越した。卒業に当たって国じゅうの警察区から望まれたが、彼女自身は出身地のイースタ警察区で働くことを希望した。

ヴァランダーが彼女の視線を捕らえると、彼女は恥ずかしそうにほほえみ返した。

つまり、なにもかもが元どおりというわけではないということだ、とヴァランダーは訂正した。女が一人増えるだけで、なにもかもが変わってしまう。

それ以外は目につくことがなかった。ビュルクが立ちあがった。ヴァランダーは突然落ち着かない気分になった。もしかすると、すべてが遅かったのではないか？　自分の知らないうちに、じつはもうクビになっていたのではないか？

「いつもなら、月曜の朝は気分が重いものだ」ビュルクが話しはじめた。「とくに、われわれがよく知っているステン・トーステンソン弁護士殺害事件の捜査をしているいまは、なおさらのことだ。だが、今回はそれでも週の初めをグッドニュースで始めることができる。クルトが元気になり、今日から仕事に復帰する。クルト、私はみなを代表して、まずよく戻ってきてくれたとあいさつしたい。だが、それは同僚全員の気持ちであることを私はよく知っている。今日きみに初めて会うアン＝ブリット・フーグルンドはもちろんのことだ」

部屋が静まり返った。マーティンソンは信じられないという顔をしてビュルクをみつめ、スヴェードベリは首をかしげてヴァランダーをながめた。フーグルンドは署長の言った言葉が理解できないようだった。

ヴァランダーはなにか言わなければならないと感じた。

「そのとおりだ。自分は今日から仕事に戻ることにした」

スヴェードベリは椅子の後ろ脚でバランスを取って揺らすのをやめ、両手でパンと机を叩いた。

「それはよかった、ヴァランダー警部。ここはあなたなしではこれ以上一日だってやっていけませんよ」

スヴェードベリが素直に発した言葉がその場のみなを笑わせた。一人ひとりがヴァランダーと握手し、ビュルクはコーヒーと菓子パンを振る舞うことにした。ヴァランダーは感動を隠しきれなかった。

しばらくして雰囲気が落ち着いた。それ以上、個人的なことにかけるひまはなかった。ヴァランダーはほっとして、自室から持ってきたノートを取り出した。そこにはただ一つ、ステン・トーステンソンの名前だけがあった。

「クルトはステン・トーステンソン殺害事件を担当させてくれと言っている」ビュルクが続け

た。「もちろん、そうしてもらう。それでは事件の説明から始めることにしよう。詳細についてはそのあとで経過報告書を読んでもらう」

ビュルクがマーティンソンの方を見てうなずいた。この間、まとめて報告する役はヴァランダーからマーティンソンに移っていたらしい。

「まだ、よくわかっていない部分がありますが」マーティンソンが書類をめくりながら言った。「だいたいはこうです。十月二十七日水曜日の朝、つまり五日前のことですが、トーステンソン法律事務所の秘書をしているベルタ・ドゥネール夫人はいつものように八時ちょっと前に事務所に着いた。彼女はステン・トーステンソンが部屋で撃たれて殺されているのを発見した。死体は机と部屋の入り口の間の床にあった。三発撃たれているが、そのどれもが死に至るに十分なものだったらしい。その建物には居住者はいない。また建物は厚い壁の石造りであることと、交通の激しい通りに面していたことから、銃声を聞いた者はいない。いや、銃声を聞いたと申し出てきた人間はいまのところいないと言った方が正確ですが。解剖の結果から、ステン・トーステンソンは夜十一時ごろに殺されたと見られる。それは、ステンがいつも夜遅くまで事務所に残って働いていたと証言するドゥネール夫人の言葉でも確認されている。父親があのような気の毒な死に方をしてからはとくにそうだったということです」

ここでマーティンソンは言葉を止め、ヴァランダーの方をうかがった。

「父親が自動車事故で死んだということは知っている」ヴァランダーが言った。

マーティンソンはうなずいて話を続けた。

「われわれが知っているのは、だいたいこんなところです。つまり、ほとんどなにもないんです。動機もわかっていなければ、凶器もないし、証人もいない」

ヴァランダーはステン・トーステンソンがスカーゲンに自分を訪ねてきたことをここで言うべきかどうか、迷った。いままで彼は同僚に話すべき情報をそうしないでしまっておくという職務上の間違いを何度も犯してきた。どの場合も隠しておく方がいいと判断するだけの理由があったのだが、その理由をあとから説明するのはむずかしかった。

おれは間違っている、と彼は思った。おれは復職したことはしたが、以前の警官としての経験を否定するところから始めている。

だが、心の中で、今回のケースの場合、それが重要だという声がした。

彼は直感を大事にしていた。それは彼のもっとも信用できる助言者であると同時に最悪の敵でもあった。

だが、今回は直感に従っていいと思った。

マーティンソンの言葉の中になにか警戒させるものがあった。いや、彼の言わなかったことの中にあったのかもしれない。

ビュルクが両手をテーブルについたので、ヴァランダーは考えが中断された。このしぐさはボスが苛立っていることを示すものだった。

「菓子パンを頼んだのにまだ来ない。ここでいったん会議は中止しよう。クルトに詳細を読む時間を与えて、午後にまたここに集まることにする。それまでには菓子パンが届くだろうから」

ビュルクが部屋を出ると、残りの者たちはヴァランダーの近くに集まった。ヴァランダーはなにか言わなければならないと思った。なにも言わないで同僚の中に戻って、なにごともなかったかのように平然と仕事を続けることはできない。

「初めからなにもかもやり直そうと思う。おれは苦しい時を過ごした。もう一度仕事に戻れるかどうか、ずいぶん悩んだ。たとえ正当防衛であったとしても、人を殺したという行為は自分の中に深く食い込んでくる、振り払っても払いきれない精神的な衝撃だ。だがおれはいま、なんとかもう一度やってみようと思う」

部屋が静まり返った。

「おれたちにそれがわからないと思わないでください」しばらくしてやっとマーティンソンが口を開いた。「警察官という職業柄、なんにでも慣れなければやっていけないし、また悲惨なことには終わりがないように見えるいまの時代ではありますが、あんなことが近しい仲間に起きると、われわれみんなにも深いところで影響するんです。これが慰めになるかどうか知りませんが、おれたちはリードベリが死んだときに感じたのと同じように、あなたがいないことを寂しく思っていました」

一九九一年の春に死んだ犯罪捜査官リードベリは、彼らの守護神だった。警察官としての長い経験と、一人ひとりの警官と個人的で親密な関係をもつことができたその人間性から、リードベリはいつも犯罪捜査課の中心にいた。

ヴァランダーはマーティンソンの言わんとしているところがわかった。彼自身、個人的にもリードベリの近しい友人だった。リードベリの仏頂面の裏には深い知識と教養があったことを知っていた。

おれはリードベリの後継者ということだ、とヴァランダーは思った。マーティンソンが言おうとしているのは、彼らはリードベリのマントがおれの肩にかかっているのを見ているということだ。目に見えないマントというものもあるのだ。

スヴェードベリが立ちあがった。

「ほかに意見がなければ、自分はこれからトーステンソンの事務所に行きます。残された書類に目を通すためにスウェーデン弁護士連盟から人が来て、警察に立ち会ってほしいと言っているので」

マーティンソンが事件の経過報告書をヴァランダーに渡した。

「これがいままで捜査したものです。現状を把握するために読んでください」

ヴァランダーはうなずいた。

「自動車事故のは？　グスタフ・トーステンソンの」

マーティンソンは意外そうな顔をした。

「そっちの捜査は終了しています。車が道路から飛び出したんですよ」

「かまわなければ、その報告書も見たいんだが？」ヴァランダーは気を遣いながら言った。

マーティンソンは肩をすくめた。

「それじゃ、あとでハンソンの部屋に届けておきます」

「もうハンソンの部屋じゃない。またおれの部屋になった」

マーティンソンが立ちあがった。

「警部はいなくなるときも急だったけれども、戻ってくるのも急でしたから、言い間違えただけです」

マーティンソンは部屋を出ていった。残ったのはヴァランダーとアン＝ブリット・フーグルンドだけになった。

「警部のことはいろいろ聞いています」フーグルンドが言った。

「悪いことばかり聞いているのだろう。残念ながらぜんぶ本当だ」

「警部にはこれからたくさん教えていただくことになると思います」

「教えることなど、なにもない」

ヴァランダーはそそくさと立ちあがって、マーティンソンから渡された書類をまとめて両手に持った。アン＝ブリット・フーグルンドがドアを開けてくれた。

部屋に戻った彼は、全身に汗をかいていることに気がついた。ジャケットとシャツを脱いで、汗を拭きはじめたとき、ノックもしないでマーティンソンが部屋のドアを開けた。上半身裸のヴァランダーを見て、マーティンソンはぎくっとして足を止めた。

「グスタフ・トーステンソンの自動車事故の報告書を持ってきました。ハンソンの部屋ではないというのをうっかり忘れてしまい……」

「おれはまだ昔気質《かたぎ》なところがあるんだ。部屋に入る前にはノックしてくれ」

マーティンソンは机の上にホルダーを置くと、急いで部屋を出ていった。ヴァランダーは続けて体を拭き、シャツを着ると、机に向かって報告書を読みはじめた。

全部読み終わったころ、時計は十一時を示していた。

すべてが不馴れな感じだった。どこから始めればいいのだ？

イッランド半島の海岸で霧の中から現れたステン・トーステンソンのことを思い出してみた。ステンはおれに手伝ってほしかった。父親になにが起きたのか、調べてほしがっていた。自動車事故ではなく、自殺でもない、なにかほかの原因があるはずだと。死ぬ半年ほど前から父親の精神状態に変化があったと語っていた。彼はおれに会いに来てまもなく、夜遅く事務所で射殺された。父親がなにかを気に病んでいるようだったとも言っていた。だが、彼自身はそれがなにかわからなかった。

ヴァランダーはステン・トーステンソンと書き込んだノートを手元に引き寄せた。そしてページをめくってグスタフ・トーステンソンと書いた。

それから二つの名前の順番を変えてみた。

受話器を取って、記憶をたよりにマーティンソンの部屋の番号を押した。だれも出ない。もう一度やってみたが同じことだった。彼がいなかった一年半の間に、署内の電話システムが変わったのかもしれないと思った。立ちあがって廊下に出た。マーティンソンの部屋のドアが開いている。ヴァランダーは彼の部屋に行った。

「捜査報告書は読んだ」ヴァランダーは来客用のぐらぐらする椅子に腰を下ろした。

「わかったと思いますが、あまり手がかりがないのです」マーティンソンが言った。「犯人は一人か二人、深夜ステン・トーステンソンの事務所に押し入り、彼を撃ち殺した。盗まれたものはなにもないようです。財布は上着の内ポケットにありました。三十年以上もあの法律事務所で働いているドゥネール夫人は、なにも盗まれていないと言ってます」

ヴァランダーは話を聞きながらうなずいた。マーティンソンがさっき言ったこと、あるいは言わなかったことで、なにかが気になるのだが、それがなにか、まだ突き止められなかった。

「殺害現場に最初に到着したのは、おまえさんか？」ヴァランダーが訊いた。

「最初に行ったのはパトロールのペータースとノレーンです。彼らから連絡を受けて、自分が行きました」

「最初の印象は？　第一印象というものは大事だ。どう思った？」

「強盗殺人」マーティンソンは即座に言った。

「何人だ？」

「それについてもまったく手がかりがありません。しかし、凶器は一つです。それだけは確かです。まだ鑑識から詳しい報告書が出ていない段階でも間違いなくそう言えます」

「ということは、押し入ったのは一人、ということか？」

マーティンソンはうなずいた。

「だと思います。でも単に直感的なもので、確認はとれていませんし、検証されてもいません」

「ステン・トーステンソンは三発撃たれている。一発は心臓に、二発目はへそのすぐ下の腹に、そして三発目は額に。これはプロの射撃手の仕業《しわざ》という見方ができると思うが、どうだ？」

「それについては自分も考えました」マーティンソンが言った。「しかし、偶然ということも考えられます。急所に当たる確率はプロの射撃手だけでなく、しろうとがめちゃくちゃに撃った場合にも同じくらい起きるそうです。アメリカの報告書で読んだことですが」

ヴァランダーは立ちあがったが、そのまま動かなかった。

「強盗ならなぜ法律事務所に押し入る？　たしかに弁護士の料金はべらぼうに高いと言われてはいる。だが、事務所に金を置いていると思うだろうか？」

「それは犯人に訊いてみないとわかりません」

「捕まえて訊いてみようじゃないか。よし、おれはこれから法律事務所に行ってみる」

「秘書のドゥネール夫人は激しいショックを受けています。一ヵ月のうちに彼女の世界が崩壊してしまったのですからね。年とった方のトーステンソンが死んで、その葬式が終わったばかりのときに今度は息子の方が殺されて。しかし、気丈な人らしく、ショックは受けていますが、しっかりした口調で話はできますよ。彼女の住所はスヴェードベリが事情聴取をした報告書にあります」

「スティックガータン二十六番地。ホテル・コンティネンタルのすぐ後ろの通りだ。おれはあそこによく駐車する」

「あそこは駐車禁止じゃないですか？」マーティンソンが言った。

ヴァランダーは部屋に戻ってジャケットを取り、警察署を出た。受付の若い女性に見覚えがなかった。顔を見せてあいさつする方がいいかと思った。そうすれば昔からよく知っているエッバはどうしたのか、訊くこともできる。辞めたのだろうか。それとも今日は夜勤なのだろうか。だが、それはやめにした。今日署に来てから別段特別なことはなかったが、彼の緊張度は高かった。ひとりになりたかった。長い間、彼はひとりで時間を過ごしてきた。いま、ほかの者たちといっしょにいることに慣れるのに時間が必要だった。

ヴァランダーは車でイースタ病院方面へ坂道を下りた。一瞬、スカーゲンでのひとりの時間が懐かしく思い出された。自分自身を監視するための、ひとりっきりのパトロール。あれはじゃまする者のいない時間だった。

だが、それはもう過ぎたことだ。彼は復職し、仕事を始めたのだ。

おれは人といっしょにいることにまだ慣れていないのだ、と彼は思った。時間がかかるかもしれないが、きっと慣れるだろう。

トーステンソン法律事務所は黄色い石造りの建物で、シューマンスガータンにあった。まもなく改修が終わるイースタ劇場の近くだった。

警察の車が建物の入り口に停まっていた。道の反対側には見物人が何人か物見高そうに集まっていた。海から冷たい風が吹いている。車から降りたとき、ヴァランダーはぶるんと体を震わせた。建物の重い扉を開けると、中から出てきたスヴェードベリとぶつかりそうになった。

「ちょっと食べ物を買ってきます」

「そうしたらいい。おれはしばらくここにいるつもりだ」ヴァランダーは言った。

法律事務所の受付には若い事務員が所在なげに座っていた。彼女は見るからにおびえていた。ヴァランダーは報告書にあったソニヤ・ルンディンだろうと見当をつけた。この女性はこの法律事務所に雇われてから二ヵ月しか経っていない。彼女から捜査に役立つことはなにも聞き出すことができなかったようだ。

ヴァランダーは手を差し出して、名前を言った。

「ちょっと現場を見せてもらおうと思ってね。ドゥネール夫人は休みかい?」

「ええ、家で泣いてます」若い女はポツンと言った。

ヴァランダーはあとに続ける言葉を失った。

「あの人はとても立ち直れないわ、こんなことから」とソニヤ・ルンディンは続けた。「あの人もきっと死んでしまうわ」

「そんなことを考えてはいけないよ」ヴァランダーはそう言ったものの、言った先から言葉が空虚に聞こえた。

トーステンソン法律事務所は独身者の仕事場だったのだ、と彼は思った。グスタフ・トーステンソンは十五年以上も男やもめだったし、息子のステンは同じく十五年以上母親がいないわけだが、妻もいなかった。ドゥネール夫人は一九七〇年代に離婚して以来ひとり身だと報告書にあった。三人の独身者が来る日も来る日もこの事務所で働いていた。そしていま、そのうちの二人が死に、残りの一人はいままで以上に孤独になっただろう。

ドゥネール夫人が家で泣いているとしても無理はない、とヴァランダーは思った。

会議室のドアは閉まっていた。中からかすかに人声がした。両隣の部屋のドア脇にはよく磨かれた二人の弁護士の金色の名札が掛けられていた。父親の名前と息子の名前。

発作的に、ヴァランダーは父親の部屋のドアを先に開けた。カーテンが閉まっていて部屋は薄暗かった。中に入ってドアを閉め、明かりをつけた。葉巻の匂いが部屋にしみ込んでいる。ヴァランダーはゆっくりと見渡し、まるで別の時代に足を踏み入れたような気がした。重い革のソファ、大理石のテーブル、壁には絵が飾ってある。一つ見逃していたことがあると彼は思った。ステン・トーステンソンを殺した犯人の狙いは美術品だったかもしれないということだ。絵に顔を寄せてサインを読みとろうとした。これらはオリジナルだろうか、それとも複製だろうか。名前は読めなかったし、絵の真贋もわからないまま、彼は絵から離れて部屋の中をぐるりとまわった。大きな地球儀が、がっしりした机の上に置かれている。ほかには、ペンが数本、電話、それに速記用口述録音機《ディクタフォン》があるだけだった。彼は机の後ろの座り心地のいい椅子に腰を下ろして、続けて部屋の中をじっくりとながめた。そしてスカーゲンのアート・ミュージアムの喫茶室で、ステン・トーステンソンが言ったことをもう一度考えた。

車の事故だが、本当はなにか別のもの。死ぬ前の数ヵ月、なにか気にかかることを隠そうとしていた父親。

弁護士とはなにをする人間か？　検察官が起訴するときに、被告の代理人となる者。法律的助言者。弁護士はつねにさまざまな信頼を寄せられる。弁護士は守秘義務の誓約に従わなければならない。

ヴァランダーはいままで考えたこともない事実に気づいた。弁護士は多くの秘密を背負っているということだ。

彼は立ちあがった。

結論を出すのはまだ早すぎる。

ヴァランダーがグスタフ・トーステンソンの部屋を出たとき、ソニヤ・ルンディンはまださっきの場所にじっと座っていた。次にステン・トーステンソンの部屋のドアを開けた。一瞬、彼はぎくっとした。床にステンの死体がまだあるような気がしたのだ。それは報告書の中で見た写真だった。実際にいま床にあるのは、ビニールシートだけだった。深緑色のカーペットは鑑識が運び出していて、そこにはなかった。

その部屋はヴァランダーがいま出てきたばかりの部屋によく似ていた。違いは一つだけで、それは机の近くにある、モダンな来客用の椅子数脚だった。

机の上に書類は一枚もなかった。ヴァランダーは、今度は椅子に腰を下ろさなかった。

おれはまだ表面を見ているだけだ、とヴァランダーは思った。耳を澄まし、あたりをよく観察して、記憶に留めるのだ。

ヴァランダーは部屋を出て、ドアを閉めた。スヴェードベリが戻ってきていた。買ってきたばかりのサンドウィッチをソニヤに勧めている。スヴェードベリはヴァランダーにも勧めたが、彼は黙って首を振った。そして会議室を指さした。

「弁護士連盟から送り込まれた、仕事の整理を委任された弁護士が二人来ています」スヴェードベリが答えた。「この事務所にある書類ぜんぶに目を通しているんです。記録し、ファイルし、どうすべきか提案をする。クライアントに連絡をし、ほかの弁護士を推薦する。トーステンソン法律事務所は事実上閉鎖したわけですから」

「警察は当然ここにあるものすべてを調べる権利を保有しなければならない」ヴァランダーが言った。「真実は彼らのクライアント関係の中に隠されていることも考えられるからな」

スヴェードベリが眉を上げた。

「彼らの？ ステン・トーステンソンの、という意味ですよね？ 親父さんは自動車事故で死んだはずですから」

ヴァランダーはうなずいた。

「そうだ。もちろんステン・トーステンソンのクライアントと言うつもりだった」

「本当のことを言うと、逆じゃないのが残念ですよ」

ヴァランダーはスヴェードベリの言葉をあやうく聞き逃すところだった。

「いまのは、どういう意味だ？」彼は訊き返した。

「いや、親父さんの方はあまりクライアントがいなかったようですから。息子のステンの方はずいぶんたくさんの事件を手掛けていたようですが」

スヴェードベリは会議室の方を見て、うなずいた。

「あと一週間かかるそうですよ」

「それじゃ、おれが彼らに会うのは今日でなくてもいい。むしろドゥネール夫人の方が急ぎだ」ヴァランダーが言った。

「いっしょに行きましょうか？」

「いや、その必要はない。住所はわかっている」

　ヴァランダーは車に乗り込み、エンジンをスタートさせた。気分が乗らず、決めかねていた。だが、思い切ってやってみることにした。ここから始めるしかない。彼だけが知っていること、すなわちスカーゲンに訪ねてきたステン・トーステンソンの話、これを出発点として捜査を開始するのだ。

　きっと関係があるはずだ。彼はゆっくり東の方へ車を進ませて、裁判所の建物を通り過ぎサンドスコーゲンも過ぎて、まもなくイースタの町の外に出た。この二つの死には絶対関係があるはずだ。そうでないはずがない。

　サイドミラーに映る灰色の景色をながめた。霧雨が降りはじめた。彼は車の中の温度を上げた。

　このぬかるみの土地がどうして好きになれるのだろう、と思った。だが、おれは間違いなくこの地が好きだ。おれはいつもこのぬかるみの土地を同伴者として生きている警官だ。それをほかのものと取り替えようとはまったく思わない。

それから三十分ほどして、ヴァランダーはグスタフ・トーステンソンが十月十一日の夜、車の事故で死んだ現場に到着した。事故の報告書を持ってきていた。強い風の中、報告書の入ったホルダーをジャケットの内ポケットに入れて車を降りた。車のトランクからゴム長靴を取り出して、現場を視察する前に履き替えた。風がますます強くなり、雨も本格的に降りだして、彼は身震いした。ノスリが一羽、半分壊れた金網の柱に止まってじっと彼を見ていた。

事故現場はスコーネ地方でもめずらしいほどうらさびれたところだった。近くに農家は見えない。あたりは一面茶色い畑で、それがまるで固まった波のように彼を囲んでいた。道路は直線だった。百メートルほど先の急カーブのあとは、鋪装もしていない小道になっていた。ヴァランダーは車のボンネットに事故現場の図を置き、目の前の地形と見比べた。事故車は道路の左側の畑の中に腹を上にしてひっくり返っていた。路面に急ブレーキの跡はなく、事故当時、あたりは濃い霧に包まれていた。

ヴァランダーは報告書を車の中に入れた。そして道路の真ん中に立ってあたりを見回した。ここに来てから通り過ぎた車はない。ノスリはまださっきの柱に止まったままだ。ヴァランダーは側溝をまたいで泥土の中に入った。軟らかい土が長靴の下でぐにゃりと動いた。二十メートルほど歩数を数えながら歩き、道路を振り返って見た。家畜処理場に行く車が一台通り過ぎた。そのあとすぐ乗用車が二台続いた。雨が激しくなってくる。彼はそこに立ったまま、事故が起きたときを想像してみた。まず、年輩の運転者が霧の中を運転していた。突然運転者はハンドルのコントロールを失った。車は道路から逸れて畑の土の中に突っ込み、一回か二回回転して腹を上にして止まった。運転者はシートベルトをつけたまま座席で死んだ。顔に擦り傷があるほか、彼は車の中にあったなにか硬いとがった金属に後頭部を強くぶつけている。間違いなく即死だったと思われる。明け方、トラクターを運転していた近所の農家の人間に発見された。

スピードを出していたとはかぎらない、とヴァランダーは思った。コントロールを失ってパニックに陥り、アクセルを踏んでしまったのかもしれない。それで車が道路脇の畑に飛び出したのかもしれない。マーティンソンが報告書に書いた事故現場の記載は完璧で正確なのかもしれない。

道路へ戻りかけたとき、すぐそばの土から半分頭を出しているものが見えた。よく見るとそれは台所などで使われる粗末な木製の茶色い椅子の脚だった。彼はそれを土から抜いて放り投げた。ノスリが驚いて重い翼を羽ばたかせて柱から飛び立ち、消えた。

あとは壊れた車を見て確認するだけだ、とヴァランダーは思った。だがきっとマーティンソンの目に留まらなかったものをみつけることはないだろう。

車に戻り、長靴から泥をできるだけ落として、トランクに入れ、靴に履き替えた。イースタに戻る途中、ルーデルップに寄って新婚の父親とその妻に会うべきかどうか、考えた。だが、今日はやめることにした。午後警察署に戻る前にドゥネール夫人に会いたかったし、事故車も見ておきたかった。

イースタの入り口でガソリンスタンドに入ってコーヒーを飲みサンドウィッチを食べた。ヴアランダーはカフェテリアの中を見渡した。ガソリンスタンドといっしょになっている食堂ほど無味乾燥なところはないと思った。ヴァランダーは突然不安を感じ、ほとんど口もつけていないコーヒーを残して、その店を出た。雨の中をまっすぐイースタへ車を走らせた。ホテル・コンティネンタルのところで右に曲がり、すぐにまた右に曲がって、道幅の狭いスティックガータンに入った。ベルタ・ドゥネール夫人が住んでいるピンクの壁の建物の前で、歩道に半分乗り上げるような下手な駐車をした。ドアベルを鳴らして待った。一分ほど経ってからやっとドアが開いた。ほんの少しの隙間から、青ざめた女性の顔が見えた。

「私はクルト・ヴァランダーという警察官です」と言いながら、彼はポケットをまさぐって身分証明書を探した。「できれば少し、話を聞きたいのですが」

ドゥネール夫人はドアを開けて彼を中に通した。ヴァランダーは手渡されたハンガーに濡れたジャケットを掛けた。ドゥネール夫人は彼を居間に案内した。床はピカピカに磨かれている寄せ木張りで、裏庭に向かって大きな窓が見える。彼は部屋を見渡した。この家は、なにもかもがきちんとしている。偶然に置かれているものなど一つもない。ソファも飾り物も、隅の隅まで計算されて配置されているのだ。

この女性は法律事務所でも同様に潔癖に仕事をしてきたにちがいない、と彼は思った。花に水をやることと、スケジュールを一点の間違いもなくこなすのは、きっと同じことの裏表なのだろう。偶然というものなどない、すべてが意識され計画された人生だ。

「どうぞ、お座りください」思いがけず野太い声で彼女は椅子を勧めた。ヴァランダーはこのような灰色の髪で痩せた女性は細い声で話すような気がしていた。彼はあたりを見回し、古風な籐椅子をみつけて腰を下ろした。椅子がきしむ音がした。

「コーヒーはいかがですか?」

ヴァランダーは首を振った。

「紅茶は?」

「それもけっこうです」ヴァランダーは言った。「訊きたいことが少しあるだけなので、終わったらすぐに帰りますから」

ドゥネール夫人は向かい側の花模様のソファに腰を下ろした。ヴァランダーとの間にガラス板のソファテーブルがある。彼は鉛筆もノートも持ってこなかったことに気がついた。それに、以前は絶対に忘れることがなかった、習慣となっていた準備、すなわち少なくとも最初の質問を考えておくこともしていなかった。この仕事を始めて間もないころに、犯罪捜査に当たっては準備のない取り調べや会話というものは絶対あってはならないものと学んでいたのに。

「まず初めに、今回立て続けに起きた悲しい出来事を心から残念に思っていることをお伝えしたい」ためらいながらもヴァランダーは悔やみの言葉から始めた。「グスタフ・トーステンソン氏には数回しか会ったことがありませんでしたが、ステンの方はよく知っていました」

「ステンはあなたの離婚手続きのお手伝いをしたでしょう?」ベルタ・ドゥネール夫人はすばやく答えた。

その瞬間、ヴァランダーは彼女を思い出した。あのとき事務所で彼とモナを迎え入れたのは、彼女だった。面会はたいていモナとの激しい言い争いで終わったものだ。あのころドゥネール夫人の髪はこんなに白くはなかった。それにもう少し肉付きがよかったかもしれない。それでも、彼女を即座に思い出せなかったことにヴァランダーは内心驚きを感じた。

「記憶力がいいですね」ヴァランダーが言った。

「名前は忘れることがあっても、顔は忘れません」

「私もどちらかと言えばそうかもしれない」

静かになった。車が一台表を通った。ヴァランダーはこの訪問はもう少しあとにするべきだったと思った。なにを訊くべきか、用意がない。なにから始めるべきか。それに、長い離婚訴訟の不快な思い出について、他人からなにも言われたくなかった。

「あなたはすでに同僚のスヴェードベリから事情聴取されていますね」しばらく経って、彼はふたたび話を始めた。「むずかしい事件の場合、事情聴取が何度もおこなわれることがよくあるのです。担当の警官が替わることもよくあります」

彼は言わずもがなのことを言っている自分に、心の中で舌打ちした。すぐにもこれを終わらせて、外に出ようと思ったほどだった。が、そこで我慢して考えを集中させた。

「すでに答えをいただいているものについてはお訊きしません。あなたが朝事務所に行って、ステン・トーステンソンを発見したときのこともけっこうです。なにか付け加えたいことがありますか?」

答えはきっぱりと、ためらわずに来た。

「なにもありません。スヴェードベリ警官にお話ししたとおりです」

「前の晩、事務所を出たのは何時ごろでした？」

「六時ごろでした。せいぜい五分過ぎぐらいか、それ以上ではありません。ソニヤさんの書き上げた手紙をチェックして、トーステンソン氏にインターホンでもう帰ってもいいかと訊きました。彼は、今日はもう帰っていい、と言いました。それでわたしはコートを羽織って、事務所を出ました」

「ドアはオートロックですか？　ステン・トーステンソンはひとり残ったのですね？」

「ええ、そうです」

「あの晩、彼がなにをする予定だったか、知っていますか？」

彼女は眉を寄せた。

「もちろん仕事です。ステン・トーステンソン氏のように仕事の多い弁護士は、そんなに早く帰宅することはできないのですよ」

ヴァランダーはうなずいた。

「もちろんそうでしょう。私が伺いたいのは、なにか特別急ぎの仕事があったのか、という意味です」

「なにもかもが急ぎの仕事なのです。お父様が数週間前に殺されたので、息子さんの仕事はものすごい量になったのです。それはおわかりでしょう？」

ヴァランダーは彼女の言葉遣いにぎくっとした。

「自動車事故のことですね？」

「それ以外のなにがあります？」

「いま、彼の父親は殺された、と言いませんでしたか？　自動車事故に殺されるという言い回しはあまり聞かないと思ったのですよ」

「人は死ぬか殺されるか、どちらかじゃありませんか。ベッドで死ぬのは、よく自然死と言われる死に方です。でも、自動車事故で死んだら、それは自動車に殺されるということでしょう？　だから殺されたという言い方が合っていると思いませんか？」

ヴァランダーはゆっくりうなずいた。彼女の言わんとしたことはわかった。しかし、彼女はなにかほかのことを言いたかったのではないだろうか。自分では意図しなかったかもしれないが、ステン・トーステンソンがおれをスカーゲンまで訪ねてきたのと同様の疑惑をぶつけているのではないだろうか？

ふと思いついたことがあった。

「殺された前の週、二十二日から二十五日まで、ステン・トーステンソンがなにをしていたか、だいたいでいいですが、わかりますか？」

答えはやはり即座に来た。

「旅行中でした」

ステン・トーステンソンは内緒で旅行したわけではなかったのだ。

「何日かここを離れてみる、と言われました。お父様を亡くされた悲しみのためですわ。あの四日間に入っていた予約をすべてキャンセルなさって」

突然、思いがけないことに、彼女は泣きだした。ヴァランダーはどうしていいかわからなくなった。彼の体の重みで籐椅子がきしんだ。

彼女はさっと立ちあがると、台所へ引っ込んだ。洟をかむ音が聞こえた。それからふたたび現れた。

「本当にひどいことになってしまって。とても、とてもひどいことになってしまって」

「わかります」ヴァランダーは言った。

「トーステンソン氏から絵葉書をもらいました」ふとほほえんで彼女は言った。ヴァランダーはこの分ではまたすぐに泣きだすだろうと思った。だが、彼女はもちこたえた。

「ごらんになりますか？」

ヴァランダーはうなずいた。「ええ、見たいですね」

彼女は立ちあがって、長い方の壁沿いの本箱の前まで行った。陶器の深鉢の中から絵葉書を一枚取り上げると、彼に渡した。

「フィンランドは美しい国でしょうね」彼女は言った。「わたしは行ったことがありませんけど。あなたは？」

ヴァランダーはけげんそうに絵葉書をみつめた。それは夕暮れの海辺の景色だった。

「ええ、行ったことがありますよ。あなたの言うとおり、美しい国です」

「感情的になってしまってごめんなさい。その絵葉書は、じつはわたしがトーステンソン氏を発見したその日に受けとったのですよ」

ヴァランダーはぼんやりしたまま、うなずいた。

このベルタ・ドゥネール夫人という秘書からは、思っていたよりずっと訊かなければならないことがありそうだ。が、まだ時が熟していない。ステン・トーステンソンは、秘書にフィンランドへ行くと言っていたのだ。そして謎に満ちた証拠品としてフィンランドから絵葉書が送られてきた。だれが投函したのだろう？　実際にはデンマークのイッランドにいたというのに？

「捜査の都合上、この絵葉書を二、三日、借りることができますか？」ヴァランダーが訊いた。

「もちろん、必ず返すと約束します」

「わかりました」

「最後に一つ、訊きたいことがあります。最後の晩、ステンはなにかいつもと違うところはありませんでしたか？」

「どういうことですか？」

「変な感じだったとか？」

「彼はもちろん、お父様が突然亡くなられたことを深く悲しんでおられましたけど」

「そのほかには？」

ヴァランダーはなんとぎこちない質問の仕方だろうと、自分でも腹が立った。が、そのまま言葉を足さずに待った。

「いいえ。いつものとおりでした」

ヴァランダーは籐椅子から立ちあがった。

「おそらくまたおじゃますることになると思います」

ドゥネール夫人は立ちあがらなかった。

「だれにあんな恐ろしいことができるのでしょう？　家に入ってきて、人を殺し、なにごともなかったかのように、引き揚げるなんて」

「必ず捕まえてみせます。ステン・トーステンソンに敵はいなかったですか？」ヴァランダーが訊いた。

「だれのことです？」ドゥネール夫人は眉を寄せた。

ヴァランダーは少し迷ってから、もう一つ質問をした。

「あなたはいったいなにが起きたと思っているんです？」

彼女は立ちあがって、答えた。

「昔は、理解できないと思うようなことでもそれなりにわかったものです。でもそれは変わりました。わたしたちの国では、そんなことは不可能になりました」

ヴァランダーはまだ湿気で重いジャケットを羽織った。通りに出ると、彼は立ち止まった。昔、警察学校を出たばかりの新米のころ、自分で思いついた箴言を思い出した。

〈死ぬのも生きることのうち〉

ベルタ・ドゥネールが最後に言った言葉のことも考えた。スウェーデンについて彼女が言ったあの言葉は深い意味をもっていると直感したが、いまは考える時間がない。あとでゆっくり考えることにしようと思った。

死んだ人間の考えが読めるようにならなければ。フィンランドからの絵葉書。間違いなくステン・トーステンソンが自分といっしょにスカーゲンのアート・ミュージアムの喫茶室でコーヒーを飲んでいた日のスタンプが押してある。あれはステンがドゥネール夫人に真実を隠していたことを意味する。人はうそをつくとき、自分でそれに気がつかないわけはない。

ヴァランダーは車に乗り、これからなにをするか考えた。本当はまっすぐ家に帰りカーテンを閉めてベッドに潜り込みたかったが、勤務中の警官としてはほかにしなければならないことがあった。

腕時計を見た。二時十五分前。遅くとも四時には午後の捜査会議に出るために警察署に戻っていなければならない。一瞬考えたが、車をスタートさせて、ハムヌガータンで方向転換してそのまま左へ走り、またウスターレーデンに戻った。マルメヴェーゲンを進み、ビアレシューへ行く道との交差点で曲がった。霧雨は止み、風は強くなったり弱まったりした。数キロ走ってから、金網が張り巡らされた場所に来ると車を止めた。錆びた看板に『ニクラソン廃物処理／屑鉄屋』とある。金網のゲートが開いていた。彼は中に車を乗り入れた。両側に廃車がうずたかく積まれている。おれはいままで何度ここに来たことだろう、とヴァランダーは思った。ニクラソンは数えきれないほどさまざまな犯罪行為で被疑者と見なされ、何度も取り調べを受けていて、イースタ警察ではよく知られている人間だ。というのも、彼は一度も捕まったことがないからだった。証拠がある場合でも、決定的に彼だと確定できるところまでいかず、ニクラソンはいつもキャンピングカー二台を繋いだ住居兼事務所のここに戻ってくるのだった。

ヴァランダーはエンジンを止めて車を降りた。汚いネコが錆びたプジョーのボンネットから彼をにらんでいた。次の瞬間、古タイヤの山の中からニクラソンが姿を現した。黒っぽい作業着を着ている。頭には汚れた帽子を深くかぶり、長い髪をすっぽりと隠している。ヴァランダーは彼がこれ以外の格好をしているのを見たことがなかった。

「これはこれは、クルト・ヴァランダーのお出ましか」と言ってニクラソンはにやりと笑った。「久しぶりだな。おれを捕まえに来たのか」

「そうすべきなのか？」ヴァランダーは言った。

「それはあんたがいちばんよく知っているはずだろう？」ニクラソンが笑った。

「ここに一台調べたい車があるはずだ」ヴァランダーが切り出した。「ダークブルーのオペル。グスタフ・トーステンソン弁護士の乗っていた車だ」

「ああ、あれか」と言うと、ニクラソンは歩きだした。「それならこっちだ。なぜあの車を見たいんだ？」

「乗っていた人間が運転中に死んだからだ」

「みんな運転が下手だからな。自動車事故で死ぬ人間の数がもっと増えないのはおかしいとおれは思ってるんだ。これだよ。まだスクラップしていない。ここに引っ張ってこられたときのまんまだ」

ヴァランダーはうなずいた。

「あとはひとりにしてくれ」

「ああ、いいとも」ニクラソンが答えた。「いつか訊きたいと思っていたことがあるんだ。人を殺すのはどんな気分かね?」

不意をついた問いだった。

「嫌なものだ」ヴァランダーは言った。「どういうものだと思った?」

ニクラソンは肩をすくめた。

「べつに。ただ知りたかっただけさ」

ひとりになって、彼はゆっくりと二回、車のまわりを回った。驚いたことに畑の近くの石塀に強くぶつかり、転覆したにもかかわらず、車にはほとんど外傷がなかった。彼はしゃがんで運転席をのぞき込んだ。最初に目についたのはアクセルペダルのすぐそばの床に落ちている車の鍵束だった。ぐいと力を入れて彼は車のドアを開け、鍵束を拾い、イグニションキーをさし込んだ。ステン・トーステンソンの言ったとおりだった。鍵も鍵穴も壊れていない。考え込んだまま、彼はもう一度車のまわりをぐるりと回った。それから車に乗り込んで、グスタフ・トーステンソンがなにに頭をぶつけたのか、探そうとした。入念に探したが、それらしきものはなにもなかった。車内には血しぶきが飛んでいたが、グスタフ・トーステンソンに致命傷を与えた、後頭部を打ったとされるとがった硬いものをみつけることはできなかった。

彼は車の外に出た。鍵束を持って後ろのトランクをその一つで開けた。古新聞と古い台所用の木製椅子の壊れた一部があった。新聞を取り上げて日付を読んだ。半年以上も前の新聞だった。それからトランクのふたを閉めた。

そのとき初めて、いまなにげなく見たもののもつ意味がわかった。マーティンソンの報告書にあった言葉をはっきり思い出した。その一点において、マーティンソンは詳細に報告していた。〝運転席のドア以外は、トランクも含めてすべてロックされていた〟。

ヴァランダーは体を硬くして立ちすくんだ。

壊れた椅子がトランクの中にあった。ぬかるみの土の中には壊れた椅子の脚があった。そして男が一人車の中で死んでいた。

彼の最初の反応は、いいかげんな捜査と適当な結論に対する怒りだった。それから考えたのは、ステン・トーステンソンはおれのように壊れた椅子の脚を泥の中でみつけたわけではない、つまり、トランクの中にある壊れた椅子を見ても、なんの反応もしなかったはずだ、ということだった。

彼はゆっくり車の方に歩きはじめた。

ステンは正しかったのだ。彼の父親はふつうの自動車事故で死んだのではなかった。それがなんだったのかはわからないが、ヴァランダーは深い霧に包まれたあのひとけのない道路で、その晩なにかが起きたのだと確信した。少なくとももう一人、ほかの人間がその場にいたにちがいない。それはだれか？

ニクラソンがキャンピングカーから出てきた。

「コーヒーでもどうだ?」

ヴァランダーは首を振った。

「あの車には触るな。調べ直さなければならない」と言った。

「気をつけるんだな」ニクラソンが言った。

ヴァランダーは眉を上げた。

「なぜだ?」

「ほら、なんという名前だっけ、あの息子。ステン・トーステンソン? 彼もあの車を見に来たよ。そしたら死んじまっただろう? そのことを言おうと思っただけさ」ニクラソンは肩をすくめた。「それだけだ。べつにほかに言いたいことがあるわけじゃない」

ヴァランダーは急に思いついたことがあった。

「だれかほかにもここに来て、車を調べた人間がいたか?」

ニクラソンは首を振った。

「いいや、だれも」

ヴァランダーはイースタに向かって車を走らせた。全身に疲れを感じていた。まだ自分が発見したものをきちんと整理していなかった。

だが、根本において、彼はもはや疑っていなかった。ステン・トーステンソンは正しかった。自動車事故というのは偽装にすぎなかったのだ。

四時七分過ぎ、ビュルクは会議室のドアを閉めた。ヴァランダーは動きのない沈んだ雰囲気をすぐに感じとった。捜査の方向を定めるような劇的な発見をした者が今日もいないことは、会議が始まる前からわかった。捜査中、映画ならカットされるような、つまらない時間が必ずあるものだ。それでも、みんなが疲れ、ときに苛立ったりするそのような退屈な時間の中から、次の仕事が生み出されるのだ。一人ひとり自分の知っていることや知らないことを話す、そこから先が見えてくるのだ。

そう考えながら、ヴァランダーは心を決めた。自分から進んで仕事に戻らせてくれと頼んだ弱味を、これで払拭するつもりだったのかどうか、あとで考えてもわからなかったが、とにかく彼はそのとき、沈んだ動きのない雰囲気の中で、自分はまだ使い物になる、と感じたのだった。まだ自分は目立たないように引っ込んでいるべき燃え尽き症候群の男ではなく、警察官として役に立つ男だと。

そのとき、ビュルクが言うことがあるかと訊くような目でこっちを見ているのがわかった。ヴァランダーはわずかに首を振ってなにもないと知らせた。まだ話すべきときではない。

「さて、われわれはどこまで来た？　報告すべきことは？」

「聞き込み調査をしました」スヴェードベリが言った。「対象は付近の住人たちです。一軒ずつしらみつぶしに調べました。しかし、だれも聞き慣れない音や目に留まるようなものを見てはいない。おかしなことに、一般からの情報は一つもないんです。まったくなんの反応もありません」

スヴェードベリが口を閉じると、ビュルクはマーティンソンをうながした。

「レゲメントガータンにあるステン・トーステンソンの住居を調べました。しかし、なにを探したらいいのかわからないまま探しているというような、おかしな感じでした。こんなことはこれまで一度も感じたことがありません。はっきり言えるのは、ステン・トーステンソンはいいコニャックを持っているということと、古本蒐集の趣味があるということ。あれはずいぶん価値のあるもののように見えました。それからリンシュッピングの鑑識センターに、凶器の銃弾の調査結果を早く出してくれとせっつきました。明日、なんとか返事が来るはずです」

ビュルクはため息をつき、今度はアン＝ブリット・フーグルンドに向かった。

「わたしはステン・トーステンソンの個人的なつきあいに焦点を当てて調べました。家族と友人関係です。でも、とくに捜査を進展させるような糸口は発見できませんでした。交友関係は広くありません。弁護士の仕事だけをしてきた人物と言ってもいいようです。以前は夏になるとヨットで海に出ていたようです。でも、それもやめてしまっています。どういう理由かはわかりませんが。親戚もあまりいません。父方のおばさんが何人かといとこが数人いるだけです。一匹狼と言っていいと思います」

ヴァランダーは話しているフーグルンドを気づかれないように観察した。この女性にはどこか思慮深さと明晰《めいせき》さがある。実務家と言っていいほど仕事ができるかもしれない。だが、決めつけるのは早すぎる。まだ彼女がどういう人間かはわからない。ただ、優秀な警官だという噂があるだけだ。

新しい時代の、と彼は思った。彼女は新しい時代の警察官かもしれない。おれがいままで何度も想像した、新しい時代の警察官かも。

「捜査は進んでいない、というわけだ」とビュルクがまとめた。「ステン・トーステンソンが銃殺された、場所と時間はわかっている。だが動機と犯人がわからない。やっかいな事件になるということを覚悟しなければなるまい。時間のかかる、むずかしい事件になるだろう」

反対の意見を言う者はいなかった。また雨が降りだしているのが窓から見える。

いまこそ意見を言うときだ、とヴァランダーは思った。

「ステン・トーステンソンの件については、私はなにも付け加えることはありません。まだほんのわずかしか、わかっていないわけですから。いま私は、まったく別のアングルから始めなければならないと思っています。父親のグスタフ・トーステンソンからです」

テーブルのまわりに緊張感が生まれた。

「グスタフ・トーステンソンは自動車事故で死んだのではない。殺されたのです。息子と同じように。この二つには関連があるという視点をもつべきです。そうでないはずがないのです」

自分に集まっている視線を見返した。

カリブ海とスカーゲンの海岸が急に遠のいた。自分はやっと殻を破って、もはや戻ることはあるまいと思っていた世界に戻ったのだと感じた。

「いまは、一つしか付け加えることはありません」彼はゆっくりと言った。「グスタフ・トーステンソンが殺されたことを証明できます」

テーブルのまわりが静かになった。沈黙を破ったのはマーティンソンだった。

「だれに？」

「決定的な間違いを犯した者に」

ヴァランダーは立ちあがった。

それからまもなく、彼らは三台の車に分かれて、ブルースアルプス・バッカルの近くのひとけのない道路に向かって出発した。

到着したころ、あたりは夕闇に包まれていた。

4

十一月一日の夕方、スコーネの農夫オーロフ・ユンソンはめずらしい光景を目撃した。畑に出て来春の種蒔きを頭に描いていたとき、道路の向こう側の畑の中に、まるで墓を囲んでいるように半円を描いて立っている数人の人間を見かけたのだ。畑のまわりには木が茂っているため、鹿や野うさぎなどが隠れていることがある。そのために畑を見に行くときはいつも双眼鏡をたずさえているので、ユンソンは取り出してながめた。人間たちの中に一人、思いがけず見覚えのある男がいた。見たことのある顔だったが、だれかは思い出せなかった。男が四人、女が一人立っているそこは、数週間前、老人が自動車事故を起こして死んだ場所だった。見ていることを悟られないように、ユンソンは急いで双眼鏡を下ろした。きっと死んだ男の親戚だろう。死亡現場を訪ねて、弔っているのだろう。オーロフ・ユンソンはそっとその場を離れた。

現場まで来たとき、ヴァランダーはほんの一瞬ではあったが、錯覚したのかもしれないという気がした。あのぬかるみの中で椅子の脚をみつけて、投げ捨てたのは全部自分の想像上のことではないか？　彼は畑に踏み入っていったが、残りの者たちは道路に立ったまま待った。後ろから彼らの話す声が聞こえる。言葉は聞きとれなかった。

頼りない判断だと思っているのかもしれない、と彼は椅子の脚を探しながら胸のうちでつぶやいた。おれが本当に復職できる状態なのかと、彼らは疑っているのかもしれない。

その瞬間、足元に椅子の脚をみつけた。見下ろして、自分の目にしたものは現実だったことを確認した。彼は振り返って、道路に立っている者たちに合図した。みなすぐにやってきて、泥に突き刺さっている椅子の脚を取り囲んだ。

「なるほど、警部の言うとおりかもしれない」マーティンソンが言った。「壊れた椅子が車のトランクの中にあったのは覚えています」

「だが、ずいぶんおかしな話ではないか。クルト、説明してもらおうか」ビュルクが言った。

「いや、とても簡単な話です。私はマーティンソンの報告書を読みました。そこにはトランクはロックされていたとありました。なにかの拍子にトランクのふたが自動的に開いて、また閉まってロックされたという可能性はまずないでしょう。もしそうだったら、車体の後部にもっと傷があるはずですが、それはありませんから」

「きみはもうグスタフ・トーステンソンの事故車を見てきたのか？」ビュルクが驚いたように尋ねた。

「私はみんなに追いつこうとしているだけです」そう言ってから、ヴァランダーは言い訳がましく聞こえると思った。ニクラソンの廃車場へ行ったことで、マーティンソンの報告書が完璧でないことを実証しようとしたと思われないように言い訳していると聞こえるかもしれない。報告書がいいかげんなものだったことは事実だ。だが、いまはそれを取り上げるべきときではない。

「私はこう考えたのです。なにかの拍子に車が畑に飛び出して転覆したとする。車内には運転者一人しかいない。その男が転覆した車から出て、トランクを開けて壊れた椅子の一部を畑に投げ、トランクを閉めてロックし、また車の中に戻ってシートベルトを締め、それから突然後頭部を打って死んだりするものだろうかと」

だれもなにも言わなかった。ヴァランダーはこのような状態を以前何度も経験したことがあった。覆いがはがれて、中からまったく予想もしなかったものが現れる瞬間だ。

スヴェードベリがポケットからビニール袋を取り出して、用心しながら椅子の脚を入れた。

「私は今日の午後にこれを五メートルほど離れたところでみつけた」と言って、ヴァランダーは指さした。「そして土の中から引き抜き、こっちに放り投げたのだ」

「証拠品の扱いとしては、なっとらんな」ビュルクがぶつぶつ言った。

「いや、そのときはこれがグスタフ・トーステンソンの死と関係があるとは思いも寄らなかったのです。いまでも、この椅子が彼の死とどう関係があるのかはわかりません」

「もしきみが正しかったら」ビュルクはヴァランダーの説明を無視して続けた。「グスタフ・トーステンソンの事故が発生したとき、現場にほかにも人間がいたということになる。だが、それでも、彼がその人間に殺されたとはかぎらない。事故を発見した人間がなにかめぼしいものはないかと後ろのトランクを開けたのかもしれない。その人間が警察に通報しなかったり、トランクの中にあった壊れた椅子の脚を投げ捨てたりしたことなどは驚くに値しない。死者からものを盗むやつらが通報してくるわけはないからな」

「なるほど、そういう見方もできますね」ヴァランダーはおとなしく言った。

「だが、それでもきみは」ビュルクが得意げに続けた。「グスタフ・トーステンソンが殺された証拠があると言うのかね？」

「いや、言いすぎでした。私が言いたいのは、この発見で、状況が少し変わるのではないかということです」

彼らは道路に戻り、車のそばに立った。

「あの車を新たに調べましょう。鑑識は壊れた椅子の脚を見たら、なんだこれはと思うでしょうが、仕方ありません」マーティンソンが言った。

ビュルクは路上での会議を終わらせたくて苛立っている。雨がまた降りだし、風も勢いを増した。

「この続きは明日にしよう。いまある手がかりをもう一度見直すのだ。残念ながら、さほど多くはないがね。今日はこれ以上話し合っても仕方がない」

それぞれが来たときの車に戻った。アン＝ブリット・フーグルンドはそのまま動かなかった。

「ごいっしょさせてもらっていいですか？　わたしはイースタの町中に住んでいるんです。マーティンソンの車は子どものおもちゃでいっぱいだし、ビュルク署長の車は釣り道具だらけですから」

ヴァランダーはうなずいた。彼の車が最後尾になった。二人とも長いこと無言だった。ヴァランダーはすぐ隣に人がいるのが落ち着かなかった。冬に娘と話して以来、だれとも話らしい話をしたことがない。

とうとう彼女が沈黙を破った。

「あなたが正しいと思います」フーグルンドが言った。「父親と息子の死には、もちろん関連があるに決まっています」

「それは調べればわかる」

左手に海がぼんやり見える。波がぶつかり合い、白く広がっている。

「人はなぜ警察官になるのかな?」ヴァランダーは訊いた。

「ほかの人がなぜ警察官になるのかは、答えることができませんけど、わたしがなぜ警官になったのかは答えられます。警察学校に通っていたときから、わたしと同じ夢をもっている人には会ったことがありませんが」

「夢? 警察官が夢をもつのか?」ヴァランダーは訊いた。

アン゠ブリット・フーグルンドは彼をちらりと見た。

「みんな、もっているでしょう? 警官だってもってますよ。あなたには夢はないんですか?」

ヴァランダーはなんと答えていいかわからなかった。だが、彼女の反問はもちろん正しいと思った。おれの夢? おれの夢はどこへ行ってしまったのだろう? 人は若いとき夢をもっている。それが年とともに忘れ去られるか、あるいは強い意志に変わって実現されていくか。おれが昔考えたことは、いったいどこへ行ってしまったのだろう？

「わたしが警察官になったのは、牧師にならなかったからなんです」彼女が突然話しはじめた。「わたしは長いこと、神を信じていました。両親が新教のピングスト教会の信徒でしたから。でも、ある日、すべてが消えたんです。ある朝、目が覚めたとき。それから長い間、なにをしたらいいのかわかりませんでした。でもあることが起きて、わたしはすぐに警察官になることを決心したんです」

彼は運転しながらちらりと彼女を見た。

「話してくれ。おれはなぜ人がいまでも警察官になりたいと思うのか、知りたい」

「ほかのときに話します。いまはまだ、だめです」

イースタの近くまで来た。彼女は家への道を説明した。そこはイースタの西の入り口に近い、海が見渡せる地形に新しく建てられた、石造りの戸建ての家の並んだ地域だった。

「家族はいるのか？ 失礼、なにも知らないもので」ヴァランダーはまだ建設中の家があるその地域に車を乗り入れながら訊いた。

「子どもが二人います。夫は組み立てサービスのエンジニアです。ポンプを取り付けたりメンテナンスのために、世界じゅう旅して回るんです。だからほとんどいつも留守。でも、彼がお金をためてこの家を建てたんです」

「それは面白そうな仕事だな」ヴァランダーは言った。

「夫がいるときに、いつかうちに食事に来ませんか。そしたら彼の口から直接面白いかどうか聞けますよ」

彼女の家の前で車を止めた。

車を降りながら、彼女は言った。

「あなたが戻ってきて、みんなとても喜んでいます」

ヴァランダーは、それは本当ではないという気がした。むしろそう言っておれを励ましているのだ。だが、彼はうなずいて口の中でもそもそと礼を言った。

そこからまっすぐマリアガータンの自宅に戻り、濡れたジャケットを椅子の背に掛けて、靴も脱がずにベッドの上に倒れ込んだ。夢を見た。スカーゲンの砂山で眠っている夢だった。

一時間後、目を覚ましたとき、自分がどこにいるのかわからなかった。それから靴を脱ぎ、台所へ行ってコーヒーをいれた。窓から街灯が強風に揺れているのが見えた。

まもなくまた冬になる。雪、交通事故、吹雪。そしておれはまたもや警官に戻った。人生は山あり谷あり。人は自分の人生をコントロールできるものだろうか？

台所のテーブルにつくと、長いことコーヒーカップをみつめた。すっかり冷めたころ、台所の引き出しから大型ノートと鉛筆を取り出した。

おれはふたたび警官になった。おれは事件を解決するために、明晰に考え、行動するために給料をもらっているのだ。私生活のみじめさを嘆くためではない。

鉛筆を置き、背中を伸ばしたときはすでに夜中だった。

それからいま書き終えたノートを読み返した。テーブルの脚元には、書き損じた紙が、何枚も捨てられていた。

この事件にはパターンがない。自動車事故に見せかけて弁護士である父親のグスタフ・トーステンソンが殺された事件と、それから数週間後同じく弁護士の息子ステン・トーステンソンが事務所で銃殺された事件の間には、目に見える関連性はない。ステンの死は、父親の死の結果に続くものとはかぎらない。順序が逆なのかもしれない。

リードベリが最後のころに言った言葉を思い出す。殺人事件の捜査で暗礁に乗り上げたときのことだ。「原因が結果のあとからわかる場合もある。いつでも原因のあとに結果があるわけではない。警察官は逆も考えることができなければならない」

彼は立ちあがって居間へ行き、ソファにごろりと横になった。十月のある朝、老人が車の中で死んでいるのがみつかった。クライアントからの帰り道だった。警察の調査で交通事故死ということになった。だが、死んだ男の息子はすぐにそれに疑いをもった。理由は二つ。一つは、父親は決してスピード運転をしないということ、もう一つは死の数ヵ月前から不安そうで、気になることがありそうだったということだ。だが父親はそれを息子に隠していた。

突然、ヴァランダーはソファに起きあがった。直感的に、やっぱりこの事件にもパターンがあると思った。いや、正確にはパターンではない。偽装されたパターンだ。真実がみつからないように作られたものだ。

彼は考え続けた。ステン・トーステンソンはこれが自動車事故ではないと言いながら、はっきり証拠立てて話すことができなかった。彼はおれのように畑で椅子の脚をみつけはしなかった。だから壊れた椅子が父親の車のトランクに入っているのを見ても特別注意を払わなかった。決定的な証拠はなにもない。だからこそ、彼はわざわざスカーゲンまで自分に会いに来たのだ。行き先を姉のクリスティーナから聞き出してまで。

そしてカモフラージュをした。フィンランドからの絵葉書。数日後、彼は自分の事務所で撃ち殺された。これはだれの目にも間違いなく殺人だった。

ここまで来て、思考の筋を見失ってしまった。真実の上にカバーがかけられ隠されている、というパターンが見えたと思ったが、途中で糸が見えなくなってしまった。

疲れを感じた。今晩はもうこれ以上先には進めない。経験から、もしいまの思いつきが重要なものだったら、必ずまた舞い戻ってくるということがわかっていた。

彼は台所へ行き、コーヒーカップを洗い、床の上の紙くずを拾い上げた。

初めからやり直すんだ、と思った。だが、いったいどこが本当の始まりなんだ？　父親か息子か？

ベッドに入ったが、疲れているのになかなか寝つけなかった。ぼんやりと、アン＝ブリット・フーグルンドに警察学校に入る決心をさせたきっかけとはなんだったのだろう、と考えた。最後に時計を見たのは、二時半だった。

六時過ぎに目が覚めた。よく眠れず疲れが取れないままだったが、寝坊したような不安を感じてすぐに起きあがった。七時半ちょっと前にイースタ署の正面ドアを押して入り、受付のいつもの場所にエッバの姿を見て喜んだ。彼に気がついたエッバは立ちあがり受付デスクを出て彼の方にやってきた。彼女が感激しているのを見て、彼はのどに熱いものがこみあげてきた。

「とても本当とは思えなかったわ。うそじゃないのね、復職したのね？」エッバが訊いた。

「ま、そういうことだ」

「泣いてしまいそう」

「それはやめてくれ。またあとで話そう」

ヴァランダーは照れくさくなってすぐにその場を離れた。自室に入ると、部屋がすっかり掃除されているのがわかった。机の上に、父親に電話するように、と書かれたメモがあった。下手な走り書きから、昨晩父の電話を受けたのはスヴェードベリらしいとわかった。一瞬受話器に手をかけたが、ためらい、やめた。昨晩まとめを書いたノートを取り出して目を通した。はっきりしないながらも間違いなく二つの事件の間に関連性を見出すことができそうだという、昨夜得た感覚は戻ってこなかった。彼はノートから目を上げた。まだ早すぎるのだ、と思った。一年半も休んでいたので、忍耐力がなくなっている。苛立ちを感じながら、ふたたびノートに手を伸ばし、なにも書いていないページを開けた。

捜査はもう一度最初からやり直さなければならない。だが、だれも初めがどこなのかわからないのだから、捜査はできるだけ幅広く、思い込みなしでおこなわなければならない。三十分かかって、彼は捜査のアウトラインを書いてみた。だが、そうしながらも、この仕事は、本当はマーティンソンがすべきことだと思っていた。自分はたしかに復職したが、すぐにすべての責任を取る立場に戻りたくはなかった。

　電話が鳴った。ためらいを感じながら、彼は受話器を耳に当てた。

「グッドニュースを聞いたよ」ペール・オーケソンだった。「じつにうれしいと伝えようと思ってね」

　ペール・オーケソンは検事で、それもヴァランダーがいちばんいい関係をもってきた検事だった。彼とは捜査物件の解釈において激しく意見を戦わせてきた仲だった。ヴァランダーは用意した逮捕礼状発行のための準備書類がオーケソンに不十分とされた経験もあり、そういうときは猛烈に腹を立てたものだ。だが、根本においてはつねに仕事に対する共通の価値観をもっていた。

　二人とも、犯罪の捜査における手抜き、不手際を嫌った。

「いや、まだ戻ったばかりで」ヴァランダーが言った。

「きみが病気で早期退職するという噂がしつこく飛び交っていたよ」オーケソンが言った。

「警察内で、ありもしない噂を流すという悪い習慣をやめさせるよう、ビュルクにきつく言わなければ、と思っていたところだ」

「いや、噂ではなくて、たしかに私は辞めるつもりでした」

「なぜそれを変えたのか、訊いてもいいかな？」

「あることが起きて」ヴァランダーは遠回しに言った。

　オーケソンが続きを待っているのがわかったが、それ以上はなにも言わなかった。

「とにかくきみが戻ってくれてよかった」オーケソンは十分に待ってから言った。「同僚たちもほっとしている」

ヴァランダーは親切な言葉を聞くことに居心地の悪さを覚えた。本気で言っているとはとても思えなかった。

花の咲いている野原と荒れ地。人は一生その両方に片足ずつ置いて生きるのだ。

「きみがステン・トーステンソン弁護士の捜査の責任者を引き継ぐことになるのだろう。午後に話し合いをしたい。この事件の方向を探りたいのだ」オーケソンが言った。

「いや、引き継ぐんじゃなく、捜査に参加するんです。そう頼みました。捜査の中心はほかの者になるはずです」

「それはそっちの問題だ」ペール・オーケソンが言った。「私はただきみが戻ってくれたのがうれしいだけだ。もう仕事に慣れたかい？」

「いや、さっぱり」

「いままで得た情報によれば、捜査はあまり進展してないように見える」

「ビュルクは長引くだろうとみているようですが」

「きみはどうみているのかね？」

ヴァランダーはすばやく考えた。

「いまのところ、まだなんとも」

「われわれは不安な時代に生きている。脅迫、ときには匿名の手紙が増えてきた。役所は以前、市民に門戸を開いていたものだが、いまでは軍隊の壕のようにしっかりと防備して閉め切っている。ステン・トーステンソンのクライアントたちの取り調べをするのはやむを得ないだろう。そこから始めることだ。深い不満を抱いている者がいるかもしれない」

「それはもう始めています」ヴァランダーは答えた。

午後、検察局で会うことにして、ヴァランダーは受話器を置いた。電話がかかってくる前に取りかかっていたアウトライン作りに戻ろうとしたが、集中力が途切れてしまった。彼は苛立ってペンを置き、コーヒーを取りに行った。だれにも会いたくなかったので、急ぎ足で部屋に戻った。八時十五分過ぎになった。だれにも会いたくないというこの恐れが消えるまでに、どれだけ時間がかかるのだろう、と彼は思った。八時半になったとき、彼は机の上のものをまとめて会議室へ行った。途中の廊下で、今回のステン・トーステンソンの捜査はいつになく動きが鈍いと思った。もう一週間も経っているのに、ほとんど捜査らしい捜査がおこなわれていない。殺人事件の捜査というものは毎回異なる。だが、事件発生直後は、捜査官たちはたいていの場合、休みなく動き回るものだが。

おれがいない間に、なにかが変わったのだ。なんだろう？

八時四十分、全員が集まった。ビュルクは両手をテーブルの上に置いた。これが会議が始まったという合図だった。ビュルクはさっそくヴァランダーに言った。

「クルト、昨日きみは相変わらずの鋭さを発揮してくれたが、どうだい、これからどのように進めたらいいか、きみの意見を言ってくれ」

「それは私の決めることではないでしょう。まだ捜査に加わったばかりですから」

「しかし、少しでも価値のあることを発見してくれたのは、あなただけです」と言ったのは、マーティンソンだった。「自分のよく知っているあなたなら、昨日の晩、捜査のアウトラインを描いたのじゃありませんか？」

ヴァランダーはうなずいた。捜査を指揮するのを嫌がっていない自分に気づいた。

「いままでの情報をもとにまとめてみた。だがいまそれに入る前に、一週間ほど前、自分がまだデンマークにいたときの話をしたい。昨日、その話をすべきだったのだが、忙しくてできなかった」

ヴァランダーは驚いている同僚たちに、ステン・トーステンソンが自分を訪ねてきたことを報告した。詳細を忘れないよう、気をつけながら話した。

そのあと、一同は静まり返った。しまいにビュルクが苛立ちを隠さずに話しだした。

「奇妙な話だな。なぜクルトがいつもわれわれの正規の手順の外で行動を起こすのか、私にはまったく理解できない」

「警察に話すように言いましたよ」彼は弁解するように言ったが、同時に腹が立った。

「いやなにも、興奮するようなことじゃない」とビュルクがヴァランダーを抑えた。「それにしてもおかしな話だと、きみもそう思わないか？　これで、一度終了したグスタフ・トーステンソンの自動車事故の捜査を再開しなければならなくなるのだからな」

「二つの事件を並行して捜査するのが、自然であると同時に必要なことだと思います」ヴァランダーは言った。「その前提は、ステン・トーステンソンだけでなく、グスタフ・トーステンソンも殺されたのではないかという疑いです。そのうえ、この二人は親子です。偶然ではない、因果関係があり得ます。この二つの捜査を同時進行させるのです。彼らの私生活になにか原因が隠されているかもしれません。あるいは彼らの仕事に原因がひそんでいるのかもしれません。彼らは弁護士として共同で事務所を経営していますから。ステンが私のところに来て父親の不安そうな様子を話したことから考えると、原因は父親の周辺にあるのかもしれない。しかし確かなことはなにもわかりません。とくに、ステンが、実際にはデンマークにいたときに、秘書のドゥネール夫人にフィンランドから絵葉書を送っているところをみると」

「それにはもう一つの意味があるかもしれません」アン＝ブリット・フーグルンドが声をあげた。

ヴァランダーはうなずいた。

「ステンは自分の仕事にも原因がひそんでいるかもしれないと疑った、ということか？」

「そうです」フーグルンドが言った。「そうでなければ、どうしてわざわざ誤った方向に導くような葉書をフィンランドから出したりするでしょう？」

マーティンソンが手を挙げた。

「捜査を二手に分けようじゃないですか。父親を中心にするグループと、息子の方を中心にするグループと。そしてこの二人を同時に指すものがあるかどうか、探るんです」

「私もそれがいいと思う」ヴァランダーが言った。「それともう一つ、私はこの二つの事件にはなにかおかしなものがあるような気がする。なにか、もうとっくにわれわれの目に留まってもいいはずのものが」

「殺人事件はどれもどこかおかしいんじゃありませんか？」スヴェードベリが言った。

「そういうおかしさじゃない。これ以上はうまく言えないのだが」ヴァランダーが言った。

ビュルクがまとめをうながした。

「私はグスタフ・トーステンソンのことをひっくり返しはじめたので、これを続けようと思う。異論がなければだが？」ヴァランダーがみんなに言った。

「それじゃ残りの者たちはステン・トーステンソンを受け持つことにしましょう」マーティンソンが言った。「あなたはいままでもそうだったように、捜査の初期段階はひとりでやりたいのでしょう？」

「いや、必ずしもそうではないが」ヴァランダーが言った。「だが、おれの理解が正しければ、ステンの捜査の方が複雑なようだ。父親はクライアントも少なかったし、生活もずっと単純だったようだ」

「それではこれで決まりだ」とビュルクが言って、予定帳をパチンと音をたてて閉めた。「いつもどおり毎日午後四時に擦り合わせの会議を開く。それと、今日の午後の記者会見をだれか手伝ってくれないか？」

「私はだめです」ヴァランダーが断った。

「アン＝ブリット・フーグルンドはどうかな」ビュルクが訊いた。「そろそろきみがうちの署にいることを見せてもいいころではないか？」

「ええ、喜んで」驚いたことに彼女は即座にそう答えた。「勉強になりますから」

会議のあと、ヴァランダーはマーティンソンに残るように言った。二人になったとき、彼はドアを閉めた。

「少し話をする必要があると思う」ヴァランダーは言った。「戻ってくるなり指揮官になるようなことになってしまって、どうもまずい。実際には、辞職願いを出そうとしていたおれが」

「われわれはもちろん驚きましたよ。それはわかるでしょう？　戸惑っているのは自分だけじゃありません」

「だれかの足の指を踏んでしまっているのではないかと、おれは恐れているのだ」ヴァランダーが言った。

マーティンソンは大きく笑った。それから洟をかんだ。

「スウェーデン警察は、傷つきやすい足指やねじくれた足指で成り立っているんです。警察官が役人仕事をさせられればさせられるほど、上昇志向の神経が敏感になるものです。それに、官僚化が進むほど、誤解や不明瞭さが増えるのも確かです。だからねじくれが増えるんです。ときどき自分はビュルク署長のいう未来に対する不安がわかるような気がします。元々の、基本的な警察の仕事はどこに行ってしまうのだという不安に駆られますよ」

「警察はどんなときでも社会を反映しているものだ」ヴァランダーは言った。「だが、おまえさんの言うことはわかる。リードベリも死ぬ前に同じことを言っていた。ところで、アン＝ブリット・フーグルンドをどう思う？」

「優秀です。ハンソンとスヴェードベリは彼女を恐れています。彼女の頭のよさを。なかでもハンソンは、彼女に負けるのではないかと不安がっているようです。それで最近いろんな警察内教育の講習会に出ているんですよ」

「新しい時代の警官、というわけだな」ヴァランダーはそう言って、立ちあがった。そして部屋の出口で立ち止まった。

「昨日、おまえさんが会議で言ったことの中に、気になる言葉があった。ステン・トーステンソンに関するものだった。さり気ない言葉だったが、なにか引っかかった」

「あれはメモを読み上げたものです。コピーをあげましょうか？」

「こっちの思い過ごしかもしれないが、そうしてくれ」

自分の部屋に戻りドアを閉めたとき、ヴァランダーはほとんど忘れていた感覚にふと気がついた。自分の意志をふたたび発見したという感じだった。この一年半の休職時代にすべてが失われてしまったわけではなかったのだ。

机に向かって腰を下ろし、西インド諸島やタイへの救いのない旅のことを思った。そして、単に機械的に機能する身体以外はすべてが停止してしまったようなあの終わりのない日々と夜を思った。自分の知らない人間のことのようだ、と彼は振り返った。彼はあの時期、別の人間になっていたのだ。

悲惨な結末に至っていた可能性は十分あったはずだと思い、彼は身震いした。そして娘のリンダのことをしばらく考えた。ドアをノックして昨日のメモのコピーをマーティンソンが持ってきたのを見て、われに返った。人は自分の中に秘密の部屋をもっていて、そこに記憶や思い出が集められているのだと思った。いま彼はその部屋に板を打ちつけて封印し、錠を下ろした。部屋を出てトイレに行き、ズボンのポケットの中にあった抗鬱剤の錠剤一壜分すべてを流した。

それから部屋に戻って、働きはじめた。時刻はすでに十時になっていた。マーティンソンのメモを注意深く読んだが、昨日自分がなにに引っかかったのかはわからなかった。

まだ早すぎるのだ、と彼はふたたび思った。リードベリがいたら、もっと忍耐力をもてと言っただろう。彼のいないいま、自分でそう言い聞かせなければならない。

さて、どこから始めたらいいものか。グスタフ・トーステンソンだ。ヴァランダーはグスタフ・トーステンソンの自宅の住所を報告書の中に探した。

ティンマーマンスガータン十二番地。

それはイースタではサンドスコーゲンと並んで高級住宅区域と見なされている、古くからの住宅地だった。ヴァランダーはトーステンソン法律事務所に電話をかけて、事務員のソニヤ・ルンディンと話した。グスタフ・トーステンソン家の鍵は事務所にあるとわかった。

警察署を出ると、空は晴れ、空気が澄んでいた。彼は冬に向かいはじめたスコーネの冷たい空気を吸い込んだ。黄色い建物のトーステンソン法律事務所の外に車を止めたとき、ソニヤ・ルンディンが鍵を持って外に出てきた。

道を二度間違えたあと、ようやくその住所にたどり着いた。茶色い木造の家はよく茂った木木に隠れていた。きしみをあげる鉄門を開けて、彼は玄関までの砂利道を歩きはじめた。静かで、町の喧噪はまったく聞こえなかった。あたりを見回して、ここは外の世界から孤立した別世界だ、とヴァランダーは思った。トーステンソン法律事務所はよほど実入りがよかったにちがいない。

イースタでいちばん値段の高い家の一つだろう。庭は手入れが行き届いていたが、妙に活気がなかった。常緑樹がところどころに植え込まれている。低い茂み、作るために作ったような面白みのない花壇。老弁護士はまっすぐな線に囲まれていたかったのだろうか、とヴァランダーは思った。古典的な花壇の作り方は想像力のなさやアイディアのなさを表しているように見えた。前に一度、グスタフ・トーステンソン弁護士は裁判の議事進行をじつに退屈なものにする天才だという悪口を聞いたことがあった。あまりの退屈さと頑固な彼の弁護にすっかり音をあげた検事側が、容疑者を無罪にしたことさえあるという噂だった。ペール・オーケソン検事にいつかグスタフ・トーステンソンの印象を聞いてみよう、とヴァランダーは思った。彼なら老弁護士について知っていることもあるだろう。

玄関前の石段をのぼって、鍵束の中から鍵を探し出し、ドアを開けた。それは複雑な防犯用の錠前で、見たことのないものだった。玄関に入ると、そこは大きなホールで、端に幅の広い階段があり、二階に通じていた。厚いカーテンが窓を覆っている。その一つを開いてみて、窓に鉄格子があることがわかった。ひとり暮らしの老人は年齢から来る避けられない恐怖に取りつかれていたのだろうか、とヴァランダーは自問した。それとも自分の命ではなく、この家にあるなにかを護るためだろうか？　あるいは恐れはこの家の壁の外にあったのか？　彼は家の中を回ってみた。まず一階の書斎と、その壁にある祖先の大きな肖像画《ポートレート》、そして居間と食堂がいっしょになっている大きな部屋。壁紙から家具まですべてが暗い色だった。重苦しい雰囲気と静けさを反映しているように思えた。家じゅうのどこにも明るい色使いがなかった。ほほえみを誘うような軽妙さも、明るさもなかった。

　彼は階段を上がって二階へ行った。きちんとベッドメーキングされた客間は、まるで冬の間営業停止中のホテルのようだ。驚いたことに、グスタフ・トーステンソンの寝室ドアの内側にも鉄格子があった。ふたたび一階へ下りた。不愉快な家だ、と彼は思った。ディナーテーブルに向かって腰を下ろして、両肘に顎をのせた。台所の時計だけが静寂を破って鳴っている。

　グスタフ・トーステンソンは死んだとき六十九歳だった。十五年前に妻が死んでからはひとり暮らしだった。ステンは一人息子だ。書斎にある油絵の複製から判断すると、レナート・トーステンソンの子孫らしい。レナート・トーステンソンは三十年戦争（1618-48. ドイツ、フランス、スウェーデン、デンマーク、イギリス、プロビンス連合などのプロテスタントがカソリック教会の権力と戦った戦争）で疑わしい業績を上げた戦略家だ。ヴァランダーは昔歴史の教科書で、レナート・トーステンソンの率いた軍隊は、制覇した土地の農民に対しひどく残酷だったという記述を読んだことがあるのを思い出した。

　ヴァランダーは立ちあがり、地下への階段を下りた。この階もまた、神経質なほど整理されていた。地下のいちばん奥、ボイラー室の手前に鍵がかかっている鋼鉄の扉があった。彼は鍵束の鍵を一つ一つ試していって、やっと合うものをみつけた。部屋には明かり採りの窓はなく、ヴァランダーは手探りで電気のスイッチを探した。

部屋は意外なほど大きかった。壁にはずらりと東ヨーロッパのイコンが並んでいた。彼は棚に近づき、手を触れずに観察した。骨董には詳しくなかったし関心もなかったが、ここに集められているイコンが非常に高価なものであることはすぐにわかった。鉄格子や厳重な鍵による警戒はこのためか？　もちろん、グスタフ・トーステンソンの寝室の鉄格子はそれでも説明のつくものではないが。不愉快な感じがつのった。金持ちの老人の頭の中をのぞき込んでいるような気がした。人生に見捨てられて家に閉じこもり、たくさんの聖母像を所有することに象徴される貪欲さに護られている男。

突然、ハッとした。上階の床を踏む音がした。そして吠える犬の声。彼は地下の部屋から急いで出て、階段をのぼり、台所へ行った。

驚いたことに、そこには同僚のペータースがピストルを構えていた。そばに警備会社の男が唸る犬を従えて立っている。

ペータースは武器を持っている手を下ろした。ヴァランダーは動悸が激しくなっているのを感じた。ピストルを見たことで、いままで懸命に忘れようとしていた記憶が一瞬のうちによみがえった。

激しい怒りが込み上げてきた。

「なにをしているんだ！」

「警備会社の警報が警察に繋がったのです」ペータースが慌てて言った。「それで飛び出してきたんですが、まさか、あなたがここにいるとは！」

そのとき、ペータースのパトロールの相棒ノレーンが台所に入ってきた。彼もまた手にピストルを持っていた。

「いまおれはこの家を家宅捜索しているところだ」怒りが消えた。爆発したのと同じくらい急激に冷めた。「ここは自動車事故で死んだ弁護士のグスタフ・トーステンソンの家だ」

「警報が鳴れば、だれの家であろうと警備の人間は飛んでくるんです」警備会社の男は有無を言わさぬ言い方でヴァランダーをにらんだ。

「警報装置をはずしてくれ」ヴァランダーは言った。「あと二時間もしたら、リセットしてくれないか。ペータース、ノレーン、その前にここをいっしょに見てくれ。徹底的にこの家を捜索するんだ」

「こちらは犯罪捜査課のヴァランダー警部だ」ペータースが警備会社の男に説明した。「知っているな？」

警備員はまだ少年のように若かった。うなずいたが、ヴァランダーはこの男は自分を知らないとわかった。

「犬を連れて帰ってくれ。あんたがいる必要はない」

警備員の男は唸っている犬を連れて出ていった。ヴァランダーはペータースとノレーンの手をとって握手した。

「戻ってきたとは聞いていました」ノレーンが言った。「よかったです」

「ありがとう」ヴァランダーは言った。

「あなたがいない間は、じつに大変でしたよ」ペータースが言った。

「とにかくおれはいまここにいる」とヴァランダーは話を現在進行中のこの家の捜索に移そうとした。

「いろいろ聞いてましたが、あまりいい話ではなかった」ノレーンが言った。「あなたは病気で早期退職をするという噂でした。ですからまさかあなたが警報の鳴った家にいるとは思わなかったんです」

「人生は驚きに満ちているものだ」ヴァランダーは言った。

「復職、おめでとうございます」と言ってペータースがあらためて手を差し出した。

ヴァランダーは戻ってきていま初めて、人が本気で喜んでいるのがわかった。ペータースの人柄は率直で、言葉は飾り気なく力強かった。

「ずいぶん苦しい経験をしたよ。だが、やっと抜け出した。少なくともいまはそれが信じられる」

家の中をひととおり見てから、彼らは外に出た。ヴァランダーは車で立ち去るペータースとノレーンを見送ったあと庭を歩き、考えをまとめようとした。彼がここで得た個人的な印象と二人の弁護士に起きたことを併せて考えてみた。そしてドゥネール夫人をもう一度訪ねることにした。いくつか訊きたいことがあった。

ドアベルを鳴らして中に通されたときは、すでに十二時近かった。今回は勧められた紅茶にイエスと答えた。

「こんなに早くまた来てしまって、申し訳ない」彼は話しだした。「だが、トーステンソン親子について、少し伺いたいことがあるのです。グスタフ・トーステンソンはどんな人物でした？　そして息子のステンは？　あなたはグスタフ・トーステンソンとは、三十年以上もいっしょに働いていましたね？」

「そして息子さんとは十九年」ドゥネール夫人が口を挟んだ。

「長い時間です。どういう人物かがわかるのに十分なほど長い時間ですね。グスタフ・トーステンソンの方から始めてください。どんな人でしたか？」

彼女の答えは意外なものだった。

「話せません」

「なぜです？」

「彼を知らないからです」

本気のようだった。ヴァランダーはゆっくり進めることにした。忍耐強く、ゆっくりと聞き出すのだ。

「いまの答えはずいぶんおかしく聞こえる、ということはわかりますね？　三十年以上もいっしょに働いた人のことを知らないとは、どういうことです？」

「いっしょに働いた、ではありません」彼女が言った。「彼の下で働いた、です。大きな違いですわ」

ヴァランダーはうなずいた。

「グスタフ・トーステンソンの人となりを知らなくとも、彼について知っていることは多いにちがいない」彼は続けた。「それを話してください。その情報がないと、彼の息子の殺人事件を解決することができないのですよ」

次の答えもまた彼を驚かせた。

「警部さんは本当のことをおっしゃっていませんね？　グスタフ・トーステンソン氏が衝突事故で亡くなったとき、本当はなにがあったのです？」

ヴァランダーはすばやく考えて、本当の話をすることにした。

「まだわからないのです。だが、事故に関連して、あのときなにかが起きたのではないかとわれわれはみているのです。それが事故の原因になることだったのか、あるいは事故のあとなにかが起きたのか」

「父親のトーステンソン氏は、あの道をそれこそ数えきれないほど運転しています。よく知っている道でした。それに、トーステンソン氏は決してスピード運転はしませんでした」

「報告書によると、その日、グスタフ・トーステンソンはクライアントを訪ねたということですね？」ヴァランダーが訊いた。

「ええ、ファーンホルム城の人を」彼女が答えた。

ヴァランダーは続きがあるかと待ったが、彼女はそこで口をつぐんだ。

「ファーンホルム城の人とは？」彼は訊いた。

「アルフレッド・ハーデルベリです。その人がファーンホルム城の持ち主なのです」

ヴァランダーはファーンホルム城の所在地は知っていた。スコーネ地方のリンデルーツオーセンの森の南側にあり、うっそうとした木々に隠れている古城である。何度もそこへ至る分岐道を横目で見て通過していたが、一度も訪れたことはない。

「アルフレッド・ハーデルベリは、個人顧客としてはトーステンソン法律事務所でいちばんのクライアントです。ここ数年で言えば、グスタフ・トーステンソン氏の唯一のクライアントでした」

ヴァランダーはポケットにあった紙に名前を書きつけた。

「名前に聞き覚えがないが、有名な資産家ですか？」

「お城を買えば嫌でも有名になります」ドゥネール夫人が答えた。「でも彼は資産家というよりも、まず第一に実業家です。それも世界的な規模の」

「まずその人物に会ってみましょう。ハーデルベリはおそらくグスタフ・トーステンソンが最後に会った人間の一人でしょうから」

玄関の新聞受けから広告ビラが投げ込まれた。ドゥネール夫人がびくっと体を震わせた。恐怖に震える人間が三人いたわけだ、とヴァランダーは思った。彼女はなにを恐れているのだろう。

「もう一度やってみましょう。グスタフ・トーステンソンはどんな人物だったか、言ってみてください」ヴァランダーは再度言った。

「彼はわたしがいままでに会ったうちでもっとも自分の心を見せない人でした」ドゥネール夫人が言った。ヴァランダーはその声にかすかな敵意を感じたような気がした。「決して人を近づけませんでした。神経質で、決まった手順は絶対に変えない人でもありました。時計のような人という表現があるでしょう？　グスタフ・トーステンソンはそんな人でした。切り取られた、血のない影絵のような人でした。友好的でも意地悪でもありませんでした。ただただ退屈な人でした」

「ステン・トーステンソンによれば、神経質できちょうめんでもあったようですが？」ヴァランダーが口を挟んだ。

「そのとおりです」ドゥネール夫人はそっけなく言った。

「親子の仲はどうでした？」

彼女は考え込むこともなく即座にはっきりと答えた。

「グスタフ・トーステンソン氏は息子さんが事務所を近代化しようとしていると不満でした。そして息子さんはもちろん、そんな父親がいろんな意味で負担なようでした。でも、どちらも本音を相手に見せるようなことはしませんでした。二人とも衝突が怖かったのです」

「ステン・トーステンソンは死ぬ前に、父親が過去数ヵ月なにか心配していたようだ、気に病んでいることがあったようだと言っています。これについて、思い当たることがありますか？」

今度は少し考えてから、答えが来た。

「ええ、もしかすると。警部さんの言葉で思い当たることがあります。亡くなる前の数ヵ月、ぼうっとしているときがありました」

「理由は思い当たりますか？」

「いいえ」

「なにか特別なことが起きたとか？」

「いいえ、べつになにもありません」

「いいですか、よく考えてください。とても大事な点ですから」

紅茶を注ぎ足しながら彼女は考えた。ヴァランダーは待った。しばらくして彼女はまっすぐヴァランダーを見て言った。

「答えられません。なにも説明できないので」

その瞬間、ヴァランダーは彼女が真実を言っていないと直感した。だが、無理して言わせることはすまいと決めた。ほかのすべてがまだ不透明で揺れ動いている。時が熟していない。

彼は紅茶のカップを押して、立ちあがった。

「おじゃましました」と言って、ほほえんだ。「ありがとうございました。もしかするとまたすぐ戻ってこなければならないかもしれません」

「いつでも、どうぞ」

「なにか思い出したら、ためらわず電話してください」ヴァランダーはドアを開けながら言った。「どんな小さなことでもいいですから」

「わかりました」と言って、彼女はドアを閉めた。

ヴァランダーは車に乗り込んだ。エンジンをかけずにそのまま考え込んだ。強い不快感が胸に広がっていた。理由はまだわからないが、弁護士親子の背景にはなにか重い、恐怖を感じさせるものがあったにちがいない。自分たちはまだ表面を引っ掻いているだけなのだ。

なにかが捜査を間違った方向に進ませている。フィンランドからの絵葉書は目くらましではなくて、本来の足跡とは考えられないか？　だが、なんの足跡だ？

エンジンをかけて発進しようとしたとき、道路の反対側に人影が見えた。こっちを見ている。若い女性だった。二十歳にもなっていないかもしれない。アジア系の女性だ。ヴァランダーに見られたことに気がつくと、女性はすぐにその場を離れた。ヴァランダーはバックミラーで彼女が右に曲がってハムヌガータンに入っていくのを見た。一度も振り返らなかった。

いままで見たことがない女性であることは確かだった。

だが、それは必ずしも、彼女にも彼がだれかわからないという意味ではなかった。警官という職業柄、彼は数えきれないほどの移民、亡命申請者に会っていた。

彼はそのまま警察署へ車を走らせた。風は相変わらず強く、大きな雲が東から近づいてくる。クリシャンスタへ向かう道に入ったとき、彼は急ブレーキを踏んだ。後ろから来たトラックが大きくクラクションを鳴らした。

おれは鈍くなっている。当たり前のことに気がつかなかった。

彼は交通違反にもかかわらずそこでUターンした。ハムヌガータンの郵便局の前で車を停めると、スティックガータンに北から入ることになる脇道に駆け込んだ。少し離れたところにドゥネール夫人のピンクの壁の家が見える。

寒かった。彼は家を見張りながらその道を行ったり来たりした。

一時間後、彼は引き揚げようかと思った。だが、自分の推量が正しいことに自信があった。決心がつかないままその場に立ってピンクの家をにらんでいた。いまごろはペール・オーケソン検事が苛立って待っていることだろう。だがここで引き揚げたら無駄に待たせたことになる。

三時二十分を回ったとき、ピンクの家のドアが突然開いた。ヴァランダーは突き出ている建物の陰に隠れた。

推量どおりだった。ベルタ・ドゥネール夫人の家から出てきたのは、さっきのアジア系の女性だった。

彼女はすぐに角を曲がって姿を消した。

そして、雨が降りだした。

5

四時に始まった捜査会議が七分経ったとき、ヴァランダーが会議室に入ってきて、椅子に座った。息切れして顔に汗をかいていた。テーブルのまわりの者たちはなにごとかと彼をうかがったが、だれもなにも言わなかった。

今日は報告に値する発見はないし、議論の対象にするべきこともないと最終的にビュルクがまとめた。捜査において、警察官自身の言葉を使えば、トンネル掘りに専念する時期がある。いまがそのときだった。一人ひとりがトンネルを掘っていって、陰に隠れているものを掘り起こそうとする時期。そんなときには、話らしい話に繋がらないものだ。ここでまだ話をしていないのはヴァランダーだけになった。

「アルフレッド・ハーデルベリとは何者です？」彼はメモに書き付けた名前を読み上げた。

「だれもが知っている人物だと思ったが？」ビュルクが驚いたように言った。「スウェーデンでもっとも成功していると言われる実業家だ。ここスコーネに住んでいる。自家用飛行機に乗って飛び回っていないときは、ということだろうが」

「ファーンホルム城の持ち主です」スヴェードベリが言った。「熱帯魚の水槽の底には金の砂が敷かれているそうです」

「その男がグスタフ・トーステンソンのクライアントだ。彼のいちばん大きなクライアント、そして最後のクライアントだ。自動車事故で死んだ日、グスタフ・トーステンソンはその男を訪ねた帰り道だった」

「アルフレッド・ハーデルベリはコソボ地域の戦争犠牲者のために募金活動を個人でおこなっている人物です」マーティンソンが言った。「しかしそれもそうむずかしいことではないかもしれません。金がうなるほどある人間にとっては」

「アルフレッド・ハーデルベリは尊敬に値する人物だ」ビュルクが言った。

ヴァランダーは苛立ちを感じた。

「もちろんです。べつにそれに異論を唱えるつもりはありません。とにかく私は彼に会いに行くつもりです」

「電話をかけてから行ってくれ」ビュルクはそう言うと立ちあがった。

会議が終わった。ヴァランダーはコーヒーを取りに行って、自室に戻った。静かなところでドゥネール夫人を訪ねたアジア系女性のことを考えたかった。べつに特別の意味はないとも考えられた。だが調べる価値はある。彼は足を机に上げて椅子に寄りかかった。コーヒーカップはひざの上に置いてバランスをとった。

そのとたんに電話が鳴った。左手を伸ばしたときコーヒーカップを持っていた右の手が揺れた。コーヒーがこぼれ、カップが床に転がった。

「ちくしょう!」受話器を耳に当てながら、思わず苛立って叫んだ。

「なんだその言葉は！」父親だった。「わしはおまえがなぜ顔を見せないのか訊こうと思っただけだ」

ヴァランダーはすぐに良心の痛みを感じた。同時に腹が立った。父親との関係でいつか苛立ちから解放される日が来るのだろうか。ちょっとでも接触があればすぐにガミガミと言い合うのはいいかげん終わりにしたい。

「コーヒーカップを床に取り落としたんですよ」彼は説明しようとした。「脚にも熱いコーヒーをこぼしてしまった」

父親は彼の言っていることが聞こえないようだった。

「なぜ職場にいるのだ？　病気休職しているんじゃなかったのか？」

「いまはもう違います。働きだしました」

「いつからだ？」

「きのうからです」

「きのう？」

ヴァランダーは、すぐに会話を終わらせないととんでもなく長引くかもしれないという気がした。

「説明しなければならないと思っていました。でも、いまは時間がありません。明日の晩、そっちに行きます。そして説明します」

「おまえにはずいぶん会っていない」父親は言い、突然電話が切れた。

ヴァランダーは一瞬、受話器を持ったままの姿勢になった。来年七十五歳になる父親には、いつも複雑な気持ちにさせられる。思い出せるかぎり彼ら親子は話をすれば苛立つばかりだった。ヴァランダーが警官になるつもりだと父親に告げてからはなおさらだった。あれから二十五年の年月が経っていたが、父親は機会さえあれば息子のその決心を批判してやまなかった。ヴァランダー自身にも、年老いた父親に対して十分に時間をかけてつきあっていないという負い目があった。前年、父親が週に三回通ってくる、近所に住んでいるヘルパーと結婚すると聞いたとき、これで父親の自分に対する要求が少なくなるだろうと思った。だが、いまの電話の感じでは、そんなことはないらしかった。

受話器を置いて、床からコーヒーカップを拾い上げ、コーヒーをこぼしたズボンをノートの紙を破って拭いた。ペール・オーケソン検事に連絡しなければならないことを思い出した。オーケソンの秘書がすぐに電話を繋いでくれた。ヴァランダーが遅れてしまった理由を言うと、オーケソンは明日の午前中はどうかと言った。

話し終わって、ヴァランダーはあらためてコーヒーを取りに行った。廊下でアン゠ブリット・フーグルンドとすれちがった。ホルダーをいくつも抱えている。

「どうだい、進行具合は？」

「なかなか進みません」フーグルンドが答えた。「あの二人の弁護士の死、やっぱりなにかおかしいですね。その印象が拭い切れません」

「おれも同じことを感じている」ヴァランダーがフーグルンドを見た。「なんでそう思う？」

「それが、わからないんです」

「明日、それについて話し合おう。言葉で言い表せない感じを甘くみてはいけないと、おれは経験から学んでいる」ヴァランダーは言った。

部屋に戻って、受話器を外し、ノートを取り上げた。頭の中で彼はふたたび凍てつく寒さのスカーゲンに戻っていた。霧の中からステン・トーステンソンが現れた。おれにとっては、あのときから今回の事件が始まっているのだ、と思った。まだステン・トーステンソンが生きているときから始まっていたのだ。

ゆっくりと彼は死んだ二人の弁護士について知っていることをさかのぼっていった。退却する兵隊が道の両側に目を配りながらあとずさりするように。すべての情報を整理して、現在までに彼と捜査班が手に入れた事実を書き出すのに一時間以上時間がかかった。

この中におれの目には見えないなにかがあるのだ、と彼は何度も読み直しながら思った。不機嫌に鉛筆を投げ出して、唯一今日の仕事で達成できたのは、美しい曲線の疑問符だけだと自嘲した。

死んだ弁護士が二人。そのうちの一人は自動車事故で死んだように見えたが、間違いなく偽装されている。グスタフ・トーステンソンを殺した者は、殺しの現場で事故死に見える細工をした冷血漢だ。だが、泥土の中に椅子の脚が一本残されていたのが、そいつの失敗だ。なぜ、だれによって事故がしくまれたかだが、もしかするとほかにもここになにか重要なことがあるのかもしれない。

突然彼は一つのことに気がついた。電話帳で番号を調べてドゥネール夫人へ電話をかけた。すぐに相手は電話に出た。

「すみません、ヴァランダーです。すぐに答えを知りたい質問があるのですが？」

「答えられることならなんでも」

本当は二つあるのだが、アジア系の女性についてはまたあとにしよう、とヴァランダーは思った。

「グスタフ・トーステンソンが事故に遭った日、彼はファーンホルム城に行きましたね？　そのことはだれが知っていましたか？」

彼女は答える前に考えた。思い出すためか、それとも適切な表現にするためか、とヴァランダーは思った。

「当然わたしは知っていました。でもそれ以外にはだれも知りません」

「ステン・トーステンソンはどうです？　彼は知らなかったのですか？」ヴァランダーは訊いた。

「知らなかったと思います。お二人は別々に予定を立てていらしたので」

「ということは、あなただけが知っていたということになりますか？」

「そうです」

「ありがとうございました」と言って、ヴァランダーは受話器を置いた。

彼はふたたびノートに向かった。グスタフ・トーステンソンはクライアントに会いに行き、その帰り道で襲われた。自動車事故を装った殺人だ。

ドゥネール夫人の答えについて考えた。彼女以外にはだれも、グスタフ・トーステンソンがファーンホルム城の主に会いに行くことを知らなかった。

彼女の答えはうそではないだろう、とヴァランダーは思った。だが、真実の陰にあるものの方がおれには興味がある。なぜなら、その晩、年とった方のトーステンソンの予定を知っていたのは、彼女以外にはファーンホルム城の城主だけということになるからだ。

彼はそのまま熟考を続けた。捜査の様態は休みなく変わる。厳重なセキュリティに護られた老人の陰気な家。地下に隠されていたイコンの蒐集《コレクション》。先に進まなくなって、ヴァランダーはステン・トーステンソンの方に考えを移した。捜査の様態はまたまた変化し、その景色はぼやけてほとんど見えない。船の姿も見えない深い霧の中に響き渡る霧笛の音を背景とした、あのデンマークの片田舎の浜辺に思いがけずステン・トーステンソンが現れたときのことを思い出す。ひとけのないミュージアムの喫茶室で彼と話をしたことが、いまはもう現実の話とは思えない気がしてきた。だが、あれは本当にあった、真剣な会話だった。ヴァランダーはステン・トーステンソンが父親の話をしたとき、不安そうだったとか気に病んでいることがありそうだったと言ったのは、作り話ではないと確信していた。ヴァランダーはまただれが投函したのかわからない、フィンランドからの絵葉書が間違いなくステン・トーステンソンが出させたものであることも疑ってはいなかった。あれはステンの立場の表明と言ってよかった。目に見えない敵に対する、目くらましだったにちがいないのだ。

これらのことが一つに繋がらない、とヴァランダーは苛立った。だが、手ごたえはある。もっと不安なのは、たとえばどこに結びつくのかわからない、ベルタ・ドゥネール夫人の家から出てきたアジア系の女性のような、まったく見当もつかない一片だった。

そしてドゥネール夫人自身が上手にうそをついているということ。と言っても、イースタ警察の犯罪捜査官が見破れる程度のうそ、あるいはなにかがおかしいと思わせる程度のうそなのだが。

ヴァランダーは立ちあがって背中を伸ばし、窓の前に立った。もう六時だ。すっかり暗くなっている。廊下から人声が聞こえるが、それもしだいに遠のいていった。リードベリが最後の年に言った言葉を思い出した。「警察署は基本的に刑務所と同じ考えで建てられている。泥棒のいるところと警察官のいるところは建物の裏表。どっちが中に入っていてどっちが外にいるのか、わからない」

ヴァランダーは急に寂しさを感じた。おれはめったに笑わない人間だ、と彼は思った。自分では気がつかないうちに中年という年齢が押し寄せてきて、おれはとがった石でいっぱいの海岸に追い立てられてしまった。

書いたメモも持たずに部屋を出た。受付まで行くと、エッバは電話中だったが、ちょっと待ってという合図をしてきた。彼は、まるで帰宅時になってもまだ忙しいかのように首を振ってみせた。

家に帰って食事をすませた。窓辺の鉢植えに水をやり、洗濯機に洗い物を入れてスイッチを押そうとしたら洗剤がなかった。仕方なくソファに座って足の爪を切った。ときどき部屋を見回した。まるでほかにも人がいるかのように。十時過ぎ、彼はベッドに行き、すぐに眠った。外は雨だったが、しだいに霧雨になっていった。

水曜日の明け方目を覚ましたとき、外はまだ暗かった。薄暗いベッドサイドの時計を見るとまだ五時だった。寝返りを打って、もう一度眠ろうとしたが、眠れなかった。不安だった。人を殺してから休職していたあの長く重苦しい時間は依然として彼の中にあった。あのとき以前には決して戻れないのだ、と彼は思った。なにがあっても、おれはこれからあれ以前とあれ以降の二つの時間を生きることになるのだ。

五時半になったとき、彼は起きあがった。コーヒーを飲み、新聞を待っている間、寒暖計で外の温度を見た。四度。不安でいたたまれず、早くも六時にアパートを出た。車に乗りエンジンをかけた瞬間、このまま車を走らせて、ファーンホルム城に向かおうと思った。どこか途中でコーヒーを飲み、これから行くと城に電話をかければいい。東へ車を走らせ、陸軍の射撃訓練場まで来たとき、彼は顔を背けた。そこで彼は一年半前に人を殺したのだった。あのとき霧の中で、彼は世の中にはためらいもなく暴力を行使する人間たちがいることを知った。自分たちの目的のためには人を殺すこともいとわない人間がいることを知ったのだ。あそこで必死に自己防衛し、銃で人を殺したのだった。それは決して取り返しがつかない瞬間だった。自分の葬式と誕生を同時に経験したようなものだ。

クリシャンスタへ向かう道路を行き、グスタフ・トーステンソンが死んだ場所を通り過ぎるときに、ゆっくりとスピードを落とした。スコーネ・トラーノスまで来て車を止め、カフェに入った。風がだいぶ強くなっていた。もっと暖かいジャケットを着てくるべきだった、と思った。なによりもっと服を選んでくるべきだった。よれよれの化学繊維のズボンに汚れたウィンドブレーカーでは、城主に会うにはふさわしくない格好にちがいない。カフェのドアを押して入りながら、これがビュルクならたとえ仕事でもこんな格好で城へ行くことはないだろうと思った。

コーヒーとチーズサンドウィッチを注文した。ほかには客はいなかった。七時になっていた。アルフレッド・ハーデルベリに会ったときの質問を準備しようと思った。いや、だれであれ、グスタフ・トーステンソンの最後の訪問のことを話してくれる人に会うに当たって。七時半まで待って、時代遅れのレジのそばにあった電話を借りた。まずイースタ警察署にかけた。出たのは朝に強いマーティンソンだった。ファーンホルム城へ行く途中だと伝え、取り調べには二時間ほどかかるだろうと伝えた。

「今朝目が覚めたときに、なにが頭に浮かんだと思います？」マーティンソンが訊いた。

「わからない」

「ステン・トーステンソンが父親を殺したのではないかということです」

「それじゃ、彼のことはだれが殺したと言うんだ？」

「それはわかりません。とにかく、だんだんはっきりしてきたのは、彼らの職業と関係がありそうだということですね。私生活ではなく」

「あるいはその組み合わせか」ヴァランダーは考え込みながら言った。

「ということは？」

「いや、べつに意味はない。おれも昨晩そんな夢を見た」とヴァランダーは適当に答えた。

「署に行くのは何時になるかわからない」

電話を一度切り、今度はファーンホルム城へかけた。呼び出し音が一度鳴ったか鳴らないかのうちに、応える人の声がした。

「ファーンホルム城です」女の声だった。かすかに方言が混じっているように聞こえた。

「こちらはイースタ警察署のヴァランダー警部です。アルフレッド・ハーデルベリ氏と話したいのですが」

「ハーデルベリはジュネーヴにいます」女が言った。

ヴァランダーは言葉に詰まった。国際的に活躍する実業家アルフレッド・ハーデルベリは旅行中で、城にはいないこともありうると考えておくべきだった。

「いつ戻りますか？」

「聞いておりません」

「明日か、それとも一週間後か？」

「それは電話では申し上げられません。ハーデルベリの旅行スケジュールは極秘になっておりますので」

「私は警察官だ」ヴァランダーは苛立ちはじめた。

「それはこちらではわかりません」相手が言った。「いろいろな方が電話をかけてきますので」

「これから一時間以内にファーンホルム城へ行く。だれを探せばいいのか?」

「それは門で警備の者が伝えます」女が言った。「有効な身分証明書をお持ちください」

「有効なとは?」

「こちらが決めます」女が答えた。

電話が切れた。ヴァランダーは受話器を投げつけるように戻した。ケーキをケースに入れていた体格のいいウェイトレスが顔をしかめて彼を見た。彼は勘定をテーブルに置いて、無言で店を出た。

そこから十五キロほど北へ行ったところで左へ曲がり、リンデルーツオーセンの南側にある深い森の中に入った。道がファーンホルム城の方へ分かれるところでブレーキを踏んだ。御影《みかげ》石に金で刻み込まれたファーンホルム城という文字が、この道に間違いないことを告げていた。ヴァランダーの目にその石は墓石のように映った。

城への道はアスファルトが敷かれ、よく手入れされていた。生い茂った木々の陰に目立たないよう鉄条網の高いフェンスが巡らされていた。もっとよく見ようと彼はブレーキを踏み、窓ガラスを下げた。鉄条網のフェンスは二重になっていて、一メートルほど内側に二番目の鉄条網の塀がある。彼は首を振り、窓を閉めてふたたび車を走らせた。そこから一キロほど行ったところで道が急カーブになった。まもなく鉄のゲートが現れた。箱形で低い軍隊倉庫を思わせる灰色の建物がゲートのそばにあった。ヴァランダーはゲートの前で車を停めた。だれも出てこない。彼は警笛を鳴らした。依然として、なんの反応もない。車を出た。無性に腹が立ってきた。二重のフェンスの厳重な警戒態勢がせせら笑っているような気がした。そのとき、男が一人建物の鉄扉から出てきた。男はヴァランダーが一度も見たことのない制服を着ていた。警備会社がどんどん増えていることに、彼はまだ慣れていなかった。そのほとんどに馴染みがなかった。

濃赤色の制服を着た警備員が近づいてきた。それはヴァランダーと同年配の男だった。よく見ると男に見覚えがあった。

「クルト・ヴァランダー」男に名前を呼ばれた。「これはまた、ずいぶん久しぶりだな」

「まったくだ。何年ぶりだろう？　十五年？」

「いや、二十年近くだ」男が答えた。ヴァランダーは男の名前を思い出した。名前は自分と同じくクルト、だが名字はストルムだ。その昔、彼らは同じ勤務先、マルメ警察に勤めていた。ヴァランダーはまだ若く経験の浅い警官で、ストルムの方が少し年上だった。仕事場で知り合っただけで、それ以上の関係はなかった。そのあとヴァランダーはイースタに転勤し、何年かのち、ストルムが警官を辞めたという噂を聞いた。ぼんやりとだが、たしかストルムはクビになったと聞いたことを思い出した。もみ消されたが、逮捕者に対する暴力とか警察署の保管所から消失した盗品に対する疑いがかけられたというような不名誉なことだったと記憶している。だが、はっきりとは思い出せなかった。

「あんたがこっちに向かっていると聞いて驚いたよ」ストルムが言った。

「運がよかった」ヴァランダーが言った。「有効な身分証明書を持ってこいと言われたよ。なにをもって有効と見なすんだ?」

「ファーンホルム城の警備は厳重なんだよ。中に入る人間は厳しくチェックするんだ」

「どんな宝がこの城に隠されていると言うのかね?」

「いや、宝物じゃない。だが、この城の主は辣腕《らつわん》の実業家なのだ」

「アルフレッド・ハーデルベリか?」

「ああ。そうだ。ハーデルベリ博士はみんながほしがるものをもっている」

「みんながほしがるものとは?」

「知識だよ。紙幣印刷機よりも価値があるものだ」

ヴァランダーはうなずいた。なるほど。だが、彼はその男に対するストルムの絶対的服従の態度が気にくわなかった。

「昔、あんたは警官だった。おれはいまでも警官だ。おれがなんでここに来たのか、わかっているだろう?」

「新聞を読むかぎり」ストルムが言った。「弁護士に関係があるんじゃないか?」

「死んだ二人の弁護士だ。一人じゃない。だが、おれの知るかぎり、ハーデルベリと関係があったのは年とった方の弁護士だけらしいが」

「彼はしょっちゅう来てた。穏やかで、静かな人物だった」

「十月十一日の夜、グスタフ・トーステンソン弁護士は最後にここに来た。そのときの警備係はあんただったか？」

ストルムがうなずいた。

「来訪者の出入りを書いているだろう？　いつ来て、いつ帰ったかの」

ストルムが笑いだした。

「そんな手書きの記録はとっくにやめているよ。いまはコンピュータの時代だ」

「十月十一日の記録を見たい」ヴァランダーが言った。

「それは城で頼んでくれ。おれの権限ではない」

「そうか。それじゃ、記憶を話すことは許されているのか？」

「あの晩、彼がここに来たことは知っている。だが、何時に来て、何時に帰ったかは知らない」

「彼は車にひとりだったか？」

「それには答えられない」

「答えることが許されていないからか？」

ストルムがうなずいた。

「おれはときどき、民間の警備会社に鞍替えしようかと思うことがある」ヴァランダーが言った。「だが、質問に答えることができないという状態に慣れるのは、おれにはむずかしいだろうな」

「金を払われている身にはできることとできないことがある」

ヴァランダーは考えた。たしかにそれはそうだろうと思えた。彼は黙ってストルムを見た。

「アルフレッド・ハーデルベリはどういう人物だ？」

返ってきた答えに彼は驚いた。

「知らない」

「いや、なにか印象というものがあるだろう？　それとも、それもまた言ってはいけないことなのか？」

「見たことがないんだ」ストルムが答えた。

ヴァランダーは彼が正直に答えているのがわかった。

「何年、ここで働いているんだ？」

「じき五年になる」

「これまで、一度も彼を見たことがないと言うのか？」

「ああ、そうだ」

「このゲートを通り抜けたことがないのか？」

「博士の車には黒いガラスがはめられている」

「それも警備のため、というわけか？」

ストルムがうなずいた。

ヴァランダーは考えた。

「つまり、あんたはいつ彼がこの城に戻ってくるか、出ていくか、わからないということだな？」

「安全対策上、必要なことだ」

ヴァランダーは車に戻った。ストルムは建物の中に姿を消した。まもなくゲートが音もなく開いた。まるで別世界に足を踏み入れるようだ、とヴァランダーは思った。

一キロほど行くと木々のない、開けたところへ出た。ファーンホルム城は手入れの行き届いた広い庭園の中にあった。巨大な城とその周辺の建物はすべて濃赤色の石造りである。小尖塔《しょうせんとう》と塔、手すりのついたバルコニーが見える。この古風な光景の中で唯一現代的なのはコンクリートが敷かれた広場にあるヘリコプターだった。まるで羽を閉じた大きな昆虫のようだ、あるいはすぐにも飛びかかることができる野生の動物か、とヴァランダーは思った。

彼はゆっくりと正面玄関に車を近づけた。車の前を孔雀が優雅に歩いている。黒いBMWの後ろに車を停めて、外に出た。すべてが静まり返っていた。その静けさが、昨日グスタフ・トーステンソンの家に向かって砂利道を歩いたときを思い出させた。もしかすると金持ちに共通するのは静寂なのかもしれない、と彼は思った。オーケストラとかファンファーレではなく、静けさなのだ。

そのとき、城の両開き玄関扉の片方が開いた。三十代と見受けられる女性が出てきた。体にぴったり合った服を着ている。いかにも高価そうだ、とヴァランダーは思った。

「どうぞ、お入りください」と言って、女性はすばやく微笑を見せた。ヴァランダーにはその笑いは儀礼的であると同時に、冷たく、拒絶的なものに感じられた。

「私の身分証明書がおたくに認められるかどうか知らないが」ヴァランダーが言った。「警備員のストルムは私を覚えていましたよ」

「知っています」女が答えた。

それはカフェから電話したときの女ではなかった。彼は石段をのぼり、手を差し出して名乗った。彼女は握手せずに、ただ、さっきと同じ冷たい笑いを返しただけだった。ヴァランダーは彼女のあとに続いて建物の中に入った。大きなホールがあった。石壁の基礎部分に、間接照明の光の下、さまざまな現代彫刻が置かれている。ヴァランダーは二階に続く広い階段のすぐそばの陰の部分に、人影を二つ認めた。人が近くにいるということに気がついただけで、顔は陰になっていて見えなかった。静けさと影、と彼は思った。それがアルフレッド・ハーデルベリの世界だ、ということがここまででわかった。彼は女の後ろについて左手のドアの中に入った。大きな楕円形の部屋だった。ここにもまた彫刻がいくつも飾られていた。だが、そこが中世に作られた城であることを思い出させるように、部屋には騎士の鎧兜も飾られていて、ヴァランダーを見下ろしていた。樫の木の寄せ木造りの床の真ん中に、机が一つと来客用の椅子が一脚あった。机の上には紙は一枚もなく、コンピュータと最新式の電話が一台ずつ置いてあった。女はヴァランダーに椅子を勧め、自らはコンピュータに向かってメッセージを打ち込んだ。机の中に組み込まれているらしく、ヴァランダーからは見えないプリンターから一枚紙を切り取ると、彼に渡した。

「十月十一日に城内に出入りした人と車の記録がほしいのですね」女が言った。「これを見ますと、グスタフ・トーステンソン氏がファーンホルム城に来た時間と帰った時間がわかります」

「私がここに来たのはそのためだけではない」ヴァランダーが言った。「いくつか訊きたいことがあって来たのです」

「なんなりと」

女は机の向こう側に腰を下ろすと、電話器のボタンをいくつか押した。ヴァランダーは彼女が会話をこの広い城の中の別の部屋に送っているのだろうと推量した。

「この城の主人アルフレッド・ハーデルベリはグスタフ・トーステンソンのクライアントだったとわかりましたが、現在は外国にいるのですね？」

「ええ。ドバイです」女が答えた。

「さっきの電話ではジュネーヴと言われたが？」ヴァランダーは眉を寄せた。

「ええ、そのとおりです」女は平然としている「そのあとドバイに移りました」

ヴァランダーはポケットから手帳とペンを取り出した。

「あなたの名前と仕事上のポジションを聞きましょうか？」

「わたしはアルフレッド・ハーデルベリ氏の秘書の一人で、アニタ・カルレーンといいます」

「ハーデルベリには秘書が何人もいるんですか？」ヴァランダーが訊いた。

「どう数えるかにもよりますが」アニタ・カルレーンが言った。「その質問はこの際関係ありますか？」

ヴァランダーはふたたび自分の扱われ方に腹が立った。ここに来た時間を無駄にしないためには、態度を変えざるを得ないと思った。

「質問が関係あるかどうかを決めるのは、私だ。ファーンホルム城は私有地だから建築許可を持っていて、なにか法に触れるような行為をしていないかぎりフェンスをどんなに厳重に巡らせようとあなた方の勝手だ。ファーンホルム城はスウェーデン国内にあるわけだから、それは保障されている。同じく、あんたたちには城内に入れる人間を選別する権利もある。ただ一つの例外を除いて。それは警察だ。わかったかね？」

「もちろんです。わたしどもはヴァランダー警部の入城を拒まなかったではありませんか」女は顔色も変えずに言い放った。

「もっと単刀直入に言わせてもらおう」ヴァランダーが続けて言った。内心は女の冷静さに不安を感じていた。女の取りつく島もない応答と冷たい美しさにたじろいでもいた。

その瞬間、彼がまさに口を開けて話そうとしたとき、後ろでドアが開き、女が一人、トレイを持って入ってきた。驚いたことに女は黒人だった。女はトレイを机の上に置くと、ひと言も口を利かずに出ていった。入ってきたときと同じように音もなく。

「コーヒーはいかがですか？」

彼はうなずいた。アニタ・カルレーンと名乗った女はカップにコーヒーを注ぐとヴァランダーに勧めた。彼はカップに目が奪われた。

「今度は関係のない質問をさせてもらおう。これを床に落としたら、どうなる？　私はどのくらいの金額を支払わなければならないのだろうか？」

女は初めて本物らしい笑みを見せた。

「ここではすべてに保険がかけられています。このカップはルーストランド社製の古美術品オリジナルですわ」

ヴァランダーは用心しながらカップを印刷された紙のそばに置いた。そして、さっき話しかけていたことをもう一度言った。

「もっと単刀直入に言わせてもらおう。十月十一日、グスタフ・トーステンソン弁護士はこの城を訪ねてきたのと同じ晩、ここから出て一時間もしないうちに、自動車事故で死んだ」

「お葬式に花を送りました。埋葬にはわたしどもから一人参列しましたわ」

「だがもちろんアルフレッド・ハーデルベリ自身は列席しなかった？」

「わたしの雇用主は人前に出るのを極力避けておりますので」

「それは聞いている」ヴァランダーは続けた。「だがいま、あれは自動車事故ではないと思われる根拠が出てきた。多くの事柄がグスタフ・トーステンソン弁護士は殺害されたことを示している。また、彼の息子が数週間後事務所で銃殺されたのもその疑惑を深めさせたと言わざるを得ない。彼の葬式にも花を送ったのですか？」

彼女は話が読めないというように眉をひそめた。

「わたしどもはグスタフ・トーステンソン氏としか関係がありません」と言った。

ヴァランダーはうなずき、続けた。

「これでなぜ私がここにいるのか、わかっただろうと思う。さて、さっきの質問、アルフレッド・ハーデルベリには何人の秘書がいるのかに対する答えはどうです？」

「ヴァランダー警部、それはどう数えるかによるのです」

「説明してもらおう」ヴァランダーが言った。

「ここファーンホルム城には秘書が三人います。また氏の旅行に同行する秘書が別に二人います。さらにハーデルベリ博士には外国にも秘書がいます。数は変わることがありますが、最低六人はいます」

「十一人か」ヴァランダーがつぶやいた。

アニタ・カルレーンはうなずいた。

「いまアルフレッド・ハーデルベリをハーデルベリ博士と呼んだようだが？」ヴァランダーは続けた。

「氏にはいくつもの名誉博士号が贈られていますので」彼女が答えた。「お望みなら一覧表をお渡ししましょうか？」

「そうしてほしい。それとハーデルベリ博士の事業概要のようなものがあれば、それもほしい。だがそれはあとでもかまわない。さて、グスタフ・トーステンソンがここに来た最後の晩、なにがあったのか、それを話してもらいたい。何人もいる秘書の中で、この問いにはだれが答えられるのかな？」

「あの晩はわたしが仕事をしていました」

ヴァランダーは数秒考えた。

「だから、今日あなたはここにいるわけだ。だから、あなたがわたしの相手をしている？　だが、もしあなたが今日が休みの日だったら？　ちょうど今日、折よく警察が来るとは知らなかったはずだが？」

「ええ、もちろん」

その瞬間、ヴァランダーは失言したことに気がついた。そしてまた、なぜファーンホルム城の者たちが自分の訪問を前もって知ったのかもわかった。それがわかったとたん、彼は動揺した。

取り調べを続けるために、彼は精神を集中させなければならなかった。

「その晩、なにがあったのです？」

「グスタフ・トーステンソン弁護士は七時ちょっと過ぎに来ました。そしてハーデルベリ博士と数人のごく親しい、同じ事業に従事しているかたがたと、一時間にわたる話し合いをご本人たちだけでおこないました。それから紅茶を一杯飲みました。そして正確にいいますと八時十四分に城から出ました」

「その人たちはなにを話したのですか？」

「それはお話しできません」

「しかし、さっきあなたは、その晩働いていたのはあなただったと言われたようだが？」

「その話し合いには秘書は入りませんでした。記録がありません」

「同じ事業に従事している人々とはだれですか？」

「失礼？」

「あなたはいま、グスタフ・トーステンソンは、ハーデルベリ博士と数人の同じ事業に従事している人々と話し合いをおこなったと言ったのでは？」

「それは話すことができません」

「話すことが禁じられているからか？」

「いいえ、知らないからです」

「なにを？」

「その人たちがだれかを。わたしがいままで会ったことのない人たちでした。話し合いのあった日に到着し、そして翌朝早く発ちました」

ヴァランダーはなにを訊いたらいいか、急にわからなくなった。いま得た答えは、いかにも初めから用意されていたもののような気がした。ほかの方向から訊いてみようと思った。

「いまさっき、ハーデルベリ博士には十一人の秘書がいると言ったね？　弁護士は何人いるんです？」

「おそらく同じ数ほどいるでしょう」

「何人いるか、正確な数字で答えることは、禁じられているのですか？」

「知らないのです」

ヴァランダーはうなずいた。袋小路に入り込んだような気がした。

「グスタフ・トーステンソン弁護士はアルフレッド・ハーデルベリのもとで何年働いたか、知っていますか？」

「それは博士がファーンホルム城を買ってここを事業の本拠地になさってからですから、約五年です」

「トーステンソン弁護士はイースタでずっと弁護士活動を続けてきた。しかし突然、国際的な事業の顧問弁護士になった。少しおかしいとは思いませんか？」

「それはハーデルベリ博士に直接お尋ねください」

ヴァランダーは手帳を閉じた。

「それはそのとおりだ。こうしてもらいましょう。ジュネーヴであれドバイであれ、ハーデルベリ博士に連絡してください。そしてヴァランダー警部ができるだけ早く会いたがっていると知らせるんです。帰国したその日にでもすぐに、です」

彼はコーヒーを飲んで、そっと机の上にカップを置いて立ちあがった。

「イースタ警察署には十一人も秘書はいないが、受付係は優秀だ。アルフレッド・ハーデルベリの予定がわかったら、知らせてください」

彼はふたたび秘書の後ろについて、大きなホールに出て玄関まで行った。大理石のテーブルの上に厚い革表紙のホルダーが置かれていた。

「ご要望のハーデルベリ博士の事業概要です」アニタ・カルレーンが言った。

だれかが会話を聞いていたのだ、とヴァランダーは思った。話は全部盗聴されていて、その記録はすでにハーデルベリに伝わっているのだろう。どこにいようと、関心があれば読むだろう。それは疑わしかったが。

「急いでいると伝えるのを忘れないように」ヴァランダーは帰り際に言った。今度はアニタ・カルレーンは握手に応じた。

空は晴れ上がっていた。車に乗り込んだ。アニタ・カルレーンは階段に立っていた。風に髪が揺れている。発進させてからバックミラーを見ると、彼女はまだそのまま車を見送っていた。今度はゲートのところで止まる必要がなかった。近づくだけでゲートは音もなく開いた。クルト・ストルムの姿はなく、車が出るとゲートはふたたび閉ざされた。

ヴァランダーはゆっくりイースタに向かって車を走らせた。秋晴れのきれいな空だった。復職してからまだ三日目なのだ、と思った。ずいぶん長い時間が経っているような気がする。まるで頭と体がまったく別方向へ向かっているようだった。

主幹道路との交差点に野うさぎの死骸が横たわっていた。それを避けて走りながら、ヴァランダーは依然としてグスタフ・トーステンソンの死もその息子の死も解明できないでいる、と思った。この二人と、あの二重の鉄条網に囲まれた城の人々との間になんらかの関係があると考えるのは、無理のように思われた。それでも今日のうちにアルフレッド・ハーデルベリの事業概要を読んで、彼の帝国について知識を得ておくことにした。

自動車電話が鳴った。受話器を取ると、スヴェードベリの声がした。

「スヴェードベリです。いまどこですか？」

「イースタから四十分のところだ」

「マーティンソンからファーンホルム城へ行ったということは聞いています」

「いま帰り道だ。なにも得るものはなかったよ」

会話が雑音で一瞬途切れたが、ふたたびスヴェードベリの声がした。

「ベルタ・ドゥネールが電話をかけてきて、警部を探していました。すぐに連絡してほしいとのことです」

「なぜだ？」

「理由は言いませんでした」

「彼女の番号を教えてくれれば、電話するよ」

「いや、まっすぐ彼女の家へ行ってください。ずいぶん心配そうでした」

ヴァランダーは車の時計へ目をやった。もう八時四十五分になっている。

「朝の会議ではなにかあったか？」

「べつになにも新しいことは」

「イースタに着いたら、おれはまっすぐ彼女の家に行くことにする」

「そうしてください」スヴェードベリが言った。

会話は終わった。ヴァランダーはベルタ・ドゥネールがなんの用事だろうと思った。心配そうだったという。不安を感じて、彼はスピードを上げた。

九時二十五分、彼はベルタ・ドゥネールの住むピンクの壁の家の前に、斜めに駐車をした。車を降りると急いでドアベルを鳴らした。中からドゥネール夫人の顔がのぞいた。一目でなにかが起きたのだとわかる顔だった。恐怖で引きつっていた。

「私に電話をかけたそうですね」ヴァランダーが言った。

彼女はうなずき、彼を中に入れた。汚れた靴を脱ごうとしていたとき、彼は腕に彼女の手を感じた。そのまま彼女は彼を居間に連れていった。居間は小さな裏庭に面している。彼女は庭を指さした。

「昨日の晩、だれかがあそこに入ったのです」

彼女はガクガク震えていた。その恐怖がヴァランダーにも伝わった。彼はガラス戸の前に立って、芝生を見た。そして冬の間掘り起こされた花壇と、ほかの家の庭と区別できる白い壁にからまっているツタに目を移した。

「私にはなにも異状がないように見えるが」

彼女はヴァランダーの背中の後ろから庭を見ていた。窓辺に立つ勇気がないかのように。ここ数週間で起きた暴力的な事件のために、一時的に精神状態がおかしくなったのだろうか、とヴァランダーはいぶかしく思った。

彼女は彼のそばまで来ると、また指さした。

「あそこです。だれかが昨日の晩庭に入って掘り起こしたのです」

「人影を見たのですか?」

「いいえ」

「なにか物音を聞いたのですか?」

「いいえ。でも、だれかが入ったことは確かです」

ヴァランダーは彼女の指さした先を見た。ぼんやりとではあるが、庭の芝生の一部に人の踏み荒らしたような跡が見えた。

「ネコかもしれませんよ。モグラ、いやネズミかもしれない」

ドゥネール夫人はきっぱり首を振った。

「いいえ、だれか人間があそこに入ったのです」

ヴァランダーはガラス戸を開けて、庭に一歩足を踏み出し、芝生の上を歩きはじめた。近くで見ると、芝生が掘り起こされ、またもとに戻されたように見える。

彼はしゃがみ込んで、芝生を手で撫でた。指先がなにか硬いものに触れた。プラスティックか鉄のようなもの。とがった先が土から出ていた。彼は注意深く芝生の草を探った。灰褐色の物質が芝生の表面のすぐ下に埋められていた。

ヴァランダーは突然体を硬くした。手を引っ込めてゆっくり立ちあがった。一瞬、自分の頭がおかしくなったのではないかと思った。まさか、こんなことがあるはずがない。あまりにも現実味がなくて、可能性さえ考えられないことだ。

彼は慎重にガラス戸まで戻りはじめた。わずかに草の上に残っている自分の足跡の上に足を重ねながら。家の壁に着いてから、庭に向き直った。やっぱり、信じられないことだと思った。

「どうしたのですか？」ドゥネール夫人が訊いた。

「厚い電話帳を持ってきてください」ヴァランダーは言った。声が緊張していると思った。

彼女は聞き間違えたのだろうかという顔で彼を見上げた。

「電話帳でなにをするんです？」

「言われたとおりにしてください」

彼女は玄関ホールから、イースタの電話帳を持ってきた。ヴァランダーはそれを受けとると、手で重さを量るようなしぐさをした。

「台所に入って、ドアを閉めてください。動かないように」

彼女は言われたとおりにした。

ヴァランダーはきっと気のせいだろうと思った。本当に疑っていたら、まったく別の行動をとっていたにちがいない。だが、彼は家に入って、庭からできるだけ離れたところに立った。そして、庭の芝生に突起している小さなものめがけて電話帳を投げた。

爆発音で耳が聞こえなくなった。

あとで思い出して、よく窓ガラスが割れなかったものだと思った。

庭の芝生に丸い穴が開いていた。ドゥネール夫人の叫びが台所から聞こえた。急いで行ってみると、彼女は両耳を塞いで台所の床の真ん中で叫んでいた。彼は彼女の肩を抱いて椅子に座らせた。

「だいじょうぶです。落ち着いて。ちょっと電話を借りますが、すぐに戻ります」

警察署に電話をかけた。ありがたいことに受けたのはエッバだった。

「クルトだ。マーティンソンかスヴェードベリ、いやだれでもいい、犯罪捜査課に繫いでくれ」

エッバは彼をよく知っていたので、なにも訊かずに言われたとおりにした。彼の声にことの重大さが表れていた。

電話を受けたのはマーティンソンだった。

「クルトだ。まもなくホテル・コンティネンタルの裏で爆発があったという一般からの通報が入るだろう。緊急出動をしないように頼む。消防車も救急車もいらない。だれか一人連れてすぐに来てくれないか。トーステンソンの秘書をしていたドゥネール夫人の家にいる。住所はスティックガータン二十六番地。ピンクの壁の家だ」

「なにがあったんです？」マーティンソンが訊いた。

「こっちに来ればわかる」ヴァランダーが言った。「説明しても信じないだろうよ」

「説明してみてください」

ヴァランダーはためらった。

「ドゥネール夫人の裏庭に、地雷を埋めたやつがいると言ったら、信じるか？」

「信じません」マーティンソンが即座に言った。

「そうだろうな」

ヴァランダーは受話器を置くと、ガラス戸の方へ行ってみた。

芝生の丸い穴は確かにあった。気のせいではなかった。

あとでよく考えたら、十一月三日の出来事は本当に起こったのかどうか、きっと疑わしくなるだろう、とヴァランダーは思った。イースタの町の中心部に地雷が埋められていると、だれが思うだろう。

6

マーティンソンがアン＝ブリット・フーグルンドと連れ立ってドゥネール夫人の家にやってきたときにも、ヴァランダーはまだ爆発したのが地雷だとは信じられずにいた。だが、マーティンソンはヴァランダーが電話で言った言葉を重くみて、すでに警察署を出るときに鑑識のエキスパートのスヴェン・ニーベリに連絡をしていた。

マーティンソンとフーグルンドは芝生にまだ爆発物が埋められているかもしれないと思い、家の壁沿いにしゃがみ込んだ。その後フーグルンドはいくぶん落ち着きを取り戻したドゥネール夫人から話を聞き出すために台所へ行った。

「いったいどういうことなんです？」マーティンソンが苛立った声をあげた。

「おれに訊いているのか？」ヴァランダーが訊き返した。「おれには答えられない」

二人とも黙り込んで、それぞれ考えにふけりながら芝生に開いた穴をながめた。そのとき、皮肉屋のスヴェン・ニーベリを先頭に、鑑識課の男たちが到着した。ヴァランダーを見たとたん、ニーベリはパッと足を止めた。

「ここでなにをしているんだ？」

ヴァランダーは復職したのは間違いだったのではないかという気分になった。

「見てのとおり仕事をしている」と言うなり、防御態勢に入っている自分に気がついた。

「あんたは仕事を辞めたと聞いたが？」

「おれもそう思った。が、あんたたちはおれなしではやっていけないようだと思ってね」

ニーベリがなにか言いたそうに口を開けたが、ヴァランダーは手を上げて止めた。

「おれのことなどどうでもいい。庭の穴を見てくれ」

そう言ったとき、彼はニーベリがスウェーデン軍隊から派遣されて国連軍で外国勤務をしたことがあるのを思い出した。

「キプロス島や中近東の現場で働いたことのあるあんたなら、庭で爆発したのが地雷かどうか確定することができるだろう。だがなによりまず、まだほかにも爆発物があるかどうか、それをみてくれ」

「おれは犬じゃないぜ」ニーベリは答えて、家の壁沿いにしゃがんだ。ヴァランダーは指先に感じた突起物のことを話した。また爆発を誘った電話帳のことも。ニーベリはうなずいた。

「衝撃によって発火する爆発物あるいは混合物は非常に少ない。地雷ぐらいのものだ。地雷は初めからそれが目的で作られている。人間や車が、足やタイヤでそれに触れたとき吹っ飛ぶように作ってあるのだ。対人地雷なら、ほんの数キロの重さが加われば爆発する。子どもの足や電話帳で十分だ。車を対象とした地雷なら百キロほどの重さが必要かもしれないが」

ニーベリは立ちあがり、ヴァランダーとマーティンソンに好奇の目を向けた。

「人の庭に地雷を埋めるか？　そんな人間を自由に泳がせないでくれよ」

「それじゃ、やっぱり地雷なのか？」ヴァランダーは訊いた。

「いや、まだ確実なところはわからない」ニーベリが言った。「これから陸軍に地雷探知機を依頼するつもりだ。それまでは、だれも庭に出ないように」

地雷探知機が届くまでの時間を利用して、マーティンソンが二、三電話をかけた。ヴァランダーはソファに座り込み、考えに沈んだ。台所からはアン＝ブリット・フーグルンドがドゥネール夫人にゆっくりと質問をし、ドゥネール夫人がそれに輪をかけてゆっくりと答える声が聞こえた。

弁護士が二人殺された、とヴァランダーは初めから考えた。そして今度はその法律事務所に勤める秘書の家の庭に、こともあろうに地雷を埋めたやつがいる。目的は明白だ。彼女がそれを踏んで、吹っ飛ぶことだ。まだ事件の全貌は見えないが、一つの結論は出せる。法律事務所の活動の中に、解決の手がかりがあるにちがいない。もはや、この三人の私生活に隠れた繋がりがあって、それで狙われているとは考えにくい。

マーティンソンの電話が終わったので、ヴァランダーは考えを中断した。

「報告を聞いて、ビュルク署長はふざけるなと怒鳴りましたよ」マーティンソンは顔をしかめた。「そう言われても、自分もうまく説明できなかったです。署長はイースタのど真ん中に地雷があるはずがないと言ってきません。しかし、わかったらすぐに知らせるようにとのことです」

「ああ、確認されたらそうしよう。ニーベリはどこだ？」

「陸軍に地雷探知機の貸し出しを頼みに行きました」マーティンソンが答えた。

ヴァランダーはうなずき、時計を見た。十時十五分。今朝ファーンホルム城を訪ねたことを思い出した。だが、それはもう遠い昔のことのように思えた。マーティンソンは庭に面したガラス戸のそばに立って、芝生にぽっかりと開いた円形の穴をながめた。

「二十年前にスーデルハムヌの裁判所で起きたことを思い出しました。覚えていますか？」マーティンソンが訊いた。

「ぼんやりと」ヴァランダーは答えた。

「一人の年とった農夫がいくつもの訴訟を、何年にもわたって起こしていたんです。相手は隣人とか親戚、知っている人ぜんぶと言ってもいいくらいでした。そのうちに老人は精神がおかしくなってしまったのですが、残念ながら、だれもそのことに気がつかなかった。老人は自分の頭で生み出した敵に付け狙われていると思い込んだ。その中には裁判官も自分を擁護してくれる弁護士も入っていた。そしてとうとう悲劇が起きたんです。裁判所にライフルを持ち込んで裁判官と弁護士を撃ち殺してしまった。警察が山の中にある彼の家に踏み込もうとしたとき、ドアにも窓にも爆弾が仕掛けてあった。それが爆発したときに怪我人が出なかったのは不幸中の幸いでした」

ヴァランダーはうなずいた。その事件を思い出した。

「そのとき、ストックホルムの一人の検事の家もやはり爆破された。弁護士という職業は脅迫や攻撃を受けやすいんですね。もちろん、警官は言うまでもないですが」

ヴァランダーはなにも言わずにうなずいた。アン＝ブリット・フーグルンドが手帳を片手に台所から出てきた。ヴァランダーはそのとき初めて彼女が魅力的な女性であることに気がついた。いままではまったく気がつかなかったことだった。彼女はヴァランダーの向かい側の椅子に腰を下ろした。

「ドゥネール夫人は夜中になにも音を聞かなかったと言っています。でも昨日の夕方は、庭の芝生はいつもどおりだったと確信しているようです。彼女は早起きなので、今朝窓の外を見て、なにかが違うとすぐわかったと言っています。だれかが庭に入ったと。もちろん彼女はだれかに命を狙われる覚えはないと言っています。あるいは、足を吹き飛ばされるなんてことも。そんな恨みを受ける覚えはないと」

「本当のことを言っているという感触があるか？」マーティンソンが訊いた。

「動転している人が本当のことを言っているかどうか、判断するのはいつの場合もむずかしいものです」フーグルンドは言った。「でも、地雷が昨夜埋められたという彼女の話は本当だという気がします。また彼女には理由が思い当たらないということも」

「だが、おれはなにかが気になる。それがなにかをはっきり説明することはできないが」ヴァランダーはためらいながら言った。

「言ってみてください」マーティンソンが言った。

「今朝、彼女は自分の庭に異状があると気がついた。夜中になにかが起きたのだと。窓から芝生を見て、だれかがいじったとわかった。それで、彼女はなにをしたか？」

「なにをしなかったか、ですね？」フーグルンドが言った。

ヴァランダーはうなずいた。

「そのとおり。いちばん自然なのは、庭がおかしいと思ったら、庭に出てみることだろう。だが、彼女はそうしなかった。代わりになにをしたか？」

「警察に電話をかけた」マーティンソンが言った。

「まるで、なにか危険なことが起きることを予測していたかのように」フーグルンドが言った。

「あるいはわかっていたかのように」ヴァランダーがもっとはっきり言い直した。

「たとえば地雷だと？　電話をかけてきたとき、彼女は動揺していました」マーティンソンが言った。

「おれがここに来たときも、やはり動揺していた」ヴァランダーは言った。「だが、じつを言うと、彼女はおれと話すとき、いつもおびえていたし、落ち着きがなかった。もちろん、ここ数週間に起きたことを思えば、おかしくはない。だが、本当はなにがあったのだろう？」

玄関が開いて、ニーベリが軍人を二人引き連れて入ってきた。電気掃除機のような箱を抱えている。地雷探知機だ。軍人たちはそれを使い、小さな裏庭を二十分かけてくまなく探した。警官たちはその間窓の内側に立って彼らの動きを見守った。軍人たちは裏庭は安全であると宣言すると、地雷探知機を持って帰り支度を始めた。ヴァランダーは家の外まで彼らを見送りがてら彼らの車のそばまで行って訊いた。

「地雷について、いまの段階でなにかわかりますか？　大きさ、起爆力、製造元は見当がつきますか？　どんなことでもわかったことがあったら教えてもらいたい」

ルンドクヴィスト大佐という名札を胸につけた年長者の方が質問に答えた。

「特別に大きな地雷ではありません。使われた爆薬はせいぜい二百グラムぐらいのものでしょう。だが、人を殺すには十分です。われわれが四《よっ》つと呼んでいるものです」

「どういう意味ですか？」ヴァランダーが訊いた。

「一人が地雷を踏むと、その男を戦場から運び出すのに三人必要です。つまりその地雷は四人の敵を戦場から離脱させることになる、という意味です」ルンドクヴィスト大佐が言った。

ヴァランダーはうなずいた。なるほど、そういうことか。

「地雷はほかの武器とは製造法が違います」ルンドクヴィスト大佐は続けた。「スウェーデンではボフォース社が製造しています。ほかの大きな武器製造業者と同じように。ですが、地雷はたいていの国が国内で作っています。ライセンスのもとで合法的に生産されている場合もあるし、海賊版の場合もある。テロリストグループには独自のモデルがある。今回の地雷を解明するためには、爆薬の残りとできれば地雷の殻の部分がほしい。たいてい鉄かプラスティックですが、たまに木材ということもあります」

「探してみましょう。みつけたら知らせます」

「地雷を軽くみてはなりません」ルンドクヴィスト大佐が言った。「軍隊では、もっとも安い、そしてもっとも信頼できる兵隊だと見なされています。一度地面に埋めれば、いつまでもそこにいる。百年でも。水も食糧も給料もいりません。そこにいて、待っているのです。だれかが来て踏むまで。そのとき使命を果たすわけです」

「地雷の寿命は？」ヴァランダーは訊いた。

「それはだれも知りません。いまでもときどき、第一次世界大戦のときに埋められた地雷が爆発しますから」

ヴァランダーはふたたびドゥネール夫人の家に戻った。裏庭ではスヴェン・ニーベリが爆発でできたクレーターの大きさを測っていた。

「爆薬と、できれば地雷の一部を」ヴァランダーは言った。

「ほかになにを探していると思ってるんだ？」スヴェン・ニーベリが苛立って言った。「埋められた骨とかか？」

ヴァランダーはドゥネール夫人にいま質問するべきか、それともあと何時間か休ませてからするべきか、迷った。だが、彼の気短な性質が我慢できなくなった。いままでのところ、なんの手がかりも突破口もみつかっていない。

「ビュルクのことは頼むよ」とヴァランダーはマーティンソンとフーグルンドに言った。「今日の午後、現在の捜査状況を詳しく報告し合おう」

「捜査状況なんて言うほどのものがあるんでしょうかね？」マーティンソンが言った。

「いつだってあるさ」ヴァランダーは言った。「だが、いつも目につくとはかぎらない。スヴェードベリはトーステンソン法律事務所の書類に目を通している弁護士たちと話を始めたか？」

「今朝からずっと事務所に詰めています」マーティンソンが答えた。「でも、きっともういいかげん、飽きていると思います。スヴェードベリは書類を読むのが得意じゃありませんからね」

「手伝ってやれ。おれは急がなければという漠然とした不安を感じている」

ヴァランダーは家の中に入った。ジャケットを脱いで、トイレに入った。鏡に映った自分の顔を見て、ぎくっとした。ひげは剃っていないし、目は充血している。髪の毛も乱れている。ファーンホルム城の連中にどう思われたか、見当がつくような気がした。冷たい水で顔を洗いながら、ドゥネール夫人に訊くべきことを頭の中で整理した。なにか、ヴァランダーにはわからない理由で、彼女が秘密にしていることがある。それに自分は気がついていると、知らせなければならない。やさしく話すことだ、と彼は自分に言い聞かせた。そうしないと、彼女はきっと心を閉ざしてしまうだろう。

ヴァランダーは台所へ行った。ドゥネール夫人は肩を落として椅子に沈み込んでいた。庭からは鑑識の警官たちの声が聞こえる。ときどきスヴェン・ニーベリの苛立った声が聞こえてくる。以前、同じような経験をしたことがあるような気がした。すばらしい発見をしたと思って張り切って捜査に乗り出したはずなのに、いつの間にか、同じところをぐるぐる回っている、そんな経験だ。彼は目を閉じて深く息を吸い込んだ。そして目の前に座っている女性を見た。一瞬彼女は、遠い昔に死んだ母親を思わせた。灰色の髪、皮膚が張りをなくした痩せた体。だが、母親の顔はもはやはっきりとは覚えていなかった。色を失い、記憶も薄らいでしまった。

「ずいぶん動揺したでしょう、わかります」と彼は話しだした。「しかし、それでも訊かなければならないことがあります」

彼女は無言でうなずいた。

「今朝あなたは、だれかが夜中に庭に入ったのを発見したのですね？」

「ええ、すぐにわかりました」彼女が答えた。

「それで、なにをしましたか？」

彼女は驚いたようにヴァランダーをみつめた。

「この話はもうしましたよ。」もう一度ぜんぶ話さなければならないのですか？」

「ぜんぶは必要ありません」ヴァランダーは辛抱強く言った。「私が訊くことにだけ答えてください」

「明るくなりかけていました。わたしは早起きなのです。庭を見ると、だれかが入ったとわかりました。それで警察に電話をかけたのです」

「なぜ警察に電話をかけたのです？」と訊いて、ヴァランダーは彼女の反応に注目した。

「ほかにどんなことができたでしょう？」

「たとえば、庭に出て、なにがおかしいのか調べるとか？」

「そんな勇気はありませんでした」

「なぜです？　なにか危険なものがあると知っていたからですか？」

彼女は答えなかった。ヴァランダーは待った。庭からまたニーベリの声が聞こえた。

「あなたは残念ながら、すべてを私に話してくれなかった」ヴァランダーは言った。「話すべきことがあるのではありませんか？」

彼女はまるで台所に入る日の光がまぶしいかのように目の上に手をかざした。ヴァランダーはふたたび待った。台所の時計はまもなく十一時になろうとしていた。

「わたし、ずっと怖かったのですよ」突然ドゥネール夫人は言い、ヴァランダーをにらんだ。あたかもその責任は彼にあるとでもいうように。彼はその先を待ったが、彼女はまた口をつぐんでしまった。

「理由もなく怖がる人はめったにいないものです。警察がトーステンソン弁護士親子になにが起きたのかを解明するために、ぜひとも協力してほしいのですが」ヴァランダーは言った。

「協力はできません」彼女は言った。

ヴァランダーは、彼女がこのまま錯乱してしまうような気がしたが、それでも続けることにした。

「私の問いに答えてください。手始めに、なぜ怖いのかを話してくれませんか」

「なにがいちばん人を怖がらせるか、知ってますか？」彼女は唐突に言った。「ほかの人の感じている恐怖ですよ。わたしはグスタフ・トーステンソン弁護士の秘書を三十年以上もしてきました。彼とは決して近しくありません。でも、変化に気づかないわけにはいきませんでした。まるで未知の匂いが彼から発散されはじめたようでした。彼の恐怖です」

「初めてそれに気がついたのは、いつでしたか？」

「三年前です」

「なにか起きたのですか、そのときに」

「いいえ、すべていつものとおりでした」

「いいですか、はっきり思い出してください。ここが重要なところですから」

「あなたはわたしがこの間《かん》、なにをしていたと思って？　このことばかりを考えていたのを知らないでしょう？」

ヴァランダーは話の核心を逃さないように集中した。なにはともあれ、ドゥネール夫人はいま協力しはじめているのだ。

「そのことについて、グスタフ・トーステンソンとは話さなかったのですね？」

「一度も」

「息子のステンとも？」

「彼は気づいてもいなかったでしょう」

彼女は第一にグスタフ・トーステンソンの秘書なのだ。そう思っていたとしても仕方がない。

「爆発について、なにか心当たりがありますか？　もし庭に出ていたら、死んでいたかもしれないのですよ。あなたはそれを知っていた。だから警察に電話をしたのでしょう。なにかが起きることを予期していた。それでも説明できないのですか？」

「夜、法律事務所にだれかが忍び込んだことがありました。トーステンソンもわたしもそれに気づいていました。机の上にあった鉛筆の位置が違っていたとか、椅子にだれかが座った痕跡があったとか」

「グスタフ・トーステンソンとそれについて話さなかったのですか？　なにかに気づいて、それをトーステンソンに質したのではありませんか？」

「そんなことはできませんでした。禁じられていましたから」

「それじゃ、夜だれかが事務所に入っていることについて、あなた方は話したのですね？」

「いいえ。話題にしていいことか悪いことか、それは雰囲気でわかるものです」

ニーベリが台所の窓をノックする音で、話は中断された。

「すぐに戻ります」と言って、ヴァランダーは立ちあがった。台所の出口にニーベリが手を差し出して立っていた。黒くこげたせいぜい五ミリもないほどの小さなかけらが手のひらに載っていた。

「プラスティック地雷だ」ニーベリが言った。「それだけは調べなくてもいまの段階で言うことができる」

ヴァランダーはうなずいた。

「夕方までに、型がわかるかもしれない。うまくいけばどこで製造されたものかも。いや、それには時間がかかるかもしれない」ニーベリが言った。

「この地雷を埋めた人間について、なにかわかるか？」

「それはあんたが電話帳を投げつけなかったら、わかったかもしれんな」

「地面の突起物がすぐに目についたんだ」ヴァランダーが言った。

「地雷の扱いに慣れている者なら、人の目につくようなへまはしない」ニーベリが言った。

「台所にいるこの家の住人もあんたも、だれかが庭に入り込んだと気づいた。犯人はアマチュアだと思うね」

あるいは、おれたちにそう思わせるようにわざと仕向けたか、とヴァランダーは思ったが、それはニーベリには言わなかった。

彼は台所に戻った。あと一つ、訊きたいことがあった。

「昨日の午後、あなたのところにアジア系の女性が来ましたね。あれはだれです？」

ドゥネール夫人は驚いてヴァランダーを見上げた。

「どうしてご存じなんです？」

「それはどうでもいい」ヴァランダーが言った。「私の問いに答えてください」

「彼女は法律事務所で雇っている清掃人です」ドゥネール夫人が言った。

そんなに簡単なことだったのか、とヴァランダーは思った。

「名前は？」

「キム・スン・リーです」

「住所はわかりますか？」

「ええ。でも事務所にあります」

「きのう彼女はなぜ来たのですか？」

「仕事を続けていいのかどうか、訊きに来たのです」

ヴァランダーはうなずいた。

「あとで彼女の住所をください」と言って彼は立ちあがった。

「これからどうなるのでしょう？」ドゥネール夫人が不安そうに訊いた。

「もう怖がらなくていいですよ。警官を一人家の前に配置します。必要なかぎりずっと」

ニーベリに帰ることを告げてから車で署に戻った。途中、フリードルフ・カフェに寄り、サンドウィッチをいくつか買った。自室に入ると部屋にこもり、その日ビュルクに報告することをまとめた。だが、署長の部屋に行くと、外出中だった。報告は少し遅れることになった。

一時、ヴァランダーは細長い警察署の建物のいちばん端にある検察局の、ペール・オーケソン検事の部屋のドアをノックした。この部屋を訪ねるたびに、彼は部屋の乱雑さに目を瞠《みは》るのだった。机の上には書類が数十センチも積み上げられ、床や来客用の椅子にはホルダーやファイルがところ狭しとばかりに置かれていた。部屋の隅にはバーベルと丸められたマットレスがあった。

「運動を始めたんですか？」ヴァランダーが訊いた。

「それだけじゃない」オーケソンが満足そうに言った。「昼食後、昼寝をするよい習慣を身につけた。いま起きたばかりだよ」

「この床で昼寝？」ヴァランダーは驚いた。

「ああ、三十分間。そのあとはまたフレッシュな気分で午後の仕事が始められる」

「そうですか」とヴァランダーは半信半疑の声で言った。

ペール・オーケソンは椅子の上にあったホルダーをいくつか床に投げて、ヴァランダーを座らせた。自分は元どおり椅子に腰を下ろして足を机の上に乗せた。

「きみのことはほとんど諦めかけていたんだ」彼は笑いながら言った。「しかし心の中では、きっと戻ってくるだろうと思っていた」

「苦しい時期でした」ヴァランダーが言った。

ペール・オーケソンは真顔になった。

「人を殺すということがどんなものか、おれには想像がつかない。たとえ正当防衛であったにせよ。ほかのことなら人間はやり直しがきくが、殺人だけはそれができないと思う。おれの想像力ではとうてい追いつかない。ただ、地獄だろうということだけはわかる」

ヴァランダーはうなずいた。

「決して忘れることができない。できるのはせいぜい、その記憶とともに生きることだろうと思う」

二人は黙り込んだ。廊下からコーヒーメーカーが壊れていると文句を言う声が聞こえた。

「おれたちは同い年だ。半年前、おれは朝目を覚まして気がついた。なんということだ！　こんなもんか、おれの人生は。これ以上はもうなにもないのか？　ほとんどパニックを起こしそうになった。だが、いま考えてみれば、あのとき気がついてよかったと思うよ。ずっと前にするべきだったことをしたからな」

そう言うと、オーケソンは書類の山の中から紙を一枚引っ張り出して、ヴァランダーに渡した。それは募集公告だった。国連のある機関が法律専門家を探していた。外国で、それもたいていアフリカとアジアの難民キャンプでの仕事だった。

「申し込んだよ」オーケソンは言った。「そしてすっかり忘れていた。だが一ヵ月ほど前にコペンハーゲンへ面接を受けに来いとの知らせを受けた。ウガンダの難民が本国へ送還される際の法的アドバイザーの仕事で、二年契約だという」

「チャンスですね」ヴァランダーが言った。「奥さんはなんと？」

「まだ話していない。おれ自身、決心がついていない」

「話すことですね」

オーケソンは足を下ろし、机の上の書類を床に置いた。ヴァランダーはドゥネール夫人の裏庭の地雷爆発事件を報告した。ペール・オーケソンは信じられないというように首を振った。

「とても本当とは思えない」

「スヴェン・ニーベリは間違いなく地雷だと言っています。あなたも知っているように、彼は通常、確実でないことを確実と言ったりする男ではない」ヴァランダーが言った。

「いったいこの一連の事件はなんなんだ？　きみはどう思うね？」オーケソンが訊いた。「ビュルクから話は聞いている。もちろん、グスタフ・トーステンソンを交通事故死として決着をつけた一件を再調査する件については私も賛成だ。だが、手がかりがまったくないというのは本当か？」

ヴァランダーはどこまで話すか、考えた。

「一つだけ確実に言えるのは、あの弁護士親子の死と秘書のドゥネール夫人の裏庭爆発事件は偶然が重なり合ったものではないということです。計画的犯行です。それも、これで終わりとはかぎらない。まだなにか起きるかもしれない」

「ドゥネール夫人の裏庭爆発の件は、決して脅しではないということかね？」

「そうです。彼女の庭に地雷を仕掛けたやつは、彼女を殺すためにやったんです。彼女に警備をつけたい。もしかするとどこか別の場所にかくまう方がいいかもしれません」

「よし、わかった。警備を手配しよう。ビュルクには私の方から話しておく」オーケソンが言った。

「彼女は恐怖に震えている。じつは私は彼女がなにか秘密を知っているのではないか、それを隠しているので怖がっているのではないかと思っていたのですが、二度彼女と話してみて、どうもそうではなさそうだと思いはじめています」ヴァランダーは言った。「今日はあなたからグスタフ・トーステンソンと息子のステンの話を聞こうと思ったのです。弁護士と検事の関係で、長い間のつきあいがあるでしょう？」

「グスタフ・トーステンソンは変わり者だった。息子も同じようになりつつあったな」

「この一連の事件の鍵はグスタフ・トーステンソンにあるのではないか。理由はまだわからないが、どうもそんな気がするんです」

「彼とは仕事上もつきあいがほとんどなかった。彼が法廷弁護士として法廷に立ったのは、私が検事になる前の話だ。私の知るかぎり、彼は法律顧問として企業のアドバイザーをしていたようだった」

「アルフレッド・ハーデルベリ。ファーンホルム城の城主です。私はグスタフ・トーステンソンがハーデルベリの事業のアドバイザーをしていたということが、どうも腑に落ちない。トーステンソンは生涯イースタで仕事をした、いわば田舎町の弁護士です。かたや国際的な事業を営んでいる実業家ですよ」

「私の理解では、それこそが、アルフレッド・ハーデルベリの優れた実業家たるゆえんなのだ」オーケソンが言った。「彼は自分が必要としている最適の人材を探り当てる天才だと言われている。そして、そういう人物を自分のまわりに配置しているのだ。彼はグスタフ・トーステンソン弁護士に、なにかほかの者には見えない資質を見出したのだろう」

「アルフレッド・ハーデルベリという人物には、いままでなんの疑惑もないのですか？」ヴァランダーは訊いた。

「私の知るかぎり、ない。それはそれでおかしなことだとも言える。富の背景には必ず犯罪の一つや二つはあると言われているからね。だが、アルフレッド・ハーデルベリは高潔な人物らしい。それだけでなく、スウェーデンに関心があるとみえる」

「どういう意味です？」

「自分の投資した事業をすべて外国へ移してはいない、という意味だ。反対に、彼は外国で始めた事業をスウェーデンに移してさえいる。それは昨今ではまれなことだよ」

「ふーん、ファーンホルム城の上には翳りがないというわけか」ヴァランダーが言った。「それじゃグスタフ・トーステンソンの方はどうでしょう？」

「まったくない」とオーケソンは言下に言った。「正直で、神経質なほど完璧主義で、退屈な人物。昔気質の名誉を重んじるタイプだ。ごまかしや偽りを極端に嫌う。ある種の上品さがあった。ある朝目を覚まして、おれの人生はどこへ行ってしまった、などと嘆くことはない人物だよ」

「それでも殺されたわけですね」ヴァランダーは言った。「どこかに汚点があったにちがいない。彼自身に、ではなく、だれかほかの者に、ということも考えられる」

「話がよくわからないが？」オーケソンが眉をひそめた。

「弁護士は医者に似ているのではないですか？　職業柄、多くの人間の秘密を知るようになるという意味で」

「なるほど。もちろん、そうだろう」オーケソンが相づちを打った。「クライアントとの関係に解決の糸口があるにちがいない。クライアントこそ、法律事務所の三人を結びつけるものだからね」

「探ってみましょう」

「息子のステン・トーステンソンについては、ほかに付け足すことはあまりない。独身で、彼も親父さんと同じように旧弊なところがあった。以前、彼が同性に関心を示すという風評を聞いたことがある。だがそれは、ある程度年齢がいった独身男にはつきまとういつもの噂だろう。これが三十年前なら、そのためのゆすりということもあったかもしれないが、いまじゃゆすりのネタにもならない」

「そうですね。ほかには？」

「いや、なにもない。たまには冗談を言うこともあったかもしれないが、夕食を食べに来ないかと誘いたくなるような相手じゃなかった。だが、ヨットは上手だったらしいよ」

電話が鳴った。ペール・オーケソンは受話器を取って応えた。相手の声を聞き、ヴァランダーに受話器を渡した。

「きみにだ」

マーティンソンの声が聞こえた。なにか重要なことが起きたときのマーティンソンは一オクターブ高い、しゃがれ声を出す。

「弁護士事務所にいます」かん高い声で彼は言った。「やっとそれらしきものがみつかりました」

「それらしきもの？」

「ええ。脅迫状です」

「だれに対するものだ？」

「三人です」

「ドゥネール夫人もか？」

「ええ、彼女も含まれています」

「すぐ行く」

ヴァランダーはオーケソンに受話器を返して立ちあがった。

「マーティンソンが脅迫状をみつけたらしい。あなたの推測が当たってたようですね」

「詳しいことがわかったら、すぐ自宅の方へ電話をくれ」オーケソンが言った。

ヴァランダーはジャケットを取りに部屋に戻らずに、まっすぐ車へ向かった。制限速度を無視して、トーステンソン事務所まで走らせた。ソニヤ・ルンディンが受付に座っていた。

「ほかの者たちはどこだ？」ヴァランダーが訊いた。

ルンディンは会議室を示した。ヴァランダーはドアを開けてから初めて、そこにいるのはマーティンソンとスヴェードベリだけではないことに気がついた。弁護士連盟から来ている三人の六十がらみの男たちが、ヴァランダーの慌ただしい態度に不快感を示しながら、重々しい顔付きで座っていた。ヴァランダーはドゥネール夫人宅のトイレの鏡で見た、自分のひげ面を思い出した。人に会える格好ではなかった。

マーティンソンとスヴェードベリはテーブルにつき、彼を待っていた。

「ヴァランダー警部です」スヴェードベリが紹介した。

「全国に名を轟かせている辣腕警部か」弁護士の一人が立ちあがり、硬い表情で握手した。ヴアランダーはほかの弁護士とも握手を交わして腰を下ろした。

「話してくれ」ヴァランダーがマーティンソンに言った。だが、答えはストックホルムから来た三人のうちの一人から返ってきた。

「まず私の方から、法律事務所を閉鎖するときの手続きについて、ヴァランダー警部に説明しよう」ヴレーデと名乗った男が話しだした。

「それはあとで聞きましょう」ヴァランダーが話を遮った。「単刀直入に始めましょう。脅迫状がみつかったとか？」

ヴレーデは不愉快そうにヴァランダーをにらみつけて、口をつぐんだ。マーティンソンが茶色い封筒をテーブルの上に載せ、つっと滑らせてきた。すぐにスヴェードベリがビニール手袋をヴァランダーに渡した。

「書類キャビネットのいちばん下の引き出しに入っていたのです」マーティンソンが言った。「これについてはどこにも記録されてませんでした。隠されていたようです」

ヴァランダーはビニール手袋をはめて、茶封筒を開けた。中にさらに二つの茶封筒があって、なにか書かれた白い便箋がそれぞれ一枚ずつ入っていた。ヴァランダーは郵便局の日付のスタンプを読みとろうとしたが、できなかった。一方の封筒の表には、マジックペンで塗りつぶされたと思われる黒塗りの部分があった。ヴァランダーは手紙をそれぞれの封筒から取り出すと、テーブルの上に置いた。手紙は手書きで、文章は短かった。

不正のことはおぼえているぞ。グスタフ・トーステンソン、息子のステン・トーステンソン、

そしてドゥネール。おまえたち三人の死を悔やむ者はだれもいない。死ね。

もう一つの手紙はもっと短かった。

まもなく不正は制裁を受ける。

一つは一九九二年六月十九日の日付で、もう一つは同じ年の八月二十六日だった。二つともラース・ボーマンとサインがあった。

ヴァランダーは手紙をテーブルに置き、手袋を外した。

「クライアントのリストを見ましたが、グスタフ・トーステンソンのリストにも息子の方にも、ラース・ボーマンというクライアントは登録されていません」

マーティンソンが言った。

「そのとおり」ヴレーデが言った。

「このボーマンという男は、すでにおこなわれた不正のことを言っていると思っていいでしょう」マーティンソンが言った。「それもかなり深刻なもの。そうでなければ、三人もの命を脅かすような手紙を書きはしないでしょうから」

「おそらくそのとおりだろう」ヴァランダーはうわのそらで言った。

ふたたび、自分が理解すべきなにかがあるはずなのだが、それがなんだかわからないというもどかしい気分に陥った。

「手紙をみつけた場所を見せてくれ」と言って、彼は立ちあがった。

スヴェードベリがドゥネール夫人の部屋に案内した。大きな書類キャビネットの前に立っていちばん下の引き出しを指さした。ヴァランダーはそれを引き出した。中にはたくさんのホルダーが吊るされていた。

「ソニヤ・ルンディンを呼んできてくれ」ヴァランダーが言った。

スヴェードベリといっしょに部屋に入ってきたルンディンは、おびえていた。しかしヴァランダーは、彼女はここで連続して起きている不気味な事件とは関係がないという気がした。

「この書類キャビネットだが、だれが鍵を持っているのだ？」

「ドゥネール夫人です」とルンディンはほとんど聞きとれないような声で言った。

「もっと大きな声で話してくれるか？」

「ドゥネール夫人です」彼女は繰り返した。

「ドゥネール夫人だけか？」

「両弁護士もお持ちでした」

「ふだんは鍵がかかっているね？」

「ドゥネール夫人が毎朝開け、帰るときにまた閉めていました」

ヴレーデが話に割り込んだ。

「われわれはドゥネール夫人から鍵をあずかっている。ステン・トーステンソンのものだ。今日はわれわれがこのキャビネットを開けたのだが」

ヴァランダーがうなずいた。

もっとなにか訊くべきことがある、と思ったのだが、それがなにか、思い出せなかった。

代わりに、彼はヴレーデに向き直って言った。

「これらの脅迫状について、どう思いますか？」

「この男はすぐに捕まえなければならない」ヴレーデが言った。

「そんなことを訊いたのではない。あなた方の意見を訊いたのです」

「弁護士はよく脅迫の対象にされるものだ」

「ということは、仕事をしていればたいていの弁護士はこの種の脅迫状をもらうもの、ということですか？」

「弁護士連盟に訊けば、それについての統計を教えてくれるだろう」

ヴァランダーは最後の質問をする前に、相手をよく観察した。

「あなたは脅迫状を受けとったことがありますか？」

「ある」

「なぜです？」

「それを話すことはできない。弁護士の守秘義務の誓いを破ることになる」

ヴァランダーはうなずいた。それから手紙を茶封筒の中に戻した。

「これはわれわれが持ち帰ることにします」と三人の弁護士に向かって言った。

「そう簡単にはいかない」ヴレーデが言った。いつもほかの二人を代表して話す男だ。そして椅子から立ちあがった。ヴァランダーはまるで裁判所の被告席にいるような気分になった。

「われわれの意見はいまのところ同じではないかもしれない」と言いながら、ヴァランダーは、なぜ自分はこんな回りくどい言い方をするのかと腹が立った。「あなた方がここにいるのは、この法律事務所の残務を整理して、残っている仕事をこれからどう処理するか決めることでしょうが、われわれがここにいるのは、殺人を犯した人間を、一人か複数かはまだわからないが、捜すためだ。この茶封筒はわれわれが持っていきます」

「いかなる書類もここから持ち出すことは受容できない。どんなものであろうと、この捜査の担当検事の許可を得るまでは」ヴレーデが言った。

「ペール・オーケソンに電話をかければいい。私からよろしくと伝えてください」

そう言うと、ヴァランダーは封筒を手に、部屋を出た。マーティンソンとスヴェードベリがあとに続いた。

「さあ、これで騒ぎになるぞ」マーティンソンが法律事務所を出ながら言った。その口調はどこか浮き浮きしたところがあるようにヴァランダーには聞こえた。

風が強くなっていた。ヴァランダーは震えた。

「さて、これからどうするか？ アン＝ブリット・フーグルンドはいまなにをしている？」

「子どもが病気で欠勤です」スヴェードベリが答えた。「ハンソンが聞いたら喜んだでしょうよ。女の犯罪捜査官など、使いものにならないといつも言ってましたからね」

「ハンソンはなんにでも、ひと言言わなければ気がすまないんだ」マーティンソンが言った。

「それを言うなら、いつも講習会に出ている犯罪捜査官だって、使いものにならない」

「手紙は去年のものだ」ヴァランダーが話を戻した。「いま新たな名前が浮かんだ。ラース・

ボーマンという男だ。彼はグスタフ・トーステンソンと息子のステン・トーステンソンを脅迫していた。それに秘書のドゥネール夫人も。彼は手紙を一通書いた。その二ヵ月後にまた一通。一つの手紙は会社の封筒のようなものに入っていた。鑑識のスヴェン・ニーベリは優秀だ。黒のマジックペンで潰されている封筒の印刷文字を突き止めてくれるだろう。それと、手紙二通の投函場所も。さっそく頼もう」

彼らは警察署に戻った。まだドゥネール夫人の裏庭で捜索をしていたスヴェン・ニーベリにマーティンソンが電話連絡をしている間、ヴァランダーは封筒に押された郵便局のスタンプを読みとろうとした。

スヴェードベリは警察のさまざまな記録からラース・ボーマンという名前を割り出すために、部屋を出ていった。十五分後、ヴァランダーの部屋にやってきたスヴェン・ニーベリは、寒さですっかり唇の色を失っていた。オーバーオールのひざには庭の草がついたままだった。

「どうだい、うまくいっているか?」ヴァランダーが訊いた。

「ゆっくりとだが」ニーベリが言った。「おまえさんは知らないだろうが、爆発した地雷は、幾万もの細かな破片に炸裂するんだ」

ヴァランダーは二通の手紙と茶封筒を取り出し、机の上に置いた。

「これらも調べてくれないか。なによりもまず知りたいのは、投函場所だ。それと黒いマジックペンで消された文字はなにか。ほかのことはあとでいい」

ニーベリは眼鏡をかけ、ヴァランダーの机の上のランプの光を調節して手紙を見た。

「郵便局のスタンプは顕微鏡で見ればわかるだろう。マジックペンで潰された字の方は、表面を引っ掻いてみる。わざわざ鑑識センターのあるリンシュッピングまで送らなくともわかると思うよ」

「急いでいるんだ」ヴァランダーが言った。

ニーベリは苛立った顔で、眼鏡を外した。

「急いでいないことがあるか？　一時間くれ。それともそれじゃ長すぎるか？」

「必要なだけの時間はしょうがない。あんたがいつでもできるかぎり急いで仕事をしてくれてるのはわかっている」

ニーベリは手紙を持って部屋を出ていった。すぐにマーティンソンとスヴェードベリが入ってきた。

「ボーマンという名前は、警察のリストにはどこにも登録されていません。ブローマンなら四人います。またボルマンなら、一人います。もしボルマンならと思って調べました。エーヴェルト・ボルマンという男は一九六〇年代にウステルスンド付近で偽造小切手を発行して捕まっています。もしまだ生きているとすれば八十五歳になっているはずです」

ヴァランダーは首を振った。

「いや、それは別人だろう。ニーベリの答えを待とう。だが、あまり期待しない方がいい。手紙はたしかに脅迫状と言えるが、内容に具体性がない。ニーベリから結果が出たら知らせるよ」

ひとりになり、ヴァランダーはその日の朝、ファーンホルム城で手に入れた革表紙のホルダーを取り出して読んだ。それから約一時間、彼はファーンホルム城の主、アルフレッド・ハーデルベリの帝国について詳しく目を通した。ドアにノックの音が聞こえたときも、まだ読み続けていた。ニーベリが入ってきた。まださっきのオーバーオールのままだった。

「おまえさんの質問に答えが出たぞ」と言って、ニーベリはヴァランダーの来客用椅子に腰を下ろした。「手紙はヘルシングボリで投函されている。そして消された文字はホテル・リンデンだ」

ヴァランダーはノートを手元に寄せ、書きつけた。

「ホテル・リンデン」ニーベリが繰り返した。「ユータルガータン十二番地。電話番号まで印刷してあった」

「それは、どこの町だ？」ヴァランダーは訊いた。

「あ、わからなかったのか？　手紙は二つともヘルシングボリで投函されている。ホテル・リンデンの住所もヘルシングボリだ」

「いいぞ」ヴァランダーは言った。

「おれはただ頼まれたことをやっただけだ」ニーベリが言った。「だが、思ったより早く結果が出たので、もう一つ調べたことがある。おまえさん、これは面倒なことになるぞ」

ヴァランダーは腑に落ちない顔をした。

「おれはヘルシングボリのその電話番号に電話をしてみた。その番号は現在使われていないという自動案内の声がした。それでエッバに頼んで調べてもらった。その結果わかったのは、ホテル・リンデンは一年前に商売をやめているということだよ」

ニーベリは立ちあがって、座席についた草を払った。

「さあ、これで昼めしに行ける」

「ああ、そうしてくれ。ありがとう」

ニーベリが出ていったあと、ヴァランダーはいま聞いたことを反芻した。それからマーティンソンとスヴェードベリへ電話をかけた。数分後、彼らはコーヒーを手にヴァランダーの部屋にやってきた。

「どこかに全国のホテルリストがあるはずだ」ヴァランダーが言った。「ホテルは会社だ。社長もいるはずだ。どこにも記録されないで姿を消すはずがない」

「古い宿泊台帳はどうなるのだろう」スヴェードベリが言った。「焼いたのでしょうか、それとも保存されているんでしょうか？」

「それは調べなければならない、すぐにでも。だが、なによりもまず調べなければならないのは、ホテル・リンデンの所有者の行方だ。二手に分かれて捜せば、一時間もあれば十分だろう。わかったらまた会おう」

受付のエッバに電話をかけて、電話帳でボーマンという名前を捜してくれと頼んだ。範囲は手始めにスコーネとハッランド地方にかぎった。受話器を戻したとたん電話が鳴った。父親だった。

「今晩、うちに来ることを忘れていないだろうな？」父親が言った。

「行きます」と答えたが、ヴァランダーは父親の家のあるルーデルップまで行くには疲れすぎていると感じた。だが、とても断れなかった。父親に対し予定変更は無理である。

「七時にそっちに行きます」と言った。

「どうなるかな」

「どういう意味ですか？」ヴァランダーはムッとした。

「どういうことになるか、みようと言ったまでだよ」父親が言った。

ヴァランダーは言いたいことを飲み込んだ。

「行きますよ」と言って、彼は電話を切った。

部屋の中の空気が急によどんでいるように感じられた。廊下に出て、受付まで行った。

「ボーマンという名前の人は電話帳には登録されていません。もっと捜しましょうか？」エッバが言った。

「いや、しばらく待て」ヴァランダーは言った。

「あなたをうちに食事に招《よ》ぼうと思っていたところよ。いろいろ話したいことがあるんじゃない？」

ヴァランダーはうなずいたが、なにも言わなかった。

部屋に戻って、窓を開けた。風はますます強くなり、彼は体をぶるっと震わせた。窓を閉めてふたたび机に向かった。ファーンホルム城のホルダーが目の前に開いたまま置いてあった。

だが、彼はそれを脇によけた。そしてふと、バイバ・リエパのことを思い浮かべた。

二十分後、スヴェードベリが部屋をのぞいたとき、彼はまだそのまま彼女のことを考えていた。

「いまや、スウェーデンじゅうのホテルのことを知っている気分ですよ。マーティンソンはすぐに来るそうです」

マーティンソンが来たとき、スヴェードベリは調べたことを読み上げた。

「ホテル・リンデンの所有者兼経営者はバーティル・フォースダールという男です。県庁で訊きました。小さな家族経営のホテルで、経営悪化で続けられなかったとみられています。そのうえ、バーティル・フォースダールは七十歳ほどで、仕事から引退する年齢でもあったようです。自宅の電話番号を調べました。ヘルシングボリに住んでいます」

スヴェードベリに電話番号を読み上げてもらって、ヴァランダーが番号を押した。何度も呼び出し音が響いたあと、だれかが受話器を取った。

女性の声がした。

「バーティル・フォースダールさんを探しているのですが」ヴァランダーは言った。

「出かけています」女性が答えた。「夜戻りますが、どちらさまでしょうか?」

ヴァランダーはすばやく判断した。

「私はクルト・ヴァランダーといいます。イースタ警察署の者です。昨年まで営業しておられたおたくのホテルについて、二、三伺いたいことがあるのです。事件ではありません。一般的な質問ですから、ご心配なく」

「主人は正直な人間です」女性が言った。

「ええ、もちろん、そうでしょう。ただ伺いたいことがあるだけです。何時に戻られますか？」

「年金生活者の旅行会でヴェーン湖まで出かけているのです。帰り道、ランズクローナで夕食をとることになっていますから、家に着くのは十時ぐらいだと思います。十二時前に就寝することはありません。ホテル時代からの習慣で」

「もう一度電話します。よろしく伝えてください」ヴァランダーは言った。「どうぞ、心配しないでください。取り調べではありませんから」

「心配などしませんよ。主人は正直な人間ですから」

ヴァランダーは受話器を置いた。

「今晩、バーティル・フォースダールに会いに行こうと思う」と彼は言った。

「明日まで待てることでしょう？」マーティンソンが驚いて訊き返した。

「きっとそうだろうが、どっちみち、今晩おれはひまだ」

一時間後、彼らは捜査会議を開いた。ビュルクは県警本部に急用ができたので参加できないと連絡してきた。アン＝ブリット・フーグルンドが会議にやってきた。夫が帰ってきて、代わりに病気の子どもを看ているという。

脅迫状に集中することに意見が一致した。だが、ヴァランダーはほかになにか、気になることがあった。殺された二人の弁護士に関することなのだが、はっきりどれと指すことができない、もどかしい感じだった。

前日、たしかフーグルンドも同じようなことを言っていたと思い出した。会議のあと、二人は廊下で立ち話をした。

「今晩、ヘルシングボリに行くのなら、よかったら、わたしも行きます」

「その必要はない」ヴァランダーが言った。

「そうしたいのです」彼女は引き下がらなかった。

彼はうなずいた。警察署の前で九時に落ち合うことにした。

ヴァランダーはルーデルルップにある父親の家に七時ちょっと前に着いた。途中、コーヒーといっしょに食べる菓子パンを買った。家に着くと、父親はアトリエでいつもの絵を描いていた。いつもの絵、それは愁いに満ちた秋の夕方の景色で、手前にキバシオオライチョウが描かれているものと描かれていないものがあった。

親父は、世間が青空市画家と呼ぶ三流画家だ、とヴァランダーは思った。おれはときどき、自分を三流警察官だと思う。

父親の新しい妻は、この間まで彼のヘルパーをしていた女性だが、実家に戻っていていなかった。今日は一時間しかいられないと言ったら、親父はさぞ不機嫌になるだろうなとヴァランダーは思った。だが、そう聞くと、父親はただうなずいただけだった。ちょっとだけトランプをしたが、復職した理由を話すところまではいかなかった。それに父親も、とくに知りたそうでもなかった。二人は最後まで口げんかをしないで過ごした。ヴァランダーはイースタへ戻る車を走らせながら、最後に父親と口げんかをしないで別れたのはいつだっただろうと思いを巡らせた。

九時五分前、ヴァランダーとアン＝ブリット・フーグルンドは警察署前を出発し、マルメ方面へ車を走らせた。風は依然として強く吹いていて、ヴァランダーは車の窓のパッキングが一箇所壊れていて、風が吹き込んでいることに気づいた。車内にフーグルンドのかすかな香水の匂いが漂っていた。ヨーロッパ自動車道路65号線に入ってから速度を上げた。

「ヘルシングボリの地理は詳しいですか？」フーグルンドが訊いた。

「いや」

「近くまで行ったら、ヘルシングボリの同僚に電話をして訊いてみましょうか」

「いや、当分、彼らにはなにも知らせない方がいい」

「なぜですか？」彼女が驚いた声で訊いた。

「ほかの警察区に足を踏み入れると、必ずやっかいなことになるものだ。どうしても必要でないかぎり、できるだけそれは避けたい」

彼らはそのまま黙って車を走らせた。ヴァランダーはビュルクが捜査報告を聞いてやっかいなことになったと言うのが聞こえるようで、気が重かった。スツールップ空港へ右折し、さらにルンド方面へ左折した。

「なぜ警察官になったのかという話が聞きたいな」ヴァランダーは言った。

「まだだめです。いつか別のときに」

交通量は少なかった。風はさらに強くなっている。スタファンストルプを出たところのロータリーを回ったとき、遠くにルンドの町の明かりが見えた。時間は九時二十五分だった。

「おかしいわ」アン゠ブリット・フーグルンドがポツリと言った。

その声に緊張感があった。ヴァランダーは車の計器類の光でぼんやり見える彼女の顔にちらりと目を走らせた。彼女はサイドミラーから目を離さない。ヴァランダーはバックミラーを見上げた。遠くに車のライトが見える。

「なにがおかしい？」

「わたしは一度も経験がありません」

「なんの？」

「つけられることです」

彼女の声に確信があった。彼はまたバックミラーに映るライトに目を戻した。

「あの車につけられているとどうしてわかる？」

「ずっと後ろにいるからです」

ヴァランダーは信じられなかった。

「確かです」彼女が言った。「出発したころから、つけてきています」

7

恐怖はトラやライオンのような野生の動物に似ている。

その爪が後ろ首に食い込んだような気がした。あとでヴァランダーは稚拙で、不十分な表現だと思ったが、そのときはまさにその表現がぴったりだった。恐怖をだれに語るか？　娘のリンダ、そしてたぶん、いまでは定期的に手紙を書いているリガのバイバ・リエパに。それ以外の人間には話さなかった。そのとき車の中で感じた恐怖を、彼はアン＝ブリット・フーグルンドには決して話しはしなかった。彼女も訊きはしなかった。ヴァランダーはそのとき自分の感じた恐怖を、彼女が察知したかどうか、わからなかった。だが、じつは彼は恐怖にとらわれて、全身がガクガク震え、いまにもハンドルを切り損ねて畑の中に突っ込みそうだった。死の恐怖を感じた。はっきり覚えているのは、ひとりだったらよかったのに、と思ったことだった。その方がずっと動きやすかった。野生の動物が忍び寄ってくるような恐怖は、助手席に座っている彼女がいたためでもあった。とにかく彼はそのとき、外見的にはスタファンストルプからルンドへ向かう車を運転している落ち着いた経験豊かな警察官の役を演じていた。だが実際は、ルンドの町に入るまで、彼は恐怖にすっかり乗っ取られていた。町に入ったとき、アン＝ブリット・フーグルンドはまだつけられていると言った。それを聞いてすぐに、彼はガソリンスタンドに車を乗り入れた。すぐ後ろから来たのはブルーのベンツだった。だが、車のナンバーも乗っていた者もまったく見えなかった。ヴァランダーは給油機の前に車をつけた。

「あんたの間違いではないか？」

彼女は首を振った。

「いいえ、あの車はたしかにわたしたちをつけていました。イースタを出発したときから。警察署の前でわたしたちを待っていたのかどうかはわかりませんが、わたしはかなり早い時点で気がつきました。65号線に入ったころからです。そのときは単に後ろから車がやってくるのが見えただけです。でも空港への道に入って、またルンド方面に曲がったとき、それでも追い越さなかったので、変だと思ったのです。つけられるなんて、わたし自身はいままで経験のないことです」

ヴァランダーは車を降りて、タンクのふたをねじり開けた。彼女も車を降り、そばに立った。

彼は車を満タンにした。

「だれがわれわれをつける？」給油の管の先を元に戻しながら、彼は言った。

ヴァランダーがガソリン代を払いに行っている間、彼女は車のそばを動かずにいた。きっと彼女の観察は正しいのだろう、と彼は思った。恐怖はしだいに遠のいた。

彼らはそのままルンドの町を走った。人影はなく寝静まっていて、交通信号はただ色が変わるだけだった。町を通り抜けたとき、ヴァランダーは北に向かう自動車道路に車を乗り入れ、ふたたび後ろの車に注意を払った。だが、ベンツの姿はなかった。ヘルシングボリの南の入り口に到着したとき、ヴァランダーは車の速度を落とした。泥の跳ね上がったトラックが通り過ぎた。その後ろに赤いボルボが続いた。ヴァランダーは車を路肩に止め、シートベルトを外して車を降りた。車の後ろに回って、タイヤをチェックしているような格好でしゃがみ込んだ。フーグルンドが通過する車をチェックしていることは見なくてもわかる。五分後立ちあがって、また車に乗り込んだ。この間、通過した車は四台、中にシリンダーが壊れているような音を発するバスが一台あった。座席ベルトをつけて、彼女を見た。

「どうだ、ベンツは通ったか？」と訊いた。

「白のアウディです。男が二人、前の席に乗ってました。後ろにも一人いたかもしれません」

「なぜ、その車だと思う？」

「彼らだけが、こっちを見なかったからです。それだけでなく、速度を上げました」

ヴァランダーは自動車電話を指さした。

「マーティンソンに電話をしてくれ。車のナンバーは書き留めただろう？　アウディだけでなく、ほかの車もだ。調べてくれと言うんだ。急ぎだと言え」

マーティンソンの自宅番号を教え、それから公衆電話ボックスを探して発進した。電話ボックスにある電話帳の地図を見るためだ。フーグルンドの電話に出たのは初め、マーティンソンの子どものようだった。おそらく十二歳の娘だろう。そのあとマーティンソンに替わり、フーグルンドは車輛番号を言った。そして突然受話器をヴァランダーに渡した。

「あなたと話したいそうです」

ヴァランダーはブレーキを踏んで車を止めた。

「なにをしているんですか？　明日まで待つことはできないんですか？」マーティンソンの甲高い声が響いた。

「アン＝ブリット・フーグルンドがおまえさんに電話して、急ぎだと言ったら、急ぎなんだ」ヴァランダーが言った。

「いったいいま聞いた車は、なんなんですか？」

「説明している時間がない。明日話す。車の持ち主の名前がわかったら、この電話に知らせてくれ」

マーティンソンがこれ以上質問できないように、彼は電話を切った。フーグルンドが傷ついているのがわかった。

「なぜ彼はわたしを信用しないんでしょう？　なぜあなたに確認をとらなければならないんですか？」

その声はしゃがれていた。ヴァランダーは彼女の失望を理解しようとした。

「気にしない方がいい。変化に慣れるには時間がかかるんだ。あんたが入ったということは、イースタ警察にとって近年にない一大事なんだよ。あんたのまわりにはいままでの習慣を変えようとしない年老いた犬がいっぱいいるのだ」

「あなたもその一人ですか？」

「ああ、きっとそうだろう」

フェリーボートの出る港まで来た。白のアウディは姿を消していた。ヴァランダーは駅まで行って車を止めた。駅構内の案内図でやっとユータルガータンをみつけた。それは駅の東側の町はずれにあった。彼は道を暗記して車に戻った。

「わたしたちを尾行している人間に、心当たりがありますか?」フーグルンドが訊いた。車は劇場の前を通り過ぎた。

「いや」ヴァランダーが言った。「トーステンソン親子には、奇妙なことがありすぎる。どんどんおかしな方向へ行っているような気がしてならない」

「わたしは捜査全体が硬直状態になっている気がしますが」

「あるいは、同じところをぐるぐる回っているか。自分たちの足を踏んでいることに気がついていないのかもしれない」

アウディの姿は見えなかった。町は静まり返っている。ヴァランダーは車をユータルガータン十二番地の家の前に止め、二人は車を降りた。風が強く吹いていた。十二番地の家は赤い石造りの平屋で、片隅にガレージがあり、小さな庭付きだった。庭で防水布に包まれているものは古い木製のボートだろうとヴァランダーは見当をつけた。

ドアベルを鳴らすより先に、玄関ドアが開いた。ジャージを着た白髪の老人が顔に好奇心をのぞかせて彼らを迎えた。

「私は犯罪捜査官で、ヴァランダーといいます。こちらは同僚のアン＝ブリット・フーグルンドです。二人ともイースタ警察署の所属です」

男は彼の身分証明書を受けとると、近眼の目を細めて読もうとした。そのとき、男の妻が玄関に現れてあいさつした。ヴァランダーは幸せに暮らしている家庭に闖入しているという気がした。家の中に通されると、居間にはコーヒーカップとクッキーが用意されていた。腰を下ろそうとしたとき、ヴァランダーの目が壁に掛かっている絵に留まった。驚いたことに、それは彼の父親の絵だった。キバシオオライチョウのない方の絵だ。フーグルンドが不思議そうに彼の視線の先を追った。彼はただ頭を振って腰を下ろした。知らない人の家で父親の絵を見るのは、これが二度目だった。四年前に、クリシャンスタのアパートで、やはりそれを見た。そのときの絵にはキバシオオライチョウが手前に描かれていたような気がする。

「夜遅い時間に、すみません」と彼は開口一番に謝った。「どうしても明日まで待てないことを伺いたいもので」

「コーヒーを飲む時間くらいはおありでしょう?」妻の方が訊いた。

彼らは二人ともうなずいた。ヴァランダーはアン＝ブリット・フーグルンドがいっしょに来たのは、事情聴取のやり方を見るためだろうと見当をつけた。そう思ったとたんに不安になった。ずいぶん長いこと休んでいる、と彼は思った。彼女に教えることなどできない。おれ自身がもう一度初めからやり直さなければならないのだ。わずか数日前まで、過去に葬り去ろうとしていた技術と知識を思い出さなければならない。

スカーゲンの果てしなく広がる海岸を思い出した。自らを監視していたあのあたり一帯の景色。一瞬、懐かしく、戻りたい気がした。だが、あそこにはもはやなにもない。もう、あの時代は終わったのだ。

「一年前まで、あなたはリンデンというホテルを経営していましたね？」彼は取り調べを開始した。

「ええ。四十年間」とバーティル・フォースダールは言った。ヴァランダーはその声に誇りを感じた。

「長い期間でしたね」ヴァランダーはうなずいた。

「あれを買ったのは一九五二年のことでした。当時はペリカンという名で、うらぶれた、悪い噂の立っていたホテルでした。私はそれをマルクスソンという男から買いとりました。アル中で、まったく働けない状態でした。私の買った年はすでにホテルは営業していなくて、アル中仲間の溜まり場になっていました。ずいぶん安い値段で手に入れたことは認めます。マルクスソンは翌年死にました。ヘルシングウーでアルコール中毒の発作を起こして死んだのです。ホテルは改名しました。当時、ホテルの前にリンド（ライム）の木が立っていたんです。すぐ近くに古い劇場がありました。もうそれも取り壊されていますがね。俳優がうちのホテルに泊まることもよくありましたよ。一度、インガ・ティドブラードが泊まりました。彼女は朝、紅茶を飲む人でしたな」

「彼女が名前を書いた宿泊台帳はとっておかれましたか？」ヴァランダーは訊いた。

「宿泊台帳はすべてとってあります」フォースダールが言った。「四十冊、すべてそろって地下室にありますよ」

「ときどき、地下室に座り込んで、それを見ることがあるんですよ」フォースダールの妻が突然言った。「名前を見て、その人たちのことを思い出すんです」

ヴァランダーはフーグルンドと視線を交わした。聞き出そうと思っていたことの一つに、すでに答えを得ていた。

外の通りから突然犬の吠える声がした。

「隣の家の番犬です」フォースダールが言い訳をするように言った。「あの犬はこの通り全体を護ってくれているもので」

ヴァランダーはコーヒーを飲んだ。カップにホテル・リンデンと名前があった。

「なぜ今日われわれがこちらに来たのか、説明しましょう」と彼は話しだした。「コーヒーカップにホテル名があるのと同様に、封筒にもホテル名と住所を印刷しておられましたね。去年、六月と八月に、ここへルシングボリから手紙が投函されました。そのうちの一通の手紙にホテル・リンデンの封筒が使われたのです。おそらく閉鎖される直前のことだったろうと思います」

「ホテルは九月十五日に閉鎖しました」フォースダールが言った。「最後の晩に泊まった客からは宿泊費をいただきませんでした」

「ホテルを閉鎖なさったわけを訊いてもいいですか？」アン＝ブリット・フーグルンドが言った。

ヴァランダーは自分の取り調べに彼女が口を挟んだのが面白くなかった。だが、その自分の反応に彼女が気づかないように願った。そのとき、まるで女の質問には女が答えるべきであるかのように、フォースダールの妻が答えた。

「どうしようもなかったのですよ。建物は危険と判断され、取り壊されることに決まったのです。あのままでは営業許可が下りなかったのです。わたしたちとしては、体力が許せば、また許可が下りれば、あと二、三年は続けたかったのですけど。でも、許可されなかったのですよ」

「最後の最後まで、私どもとしてはできるだけ高い水準を保とうと努力しました。しかし、しまいにはなにもかも高くてやっていけなくなってしまったのですよ。全客室にカラーテレビを入れるなんてことは、とうていできませんでした」フォースダールが言った。

「九月十五日は悲しい日になりました」妻が言った。「いまでもぜんぶの部屋の鍵がとってありますよ。十七室の部屋がありました。ホテルの建っていた場所はいま駐車場になっています。リンドの木は切り倒されてしまいました。根が腐ってしまったのです。木でも悲しみで死ぬということがあるのかもしれませんね」

隣の犬はまだ吠えていた。ヴァランダーはいまではもうなくなったリンドの木のことを思った。

「ラース・ボーマンという名前に覚えがありますか？」ヴァランダーは訊いた。

彼らの答えは思いがけないものだった。

「かわいそうに」フォースダールが言った。

「本当にお気の毒でした。しかしなぜいまごろ、警察は彼に関心をもつのです？」妻が言った。

「ということは、あなた方は彼を知っているのですね？」ヴァランダーは言った。フーグルンドがハンドバッグの中から筆記用具を取り出すのが見えた。

「立派な人物でした」フォースダールが言った。「もの静かで、内向的な人でしたが。いつもやさしく、気遣いがあって。ああいう人はもういないですね」

「彼と連絡を取りたいのですが」

バーティル・フォースダールは妻と顔を見あわせた。二人が気味悪そうな顔をしているのがわかった。

「ラース・ボーマンは亡くなりましたよ」フォースダールが言った。「警察はそれを知っていると思っていましたが？」

ヴァランダーはしばらく沈黙した。

「われわれはラース・ボーマンについて、なにも知りません」やっと言葉が出た。「彼が去年手紙を二通出し、そのうちの一つにおたくのホテルの封筒が使われたということ以外は。ラース・ボーマンと連絡を取りたかったのですが、どうもそれはかなわないらしい。だが、なにが起きたのか、教えてくれますか？　そもそも彼は何者だったのですか？」

「定期的にやってきたうちの顧客でした」フォースダールが言った。「長年、ボーマン氏は四ヵ月に一度の割合でやってきて、いつも二、三泊していました」

「職業は？」

「県の職員でしたよ」妻の方が答えた。「経理関係の仕事とか」

「会計監査官でした」夫が言い換えた。「マルメヒュース県の県庁で働く、じつに勤勉な公務員でした」

「クラーグスハムヌに住んでいたんですよ。奥さんとお子さんがいました。とんでもない悲劇ですよ」

「なにが起きたのです?」ヴァランダーは訊いた。

「自殺したんです」フォースダールが言った。思い出すのが辛そうだった。「自殺するなんて絶対に思えない人がいるとすれば、彼こそそうでした」とフォースダールが続けた。「だが、きっとだれにもわからないような秘密を抱えていたのでしょう」

「なにが起きたのです?」ヴァランダーは質問を繰り返した。

「ボーマン氏が最後にヘルシングボリに来たのは、私どもがホテルを閉鎖する何週間か前のことでした。日中は仕事をし、夜は部屋で休みました。読書家でした。最後の朝、彼は宿泊費を現金で払い、別れのあいさつをしました。ホテルが閉鎖されても、連絡をくれると言って帰られました。何週間か経って、不幸なニュースを聞いたのです。クラーグスハムヌの林で首を吊っていたとか。日曜日の朝早く自転車でそこに行ったらしいです。遺書はなかったそうです。奥さんにも子どもさんたちにも。だれにとってもショックな出来事でした」

ヴァランダーはおもむろにうなずいた。クラーグスハムヌは彼が子ども時代を過ごした土地だった。ラース・ボーマンが命を絶ったのは、どの林だろうと思った。もしかすると、自分が遊んだことがあるところかもしれない。

「何歳でした？」ヴァランダーは訊いた。

「五十歳にはなっていたでしょうけど、五十五まではいっていなかったと思いますよ」と妻の方が言った。

「マルメ近郊のクラーグスハムヌに家があり、県庁で会計士の仕事をしていたというのなら、ヘルシングボリのホテルに泊まったというのは、ちょっと変ではありませんか？　マルメとヘルシングボリの間はそんなに離れていないのに？」

「ボーマン氏は車の運転が好きではなかった。それに、これは私の推測ですが、彼は私どものホテルが気に入っていたのだと思います。夜は部屋にこもって、好きなだけ本を読むことができましたし。私どもも、ボーマン氏のじゃまをするようなことは決してしなかった。それも気に入っていたと思います」

「彼の住所は宿泊台帳にありますね？」ヴァランダーは訊いた。

「未亡人となった奥さんは、家を売って引っ越したと聞きましたよ」フォースダールの妻が答えた。「あんな恐ろしいことが起きたあと、そこに住み続けるのは嫌だったのでしょう。お子さんたちはもう大人でしたしね」

「未亡人がどこへ引っ越したか、知っていますか？」

「スペインです。たしかマルベリャとかいう地名でした」

ヴァランダーはすべてを書き留めているフーグルンドを見た。

「ちょっと訊いてもいいですか？」フォースダールが言った。「なぜ警察はいまごろになって死んだラース・ボーマンのことを知りたがっているんです？」

「いや、単なる職務質問です」ヴァランダーは答えた。「それ以上のことは言えません。ただ、ボーマン氏がなにか犯罪を犯したのではないということだけは言えます」

「ボーマン氏は清廉潔白な人物でした」フォースダールはきっぱりと言った。「人は質素に、正しく生きるべきだというのが、ボーマン氏の信条でした。長年のつきあいで、われわれは言葉を交わすようになっていました。社会に蔓延する不正の話になると、氏はいつも立腹していましたよ」

「そのボーマン氏がなぜ自殺したか、理由についてはなにか心当たりがありますか？」ヴァランダーが訊いた。

バーティル・フォースダールも妻も首を振った。

「そうですか。それじゃ、最後の年の宿泊台帳を見せてもらえますか？」

「地下室にあります」と言って、フォースダールは立ちあがった。

「マーティンソンが電話をかけてくるかもしれないので、車から電話を持ってきます」と言ってフーグルンドが立ちあがった。

ヴァランダーは車のキーを渡し、フォースダール夫人がフーグルンドといっしょに外に出た。車のドアを閉める音が聞こえたが、隣の犬は吠え立てなかった。彼女たちが戻ってから、一同は地下室へ行った。地下室にしては驚くほど大きな部屋の片側の壁に、ずらりと宿泊台帳が並べられていた。ホテルの看板と、十七室の鍵もその壁に掛けられていた。これはミュージアムだな、とヴァランダーは思い、心を打たれた。ここに長い期間の労働の思い出が詰まっている。しまいに経営が困難になって閉めざるを得なかった小さなホテルの思い出がすべてここにあるのだ。

バーティル・フォースダールは列の最後の宿泊台帳を手に取って、テーブルの上に開いた。それは一九九二年のもので、八月のページを開き、二十六日を指さした。ヴァランダーとフーグルンドは台帳の上に身を乗り出した。ヴァランダーの目がすぐに見覚えのある手書きの字の上に留まった。それは例の手紙に使われたのと同じペンで書かれていた。生年月日は一九三九年十月十二日で、職業欄には県庁の会計監査官とあった。フーグルンドはクラーグスハムヌのボーマンの住所を書き写した。メイラムスヴェーゲン二十三番地。ヴァランダーはその地名に覚えがなかった。ヴァランダーは六月のページをめくった。彼があの町を引っ越してから開発された住宅地の通りの名の一つにちがいない。ヴァランダーは六月のページをめくった。最初の手紙が出された日付と同じ日に、ラース・ボーマンは宿泊していた。

「これ、どういうことかわかりますか?」フーグルンドが低い声で訊いた。

「いや、よくわからない」ヴァランダーは答えた。

そのとき、フーグルンドの持っていた自動車電話が鳴った。ヴァランダーがうなずいて答えるように彼女をうながした。彼女はスツールに腰を下ろして、マーティンソンの言葉を書き留めた。ヴァランダーは宿泊台帳を閉じ、フォースダールはそれを元の場所におさめた。通話が終わってから、一同はふたたび一階に戻った。その途中の階段でヴァランダーはマーティンソンの伝言を聞いた。

「アウディでした」アン＝ブリット・フーグルンドが言った。「あとで話します」

すでに十一時十五分になっていた。ヴァランダーとフーグルンドはあいさつをした。

「夜分にすみませんでした。ときどき、警察の仕事は待ったなしになるので」ヴァランダーが言った。

「なにか役に立てたのなら、それでいいです」フォースダールが言った。「たとえ、あの気の毒なラース・ボーマンのことを思い出すのが苦痛であっても」

「そうでしょうね」ヴァランダーは言った。「なにか思い出したら、イースタの警察署へ電話をください」

「なにを、です？」フォースダールが驚いたように訊き返した。

「どんなことでも、です」とヴァランダーは言い、別れのあいさつに手を差し出した。

彼らはフォースダール家を出て、車に戻った。ヴァランダーは車内灯をつけた。フーグルンドは書きつけたノートを取り出した。

「わたしの言ったとおりでした」フーグルンドが言った。「やっぱり白いアウディが怪しかったのです。車輛番号は別のものでした。ナンバープレートはマルメで盗まれたもので、本来はニッサンの車についていたものです。その車は新車でマルメの自動車販売業者の店にあり、まだ売りに出されていないものだそうです」

「ほかの車は？」

「ほかのはすべて登録どおりでした」

ヴァランダーは車を走らせた。十一時半を回っている。風は相変わらず強く吹いている。彼らはヘルシングボリの町を出た。自動車道路に車はまばらだった。後ろから走ってくる車はなかった。

「疲れているか？」ヴァランダーは訊いた。

「いいえ」

ヘルシングボリの南のガソリンスタンドで夜もやっているカフェがあった。ヴァランダーは自動車道路からドライブイン・エリアに入った。

「もしあんたが疲れていなかったら、ちょっとここに留まって話をしよう。臨時会議だ。今晩聞いたことを整理してみるのだ。それに、ほかの車を観察するにもちょうどいい。アウディだけは見張らなくてもいいが」

「どういうことですか？」フーグルンドが訊いた。

「もしやつらがまたやってくるなら、別の車で来る。アウディはもう使わない。尾行のプロだったら、同じ車を二度使いはしないからだ」

彼らはカフェに入った。ヴァランダーはハンバーガーを注文した。フーグルンドはなにも取らず、駐車場に面したテーブルについた。近くにデンマーク語を話す長距離トラック運転手たちがいたが、ほかに客はいなかった。

「どう思う？」ヴァランダーは言った。「弁護士二人に脅迫状を出し、その後自転車で出かけて首を吊った県庁勤務の会計監査官について、あんたはどんな意見がある？」

「なんとも言えません」

「なんでもいい、話してみてくれ」

彼らはそれぞれ考えに沈み、黙り込んだ。ガソリンスタンドに大型トラックが入ってきた。ヴァランダーの注文した料理が大きな声で呼ばれた。彼はそれを取りに行き、ふたたび席についた。

「ラース・ボーマンの手紙は不正を糾弾するものでした」フーグルンドが言った。「われわれはその不正が、なにに関するものか知りません。ボーマンは弁護士親子のクライアントではありませんでした。どんな関係があったのか、われわれには今のところわかりません。つまり具体的にはなにもつかめていないんです」

ヴァランダーはフォークを置いて、口のまわりを紙ナプキンで拭いた。

「リードベリという捜査官のことを聞いたことがあるだろうと思う。数年前に死んでしまったが、賢い男だった。彼が言っていた言葉に、『警察官はいつもなにも知らないと言いがちだが、実際には自分たちが思っている以上に知っているのだ』というのがある」

「それは、警察学校でよく聞くあまり内容のない言葉に聞こえますね。書き留めはするものの、すぐに忘れてしまうような」

ヴァランダーは苛立った。リードベリの能力が疑われたようで、嫌な気分になった。

「警察学校であんたたちがなにを書き留めたかなど、はっきり言っておれは関心がない。しかし、おれの言葉には、いや、この場合はリードベリの言葉だが、耳を貸すべきだと思う」

「怒ったのですか？」彼女は驚いたようだった。

「怒ったわけではない」ヴァランダーは言い訳した。「だが、あんたがいま言ったラース・ボーマンについてのまとめは、よくないな」

「あなたなら、もっと上手にできますか？」フーグルンドが言った。声がまたしゃがれている。

彼女は傷つきやすいタイプだ、とヴァランダーは思った。イースタ警察署で唯一の女性捜査官であることは、想像よりもずっとハードなのだろう。

「いや、あんたのまとめが悪いと言うつもりはなかった」彼は言葉を撤回した。「だが、いくつか忘れていることがあると思う」

「話してください。わたしは聞き手になります。人の話を聞くのは得意ですから」

ヴァランダーは食べ終わった皿を脇に押しやり、コーヒーを取りに行った。デンマーク人の長距離トラック運転手二人はいなくなっていて、カフェにはいま彼らしかいなかった。厨房からラジオの音が低く聞こえた。

「もちろんいまの段階で結論を出すことはできない。が、推測はできる。パズルの一片を置いてみて、様子をみるのだ。たとえば動機が推測できるかもしれない」

「ええ、そこまではわかります」フーグルンドが言った。

「ラース・ボーマンは会計監査官だったとわかった。また、彼は清廉潔白な男だったということもわかった。フォースダールと細君は二人ともその点をボーマンの特徴として挙げていた。それと、もの静かで、読書好きだったことと。経験から言って、人が他人の性格を描写するとき、清廉潔白ということを第一に挙げることはめったにない。つまり、ボーマンは正義に関して情熱をもっていた、潔癖な人物であることに間違いないだろう」

「清廉潔白な会計監査官、ですね？」

「そうだ。だが、その清廉潔白な人物がイースタのトーステンソン法律事務所の弁護士に脅迫状を書いた。本名をサインして、封筒に記されていたホテルの名前をマジックペンで消している。ここでいくつか推測が成り立つ」

「彼は匿名で手紙を送りたくなかった、ということですね？　でも、ホテルに迷惑はかけたくなかった」

「彼は匿名であることを避けたばかりでなく、両弁護士とは知り合いだったとみていい」

「不正に腹を立てる清廉潔白な人物。問題は、なにに腹を立てたか？　彼が腹を立てた不正とはなにか、ですね？」フーグルンドが言った。

「ここでおれの二つの推測の一つを言おう」ヴァランダーは続けた。「真ん中の部分が欠けているということだ。ラース・ボーマンは弁護士たちのクライアントではなかった。だが、だれかもう一人、ほかの人物がいるのではないか。一方ではラース・ボーマンと繋がっていて、他方では弁護士たちと関係のある人物が」

彼女はゆっくりとうなずいた。

「会計監査官の仕事はどういうものでしょう?」と疑問を出し、彼女は自分で答えた。「会計監査官は金が間違いなく扱われるかどうかをチェックする。領収書に目を通し、会計報告で収支に問題なしと監査結果を出す。そういうことですよね?」

「グスタフ・トーステンソンは会社経営の法律顧問だった。会計監査官は法律や会社の定款が守られるように会計を監視する。少し技術的な違いはあるだろうが、基本的に弁護士と会計監査官は同じような仕事をする。少なくとも本来はそういうものであるはずだ」

「さっき、推測は二つあると言いましたね?」

「ラース・ボーマンは弁護士たちに脅迫状を二通出した。もっと書いたのかもしれない。だが、われわれはほかの手紙のことは知らない。手紙は封筒で送られたということはわかっている」

「しかし、現在、弁護士たちは二人とも死んでいる。そしてだれかが今朝、弁護士事務所の秘書を殺害しようとした」フーグルンドが付け足した。

「そして、脅迫状の差出人のラース・ボーマンは去年自殺している、ということがいまわかった。そこから始めることにするか。マルメ区域の警察に連絡を取ろう。犯罪ではなくて自殺だという判断を下した書類がどこかにあるはずだ。医者の検死証明書もあるはずだ」

「それと、スペインに移住したという未亡人がいます」

「子どもたち二人はおそらくスウェーデンに残っているだろう。彼らとも連絡を取ってみよう」

二人は立ちあがり、カフェを出た。

「このような話し合いをもっとやるべきだな」ヴァランダーは言った。「あんたと話をするのは面白い」

「なにもわからず、まとめも下手なわたしでも、ですか？」フーグルンドが笑った。

ヴァランダーは肩をすくめた。

「おれはときどき、言いすぎる」

彼らはふたたび車に乗った。すでに夜中の一時近かった。ヴァランダーはイースタの空っぽのアパートを思い出して気が重くなった。自分の人生はずいぶん前に取り上げられてしまったような感じがした。それは一年半前にあの浜辺で人を殺したときよりも、ずっと前のような気がした。だがそのころにはそれに気がつかなかったのだ。ユータルガータンの元ホテル経営者の家に飾ってあった父親の絵のことを思った。それまで父の絵は、彼には恥ずかしいものだった。安っぽい絵の青空市場に属する、三流画家のものと見なしていた。いま彼は、父親の絵が違うものに思えてきた。父の絵はもしかすると調和と安心感を求める人々に応えるものなのかもしれない。人々はずっと探してきて、やっとそれを父の変わらぬ景色に見出しているのかもしれない。

ヴァランダーは自分を三流警察官だと思ったことを思い出した。もしかすると、自分を蔑む必要はないのかもしれない。

「なにを考えているんですか？」

「いや、なんでもない」ヴァランダーはごまかした。「ただ疲れているだけだ」

ヴァランダーはマルメ方面に車を走らせた。少し遠回りにはなるが、できるだけ主幹道路でイースタに戻りたかった。車は少なく、後方から尾行してくる車の影はまったく見えなかった。風が正面から強く車に吹きつけてくる。

「実際に自分の乗っている車が尾行されるようなことがあるとは思いませんでした」またフーグルンドが言った。

「数年前までは、実際、こんなことはなかった」ヴァランダーは言った。「だが、変化が起きたのだ。スウェーデンはゆっくりと、人が気づかないうちに変わったと言われている。だが、おれはそうじゃないと思う。すべては予知することができた。目に見えていたと思う。それを見たいかどうか、目を凝らして見ていたかどうかによる」

「話してください。以前はどうだったのですか？」

「話せるものだろうか？　わからない」しばらく黙ってから彼は言った。「これは個人の意見だが、イースタのような人目につかない小さな地方の町でさえも、日常の中に変化が起きている。なんと言ったらいいんだろう。犯罪が残酷になった。より組織的になった。また、以前われわれがいわゆる善良な市民と見なしていた人々の中に犯罪をおこなう者が出てくるようになった。なぜそうなったのか、おれには答えることができない」

「またそれは、なぜスウェーデンが世界でもっとも犯人検挙率の低い国の一つなのかという説明にもなりませんね」フーグルンドが言った。

「それについてはビュルクと話すといい。そのことで彼は夜も眠れないはずだ。彼はイースタ署だけでスウェーデン全体の警察の評判を上げようという野心をもっているんじゃないかと、ときどき勘ぐりたくなる」

「それでも絶対になにか原因があるはずです。警察官の数が足りないというだけでは説明がつきません。人員確保ができていないといつも言われていますけど、いったいどのくらい必要かは、だれも答えられないんです」

「いま二つの世界がぶつかり合っているとみることもできる。おれと同じ意見の警官は大勢いるはずだ。つまり、一方には昔、すべてがいまのようではなかった時代に教育を受け、経験を積んだ警官がいる。犯罪はもっと単純で、モラルはしっかりしていて、警察の権威は絶対的なものだった。他方、現代は社会がすっかり変わってしまっている。もっと現代に即した知識と経験のある警官が必要なのだ。だが、現実に働いている警官にはそれが備わっていない。われわれのあとからやってくる警官たちは、つまり、あんたのような若い警官たちのことだが、まだ捜査においてなにを優先するべきかといった決定に影響力をもっていない。ときどき、犯罪者たちはまったくだれにも阻止されずに好きなようにわれわれの先を行っているような気がする。そして社会はと言えば、統計に適当に手を加えてごまかすのだ。警察に犯人を検挙させる代わりに、事件がなかったことにしてしまう。十年前には立派な犯罪だったものが、いまでは犯罪とは見なされなくなっている。犯罪か犯罪ではないかの境界線がどんどんうやむやになってしまっている。昨日は制裁を受けた犯罪が、今日は放りっぱなしだ。犯罪がおこなわれたその瞬間にもう犯罪じゃなくなるのだ。せいぜいのところが、記録はされてもだれの目に触れることもなく資料室に入れられてしまう。その結果がいまの状態なのだ」

「どこまで行くのか恐ろしいですね」しばらくして彼女が言った。

ヴァランダーは彼女をちらりと見た。

「想像したくもない」

ランズクローナを過ぎて、マルメに近づいた。青い光を点滅させた救急車が猛スピードで追い越していった。ヴァランダーは疲れを感じていた。漠然と助手席に座っているフーグルンドが気の毒になった。これからの数年、彼女はつねに警官として能力があるかどうか試されるだろう。人より際だって優れていなければ、惨めな思いばかりするようになるはず。仕事から喜びを得ることはめったにないだろう。

しかし同時に彼は、フーグルンドが人並み外れた能力の持ち主だというのは、いいかげんな噂ではないということもわかった。マーティンソンが警察学校を卒業してイースタ警察に配属されたとき、どんなに使い物にならなかったかを思い出した。現在、マーティンソンは犯罪捜査課でもっとも優秀な捜査官になっている。

「明日、すべてを初めから吟味してみよう」彼はフーグルンドを励ますつもりで言った。「どこかに突破口があるはずだ」

「そうだといいのですが」彼女が言った。「でも、いつの日か、犯罪によっては犯人を特定できても捕まえることができず、そのまま放置するようなことになるのかもしれませんね」

「そんなときが来たら、警官は革命を起こす」ヴァランダーは言った。

「そんなことをしたら警察庁長官が黙っていないでしょう」

「長官が外国に出かけているときを狙うんだ」

「それなら可能かもしれませんね」

話が途切れた。ヴァランダーはマルメの東の自動車道路に抜けた。運転に集中していると、今日一日に起きたことがはるか遠くに感じられた。

マルメをあとにし、イースタへ向かってヨーロッパ自動車道路65号線を走っているとき、ヴァランダーは異状に気がついた。フーグルンドは助手席で眠りに落ちていた。バックミラーには後続車の光は見えなかった。

彼の神経は一瞬にして鋭くなった。おれは間違った方向で考えているのだろうか。後ろからつけてくる車をチェックすべきときに、それなら尾行者たちはどこにいるのだと考えている。もしフーグルンドが正しくて、イースタ警察署を出発したときからずっと尾行されていたとすれば、なにかの理由で彼らはもう尾行の必要はないと見なしているのだ。そうではないか？

ドゥネール夫人の裏庭の地雷のことを思った。

次の瞬間、彼はブレーキを踏んで車を路肩に止めた。屋根に警察の青い点滅ランプを置いた。フーグルンドが目を覚まし、寝ぼけ眼《まなこ》でヴァランダーを見上げた。

「車を降りるんだ！」ヴァランダーは言った。

「なぜですか？」

「言われたとおりにしろ！」

彼女はシートベルトを外して、彼よりも早く車の外に出た。

「安全なところに伏せるんだ」

「なにが起きたんです？」車を降りて警察の青い点滅ランプに目をやりながら彼女が訊いた。風が冷たく吹きつけてくる。

「わからない。まだ確実ではない。尾行車がないということでかえって不安になったのだ」

それ以上の説明は必要なかった。彼女はすぐに理解した。その瞬間、ヴァランダーはやはり彼女は優秀だと思った。賢い。意外な展開にもうろたえない。それに、恐怖感を共有できる。ヴァランダーは長いことほかの者とそうすることができなかった。スヴェーダーラへ曲がる道の手前の自動車道路で、彼はついにスカーゲンの海岸での果てしない散歩が目的地に着いたのだとわかった。

ヴァランダーは車から自動車電話を取り出す余裕があった。マーティンソンの自宅の番号を押した。

「あいつ、ついにおれの頭がおかしくなったと思うだろうな」呼び出し音が鳴っている間に、彼はフーグルンドに言った。

「なにが起きるか、わかりますか？」

「わからない。だが、スウェーデンの片田舎の個人宅の庭に地雷を埋めるやつなら、車になにか仕掛けることなど朝めしまえだろう」

「それが同じ人間たちなら」

「そうだな。同じ人間たちなら」

マーティンソンの声が聞こえた。寝入りばなを起こされた声だった。

「クルトだ。いまスヴェーダーラ近くの65号線にいる。フーグルンドもいっしょだ。ニーベリに電話をかけて、すぐにここに来るように言ってくれ」

「なにが起きたんです？」

「ニーベリにおれの車を見てもらいたいのだ」

「エンジンの故障なら故障車緊急センターに連絡したらどうです？」

「説明しているひまがない」ヴァランダーはムッとして声を張り上げた。「言われたとおりにしろ。ニーベリにはしかるべき道具を持ってきてくれと言うんだ。車に爆弾を仕掛けられた疑いがあるとな」

「車に爆弾が？」

「聞いたとおりだ」

ヴァランダーは電話を切り、首を振った。

「もちろん、彼が信じないのも無理はない。夜中に65号線で車に爆弾が仕掛けられている疑いがあるなどと、だれが信じるか」

「その疑い、あるんですか？」

「わからない。そうでなければいいと思うが」

ニーベリは一時間後にやってきた。ヴァランダーとアン＝ブリット・フーグルンドはその時分にはすっかり体が冷え切っていた。ヴァランダーは夜中に、しかもまったくふざけているとしか思えないような理由でマーティンソンにたたき起こされたニーベリが、さぞかし不機嫌だろうと想像していた。だが、驚いたことに、ニーベリは不機嫌どころか、のっぴきならないことが起きたと覚悟している様子だった。ヴァランダーは寒さに震えながらも嫌がるフーグルンドにニーベリの車で休むように命じた。

「助手席にポットに入ったコーヒーがある。まだ温かいはずだ」ニーベリが言った。

ニーベリはヴァランダーに真剣な顔を向けた。厚いオーバーコートの下からパジャマの襟がのぞいていた。

「車がどうかしたのか？」

「わからない。あんたに見てほしい。ひょっとすると、なんでもないかもしれない」

「なにを捜せばいいのだ？」

「わからない。一つだけヒントになるかもしれないのは、おれたちが三十分ほど車を離れたということだ。鍵はかけていた」

「アラーム装置はついているのか？」

「なにもない」ヴァランダーは苦笑した。「この車は老いぼれで、ひどいコンディションだ。こんな車を盗むやつはいないに決まっていると思っていた」

「それで？」ニーベリが言った。

「三十分ほど車を離れていたが、戻って車を出したときには、すべてが正常だった。ヘルシングボリからここまでは約百キロくらいだろう。途中で一度休んでコーヒーを飲んだ。車はイースタからヘルシングボリへ行く途中で満タンにした。いまはヘルシングボリで車を離れていたときから三時間ほど経っている」

「車に触ってはならないということだな。もしあんたが、車に爆弾が仕掛けられているのではないかと疑っているのなら」

「自動車爆弾というのは、エンジンをかけたときに爆発するものだと思っていたが？」ヴァランダーは言った。

「それは昔の話で、いまじゃ爆発の時間は自由に調節できるんだ。爆発物に時間を指定して爆発させるもの、遠くから操作できるもの、なんでもある」

「みつけても、そのままにしておく方がいいだろうな」ヴァランダーが言った。

「ああ、たぶん」ニーベリが答えた。「だが、とにかく捜してみるよ。おれ自身の責任で。あんたに命令されたからではないことにしておこう」

ニーベリは車に行き、大きな懐中電灯を手に戻ってきた。車を降りたフーグルンドがヴァランダーに温かいコーヒーマグを渡した。二人はニーベリが腹這いになって車を脇から照らしていくのを見ていた。

「これ、夢の中のことじゃないんですよね？」ヴァランダーのそばでフーグルンドが言った。

ニーベリはドアの開いている運転席のそばで動きを止めた。車の下をのぞき込んで、懐中電灯の光を当てた。そのそばを、荷物を満載したポーランドの車輌番号をつけたトラックが猛スピードでイースタの港へ向けて走っていった。

ニーベリは懐中電灯を消して、立ちあがり、彼らの方に来た。

「おれの聞き間違いかな？　ヘルシングボリへ行く途中で満タンにしたと言わなかったか？」

「ああ、ルンドで給油した。きっちり満タンに」ヴァランダーは言った。

「それからヘルシングボリへ行き、そして戻った。それだけだな？」ニーベリが訊いた。

ヴァランダーは距離を計算した。

「ああ。走行距離はせいぜい百五十キロぐらいだろう」

ヴァランダーはニーベリが眉を寄せたのを見逃さなかった。

「なんだ？」

「あんたの車、メーターが狂っているってことはないか？」

「ない。いつもガソリンがどれだけ残っているか、正確に示している」

「ガソリンタンクにはどのくらい入る？」

「六十リットル」

「それじゃ、タンクにいまなぜ三分の一しかガソリンがないのか、説明できるか？」

ヴァランダーは一瞬ニーベリの言っていることが理解できなかった。が、すぐにいま聞いたことが脳に達した。

「それはだれかがガソリンを抜いたということだ。この車は一リットルで十キロは走れるんだ」

「少し車から離れよう。おれは自分の車も動かすよ」

ヴァランダーとフーグルンドはニーベリが車を少し離れたところの路肩に寄せるのを見ていた。ヴァランダーの車の屋根に載せた警察の青い点滅ランプが光っている。風は弱まる様子がなかった。もう一台、あふれるほど荷物を積んだポーランドナンバーの乗用車が通り過ぎた。ニーベリが戻ってきて、三人はいっしょに立って、ヴァランダーの車をながめた。

「ガソリンを抜くのは、その分なにかを積むためにすることだ」ニーベリが言った。「なんらかの爆発装置をタンクの中に入れたのかもしれない。時間とともにそれにガソリンが浸みて、しまいに点火して爆発するような仕掛けだ。ガソリンの計器はエンジンを空《から》でふかすとゼロの位置になるか？」

「いや」

「それじゃこのままにしておこう。本来ならこの65号線は閉鎖するべきだが」

「それはビュルクが絶対に許さないだろう」ヴァランダーは言った。「それにガソリンタンクになにかが入れられているというのは推測であって、確定ではない」

「それじゃ、少なくともいつでも道路閉鎖ができるように人員を用意すべきだ。ここはマルメ警察区だよな？」

「ああ。残念ながら」ヴァランダーは言った。「しかし、電話で知らせておくことはできる」

「ハンドバッグがまだ車の中にあるんですけど」フーグルンドが言った。「取ってきてもいいですか？」

「だめだ。そのままにしておくんだ。エンジンもいまのまま、ふかせておけ」

フーグルンドはニーベリの車に戻った。ヴァランダーはマルメ警察署の電話番号を押した。ニーベリは道路脇に立ってヴァランダーの車を見ていた。ヴァランダーは呼び出し音を聞きながらまだ暗い空を見上げた。

マルメ警察署の署員の声がした。

その瞬間、夜空が煙で真っ白になった。

ヴァランダーの手から電話が吹き飛んだ。

時間は三時四分だった。

8

重苦しい沈黙があたりを支配した。

あとで振り返ると、このときの爆発はまるでその場から酸素がなくなり、65号線の道路上に不思議な真空空間ができたような感じだった。十一月の夜空に、真っ黒い穴が開いた。強風さえもその瞬間止まったようだった。すべてが一瞬のことだった。だが、記憶は瞬間を長く引き延ばす傾向がある。すべてが終わってみるとヴァランダーには、爆発は連鎖的なもので、一つ一つがはっきりと区別でき、認識できるものだったように思えた。

彼がいちばん驚いたのは、車が爆発して炎に包まれ、見る間に溶けていくことよりも、爆風で手に持っていた電話が数メートル先の濡れたアスファルトの地面に吹き飛んだことだった。それが不思議でならなかった。

ニーベリの反応は速かった。ヴァランダーの背中を押して地面に伏せさせた。燃え上がる車がもう一度爆発するのを恐れたのかもしれない。アン＝ブリット・フーグルンドはニーベリの車から飛び出して道路の反対側に走った。だれかが叫び声をあげたようだった。だがヴァランダーは自分のあげた声のような気もした。ニーベリの声だったかもしれない。いや、だれも声をあげなかったのかもしれない。すべては彼の想像かもしれなかった。

自分こそ悲鳴をあげるべきだったのだ、と彼は思った。悲鳴をあげて、復職した自らの愚かさを罵るべきだったのだ。スカーゲンまで探しに来て、やっかいな殺人事件に自分を巻き込んだステン・トーステンソンを罵るべきだった。復職するべきではなかった。ビュルクが用意していた辞職届にサインをして、記者会見をし、警察の機関誌『スウェーデン警察』のインタビューを受けて、すべてを終わらせるべきだったのだ。

だが、爆発で混乱している間に、一瞬、重苦しい静寂がおとずれた。アスファルトの上に落ちた自動車電話を見、道路脇で愛車の古いプジョーが炎上するのをみつめていたまさにそのとき、ヴァランダーの頭は冴え、明晰に考えていた。それははっきりした、なんの迷いもない洞察だった。すべてがぴったりと合った。二人の弁護士殺害事件に始まり、次に起きたドゥネール夫人の裏庭の地雷爆発事件、そして今回の自分を狙った自動車爆破事件にはっきり関連があるということだ。たとえまだ不明瞭なことや閉ざされた扉が多く残っているとしても。

だが、混乱の中でも、一つの結論が出た。それはヴァランダーが知ってはならないことを知ってしまったと、何者かが思っているということだった。車に爆破装置を仕掛けた者のねらいがアン＝ブリット・フーグルンドでないことは明白だった。それはまた、まだ正体のわからない彼らの別の面を物語っている。すなわち、彼らは関係のない人間をも平然と巻き添えにして殺すということだ。

偽のナンバープレートをつけた白い車に乗った者たちがこのように誤解しているとわかって、ヴァランダーは戸惑いと恐れを感じた。すべてが誤解によるものだと表だって声明を発表したいと思ったほどだった。彼はなにも知らなかった。二人の弁護士殺害事件とドゥネール夫人の裏庭爆発事件の裏にあるものも、あるいは県庁の会計監査官ラース・ボーマンの自殺——もし本当に自殺であるならば——の裏に隠されているものも、なにも知らないのだ。

自分はなにも知らない。だがヴァランダーは、ニーベリとフーグルンドが、好奇心から車を止めてながめている野次馬たちの交通整理をし、消防署と警察に連絡を取っている姿を見ながらも、最後まで考えた。自分がなにかを知っていると誤解されたとすれば、思い当たることが一つだけあった。ステン・トーステンソンがスカーゲンに自分を訪ねてきたことだ。ステンがだれかに頼んでフィンランドから送らせた目くらましの絵葉書は効果がなかったということだ。やつらはイッランドまでステン・トーステンソンをつけてきたのだ。海岸の砂山までも来ていたかもしれない。コーヒーを飲んだアート・ミュージアムの喫茶室にもいたのかもしれない。だが、話が聞こえるほど近くにはいなかったはずだ。もしそうしていたなら、ヴァランダーがなにも知らないことがわかったにちがいない。ステン・トーステンソン自身あのときはまだ疑っているだけで、なにもわかっていなかったのだから。だが、やつらは少しの危険も放置しておきはしなかった。その結果、自分の愛車がいま路上で燃えているのだ。フォースダール家の隣の犬が吠えたのには理由があったのだ。

重苦しい静寂。おれはいまそのただ中にいる。そして、さらにもう一つ結論が出せる。おそらくそれはいまいちばん重要なことだ。なぜなら、それはわれわれが一つの突破口をみつけたことを示しているからだ。このやっかいな捜査で、この一点に集中しようと言える突破口がやっとできたのだ。この穴に決定的なものが隠れているわけではないかもしれないが、それでもなにかがみつかるはずだ。

事件の発生順序に意味がある。すべては一ヵ月近く前にグスタフ・トーステンソンが泥畑で死んでいたときから始まっている。ほかのことはすべて、息子のステン・トーステンソンが殺されたことも含めて、ファーンホルム城からの帰路においてグスタフ・トーステンソンに起きたことが原因であるのは間違いないだろう。これを捜査の土台にすれば、その線で追跡すると会議で決定することができる。

彼は地面から電話を拾い上げた。マルメ警察署の番号が表示板に光っていた。爆発の衝撃でも電話は壊れなかったらしい。ヴァランダーは通話を切った。

消防車が到着した。燃える車に白い泡がかけられた。いつの間にかニーベリがヴァランダーのそばに立っていた。汗をかき、顔を引きつらせている。

「危なかったな」ニーベリが言った。

「ああ。危機一髪だったが、絶体絶命というわけじゃなかった」ヴァランダーは答えた。

ニーベリは意味がわからないというように眉をひそめてヴァランダーを見やった。

そのとき、マルメ警察の警察官がヴァランダーの方にやってきた。面識のある警官だったが、名前が思い出せなかった。

「燃えたのはあんたの車だね」マルメの警察官が言った。「休職中だという噂を聞いていたが、戻ってきていたのか。それでいま、あんたの車が燃えているというわけだ」

ヴァランダーは一瞬、この男は皮肉を言っているのだろうかと疑った。が、そうではないらしい。彼は単に事実を言っているにちがいない。いまはなにより、不必要な摩擦はほしくなかった。

「同僚といっしょに家に帰るところだった」ヴァランダーは言った。

「アン＝ブリット・フーグルンドだね。もう彼女とは話したよ。あんたに訊くようにと言われたので」

よし、とヴァランダーは思った。話し手は少ない方がいい。彼女は飲み込みが速い。

「なにかがおかしいという気がして、車を止めて降りた。そして、ニーベリを電話で呼んでまもなく車が爆発した」

マルメからの警察官は疑わしそうに彼をながめた。

「いまのは表向きの意見、だろうな？」

「車はもちろん調べてほしい」ヴァランダーは言った。「だが、怪我人はいない。当面、私の言葉どおりに報告書に書いてほしい。イースタ署の署長ビュルクにはそちらに連絡を取るように頼むつもりだ。申し訳ない、あんたの名前を忘れてしまった。教えてくれないか？」

「ロースルンド」マルメ警察の男が言った。

その名前には覚えがあった。ヴァランダーはうなずいた。

「交通規制の必要がある」ロースルンドは言った。「車を一台ここに残すことにしよう」

ヴァランダーは時計を見た。四時十五分だった。

「私は家に帰って寝ることにする」

彼らはニーベリの車に乗った。フーグルンドを家の前で降ろすと、ニーベリはヴァランダーをマリアガータンまで送った。

「あと数時間したら、この件で会議を開く」ヴァランダーは車を降りる前に言った。「緊急会議だ」

「ああ。署には七時に行くよ」ニーベリが言った。

「八時でいい。今日はありがとう」

ヴァランダーはすばやくシャワーを浴びて、シーツの間に潜り込んだ。

眠れないまま、六時になった。

七時前に彼は起きあがり、今日は長い日になると覚悟した。保《も》つだろうか？


十一月四日木曜日の朝はセンセーショナルなものになった。

ビュルクがひげも剃らずに署にやってきたのだ。いままでに一度もないことだった。だが、八時五分過ぎに会議室のドアが閉められたとき、一同はビュルクのひげが意外なほど濃いことを知ったのだった。ヴァランダーは、今朝もまたファーンホルム城に出かけたときのことをビュルクに話す時間がないだろうと思った。だが、それは待てる。いま目の前にあることの方が、ずっと重要だった。

「なにが起きたのだ？」ビュルクが甲高い声で言った。「今朝五時半に私はマルメ警察にたたき起こされた。いきなり、65号線のスヴェーダーラ近くで燃えたクルト・ヴァランダーの車の調査はマルメ警察が担当するか、あるいはイースタ署がニーベリ以下の鑑識官でおこなうつもりかと訊かれた。早朝のことで私は、受話器を持ったまま台所に立ちつくし、なんと答えていいかわからなかった。私はなにも知らされていなかった。なにが起きたのか、クルト・ヴァランダーは怪我をしたのか、それとも燃える車の中で死んでしまったのか、いっさい知らなかった。だが、マルメ警察のロースルンドは落ち着いた男で、状況を説明してくれた。いまは、だいたいの状況がわかっているが、いったいなぜそんなことになったのか、昨夜、事故の前に、どんなことがあったのかについてはまったく知らない」

「まず弁護士親子殺害事件から始まったわけです」ヴァランダーは初めから説明した。「そして、ドゥネール夫人の殺害未遂事件が起きた。だが、昨日まで、捜査の手がかりは非常に少なかった。捜査が行き詰まってしまい、進展しないという感触はだれもがもっていたと思う。そんなとき、脅迫状がみつかった。その封筒からヘルシングボリのホテルと元オーナーの名前が割り出せたので、私とフーグルンドがヘルシングボリへ出かけた。もちろん、昨晩出かけないで、今日まで待ってもよかった。が、とにかくわれわれはラース・ボーマンを知っていたという人間二人に会って、貴重な話を聞くことができた。その前に、ヘルシングボリへ行く途中、後ろに尾行車がいるのをフーグルンドが発見した。ヘルシングボリの町に入るところでわれわれは車を止めて、通過した車の車輌ナンバーを書き留め、マーティンソンに連絡して調べてもらった。われわれが、いまでは廃業したホテルの元オーナーのフォースダール夫妻と話をしているとき、何者かが私の車のガソリンタンクに爆発物を仕掛けたらしい。帰り道、私はふと不安になって車を止め、マーティンソンに電話して、ニーベリに来てもらうよう頼んだ。彼が来てすぐに、車が爆発した。怪我人はいない。場所はスヴェーダーラ近くの65号線、マルメ警察の管轄下です。これがすべてです」

ヴァランダーが話し終わっても、だれもなにも言わなかった。もう少し話した方がいいのかもしれない、と彼は思った。夜中に、燃えさかる車をながめながら道端で考えたことすべてを。

あのとき自分が、風も吹き込まない、不思議な真空空間の中にいたことを思い出した。

重苦しい静寂の瞬間だった。

だが同時に、すべてをクリアに考えることができたのだ。

彼は慎重に自分の考えを述べはじめた。同僚たちの注意が一気に集中したと感じた。みな犯罪捜査のエキスパートだ。机上の空論か、実際にあり得ることの推測か、その区別はつく。

「三つ、切り口が考えられる」最後にヴァランダーは言った。「まず、グスタフ・トーステンソンおよび彼のクライアントに集中すること。彼が最後の五年間、どんな仕事をしていたかを迅速かつ細部にわたって調べるのだ。彼が経済顧問としてのみ活動した期間だ。だがいまは時間がないので最後の三年間に絞ろう。秘書のドゥネール夫人によれば、この間にグスタフ・トーステンソンは変わりはじめたという。それと、だれか、法律事務所の清掃をしていたアジア系の女を調べてほしい。ドゥネール夫人に訊けば住所がわかる。この女はなにかを見ているかもしれない」

「スウェーデン語を話すんですか？」スヴェードベリが訊いた。

「話さなければ、通訳を用意する」ヴァランダーは答えた。

「わたしが担当します」アン＝ブリット・フーグルンドが言った。

ヴァランダーは冷たくなったコーヒーをひと口飲み、話を続けた。

「二番目の点はラース・ボーマンだ。すでに死んではいても、この男に助けてもらえるような気がする」

「それにはマルメ警察の協力が必要だな」ビュルクが口を挟んだ。「クラーグスハムヌはマルメ警察の管轄下だ」

「いや、できればそうしたくありません」ヴァランダーは答えた。「われわれだけでやる方が早いと思います。署長がいつも言われるように、複数の警察が協力し合うと、命令系統上の問題が起こりがちですから」

ビュルクの答えを待っている間に、彼は話を終わらせた。

「三つ目はもちろん、昨夜の追跡者がだれかを調べることだ。おまえさんたちの中にも、尾行された者はいるか？」

マーティンソンとスヴェードベリは首を振った。

「気をつけていてくれ。おれだけが狙われているわけではないかもしれない」

「ドゥネール夫人には警備をつけました」マーティンソンが言った。「警部にもつけた方がいいんじゃないですか？」

「それはいらない」ヴァランダーは言った。

「いや、それは私が命じる」ビュルクがぴしゃりと言った。「それに、これからおまえさんはひとりで行動してはならない。加えて、銃を携帯することだ」

「それだけはあり得ません」

「私の言うとおりにしてもらおう」

ヴァランダーはそれ以上話しても無駄だと思った。ビュルクになんと言われようと、自分がこれからどうするかは自分が知っていた。

仕事を分担した。マーティンソンとフーグルンドは法律事務所を担当し、グスタフ・トーステンソンが最後の三年間に関係したクライアントすべてに目を通すことになった。スヴェードベリは昨晩ヴァランダーの車をヘルシングボリまでつけた車を追跡調査する。

ヴァランダーはラース・ボーマンを担当することになった。

「急がなければならない。なぜかずっとそういう気がしている。理由はわからない。だが、とにかく、できるだけ迅速にやってくれ」

捜査会議が終わり、全員新たな仕事に取りかかるために部屋を出た。ヴァランダーはみんなの意気込みを感じた。フーグルンドがよくもちこたえていると感心した。

ヴァランダーはコーヒーを取りに行き、部屋に戻って、捜査の手順を考えた。ニーベリが少し開いていたドアの隙間から顔を出し、これからスヴェーダーラの現場へ出かけるところだと言った。

「ドゥネール夫人の庭を爆発させたものとなにか似通っているものがないか、調べてほしいんだろう？」ニーベリが言った。

「そのとおり」

「きっとみつけられないだろうよ。まあ、やってはみるが」ニーベリはそう言うと、姿を消した。

ヴァランダーは受付のエッバに電話をかけた。

「このさわぎであなたが戻ってきたということがはっきりわかりますよ」エッバが言った。

「それにしてもなんて恐ろしいことなの」

「いや、おれは無事だよ。肝心なのはそれだけだ」と言って、さっそく用件を切り出した。

「車を一台用意してくれないか。すぐにもマルメに行かなければならない。それともう一つ。ファーンホルム城へ電話して、アルフレッド・ハーデルベリの事業概要一覧のホルダーを送ってくれと言ってほしいんだ。車の中にあったんだが、夜中の爆発事件でいっしょに燃えてしまった」

「そのことは言わない方がいいんでしょう？」エッバが言った。

「おそらく。とにかくあのホルダーはすぐにほしい」

会話は終わった。

それからふと気がついたことがあって、スヴェードベリの部屋へ行った。ノックをしてドアを開けると、スヴェードベリはマーティンソンから受け取った昨夜の数台分の車輛ナンバーに目を通しているところだった。

「クルト・ストルム。この名前に覚えがあるか？」ヴァランダーが訊いた。

スヴェードベリは一瞬考え、「マルメ警察の警官ですか？　はっきり覚えてはいませんが」とためらいがちに言った。

「ああ、そのとおり。車の調べが終わったら、手を貸してくれ。クルト・ストルムはだいぶ前に警官を辞めている。噂によれば、クビになる前に辞職しろと勧告されたらしい。なにがあったのか、極秘で調べてくれないか」

スヴェードベリは名前を書き留めた。

「理由を訊いてもいいですか？　弁護士殺害事件関係なのか、夜中の車爆破関係なのか、それともドゥネール夫人の庭の地雷爆発関係なのか？」

「すべてに関係があるかもしれない」ヴァランダーが答えた。「クルト・ストルムはいまアルフレッド・ハーデルベリの城の警備員をしている。グスタフ・トーステンソンが最後の晩訪問したのはその城だ」

「わかりました」

ヴァランダーは部屋に戻り、机に向かった。疲れを感じながらも考えた。夜中、車が爆破された。フーグルンドと自分は、運が悪ければ、死んでいたかもしれなかったのだ。彼はそのことがまだピンときていなかった。

あとでだ、いまはまだだ、と彼は思った。いまは死んだラース・ボーマンの方が生きているクルト・ヴァランダーよりも重要だ。

電話帳を開き、マルメ県庁の電話番号を調べた。ルンドにあることは知っていた。番号を押すと、すぐに交換台が出た。だれか会計部門の課長につないでくれと頼んだ。

「どの課長も今日は外部の方とはお会いできません」交換台の女性が言った。

「だれか一人ぐらいは時間があるでしょう？」

「今日は全員一日じゅう予算会議に出ています」女性は辛抱強く説明した。

「場所はどこです？」

「フールの会議場ですが、そこに電話をなさっても無駄ですよ」

「県庁の会計監査課長はだれです？ やはり会議に出ているのですか？」ヴァランダーが訊いた。

「トーマス・ルンドステッドです。彼も会議に出席しています。明日お電話くださいますか？」

「わかりました」と言って、ヴァランダーは電話を切った。

明日まで待つつもりはなかった。もう一度コーヒーを取りに行って、ラース・ボーマンについて徹底的に考えた。まもなく署の前に車を一台用意したというエッバの電話で、考えは中断された。

九時十五分。

外は澄み切った秋の日だった。空は青く、午前中の風はさほど強くはない。急にヴァランダーはドライブが楽しみになった。

フールの町はずれにある会議場に着いたのは十時ちょっと前だった。車を停めて、受付へ急いだ。行事掲載ボードに、大会議室でマルメ県庁の予算会議がおこなわれていると記されていた。受付で赤毛の男が笑顔で応答した。

「予算会議に出席している役人に用事があるのですが」ヴァランダーが言った。

「ちょっと前にコーヒーブレークがあったので、次に出てこられるのは昼食時間の十二時半です。それまでは申し訳ありませんが、差し障りがあるのでご案内することはできません」

ヴァランダーは警察の身分証明書を取り出した。

「ときにはどうしてもじゃまをしなければならないことがある。メモを書きますから、それを会議場へ持っていってください」

受付のデスクにあったメモを取ると、ヴァランダーは書きはじめた。

「なにか、起きたのですか？」受付係は不安そうに訊いた。

「危険なことではない」ヴァランダーが言った。「が、待つことができない性質のものです」

書いたメモ用紙をはがして、受付係に渡した。

「トーマス・ルンドステッド氏に。会計監査課の課長です。私はここで待っています」

受付係が姿を消した。ヴァランダーはあくびをかみ殺した。空腹を感じた。すぐ近くのドアの隙間から、そこが食堂であるのが見える。彼は立ちあがって、ドアを開けて中に入った。テーブルの上のかごに、チーズサンドウィッチが用意されていた。

ヴァランダーは一つ取り上げると、その場で食べた。もう一つ取り上げ、それも食べた。そのままソファに戻って腰を下ろした。

五分後、受付係が戻ってきた。後ろから男が一人歩いてくる。これがマルメ県庁の会計監査課の課長、トーマス・ルンドステッドだろうとヴァランダーは見当をつけた。

男は背が高く、肩幅も広かった。ヴァランダーは会計監査官というといつもなぜか小さくて痩せた男を想像していた。いま目の前に立っている男はまるでボクサーと言っても通るような体つきだった。はげ頭で、いかめしい顔でヴァランダーをにらんでいた。

「イースタ署の犯罪捜査官クルト・ヴァランダーです」と言って、ヴァランダーは握手の手を差し出した。「あなたはマルメ県庁の会計監査課長、トーマス・ルンドステッドに間違いありませんね？」

男は軽くうなずいた。

「用件はなんです？　絶対にじゃまをしてはならないと厳重に伝えてあったはずです。県庁の予算会議は遊びではない。昨今ではなおさらのこと」

「おっしゃるとおりです」ヴァランダーは言った。「お手間は取らせません。ラース・ボーマンという名前に覚えがありますか？」

ルンドステッドがぴくりと眉を上げた。

「私が就任する以前のことです。ラース・ボーマンは県庁の会計監査官だった。だが、彼はもう亡くなっています。私自身はこのポストに就いてから、まだ六ヵ月しか経っていない」

まずいな、とヴァランダーは心の中で舌打ちした。

「ほかになにか？」ルンドステッドが訊いた。

「前任者はだれでしたか？」

「マーティン・オスカーソンです。定年退職しましたよ」

「それじゃ、ラース・ボーマンの上司はその人だったということですね？」

「そのとおり」

「いまどこにいるか、わかりますか？」

「リンハムヌにいます。スンデットにある美しい邸宅に住んでいますよ。住所はムッレヴェーゲン、番地は忘れました。電話帳に載っていると思います」

「ありがとうございました。話はこれだけです。会議のじゃまをしてすみませんでした。余談ですが、ラース・ボーマンがどんな亡くなり方をしたか、ご存じですか？」

「自殺だと聞きました」

「それじゃ、これで。予算会議がスムーズにおこなわれますように。税金はまた引き上げられますかな」

「神のみぞ知る、ですよ」そう言って、トーマス・ルンドステッドは会議場へ戻っていった。

ヴァランダーは受付係に黙礼すると、車へ行った。番号案内へ電話をかけ、マーティン・オスカーソンの電話番号と住所を教えてもらった。ムッレヴェーゲン三十二番地。

十二時ちょっと前、ヴァランダーはその住所に到着した。

その家は百年ほどの古さで、石造りだった。玄関の上の壁に一九一二年建設と刻まれていた。鉄門を入って、呼び鈴を鳴らした。ドアを開けたのはジャージ姿の初老の男だった。ヴァランダーは名前を告げ、身分証明書を見せた。石造りの殺風景な外観とは違い、中は明るく、家具もカーテンもパステルカラーの明るい色使いで、広々としていた。スピーカーから低く音楽が聞こえる。これは第二次世界大戦前に活躍したレビューアーティストで歌手のアーンスト・ロルフの声だ、とヴァランダーは聞き分けた。マーティン・オスカーソンは居間に入るようにうながし、コーヒーでもどうかと訊いたがヴァランダーは断った。

「ラース・ボーマンのことを聞きたいのです。あなたのお名前はトーマス・ルンドステッドから伺いました。およそ一年前、あなたが定年退職なさる前に、ボーマンは死にました。死因は自殺と発表されています」

「なぜボーマンについて知りたいのかね?」マーティン・オスカーソンが訊いた。ヴァランダーはその声に拒絶するような響きを感じた。

「彼の名前が現在進行中の犯罪捜査で浮上したからです」ヴァランダーは答えた。

「それはなんの犯罪捜査か、訊いてもよろしいか?」

ヴァランダーは、ここは話すよりほかあるまいと判断した。

「イースタの弁護士が殺されたことは新聞で読んでおられるでしょう。その関連でラース・ボーマンについて二、三あなたに伺いたいことがあるのです」ヴァランダーは言った。

オスカーソンは答える前にしばらくヴァランダーをながめた。

「私は年寄りだ。しかしまだすっかり老いぼれてはいない。正直言って、好奇心が頭をもたげる。できれば、きみの質問に答えよう」

「ラース・ボーマンは県庁の会計監査官でした。彼は具体的にどういう仕事をしていたのでしょうか？　また県庁では何年間働いていたのでしょう？」

「監査官は監査官ですよ。彼の仕事はその名のとおり監査です。会計の監査、県庁の会計の監査です。すべてが規則どおりにおこなわれているか、出費が予算に計上されている数字を超過しないようにチェックする。だが、監査の仕事はそれだけではない。働いている人々が労働に見合った賃金をちゃんと支払われているかどうかもチェックするのです。ここで忘れてはならないのは、県庁は大企業のようなものだということです。小さな企業を束ねる産業帝国のようなもの。県庁の主な仕事は医療と保健分野です。だが、それ以外にもたくさんの仕事をしている。教育や、文化の分野のこともそうです。ラース・ボーマンは県庁が雇用していた複数の監査官の一人でした。たしか、自治体連盟から一九八〇年代の初頭に移ってきたはずです」

「監査官としてのボーマンはどうでした？」ヴァランダーは訊いた。

オスカーソンの答えは迷いがなかった。

「私の職業生活で出会ったもっとも優秀な監査官でしたな」

「なぜそう思われるのです？」

「仕事が速く、しかも正確だった。まじめに仕事に取り組み、いつもどうやったら経費を削減することができるかを提案しました」

「彼の評判は、非常に清廉潔白な男というもののようですが？」

「そのとおり」オスカーソンは今度も間髪を入れずに言った。「だが、それはべつに感心するようなことではない。監査官はたいていそのような性格です。もちろん、例外はある。だが、そんな人間は県庁のようなところには残れませんよ」

ヴァランダーは次の質問をする前に、よく考えた。

「そんな人物が突然自殺した。それは予期していないことでしたか？」

「もちろん、予期できなかった。しかし、自殺というものはすべて、予期できないものではないですかな？」

あとで考えると、このときなにが起きたのか、ヴァランダーにはよくわからなかった。オスカーソンの声に変化が起きた。かすかな不安と拒絶がその声に表れたのだ。ヴァランダーから見ると、そのときから会話は別のニュアンスをおびた。彼は意識を集中し、注意を払って質問を進めた。

「あなたはボーマンと緊密に仕事をなさったのですね？　彼をよく知っていたにちがいない。どんな人物でしたか？」

「個人的な交際はいっさいなかった。ボーマンは仕事と家族のためだけに生きていた。彼は決して人を近づけない威厳をもっていたと言ってもいい。近づいてくる人間がいたら、彼はすぐに自分から離れたね」

「もしかしてなにか、重篤な病気にかかっていたということは？」

「それは知らない」

「彼の自殺について、ずいぶん考えたのではありませんか？」

「不愉快な時期だった。数ヵ月後に私が退職するまで、暗い影を残したままだった」

「ボーマンの最後の勤務日について、話してもらえますか？」

「彼が自殺したのは日曜日だったので、最後に彼に会ったのは金曜日の午後だった。県庁の会計部門の課長会議だったと記憶している。残念なことにずいぶん議論が紛糾した会議だった」

「なぜです？」

「ある問題の解決法について、意見がまっぷたつに分かれたからです」

「なんの問題です？」

マーティン・オスカーソンはヴァランダーをじっとみつめた。

「この問題について、警部に話していいかどうか、私はわからない」

「なぜです？」

「まず第一に、私は退職した身だ。第二に秘密事項に関する規則というものがある」

「我が国は情報公開を原則とする国です」ヴァランダーが言った。

「しかしそれは、公開することがはばかられるようなものには適用されない」

ヴァランダーはよく考えてからふたたび質問した。

「ラース・ボーマンの最後の勤務日、彼は県庁の会計部門の課長会議に出席した。それは間違いありませんね?」

オスカーソンはうなずいた。

「会議では、議論が紛糾した。そしてその問題が情報公開の対象から外されることがあとで決定された。ということは、そのときの議事録には極秘のスタンプが押されたのですか?」

「いや、違う」オスカーソンが言った。「議事録はなかった」

「ということは、それは通常の会議ではありませんね。通常の会議は必ず議事録が作られ、のち訂正されるものです」

「あれは非公開の会議だった。すべてはもう終わったことですよ。これ以上、質問には答えられない。私は老人だ。過去のことはよく覚えていない」

逆だろう、とヴァランダーは思った。いま目の前に座っているこの男は、なに一つ忘れてはいない。問題の金曜日に、いったいなにが議論されたのだろう?

「もちろん、あなたに答えを強制することはできません。しかし私は検事にうったえることができる。県庁の行政審議会を取り調べることもできる。ひと騒動起こして、その問題がなんだったのか、大きく取り上げることができるんですよ」

「もうきみの質問に答えるつもりはない」オスカーソンは立ちあがった。

ヴァランダーはそのまま座り続けた。

「座ってください。提案があります」ヴァランダーが真剣に言った。

オスカーソンは一瞬迷ってからふたたび腰を下ろした。

「その金曜日と同じようにやってみようではないですか。私はメモを取りません。話はわれわれ二人の間だけに留まる。この会話が交わされたことを証明する証人はいません。これからあなたがどんなことを話そうとも、あなたの名前は絶対に出さないと約束します。どうしても公開する必要ができたら、ほかから情報を入手します」

オスカーソンは天秤に掛けているようだった。

「トーマス・ルンドステッドはきみが私を訪ねたと知っているはず」

「しかし、なんの用件かは知りません」ヴァランダーが言った。

彼はオスカーソンが迷っている間、黙って待った。しかし、結果には自信があった。マーティン・オスカーソンは賢い老人であると見抜いていた。

「いいだろう。警部の提案に従いましょう」老人はしまいにそう言った。「だが、すべての質問に答えられるかどうかはわからんよ」

「答えられないか、あるいは答えたくないか、どっちです？」

「それは私が決めること」オスカーソンが言った。

ヴァランダーはうなずいた。二人は同意した。

「会議で議論された問題とはなんですか？」ヴァランダーは訊いた。

「マルメ県庁は悪質な詐欺に引っかかったのだ。当時はそれがどれほどの規模の金額なのかわからなかった。だがいまは明らかになっている」オスカーソンが答えた。

「どのくらいの規模なのです？」

「四百万クローネ。納税者の金だ」

「なにが起きたのです？」

「警部にわかってもらうために、まず県庁がどのように機能するか、簡単に説明しよう。毎年何億クローネという規模の事業支出がある。さまざまな活動が各々の部署でおこなわれる。県庁の経済活動はもちろんすべて中央のコンピュータで管理される。ごまかしや不正行為がおこなわれないように、それぞれのレベルで各種の安全装置が組み込まれている。最高レベルの行政官たちをチェックするための安全装置ももちろんある。それをいまここで詳しく述べるのはさけるが、重要なのは、すべての支出を継続的に監査するシステムがあることだ。県庁内で財政にからんだ犯罪をおこなおうとする者は県庁内のさまざまな部署の間の金の動きを掌握していなければならないということだ。これがまずこの事件の背景になっている」

「なるほど」ヴァランダーはうなずいた。

「だが実際に起きたことをみると、安全装置はまったく不備だったことがわかる」オスカーソンが話を続けた。「あの事件以来、劇的に改革がなされた。今日《こんにち》ならこの種の詐欺は絶対に不可能だ」

「どうぞ、なにが起きたのか詳しく説明してください」ヴァランダーはうながした。

「いまでもまだ事件の全貌は明らかになっていない。だが、わかっているのは次のとおりだ。ご存じのとおり、スウェーデンの国や地方自治体はここ数年大規模な変革を成し遂げた。多くの意味でそれは、十分な麻酔もかけずに手術をするような荒療治だった。とくに中高年齢層に属する公務員にとって、劇的な変革は非常にむずかしかったと言える。変革はまだ終わっていない。またこの変革がよい結果をもたらしたかどうかは、もう少し時が経ってみないとわからない。とにかく変革の眼目は、県庁の多くの活動が民間の事業のように運営されること。市場の要求と競争に耐えられるものにすること。結果としてさまざまな事業が民間会社の形になった。下請け会社に肩代わりさせたものもある。すべてのレベルで強調されたのは、効率だった。たとえば毎年県庁がおこなうさまざまな購入を一手に引き受けるため、特別の会社が設立された。民間会社にとって、県庁が顧客になるということは、考えられるかぎり最高のことだ。それが洗剤であれ、芝刈り機であれ。会社設立に当たって、われわれはあるコンサルタント会社を利用した。その会社の仕事は、多岐にわたっていたが、中に新しく設置されたポストに責任者を募集する際の審査に当たる業務があった。われわれが騙されたのは、そのときだった」

「コンサルタント会社の名前は？」

「ストルファブ（STRUFAB）。いろいろな言葉の頭文字をくっつけた造語だが、どういう意味だったかは覚えていない」

「経営者はだれですか？」

「この会社は投資会社スメーデンに属していた。スメーデンは上場企業だ。警部ももしかすると聞いたことがあるかもしれないが」

「いや、残念ながら。筆頭株主はだれです？」

「筆頭株主がだれかはわからないが、私の知るかぎり、当時はボルボとスカンスカがスメーデンの主要株主だったはずだ。その後のことは知らない」

「それはあとでまた伺うことにして、詐欺行為の話に戻りましょう。なにが起きたのですか？」

「あの年の夏から秋にかけて、県庁は新しい会社設立の準備をしていた」オスカーソンは話しだした。「コンサルタント会社は非常に有能で、われわれの部署の法律関係者は彼らを高く評価していた。県庁の経理関係の課長クラスの人間たちも同様の意見だった。このストルファブというコンサルタント会社と県庁が長期にわたって契約してもいいという意見も出たほど、われわれ全員がすっかり信用していた」

「担当のコンサルタントの名前は？」

「エーギル・ホルムベリとステファン・フェルシューだ。もう一人加わることもあったが、残念ながら三人目の男の名前は忘れてしまった」

「彼らが詐欺師だったというのですね？」

オスカーソンの答えは意外なものだった。

「いや、わからない。というのも、詐欺行為は非常に巧妙におこなわれたので、結局はだれも捕まえることができなかった。立件できなかったのだ。だが、金は消えてしまった」

「それはおかしな話ですね。どういうことですか？」

「話を一九九二年の八月十四日に戻そう」オスカーソンが言った。「詐欺行為が実際におこなわれた日だ。あっと言う間の出来事だった。あとでわかったのだが、細部に至るまですべてが綿密に計画されていた。われわれはその日両コンサルタントと経理部の会議室で会議をおこなっていた。一時に会議を始め、五時には終わる予定だった。会議が始まると、エーギル・ホルムベリが、急用が入ったので三時には辞さなければならないと言った。それは会議にとって大きな影響はないと思われた。二時ちょっと前に経理部長の秘書が会議室にやってきて、ステファン・フェルシューに重要な電話が入っていると伝えた。たしか通産省からの電話だということだった。フェルシューは非礼をわびて、秘書の部屋で電話を受けるべく彼女といっしょに部屋を出ていった。秘書は会話が始まったとき、フェルシューのじゃまをしないように気を遣った。十分ほどで話は終わると言われたという。そこで彼女は部屋を出た。その後起きたことは詳細にはわからない。だが、おおよそこういうことだ。フェルシューは通話中の受話器を机の上に置いた。だれが電話をかけてきたのかわからないが、通産省の人間でなかったことだけは確かだ。フェルシューは秘書の部屋から経理部長の部屋まで急ぎ、ストルファブのメインバンクであるストックホルムのハンデルス銀行の口座に四百万クローネ振り込んだ。名目はコンサルタント料ということになっている。経理部長自身が振込をおこなったということなので、それは簡単だった。特記欄には架空のコンサルタント会社との契約ナンバーを書き入れてあった。たしかシシフォス（SISYFOS）という会社名だった。フェルシューはコンサルタントとしてこの振込にサインしている。彼は経理部長のサインをごまかし、所定のフォームを使って振り込んだ。振込の保証書もコンピュータの中のフォルダに保存した。それが終わると彼は秘書の部屋に戻り、戻ってきた秘書の姿を見て通話を終わらせた。おそらくその電話の相手に振込はうまくいったと伝えたのだろう。最初の詐欺行為はこのようにおこなわれたと思われる。フェルシューは会議室に戻った。全体で十五分もかからなかった」

ヴァランダーは注意深く耳を傾けた。メモを取らないと約束したので、ディテールを覚えきれないことが不安だった。

オスカーソンは話を続けた。

「三時ちょっと前エーギル・ホルムベリは席を立ち、引き揚げた。あとでわかったのだが、彼はこのときじつは県庁を引き揚げたのではなく、一階下の会計課の部長の部屋に行ったのだった。部長もまた経理部門の全体会議に出ていたため、部屋にはだれもいなかった。ふつう彼はこの種の会議には出ないのだが、コンサルタントたちの特別な要請により出席していたのだ。すべてが周到に計画されていたのだよ。ホルムベリは会計部長のコンピュータを操作して、これまた架空の会社名を使って一週間前の日付で四百万クローネの支払い請求を書き込んだ。そのあと、ストックホルムのハンデルス銀行に電話をかけて、この件を口頭で伝えた。十分後、ハンデルス銀行から確認の電話がかかってきた。ホルムベリは会計部長になりすまして電話口に出て、振込を承認した。あとしなければならないのは一つだけだった。県庁が使用している銀行の支店からこの支払いが実行されたかどうかを確かめること。そのあと彼は会計部長の部屋を出て、県庁から姿を消した。月曜日の朝早く、何者かがストックホルムのハンデルス銀行から四百万クローネ引き出した。男はシシフォスの代理人でリカルド・エデーンと名乗ったが、ステファン・フェルシューだったと思われる。この詐欺行為が発見されるのに一週間もかかった。警察に通報し、いま述べたような手口がおよそ明らかになった。だが、なにも証拠がない。ステファン・フェルシューもエーギル・ホルムベリもとんでもない濡れ衣だと大げさに騒いでみせた。われわれは彼らの会社との契約を中止し、法廷に持ち込んだが、事件は泥沼化した。しまいに検事が捜査の打ち切りを命じた。われわれは事件を公にしないよう必死の努力をした。関係者の意見はこの点で一致していた。ひとりの例外をのぞいては」

「それがラース・ボーマン、ですか?」

マーティン・オスカーソンはうなずいた。

「ボーマンは激怒した。もちろん、われわれだって同じ気持ちだった。だが、ボーマンはこの問題をもっと深いところでとらえていた。われわれが警察や検事をもっとつついてこの事件の捜査を続けさせなかったことは、彼に対する個人的侮辱であるように感じたようだ。個人的に受け止めたのだ。われわれが彼を裏切ったと感じたのだと思う」

「その絶望感で、自殺したのだと思いますか?」

「ああ、私はそう思っている」

一歩前に進んだ、とヴァランダーは思った。だが、まだ全体がはっきりしたわけではない。イースタの弁護士たちはこの事件にどこでどう繋がるのだろう? 繋がってはいるはずだ。ラース・ボーマンは彼らに脅迫手紙を送っているのだから。

「いまその二人のコンサルタントはどうしているのですか?」

「コンサルタント会社が会社名を変更したところまでは知っているが、それ以上のことはわからない。もちろんわれわれが全国の県庁にこのコンサルタント会社を危険な存在として警告したことは言うまでもないことだが」

ヴァランダーは考え込んだ。

「その会社は投資会社の一部門に属していたとさっき言われましたね。だがだれがその会社の筆頭株主だったかわからないとも。それではスメーデンの代表取締役はだれです?」

「新聞によれば、スメーデンの構成はここ数年ですっかり変わったらしい。分裂し、いくつかの部門が買収されたり新たな会社に生まれ変わったりしている。スメーデンには悪い評判がつきまとっていると言っても言いすぎではないだろう。ボルボは持ち株をすべて売り払った。だれが買ったかは覚えていないが。もちろん調べればすぐにわかることだろう」

「大変貴重な話をありがとうございました」と言って、ヴァランダーは立ちあがった。

「約束は忘れていないだろうね?」

「もちろんです」ヴァランダーは答えた。そのときふと一つの質問が浮かんだ。

「ラース・ボーマンはもしかすると、自殺ではなかったかもしれないとは、一度も思いませんでしたか?」

オスカーソンは驚いた様子だった。

「全然。そういう疑いをもつべきだったのかね?」

「いや、ちょっとお訊きしたかっただけです」ヴァランダーは言った。「ありがとうございました。もしかすると、また連絡させていただくかもしれません」

マーティン・オスカーソンに見送られて、ヴァランダーは車に戻った。疲れを感じた。なによりもまず車の中でひと眠りしたかったが、そのまま考えをさらに進めた。いちばんいいのはフールに戻ってふたたびトーマス・ルンドステッドを呼び出し、あらためてまったく別の質問をすることだったが、彼はそうしないでマルメへ車を走らせた。考えがまとまると、路肩に車を止めてマルメ警察署へ電話をかけ、ロースルンドの名前を言い、緊急の用事だと付け加えた。すぐに電話は繋がれた。

「昨晩スヴェーダーラの路上で会ったイースタ署のヴァランダーだが」

「もちろん覚えている。急用とは？」

「いまマルメに向かっているところだが、調べてほしいことがある」

「聞こう」

「約一年前、九月の第一か第二日曜日の朝、ラース・ボーマンという男がマルメ郊外のクラーグスハムヌの森の中で首を吊って死んだ。この件の捜査報告書があるにちがいない。そのほかにも、犯罪性がないと判断した理由を説明するものや検死報告書も見たい。これらを至急用意してくれないか。またこのとき現場で首吊り死体を木から下ろした警官にも会いたい。できるだろうか？」

「名前をもう一度言ってくれ」ロースルンドが言った。

ヴァランダーはスペルを言った。

「年間に何人の自殺者がいるのか知らないが、私はこの件については聞いたことがない。だが、調べてみる。もしかすると現場に出かけた者がいま署内にいるかもしれない」

ヴァランダーは自動車電話の番号を教えた。

「それじゃ私はまっすぐクラーグスハムヌへ向かうことにする」

すでに午後一時半になっていた。ヴァランダーは疲れた体にむち打って、クラーグスハムヌへ車を走らせた。しかし、睡魔には勝てず、自動車道路から降りて閉鎖された石灰採掘所の敷地の片隅に車を止め、ジャケットを着て目をつぶった。すぐに眠りに落ちた。

びくりと体が動いて、ヴァランダーは目を覚ました。目を開けたとき、自分の居場所がすぐにはわからなかった。夢の中のなにかが彼を目覚めさせたのだ。なんの夢だったのだろう。覚えていない。あたりの灰色の景色を見て憂鬱な気分になった。時計は二時二十分を指していた。眠っていたのは三十分ほどだったが、長い眠りから目覚めたような感じだった。

これ以上の孤独はないように感じた。世界にたったひとりだ。世界で最後の人間だ。不幸にも取り残され、いや、忘れられてしまったのだ。そんな気分だった。

突然電話が鳴って、考えが中断された。

ロースルンドだった。

「いま目を覚ましたような声だな。車の中で眠っていたのか？」

「いや、そんなことはない」ヴァランダーは否定した。「風邪気味だからだろう」

「あんたの探しているものをみつけたよ」ロースルンドが言った。「報告書類はいま私の机の上にある。それと、この件を担当したマグヌス・スタファンソンがいまここにいる。ジョギングしていた男たちが白樺の木からぶら下がっていた死体を発見して警察に通報したときに、現場に駆けつけた警官の一人だ。こともあろうにわざわざ白樺の木を選んで首を吊った男の話は直接聞いてくれ。どこへ送り込めばいい？」

ヴァランダーは眠気が一気に吹き飛んだ。

「クラーグスハムヌへ入る道の入り口に来てもらってくれ」

「スタファンソンはあと十五分で行けるだろう。そういえば、ちょっと前にイースタ署のスヴェン・ニーベリと話をした。あんたの車からはなにもみつけられなかったそうだよ」

「やっぱり。おそらくそうだろうと思ったよ」ヴァランダーが言った。

「スヴェーダーラを通るとき、爆発したあんたの車のひどいさまは見ないですむだろうよ。いま撤去に取りかかっているから」

「ありがたい」

ヴァランダーはそこからまっすぐクラーグスハムヌへ行って、電話で指定した場所に車を止めて待った。数分後、警察の車が一台やってきた。ヴァランダーはすでに車を降りていた。マグヌス・スタファンソンは制服姿で、ヴァランダーを見て敬礼した。ヴァランダーはぎこちなく手を振って応えた。ヴァランダーの車の助手席に腰を下ろすと、スタファンソンは写真が添付されたファイルをヴァランダーに渡した。

「おれはまずこれに目を通そう。その間に、一年前に起きたことをできるだけ詳しく思い出していてくれないか」

「自殺事件は忘れたいものです」スタファンソンが強いスコーネ訛りで言った。ヴァランダーはイースタに移るまでの自分自身のスコーネ弁を思い出した。

簡潔な報告書と検死報告書、さらに事件落着の報告書を急いで読んだ。犯罪の疑いはまったくもたれなかったとみえる。

だが、おれは疑いをもつ、と彼は思った。ファイルをそばに置いて、スタファンソンに向き合った。

「現場に案内してもらいたい。正確に覚えているか?」

「はい。クラーグスハムヌ町の外で、町の中心部から二、三キロのところです」

彼らはクラーグスハムヌを出発し、海岸沿いに車で数キロ行った。コンテナが湾に入ってくるのが見えた。海峡の向こう、コペンハーゲンの空の上に重く雲が垂れ下がっている。住宅地の家々がまばらになり、まもなく家はまったくなくなってあたりは畑ばかりになった。トラクターが一台動いているのが見えた。

すぐに目的地に着いた。落葉樹の森が左手に広がっている。ヴァランダーはスタファンソンの運転する警察の車の後ろに停車した。ぬかるみを見て長靴に履き替えようと思ったが、トランクへ向かう途中で、長靴は昨夜プジョーの中で燃えてしまったことを思い出した。

スタファンソンは一本の白樺を指さした。ほかの木に比べて、白樺としては幹が太かった。

「その木にぶら下がっていたんです」スタファンソンは言った。

「話してくれ」ヴァランダーはうながした。

「だいたいは報告書に書いてあります」

「生《なま》の言葉で聞きたいのだ」

「日曜日の朝でした」スタファンソンが語りはじめた。「八時ちょっと前のことです。相棒と私はフェリーボートの食堂で食あたりしたと騒ぎ立てる、デンマークのドラグーから来た乗客をなんとかなだめて、パトロールに戻るところでした。そのとき首吊り自殺の通報が入ったのです。木から男がぶら下がっているという通報でした。場所を聞いて、われわれは駆けつけました。発見者はオリエンテーリングの練習で走っていた二人の男性でした。もちろん、ショックを受けていました。二人のうちの一人が、近所の家まで走り、電話を借りて警察に通報したのです。われわれはいつもの手順でなすべきことをしました。まずぶら下がっている男を木から下ろしました。死んだと思っていた人間が生きていることがあり得るからです。そのあと、救急車が到着し、犯罪捜査課も来たので、引き継ぎました。そしてこれは自殺だという判断が下されました。ほかには思い出せません。あ、そうだ。男は自転車でここまで来たらしく、自転車が一台、そこの茂みに投げ出されていました」

ヴァランダーはその大きな白樺を見ながらスタファンソンの話を聞いた。

「ロープはどういうものだった？」

「船舶用の大綱のようでした。親指ぐらいの太さの」

「結び目は？」

「べつにどうということもない、ふつうの結び方でした」

「どんなふうにぶら下がったのだろう？」

スタファンソンはけげんな顔をした。

「首を吊るというのはそんなに簡単にできることじゃない」ヴァランダーが言葉を補った。「なにかの上に乗って首を吊ったのか、木に登ってぶら下がったのか」

スタファンソンは白樺の木を指さした。

「あの幹の膨らんでいる部分を足がかりにしたのでしょう。われわれにはそう見えました。ほかに彼が台として使ったと思われるものはなにもありませんでした」

ヴァランダーはうなずいた。検死報告書にはラース・ボーマンの首の骨が折れていたとあった。警官が現場に着いたのは、死後せいぜい一時間ほどのころだった。

「ほかに思い出せることは？」ヴァランダーが訊いた。

「思い出せること、というと？」

「そう、現場を見た者だけがわかることだ」

「自分はするべき仕事をしただけです。事件の報告書をまとめたら、できるだけ早く忘れることにしています」

スタファンソンの言わんとするところはわかった。自殺者の後始末には独特の嫌な気分が伴うものだ。ヴァランダーは自分で命に区切りをつけた人々を扱った自らの経験を思い出した。

そしてスタファンソンのそのときの気分を想像した。その気分がいま目を通した記録の上に、重く覆い被さってきた。

同時に彼は、なにかしっくりしないものを感じた。

ラース・ボーマンの性格を考えた。まだすべてがわかっているわけではないが、いままでの情報を併せて考えると、ボーマンは冷静に状況を見極めることができる人間のように思えた。その彼が自殺の決心をしたあと、森まで自転車で行き、自殺するにはまったくふさわしくない白樺の木をわざわざ選んで実行に及んだのか？

そう考えると、ボーマンの死が不自然に思えてきた。

それ以外にも気になることがあった。最初はそれがなにかわからなかった。が、問題の白樺の木から数メートルのところに立って熟考しているうちに、はっと気がついた。

自転車だ、と思った。自転車がまったく別のことを語っているのだ。

スタファンソンはたばこに火をつけて、暖をとるためにその場で足踏みをしていた。

「自転車のことが報告書には詳しく書かれていないようだが？」ヴァランダーが訊いた。

「あれはいい自転車でした。十段変速で、よく手入れされていました。色はダークブルーだったと記憶しています」

「どこにあったか、教えてくれ」

スタファンソンはためらいなく、その場所を指した。

「どんなふうに倒れていたのだ？」

「どんなふうに、とは？」スタファンソンが聞き返した。「ただ地面に倒れていただけですが？」

「止められていた自転車が倒れたのか？」

「いいえ、支えのスタンドが出ていませんでした」

「確かか？」

スタファンソンは一瞬考えてから答えた。

「はい、確かです」

「ボーマンは自転車をただ地面に投げ出したと言うんだな？　急いでいる子どもが止めるひまを惜しんで自転車を投げ出すように？」

スタファンソンはうなずいた。

「はい、ちょうどそのように見えました。地面に投げ出されていました。まるで、自転車などにかまっていられないとでもいうように」

ヴァランダーはうなずき、考え込んだ。

「そのときいっしょに行った警官に、スタンドが蹴り出されていたかどうか訊いてくれないか？」

「それほど重要なのですか？」スタファンソンが驚いたように訊いた。

「そうだ。おまえさんが思っているよりも、ずっと重要なことだ。相棒の記憶がおまえさんのと違っていたら、電話をくれ」

「スタンドは出ていませんでした。確かです」

「それでも確認を取ってくれ。さてと、ここでの用事はすんだ。来てくれてありがとう。礼を言うよ」

ヴァランダーはイースタに向かって車を走らせた。

ラース・ボーマン。県庁の会計監査官。どんなに急いでいても、自転車のスタンドを出して立てかけずに投げ倒すようなことはしない男だ。

一歩前進した。なにに向かっているのかはわからないが。ラース・ボーマンとイースタの法律事務所の間のどこかに穴があるのだ。おれがみつけなければならないのはそれだ。

自分の車が爆破された現場を通り過ぎたことは、しばらくしてから気がついた。リースゴードで自動車道路を降りて、小さな食堂で遅い昼食をとった。食堂にはほかに客はいなかった。ヴァランダーは疲れを感じた。今晩こそ娘のリンダに電話をかけよう。そしてバイバへ手紙を書くのだ。

五時ちょっと前、彼はイースタの警察署に戻った。受付のエッバが、今日の午後の捜査会議はキャンセルになったと伝えた。だれもが捜査途中で忙しかったのだ。会議は明朝八時に延期された。

「ひどい顔をしてますよ」エッバが言った。

「今晩は眠れるだろう」ヴァランダーは応えた。

自室へ行って、ドアを閉めた。紙を取り出すと、今日一日に起きたことをメモした。それからペンを投げ出すと、椅子に寄りかかった。

もうじき動きだすぞ。この捜査でまだみつかっていない穴を探し当てるのだ。

ジャケットを着て、部屋を出ようとしたとき、ノックの音がして、スヴェードベリが顔を出した。ヴァランダーはすぐになにかが起きたとわかった。スヴェードベリは心配そうだった。

「ちょっと時間ありますか？」

「なにか、起きたのか？」

スヴェードベリは気まずそうにもじもじしている。ヴァランダーは苛立った。

「なにか、言いたいことがあるのだろう？ こうやってわざわざ部屋に来たのだから。おれはいま家に帰るところだ」

「いや、シムリスハムヌへ行った方がいいですよ」スヴェードベリが言った。

「おれが？ なぜだ？」

「電話がありました」

「だれから？」

「シムリスハムヌの同僚から」

「シムリスハムヌの警察からか？ なんの用事だ？」

スヴェードベリは決心したように一気に言った。

「警部の親父さんを捕まえたというのです」

ヴァランダーは信じられないというように、呆然としてスヴェードベリを見た。

「シムリスハムヌの警察が親父を捕まえた？　なぜだ？」

「どうも乱闘事件に巻き込まれたらしいのです」スヴェードベリが言った。

ヴァランダーはなにも言わずに彼を見ていたが、しばらくしてやっといまの話が理解できたように自分の机に戻り、腰を下ろした。

「もう一度言ってくれ。ゆっくりとだ」

「一時間前に電話があったのです。警部は出かけていたので、自分が代わりに電話を受けました。二時間前に警部の親父さんを捕まえたと言うのです。親父さんはシムリスハムヌの国営酒店で喧嘩をしたらしいです。とんでもなく大きな喧嘩になったと言うのです。警察が出動して鎮めたあと、その老人がヴァランダー警部の父親だとわかったということです。それで電話をかけてきたのです」

ヴァランダーはなにも言わずにうなずいた。それからおもむろに立ちあがった。

「シムリスハムヌへ行くことにする」

「いっしょに行きましょうか？」

「いや、だいじょうぶだ」

ヴァランダーは警察署を出た。呆然としたままだった。

一時間も経たないうちに、彼はシムリスハムヌの警察署に着いた。

9

シムリスハムヌへの途中、ヴァランダーはシルクの背広をまとって車でやってきた男たち、シルクライダーのことを思い出した。目の前にはっきり思い描くことさえできた。そして、彼らが現実に存在したのは、ずいぶん昔のことだと気がついた。

最後に父親が警察にとらえられたのは、クルト・ヴァランダーが十一歳のときだった。そのときの記憶は鮮明だった。まだマルメに住んでいるときで、彼は父親に恥ずかしさと誇らしさの混じり合った不思議な感じを抱いたのを覚えている。

そのときの場所は国営酒店ではなかった。マルメの町の中央にある祭り広場で、一九五六年の初夏のことだった。クルトは夕方町に繰り出す父親とその友人たちについていった。

父親の友人たちはいつもなんの予告もなしにぶらりとクルトの家を訪れた。子どものクルトにとって、彼らはつねに冒険者たちだった。ピカピカに磨き立てた大きなアメリカ車に乗って、いつもシルクの背広を身につけ、つばの広い帽子をかぶり、指にはぎらぎら光る分厚い金の指輪をいくつもはめていた。彼らはやってくると、テレピン油と油絵の具の臭いが充満する父親のアトリエに行き、父親が描いた絵を見、たいてい買いとった。小さかったクルトは父親のアトリエの片隅に隠れて、ネズミが咬んだような古い画布の陰から男たちをのぞき見、買い取りの交渉の一部始終を聞いた。売買が成立したあと、男たちはいつもコニャックで乾杯した。シルクの服を着たこの冒険者たち――だれにも見せない日記の中で、クルトは男たちをシルクライダーと呼んでいたのだが――のおかげで、クルト一家はパンを食べることができたのだ。商売が成立し、この知らない男たちが指輪で飾り立てた指で分厚い札束を束ねている細い紙テープを千切って父親に金を渡し、父親が頭を下げてそれを受けとるその瞬間は、小さな少年にとって神聖なときだった。

彼はいまでも男たちの短い、ぶっきらぼうな会話を思い出すことができた。男たちのあとにたいてい父親の気弱な反対の意思表示があり、それを男たちは軽く一蹴した。

「それじゃ、キバシオオライチョウ入りのが三つ、ないのが七つ。ぜんぶで十だぞ」とだれかが言う。すると父親は描き上げた画布を注文どおり数えて男たちに渡し、男たちは札束をバンとテーブルの上に叩きつける。クルトは十一歳で、テレピン油の臭いでむせ返るような暗闇の中からこの光景をながめていた。そしていま見た光景は大人の生活で、自分も大きくなったらこんなふうにするのだと漠然と思った。そのとき彼は義務教育の七年生、いや、九年生だったのだろうか。驚いたことによく覚えていなかった。男たちが画布を車のトランクに、ときには後部座席に運び入れるときになると、彼は隠れていたところから現れて手伝った。そのタイミングが大切だった。男たちは運ぶのを手伝うクルトにうわのそらで五クローネ札をまるごと小遣いだと言ってくれることがあったからだ。そのあと、彼は父親と二人で門のところに立って、男たちの車を見送った。車の姿が見えなくなると、父親は豹変した。卑屈なほどの気弱さが消えて、いま帰った男たちの方に向かってつばを吐き捨て、またやつらに騙されたと罵るのだった。

それは彼の子ども時代のもっとも不思議な経験の一つだった。あの退屈な絵と交換に札束をもらったあとで、なぜ父親は毎回騙されたと言うのだろう。しかもその絵はほとんどすべて同じ絵だった。遠景の中に沈みかけている夕日。だが決して沈むことのない夕日。

一度だけ、この男たちの訪問がいつもとは違う終わり方をしたことがあった。そのとき来たのは二人だった。一度も見たことのない男たちだった。部屋の片隅の暗がりで聞き耳を立ててわかったのは、男たちは父の新しい商売相手だということだった。それは重要な瞬間だった。というのも、絵を見せても、男たちが気に入るかどうかはまったくわからなかったからだ。そのあと彼は絵を車に運び入れる手伝いをした。このときの車はドッジだった。そのころには、クルトはいろんなアメ車のトランクの開け方を知っていた。男たちは食事に出かけようと提案した。一人はアントンという名で、もう一人は外国名だったのを覚えている。ポーランド人だったかもしれない。クルトは父親と、絵がすでに運び込まれていた車の後部座席に乗り込んだ。このヤクザな男たちは車の中に蓄音機まで持ち込んでいて、ジョニー・ボードをかけて町のお祭り広場まで乗りつけた。父親と男たちは広場の中のレストランに入り、クルトは手に何クローネか握らされて、回転木馬で遊んでいた。初夏の暖かい夜で、海から柔らかい風が吹いていた。彼はその金でなにを買おうかと考えていた。

夜も更けて、雨が降りだしそうな雲行きになった。彼がもう一度回転木馬に乗ろうかと思っていたとき、なにかが起きた。公園で夕涼みをしていた人々がみな磁石に吸い寄せられるようにレストランの方へ向かった。彼も人々の流れに合流してそっちへ向かった。そのとき見た光景は、そのあと決して忘れ得ないものになった。その瞬間が区切りだったとしても、当時はそんなものがあるとは思いもしなかったし、このときの経験が彼に、人生にはたくさんの区切りがあり、その近くまで行ったときに初めてわかるものだと教えたのだった。

何事かが起きたらしく、レストランは世界のすべてが爆発したような騒ぎだった。クルトが人々の間をすり抜けて、やっと見えるところまでたどり着いたとき、目の前に立っていたのは自分の父親だった。父親はシルクライダーたちと壮絶な殴り合いをしていた。警備員や給仕やほかにもたくさんの男たちがいっしょになって殴り合いをしていた。テーブルは倒れ、グラスや瓶が飛び散り砕け、ソースのかかったステーキや炒めたタマネギなどが父親の腕から垂れ下がっていた。父の顔は鼻血で真っ赤になっていたが、それでも懸命に戦っていた。すべてが一瞬の出来事だった。クルトは恐怖とパニックで父の名を呼び、暴れまわった。新たな警備員と警官がどこからともなく現れて、父とアントンとポーランド人を連れていってしまった。あとにはつばの広い帽子だけが残された。クルトは父親のあとを追いかけてすがりつきたかったが、追い払われた。そして父親が警察の車に乗せられるのを泣きながら見送った。

彼は家に向かって歩きだした。雨が降りはじめ、すべてが混沌としていた。世界が壊れてしまったような気がした。もしできることなら、いま起きたことを全部切りとって、なかったことにしてしまいたかった。だが、現実を切りとることはできなかった。雨の中を急ぎながら、父親が二度と帰ってこないのではないかと不安になった。家に着くと、アトリエに入り込み、一晩じゅう父親を待った。彼はテレピン油の臭いに包まれて安心した。車の音がするたびに外に走り出た。しまいにまだ描かれていない画布にくるまって床の上で眠ってしまった。

父親がのしかかってくる気配で目が覚めた。片方の鼻の穴に脱脂綿が突っ込まれ、左目は紫色に腫れ上がっていた。酒の臭いがした。腐った油のような臭いだった。クルトは起きあがると父親に抱きついた。

「あいつらはおれの言葉に耳を貸さなかった」父親が言った。「おれは腹が立って仕方がなかった。あいつらはありもしないことを言いやがったのだ」

父親はふところから画布を一枚取り出すと、腫れ上がった目でそれをみつめた。それはキバシオオライイチョウの入っている方の絵だった。

「おれは腹が立った」と父親は繰り返し言った。「あいつら、おれの描くのはクロライイチョウだとぬかしやがった。おれが下手だからキバシオオライイチョウなのかクロライイチョウなのかわからんと言いやがった。怒って当然だろう。おれは黙って馬鹿にされている男ではない」

「もちろん、キバシオオライイチョウに決まってるよ。だれが見たってクロライイチョウになんか見えないよ」クルトは言った。

父親は笑った。前歯が二本欠けていた。こわれた笑いだ、とクルトは思った。おれの父さんの笑いはこわれている。

それから二人はコーヒーを飲んだ。雨が降り続いていた。しだいに父親の怒りは静まった。

「それにしてもクロライイチョウとキバシオオライイチョウの区別がつかないとはな」と父親は呪文のように、あるいは祈りのように何度も繰り返した。「あいつら、おれには目に映るものをそのまま描くことができないとぬかしおった」

ヴァランダーはシムリスハムヌへ車を走らせながら、昨日のことのようにこれらすべてを思い出した。アントンという男とポーランド人らしい男はそのあとなにごともなかったようにやってきて、ずっと父親の絵を買い続けたということも思い出した。喧嘩、突然の怒りの爆発、飲みすぎたコニャックなどのエピソードは、しだいに三人の笑い話になった。アントンは父親の前歯二本の支払いもした。友情。殴り合いの喧嘩の末、彼らの中に新しいものが芽生えた。絵の行商人と一生同じモチーフを描き続けた絵描きの友情。

ヴァランダーはヘルシングボリの家で見かけた父親の絵のことを思い出した。スウェーデンのたくさんの家の壁に父親の絵が掛かっていることを想像した。そこには動かない景色を背景にキバシオオライイチョウが立っている。決して沈まない太陽とともに。

いま初めてヴァランダーは、理解した。それまでは理解できなかったことだった。父親は生涯をかけて太陽が沈まないようにしたのだ。それが彼のよって立つところであり呪文だったのだ。彼の絵を見れば、そこには必ず決して沈まない太陽があることを約束して描き続けてきたのだ。

シムリスハムヌに着き、警察署の前に駐車して、建物の中に入った。机を前にしてトーステン・ルンドストルムが座っていた。まもなく定年を迎える気のいい男で、昔気質の警察官だった。ヴァランダーを見ると、読んでいた新聞をそばに置いた。ヴァランダーは腰を下ろし、ルンドストルムと向かい合って座った。

「なにが起きたんです？　親父が酒店で殴り合いの喧嘩をしたと聞きましたが、ほかのことはなにも聞いていないので」

「詳しく話してあげよう」ルンドストルムは穏やかに言った。「四時ちょっと前、親父さんはタクシーで国営酒店に乗りつけた。酒店に入ると、番号札を取って座って待った。ところが、自分の番が来ても気がつかなかったらしい。それで、カウンターへ行って、自分の番は過ぎたけれども買わせてほしいとねじ込んだ。店員も店員で、じつに不親切だった。新しい番号札を取って並べと親父さんに言ったらしい。親父さんは拒んだ。そうしているうちに新しい番号が呼ばれ、客が親父さんにじゃまだからどけと言ったらしい。そうしたらなんと親父さんは怒り心頭に発してその客を殴りつけたというんだから、みんな呆気にとられてしまった。店員が止めようとしてカウンターから出てくると、親父さんは彼のことも殴ってしまった。そのあとはご想像のとおり、集団の殴り合いに発展したというわけだよ。だが、だれも深刻な怪我はしていない。親父さんの右こぶしが痛んでいるくらいのものだろうよ。年とは思えないほど、強いらしいな」

「親父はどこです？」

ルンドストルムは後ろの部屋を目で示した。

「取り調べは？」ヴァランダーは訊いた。

「いや、もう帰っていい。だが、あとでもしかすると、軽犯罪法違反で訴えられるかもしれない。ま、あんたは酒店の店員や客と話をしてみることだな。私は検事に話をしておくよ」

そう言って、彼はヴァランダーに名前が二つ書いてある紙を渡した。

「店員は問題ないだろう。私の知っている人間だ。だが、客の方は手強いかもしれない。運送会社をやっているステン・ヴィックベリという男だ。親父さんを痛い目に遭わせてやると決めたらしい。だが、とにかく電話をしてみるといい。電話番号も書いておいた。それから親父さんはシムリスハムヌ・タクシーに二百三十クローネの借りがある。ゴタゴタのため、待たせていたタクシーに支払いをしなかったらしい。運転手とは話をしてある。支払いのことは心配するなと言っておいたよ」

ヴァランダーは紙を受けとるとポケットにしまった。それからドアの方に頭をひねってルンドストルムに訊いた。

「具合はどうなんです？」

「少し落ち着いたようだよ。だが、自分で自分を守るのは当然のことだと思っているようだ」

「自分を守る？　自分から殴り合いを始めたんじゃないんですか？」

「いや、親父さんは順番は順番として当然守られなければならない、と言い張ったのだよ」ルンドストルムが説明した。

「まったく、なんという屁理屈だ」ヴァランダーはつぶやいた。

ルンドストルムが立ちあがった。

「連れて帰っていいよ。ところで、あんたの車が炎上したとかいう噂を聞いたが、なにがあったんだ？」

「電気系統のどこかに欠陥があったのかもしれない」とヴァランダーは話を逸らした。「古い車でしたから」

「私はちょっと出かけるが、この部屋はドアを閉めれば鍵がかかるようになっている」

「ありがとうございました」ヴァランダーは言った。

「なんの」と言ってルンドストルムは鳥打ち帽子をかぶって部屋を出ていった。

ヴァランダーはノックして中に入った。父親はがらんとした部屋で、釘で爪をほじくっていた。入ってきたのがヴァランダーだとわかると、腹立たしそうに立ちあがった。

「これ以上早くは来られなかったのか？　いつまでわしを待たせるつもりだったのだ？」

「できるかぎり早く来ましたよ」ヴァランダーはムッとして答えた。「さあ、帰りましょう」

「いや、タクシー代を払うまでは帰れない。わしはいいかげんなことは嫌なんだ」

「それはあとでやっておきます」

二人は警察署を出ると、黙ったままシムリスハムヌをあとにした。父親はすでに、なにが起きたのか忘れてしまっているのかもしれない、とヴァランダーは思った。

グリンミンゲヒュースの方へ曲がったとき、ヴァランダーは沈黙を破った。

「アントンとポーランド人はどうしているのかな？」

「おまえ、あいつらを覚えているのか？」父親が驚いた声を出した。

「あのときも喧嘩があったから」ヴァランダーは苦い顔で言った。

「おまえが覚えているとは思わなかった」父親が言った。「ポーランド人がいまどうしているのか、わしは知らない。あいつのことを最後に聞いたのも、もう二十年以上も前のことだ。なんでも、金が儲かる仕事を始めたとか。どうせエロ本だろう。その後どうなったのか、知らない。アントンの方はもう死んでいる。酒で潰れてしまった。それももう二十五年も前のことだ」

「なにをしに酒店へ行ったんです？」ヴァランダーは訊いた。

「あそこは酒を買う以外になにかほかのことができるのか？　コニャックを買いに行ったのだ」

「父さんはコニャックを飲まないじゃないですか？」

「女房が夜一杯だけ飲むのだよ」

「イェートルードが、コニャックを？」

「おかしいか？　おまえ、わしを自分の思いどおりにしようとするように、イェートルードのことも思いどおりにしようというのか？」

ヴァランダーは耳を疑った。

「私がいつ父さんを思いどおりにしようとしたというんです？　人の生活に口出しするということなら、父さんの方がよっぽどひどいじゃないですか」

「ふん、おまえがもしわしのいうことを聞いていたなら、警官になぞならなかっただろうよ。ここ数年のことを思えば、警官になったのは間違いだったということがおまえにもわかっただろう」

ヴァランダーはいちばんいいのは話題を変えることだと思った。

「とにかく、怪我をしないでよかったですよ」

「自分の尊厳は自分で守らんとな」父親は言った。「自分の尊厳と、酒店での順番は自分で守るのだ。それができないようなら、死んだも同然だ」

「父さん、相手が訴えるかもしれないということは、わかってますね？」

「わしは断固として否認する」

「なにを否認するというんです？　父さんが始めた喧嘩だということはみんなが見ているというときに？　否認などできませんよ」

「わしはただ、自分の尊厳を守っただけだ。いまの世の中では、それで刑務所行きだというのか？」

「父さんは刑務所へは行きません」ヴァランダーはため息をついた。「だが、損害賠償は請求されるかもしれない」

「わしは払わんぞ」

「私が払います。父さんは運送会社社長の鼻を殴ったんですよ。そういう行為は高くつくんです」

「自分の尊厳は自分で守るのだ」父親は繰り返した。

ヴァランダーはなにも言わなかった。まもなく車はルーデルップの父親の家の庭先に滑り込んだ。

「イェートルードにはなにも言わないでくれ」車を降りたとき、父親が言った。ヴァランダーはその声が懇願するような調子だったことに驚いた。

「なにも言いません」と彼は答えた。

数年前、父親は痴呆の症状を見せはじめ、それがきっかけで週に三回来てくれていたホームヘルパーと去年結婚したのだった。彼女が通うようになると、父はすっかり変わり、不思議なことに痴呆の症状も消えた。彼女が三十歳も年が若いことはなんの障害にもならなかった。ヴァランダーは最初この結婚に反対だったが、あとで、彼女も心から父親との結婚を望んでいるとわかった。彼女については、地元の人間で、成人した子どもが二人いて、何年も前に離婚しているということぐらいしか知らなかった。二人は仲良く暮らしているらしく、ヴァランダーは一度ならずかすかに嫉妬を覚えたことがあった。彼自身の私生活は無味乾燥で、なんの潤いもないものだった。

家に入ると、イェートルードは食事の支度の最中だった。いつものように彼女はヴァランダーの突然の訪問を喜んで迎えた。食べて行きなさいという誘いを、仕事が忙しいと断った。その代わりにアトリエへ行き、汚いコンロで沸かした湯で父のいれてくれたコーヒーを飲んだ。

「この間、ヘルシングボリで父さんの絵を見かけましたよ」ヴァランダーが言った。

「ずいぶん描いてきたから、見かけても不思議はない」父親が言った。

ヴァランダーはふと興味をもった。

「いったい何枚ぐらい描いたんでしょうね？」

「その気になったら、数えることができるが、その気がない」

「千単位でしょうね」

「考えたくもない。そんなことをしたら死神を玄関に呼び入れるような気がする」

この言葉を聞いてヴァランダーは驚いた。これまで父親が年齢のことはもちろん死について話すのを一度も聞いたことがなかった。父親が感じているかもしれない死への恐れについて、彼はまったく知らなかった。おれはこんなに長いつきあいなのに、親父のことをなにも知らない、と彼は思った。おそらく親父もおれのことはわからないのだろう。

父親は息子をながめた。

「おまえは元気になったのだな。仕事を始めたのだから。デンマークのペンションへ行く前に寄ったとき、警官を辞めるかもしれないと言っていたが、気が変わったのだな」

「ええ、そうなんです」ヴァランダーは言った。できれば父親と仕事の話はしたくなかった。いつも喧嘩で終わるのが落ちだった。

「おまえは優秀な警官だそうだな」父親が唐突に言った。

「だれから聞いたんです？」ヴァランダーは驚いて訊いた。

「イェートルードだ。おまえのことが新聞に載っていた。わしは読んでおらんが。だが、イェートルードはおまえが優秀な警官だと新聞に出ていると言っておった」

「新聞の言うことなど、当てになりませんよ」

「わしはただ、イェートルードが言っていたことを言ったまでだ」

「父さんはどう思うんです？」

「わしはおまえが警官になるのに賛成ではなかった。いまでもおまえはほかの仕事に就くべきだったと思っている」

「それはあり得ません。もうじき五十になりますが、生きているかぎり、私は警察官を続けます」

食事の用意ができたと知らせるイェートルードの声がした。

「おまえがアントンとポーランド人のことを覚えているとは思わなかった」アトリエを出ながら父親が言った。

「あれは子ども時代のもっとも強烈な思い出の一つですよ」ヴァランダーが言った。「父さんの絵を買い付けに来たあの個性的な男たちのことを、私が密かになんと呼んでいたか、知ってますか？」

「あれは絵の行商人たちだよ」

「知ってます。だが、私にとってあの男たちは、シルクの背広をまとって車でやってきた男たちでした。だから彼らをシルクライダーと呼んでいたんです」

父親は足を止めて彼を見た。それから大きく笑いだした。

「それはいい。いい名前だ。あいつらにぴったりの名前だ。シルクの背広をまとって車でやってきた男たち、シルクライダーか」

二人は玄関先で別れた。

「本当に食べていかないんですか？　食べるものは十分にありますよ」イェートルードがもう一度訊いた。

「ええ、仕事に戻らないと」ヴァランダーは答えた。

秋の暗い景色の中をイースタまで車を走らせた。父親の態度には自分そっくりのところがあるような気がしたが、それがなにかはわからなかった。


十一月五日の朝、ヴァランダーは久しぶりに寝足りて、やる気満々で早くも七時前に警察署にやってきた。コーヒーを持ってきて机に向かい、八時から始まる捜査会議に向けて準備をした。事件の発生を時系列順に並べ、これからの捜査方向を探った。同僚たちもまた昨日一日のうちに、なにか捜査の進展に役立つことをみつけ出しているだろうと思った。急がなければという感覚が相変わらずあった。死んだ弁護士たちの背景に見え隠れする影が大きくなった。まだ自分たちが引っ掻いているのは表面だけだという感じも依然として強かった。

ペンを置き、椅子に寄りかかって目を閉じた。

すぐさまスカーゲンの海岸に戻った。浜辺が目の前に広がっている。霧が深い。ステン・トーステンソンがすぐそばにいた。ヴァランダーはステンの後ろに潜んでいるはずの、影の男たちを見ようと目を凝らした。男たちはすぐそばにいたにちがいない。ただ見えないだけだ。岩陰に身を隠していたにちがいないのだ。

犬を散歩させていた女のことを考えた。彼女がスパイしていたのか？　それともアート・ミュージアムの喫茶室の女の子か？　だが、両方とも違うだろう。海岸の霧の中に、ステン・トーステンソンにもおれにも見えない者たちが潜んでいたのだ。

ヴァランダーは目を開いて時計を見た。もうじき捜査会議が始まる。書きつけをした紙をまとめて立ちあがり、部屋を出た。

その日の午前中の捜査会議で、ヴァランダーはやっと捜査は新たな段階に入ったと感じた。まだ全体的にはまとまりがなく、犯人を特定できるわけではなかったが、すべての出来事が偶然ではなく、やはり繋がっているというパターンが見えてきたのだ。

「ここからは足で調べ尽くすんだ。この捜査は一筋縄ではいかないかもしれない。だが、早晩、われわれはパズルのピースをすべてみつけ出すことができる。そうなったら解決したも同然だ。いいか、重要なのは手抜きをしないことだ。すでに鉱脈の一つに突き当たったのだ。ほかにもあるかもしれない」

四時間の間、彼らはいまわかっている事柄をすべてテーブルの上に置き、議論し、評価を加えながら進んだ。ディテールをしらみつぶしに調べ、さまざまな解釈を加え、しまいにあり得ることとあり得ないことを分けていった。それは捜査の方向を決める決定的な瞬間だった。間違った判断をしたら、捜査は見当違いな方向へ行ってしまう。矛盾しているように見えることはすべて、建設的な発想のもととして推測の土台となった。決して単純化せず、かといって間違った判断を下さないようにあらゆる角度から検討したのである。早期に結論を急ぐべからず、さもないととんでもない間違いが発生することがある、とヴァランダーは自戒した。

推測の試案がいくつか立てられたが、どれも同じ土台の上に築かれた。

一つは、一ヵ月ほど前、グスタフ・トーステンソンがブルースアルプス・バッカルの坂道の近くの泥畑で死体で発見されたこと。それから十日ほど後に、息子のステン・トーステンソンがスカーゲンにヴァランダーを訪ね、その数日後事務所で殺害されたこと。捜査会議はこの二つの事実につねに立ち戻りながら進められた。

その日の最初の報告者はマーティンソンだった。ニーベリもときどき意見を加えた。

「ステン・トーステンソンは九ミリの銃弾で撃ち殺された。銃弾は標準型です。興味深いことに、銃器に詳しい者たちは、この銃弾を発射させた銃はイタリア製のベルナデリ・プラクティカルではないかと言うのです。ここでその理由を詳しく言うつもりはありません。技術的なディテールになりますから。あるいは製品ナンバー三九一四または五九〇四のスミス&ウェッソンかもしれません。だが、おそらくはベルナデリ・プラクティカルだろうというのが彼らの意見です。もちろん、我が国にはわずかしか入っていない銃だそうです。登録されているのは五十挺ほどです。未登録のものがどのくらいあるかはわかりませんが。多くても三十挺ぐらいなものではないですか？」

「これはどういう意味なのだろう？　どんな人間がイタリア製の銃を使っているのだ？」ヴァランダーが言った。

「銃について詳しい連中、だろうな」ニーベリが言った。「だれか知らんが、わざわざこの銃を選ぶだけの知識のある者たちだ」

「あんたは外国のプロの殺し屋だと言っているのか？」ヴァランダーが訊いた。

「それもありうると思っている」ニーベリが答えた。

「ベルナデリの所有を登録している者たちのリストに当たります。いまわかっていることは、ベルナデリ所有者のだれからも銃が盗まれたという通報がないことだけです」マーティンソンは言った。

会議は続いた。

「警部を追いかけた車のナンバープレートはやはりほかの車のものでした」スヴェードベリが言った。「マルメのニッサン販売店から盗まれたことがわかってマルメ署が協力してくれています。もしかすると指紋がみつかるかもしれないとのことです。ま、うまくいけばの話ですが」

ヴァランダーはうなずいた。スヴェードベリがまだなにか言いたそうに彼を見ていた。

「なにか、もっとあるのか？」ヴァランダーが訊いた。

「クルト・ストルムを調べるように言われましたが？」

ヴァランダーはみなに、ファーンホルム城を訪ねたときにゲートで会った警備員がクルト・ストルムだったと、手短に話した。

「ストルムは警察にとって誇れるような存在ではなかったと言えます。町のギャングたちと手を組んでいたことを示す例がいくつもあります。決して証拠はみつからなかったらしいですが、彼が緊急出動や家宅捜索の情報を相手方に流していたという疑いが濃厚だったといいます。クビになり、彼の行為はなかったことにされたのです」

その朝初めてここでビュルクが口を開いた。

「じつに嘆かわしい話だ。そのような人間は警察には不要だ。だが、ストルムのような人間が民間の警備会社に簡単に雇われていること自体、大きな問題ではないか。雇用の際のチェックがまったく機能していないのだろう」

ヴァランダーはビュルクの意見に反論するのをやめた。もしなにか言えば、いまの捜査とは関係のない議論に発展してしまうことを恐れたからだ。

「あんたの車を爆破した爆発物がなにか、それがいまだにわからない」ニーベリが言った。

「だがガソリンタンクになにかが入れられていたことだけは間違いない」

「自動車の爆破にはいろんな起爆剤が使われますからね」アン＝ブリット・フーグルンドが言った。

「しかし、ガソリンにつけ、しみこませて時間を調節する時限爆弾は、おれの知るかぎりアジアでよく使われるものだ」ニーベリが言った。

「イタリア製のピストルにアジアの自動車爆破法。いったいどこまで広がるんだ？」ヴァランダーは首を振った。

「そういう考え方は、最悪の場合、誤った結論に導く」ビュルクがきっぱりと言った。「いまわれわれが知るに至ったことは、必ずしも他の国の人間が関与していることを示すものではない。スウェーデンはさまざまな情報やものが行き交う国だ。外国人が関与しているとはかぎらない」

ヴァランダーは、これはビュルクの言うとおりだと思った。

「それじゃ続けよう。法律事務所ではなにかみつかったか？」

「まだ決定的なものはみつかっていません」フーグルンドが言った。「すべての書類に目を通すには時間がかかりますが、一つだけいまの段階ではっきりしていることがあります。それはグスタフ・トーステンソンのクライアントはこのところ急激に減っていたということです。仕事の内容も会社設立、経済顧問、それに契約作成にかぎられています。警察本庁から経済犯罪のエキスパートの応援を得る方がいいのではないかと思います。たとえ犯罪がおこなわれていない場合でも、個々の経済活動の裏にあるものを読みとることはむずかしいので」

「ペール・オーケソン検事の協力を得ることだ。彼は経済面の犯罪にも詳しい。彼の知識で足りない場合は、応援について彼に判断してもらおう」ビュルクが言った。

ヴァランダーはうなずき、自分のメモに目を戻した。

「清掃人は？」

「わたしが彼女に会うことになっています」フーグルンドが言った。「電話で話しましたが、言葉の方はだいじょうぶです。通訳はいりません」

ヴァランダーが話す番になった。元県庁職員で会計監査課課長だったマーティン・オスカーソンを訪ねたこと、クラーグスハムヌまで行って、ラース・ボーマンが首を吊ったとされる白樺の木を見てきたことを報告した。いままでも何度も経験したことだったが、ヴァランダーは自分の話に聞き入っている同僚たちに話しながら、手応えを感じた。自分の考えを声に出して話すことで、感覚が鋭くなるのだ。

彼の話のあと、捜査会議の雰囲気は緊張した。突破口が近い、とヴァランダーは感じた。あと少しのところだ。

彼は自分の報告のまとめを短くして、議論のための時間を取った。

「関連をみつけなければならない。ボーマンとトーステンソンの間にはどんな関連があるのか？　なにがボーマンを激怒させたのか？　冷静沈着な彼が、二人の弁護士に、また秘書のドゥネール夫人にまで脅迫状を送るほどに？　三人はあるまじき不正をおこなったと彼は責めている。それが県庁を騙した詐欺事件と関係があるのかどうかはわからない。だが、あと数日すれば、それははっきりするだろう。いまわれわれはそれを解明するための真っ暗な穴の中に飛び込むのだ。全力で調べ上げるのだ」

議論は最初ためらいがちだった。いまヴァランダーが言ったことを消化するには時間が必要だった。

「あの二通の脅迫状のことですが」最初に口を切ったのはマーティンソンだった。「どう見てもあれはじつに子どもっぽいというか、乱暴な文章です。稚拙と言ってもいいほどです。自分にはどうしてもラース・ボーマンという男の性格がいまいちピンときません」

「もっと調べなければならない」ヴァランダーは言った。「まず彼の子どもたちと連絡を取るのだ。マルベリャに移住したという奥さんには電話をかけよう」

「それは自分がやります」マーティンソンが言った。「ラース・ボーマンに興味がありますから」

「投資会社スメーデンは徹底的に調べ上げなければならない」ビュルクが言った。「ストックホルムの経済犯罪中央捜査部と連絡を取るのがいいだろう。いや、オーケソンの方から頼んでくれれば助かる。あそこには市場分析家と同じほどの知識をもっているエキスパートがそろっているからな」

「自分が担当します。オーケソンには自分が連絡します」とヴァランダーは言った。

彼らは午前中いっぱい、資料を前にあらゆる角度から議論した。全員がこれ以上なにも話すことはないというところまでとことん話し合った。ビュルクが県警のお偉方との会議のために中座したあと、ヴァランダーが会議を終わらせた。

「殺された弁護士が二人。自殺したとされるラース・ボーマン。本当に自殺かどうかは疑わしい。それからドゥネール夫人の庭の地雷の爆発。さらにおれの車の爆破。われわれの相手は危険な連中であることははっきりしている。さらに彼らはわれわれの行動を観察している。いいか、十分に用心するのだぞ」

会議のあと、ヴァランダーは外に出て昼食をとった。ひとりになりたかった。一時過ぎに署に戻り、その日の午後は警察本庁の経済犯罪担当課に電話をかけ、エキスパートたちと話すことに費やした。四時過ぎ、検察庁を訪れ、ペール・オーケソン検事と長い間話し合った。その後自室に戻り、十時過ぎにやっと署を出た。

スカーゲン以来散歩をしていない。少し歩きたかったので、彼は車を署に残して、マリアガータンまでぶらぶら歩いて帰った。外気が気持ちよく、ときどき立ち止まってショーウィンドーをのぞきながら、一時間ほどかけて自宅に戻った。

十一時半過ぎ、突然電話が鳴った。ウィスキーグラスを片手にテレビで深夜映画を見ようとしていたときだった。ヴァランダーは廊下に出て電話に答えた。アン＝ブリット・フーグルンドだった。

「おじゃまですか？」

「いや、かまわない」

「いま署に来ています。みつかったと思います、探しているものが」

フーグルンドはよほど重要なことでなければこの時間に電話をかけてはこないだろう、とヴァランダーは思った。考える必要はなかった。

「よし、すぐそっちに行く」

署に着くと、彼はまっすぐにフーグルンドの部屋へ行った。彼女は部屋の前の廊下で彼を待っていた。

「コーヒーを飲みたいんです。食堂はいまだれもいません。ペータースとノレーンはちょっと前に出かけました。ビェレシューの交差点で交通事故があったようです」

彼らはコーヒーカップを手に食堂のテーブルの隅に座った。

「警察学校の同級生に、株の売買で生活費を稼いでいた男性がいるので、彼に電話をしたんです」彼女は言い訳するような口調で言った。

ヴァランダーは黙って彼女の話を聞いた。

「なにかを調べるとき、個人的に知っている人を使う方が早いこともありますから。わたしは彼に、ストルフアブとシシフォスとスメーデンの話をしました。エーギル・ホルムベリとステファン・フェルシューの名前も言いました。どんなことでもいいから教えてくれと頼んだのです。一時間前に彼からわたしの自宅へ電話がありました。話を聞いてすぐに署に来たのです」

ヴァランダーは緊張して話に聞き入った。

「彼の話はすべてノートに取りました。投資会社スメーデンはここ数年何度も大きく変わりました。役員会のメンバーは全員入れ替わり、株の売買はこの間数回差し止められました。インサイダー取引やそのほかの株取引上の規則に反することがおこなわれたためです。主要株主は激しく替わり、だれがどのくらい持っているのか判別するのもむずかしいくらいでした。投資会社スメーデンはスウェーデン財界の責任感の欠如を示す典型例だったのです。これが二、三年前までの姿です。二、三年前、外国の、とくにイギリス、ベルギー、スペインの投資会社が密かにスメーデンの主要株主の株を買い占めはじめました。これらの異なる投資会社が同じ注文主の要請によって買い取りをおこなっていたことを示すものはどこにもありませんでした。あたかもこれらの買い占めは時間をかけてゆっくりとおこなわれました。あたかもこれらの投資会社の動きに世間の目が集まらないように気をつけていたかのように。またそのころには、スメーデンのデタラメさに世間もあきれ果て、ニュースにもならないような状態になっていました。なにより、マスメディアがもはや取り上げなくなっていたのです。財務省の株式担当官は記者会見のとき、開口一番スメーデンについての質問はなしにしてくれとジャーナリストに頼むほどでした。しかし、それがある日、外国の三つの投資会社によってスメーデン株がほぼ買い占められたことが発表されたので、マスコミはこの悪名高い会社にどこのだれが関心をもったのかと騒ぎ立てました。結果、スメーデンの主要株主はイギリスの有名な投資家ロバート・マクスウェルになったことがわかったのです」

「知らない名前だな。だれだ、そのマクスウェルというのは？」

「もう死んでいます。数年前、スペインの海で豪華ヨットから転落して死んだのです。他殺かもしれないという噂があるようです。イスラエルの秘密警察モサドとの関連や、大規模な銃器取引が背景にあったと言われています。マクスウェルは表向き、新聞と出版会社を経営していました。経済活動はすべてリヒテンシュタインでおこなわれました。マクスウェルが死ぬと、彼が築いた帝国は砂の城のように崩れ落ちました。すべてが負債でまかなわれていたのです。負債と、年金基金の悪用でした。マクスウェルの会社は一瞬のうちに大規模な破産に至りました。ですが、彼の息子たちは父親の跡を継いで、似たような仕事をしているらしいです」

「イギリス人か。それがいまここで、どういう意味があるのだろう？」

「そこで終わりではないのです。株式は彼らの手からさらに次の手に渡されたのです」

「だれの手に？」

「背景がまだあるのです。マクスウェルはスメーデンをほかの人間の注文で買っていたのです。表に出ることを嫌う人物です。そしてそれはスウェーデン人なのです。この奇妙なサークルの端と端を繋いでいる人間です」

彼女はヴァランダーに目を向けた。

「それがだれか、わかりますか？」

「いや」

「警部の推測できる人間ですよ」

その瞬間、ヴァランダーは答えがわかった。

「アルフレッド・ハーデルベリ」

フーグルンドがうなずいた。

「ファーンホルム城の男か」ヴァランダーはゆっくりと言った。

二人はしばらく沈黙した。

「言い換えれば、スメーデンを通して彼はストルファブも牛耳っていたことになりますよね」

フーグルンドが言った。

ヴァランダーは彼女をみつめた。

「いいね。じつにいい」彼は言った。

「警察学校の同級生に感謝してください。わたしじゃないです。彼はエスキルスツーナで警官をしています。もう一つあるんです」

「なんだ？」

「重要なことかどうかわかりませんが、いま警部を待っている間に気がついたことなんですが、グスタフ・トーステンソンはファーンホルム城からの帰路で死んだんですよね。ラース・ボーマンは首を吊りました。でももしかすると、この二人、それぞれ別のところで同じことを発見したのではないでしょうか？　それがなんなのかはわかりませんが」

ヴァランダーは深くうなずいた。

「いまの意見は正しいかもしれない。もう一つ、結論づけてもいいことがある。証拠は十分ではないが、おそらく間違いない。ラース・ボーマンは自殺ではないということだ。グスタフ・トーステンソンが自動車事故で死んだのではないのと同じことだ。二つとも偽装だとみて間違いない」

二人はふたたび、沈黙した。

「アルフレッド・ハーデルベリ。この人物が、これらすべての事件の背景にいるのでしょうか？」フーグルンドが疑問を声に出した。

ヴァランダーはコーヒーカップをにらんだまま、しばらく沈黙を続けた。フーグルンドの言葉は唐突で、考えたこともなかったと思ったが、じつは自分がそれを予測していたことにいま気がついたのである。

彼は目を上げてフーグルンドを見た。

「彼かもしれない。いや、十分にありうる」と答えた。

10

あとで振り返ってみると、その後の一週間は警察がこの謎の多い殺人事件捜査の周囲に目に見えないバリアを築き上げた期間だったとヴァランダーは思った。非常に短期間でまた大きなプレッシャーのもとで、複雑な作戦を展開した時期だった。この比喩はそれほど的外れではなかった。というのも、ヴァランダーたちはこのときからアルフレッド・ハーデルベリを敵と見なしたからである。ハーデルベリは五十歳にもならないうちに、生きながらにしてすでに記念碑のような存在となった人物、その広大な領地に君臨する古典的支配者だった。

すべては金曜日の晩、アン＝ブリット・フーグルンドがイギリスの投資家とハーデルベリの関連を話したときに始まった。ロバート・マクスウェルは表向きの株主で、投資会社スメーデンの実際の主要株主はファーンホルム城のアルフレッド・ハーデルベリであることがわかり、それまで特定の標的をもたなかった殺人事件捜査に、突如はっきりと敵の顔が現れたのである。ヴァランダーは、なぜハーデルベリに対する疑いをもっと早くに抱かなかったのかと悔やんだ。その理由はどう考えても、言い訳にしかならなかった。捜査の初期の段階でアルフレッド・ハーデルベリの名前が挙がっていたのに、彼は怠慢にもハーデルベリとファーンホルム城をまるで治外法権をもつ外国のテリトリーであるかのように特別視してきたのだ。

だが金曜日の晩に続く一週間で、それはがらりと変わった。彼らは用心深く進んだ。ビュルクが厳重に注意したからばかりでなく、ペール・オーケソン検事の指示があったからでもなく、彼らが捜査の基礎とする情報があまりにもかぎられたものだったからだ。警察はすでに初期の段階から、グスタフ・トーステンソンがハーデルベリの経済顧問をしていたことは知っていたが、仕事の内容はわからなかったし、またハーデルベリが所有する会社で不法行為がおこなわれているという証拠もなかった。だがいま彼らはラース・ボーマンの線でもう一つの関連を発見した。マルメ県庁を対象にした詐欺事件。昨年発生し、証拠不十分で捜査が打ち切られた詐欺事件だった。これにもスメーデンが関連していたことがわかっている。

ヴァランダーとフーグルンドがイースタ警察署で夜中まで話をした十一月五日には、まだほとんどが憶測の域を出ていなかった。だがその段階ですでにヴァランダーは捜査方法を考えていた。この捜査は非常に慎重に目立たないようにおこなわなければならないと思った。というのも、もし本当にハーデルベリが関係していれば、(ヴァランダーはこの「もし」という言葉を次の週、とくに強調した)彼は後頭部にも目と耳をもっているだけでなく、どこにいてなにをしていようが、周囲に秘密の情報網をもっている男であることは間違いなかった。ラース・ボーマンとアルフレッド・ハーデルベリと弁護士たちの線を結ぶことができても、それがそのまま事件の解決とはならない。ことはもっと複雑であることを覚悟しなければならなかった。

さらにヴァランダーには別の理由でためらいがあった。彼はスウェーデン経済を少しも疑わず、これまでずっとスウェーデン経済を認め、信頼して生きてきた種類の人間だった。スウェーデンの大企業で働いている人々は国の繁栄の基盤であり拠り所で、スウェーデンの安定のためには外国との貿易に疑問を挟むことも許されないという価値観で生きてきた。スウェーデンの福祉社会が揺れ、二重底になってきたいまでは、いっそうその感を強くしていた。繁栄の基盤は無責任な批判から護られなければならない。それがどこから来る批判であれ。だが、どんなにためらいがあっても、彼はいま捜査の決定的な瞬間にさしかかっていることは承知していた。それがたとえ表面上、どんなに不可解に見えても。

金曜日の夜中、彼はアン＝ブリット・フーグルンドにこう言った。

「まだ深部はわからない。われわれは関連を発見しただけだ。これから捜査するのだ。それも全力で取り組まなければならない。だが、だからといって、この線で犯人が確実にみつかると決めつけるのは禁物だ」

それは二人がコーヒーカップを手にヴァランダーの部屋に移って話をしていたときのことだった。フーグルンドがすぐに家に帰ろうとしないことに彼は内心驚いていた。夜中だったし、彼自身とは違い、彼女は家族持ちだ。それにすぐさま行動を起こそうとしているわけでもなかった。ある意味ではいま家に帰ってゆっくり休み、次の日にあらためて取り組む方がいいと言えた。だが、彼女は話したがっていた。ヴァランダーは自分が彼女ぐらいの年齢だったときのことを思った。面白いことなどまったくないように見える警察の仕事でも、ときにははっとするような、スリルに満ちた瞬間があるもので、さまざまな可能性を出し合ってこれはどうだ、あれはどうだとチェックする面白さを味わうのだ。

「そういえば、関係ないかもしれませんが、アル・カポネは会計士によって告発されたのがきっかけで捕まったのでしたね」

「その比喩は当たっていないね」ヴァランダーは言った。「アル・カポネは詐欺、窃盗、脅迫、賄賂、殺人で一財産築き上げたギャングだということは知れ渡っている。だがハーデルベリの場合、われわれは彼が悪名高い投資会社を所有しているということしか知らない。われわれのもっている情報は、その投資会社が県庁を相手に詐欺事件を起こしたコンサルタント会社を所有していたということ止まりだ」

「以前は、莫大な財産の陰には必ず犯罪が隠されていると言われたものです。でもなぜ、以前は、なのです？　毎日どの新聞を開いてもこの言葉はまさに真実で、むしろそうでないことの方が例外なのを示しているのでは？」

「いろんな隠喩があるだろう。いつでもなにかぴったりした言葉があるものだ。日本人は企業活動は戦争だと言うそうだ。だからといって、スウェーデンでは会計報告の数字合わせのために人を殺したりすることは許されない。たとえそうしたい場合があったとしても、だ」

「スウェーデンには〈聖なる牛〉となっている、批判してはならない分野や対象が多くあるのも事実じゃありませんか？　貴族とか、スコーネに城を所有しているような旧家が、犯罪と関係していると考えるのを嫌う人が多いんです。たとえば彼らが切手の代金をごまかすような小さな犯罪を犯したら、たいていのスウェーデン人は、その人たちの名誉を思って裁判にかけようとはしないんです」フーグルンドが苦々しそうに言った。

「おれはそんなふうに考えたことはない」ヴァランダーはそう言ったものの、それは真実ではないと思った。よく考えると、自分はいったいなにを守ろうとしてそう言ったのだろう。第一、なにかを守ろうとしたのだろうか？　あるいはフーグルンドが女で、しかも自分より若く未経験であることから、彼女が正論を吐くことが許せなかったのだろうか？　少なくとも、彼女が好きなように意見を言うこと、いや、自由に意見を言うことが面白くなかったのだろうか？

「でも、みんなそう考えるのですよ」彼女はかたくなに言った。「警官だって例外ではありません。検事だってそうです。〈聖なる牛〉が平和に草を食《は》むことができるように」

彼らはその晩暗礁の中を、航路を探して行ったり来たりした。ヴァランダーは彼女との意見の違いは、自分が長い間心の中に感じてきた、警察内の年代差によるギャップだと思った。フーグルンドが女であることよりも、彼女が違う経験をしてきた人間であることの方に大きな違和感があった。われわれは同じ世界観を共有していない。それぞれの背負っている世界が違うのだ、とヴァランダーは感じた。

その晩彼はもう一つ考えたことがあった。それはまったく意に染まないことであり、気にくわなかったが認めざるを得なかった。いま自分がフーグルンドに向かって言ったことは、マーティンソンが言ったかもしれないことだった。あるいはスヴェードベリであったかもしれなかったし、最悪、いつも講習会にばかり出ていて警察官の仕事をしていないハンソンさえも言っていたかもしれなかった。彼はその晩、自分の意見だけでなく、ほかの者たちの意見も言っていたのだ。彼女に向かって彼の口から出た言葉は、ある世代を代表する意見だった。それに気づいてヴァランダーは苛立った。そして密かにフーグルンドにその責任をなすりつけた。彼女の自信たっぷりの態度、自分の意見を固く信じている態度が悪いのだ、と。彼は自分自身の怠慢――いま生きている世界と時代に対するきわめて脆弱で曖昧な意見――を思い出させられるのが面白くなかった。

それはあたかも彼女がヴァランダーの知らない世界を描いてみせたようなものだった。残念なことにそれは彼女が勝手に想像したスウェーデンではなく、現実に、警察の建物の外を取り囲んでいる世界だった。

しかし、議論はしまいに静まった。ヴァランダーがそれ以上燃えあがらないよう火に水を掛け続けた結果だった。彼らはまたコーヒーを取りに食堂へ行き、そこにいたパトロール警官にサンドウィッチをおごられた。ふたたび部屋に戻ったとき、ヴァランダーは〈聖なる牛〉の話にまた火がつくのを恐れて、建設的な話をしようと話題を変えた。

「車に積んでいたアルフレッド・ハーデルベリの事業概要を説明する革表紙のホルダーが燃えてしまった。ファーンホルム城を訪問したときに手に入れたものだ。読みかけていたのだが。いまエッバがもう一部送ってくれと頼んでくれている。ハーデルベリの築いた帝国を説明するものだ。彼に与えられたさまざまな名誉教授のポストや業績が紹介されていた。芸術の保護者ハーデルベリ。人道家ハーデルベリ。青少年の友、スポーツ振興者、文化遺跡保護者、ウーランド島の古い漁船の復興者、メデルパドの鉄器時代の遺跡採掘事業支援者、ヨッテボリ・シンフォニーオーケストラのヴァイオリニストとファゴット奏者の経済的支援者と続く。若手オペラ歌手最優秀者のためのハーデルベリ賞創設、北欧の平和研究のための資金提供、まだまだあったが、とてもみんな思い出せるものではない。まるでスウェーデン・アカデミーをひとりでやっているようなものだ。一点のシミもない。これから彼の事業概要と会計報告を徹底的に調べるんだ。会社をいくつもっているのか、それらはどこにあるのか、事業の内容、なにを売買しているのか。税金関係も調べなければならない。あんたが挙げたアル・カポネの例はこの点では当たっているかもしれない。グスタフ・トーステンソンがハーデルベリの事業活動のどの部分に関与したのか、なぜグスタフ・トーステンソンでなければならなかったのかを知らなければならない。秘密を探り出すのだ。彼の財布の中身を調べるだけでなく、ハーデルベリの脳の中に忍び込むんだ。彼に気づかれることなく、十一人の秘書と話をするのだ。もし気づかれたら、彼の帝国に激震が走る。その激震ですべてのドアが閉ざされてしまう。われわれがどんなに人材をこの捜査に注ぎ込んでも、彼はそれを上回る兵士を戦場に送り込むだろう。それを忘れるな。一度閉まったドアを開けるのは容易ではない。うまく装われたうそを見破る方が、不明瞭な真実を探り当てるよりも簡単なのだ」

アン＝ブリット・フーグルンドは真剣に話に聞き入っているように見えた。彼がこれだけ話をしたのは、優位なポジションを確保するためだった。さらに、彼女を威嚇し抑えつけるために必要以上に雄弁になったのも事実だった。

まだ彼が実力者なのだ。彼女はほんの駆け出しにすぎないではないか。たとえ周囲に認められる優秀な駆け出しであろうとも。

「いま言ったことすべてを実行するのだ。すべて実行した後、なにも発見できないこともあり得る。だが、いまなによりも重要なのは、これらをいかに目立たないように実行できるかだ。もし、すべてがいまわれわれの推測したとおりなら、つまりわれわれを尾行していたのも、車に爆薬を仕掛けたのも、ドゥネール夫人の庭に地雷を仕掛けたのも、ハーデルベリの命令であるならば、彼の耳と目はいたるところにあるということを忘れるな。われわれの動きを関知されてはならない。すべては濃い霧に包まれた中でおこなわれなければならないのだ。その霧の中で、正しい道を進む馬に乗っているのはわれわれで、間違った動きをする馬に乗るのは彼でなければならない。捜査計画をどう作成するか？　それがいちばん重要なことだ。あとは必ず結果が出てくる」

「つまり、逆のことをするのですね？」彼女が言った。

「そのとおり。われわれはハーデルベリにはまったく関心がないということを示すなんらかの旗印を掲げるのだ」

「それがはっきりしすぎたら、どうなります？」

「そんなことがあってはならない。そうならないように、目くらましの旗印をもう一つ掲げるのだ。世間に対して、もちろん警察はアルフレッド・ハーデルベリを調べるが、それは形式的な事情聴取であると知らせるためだ。それに応じるとき、彼はどこかでしっぽを出すかもしれない」

「彼にわたしたちの行動を信じ込ませるにはどうしたらいいのでしょう？」

「それはできないだろう。だが、三番目の旗印を掲げることはできる。警察には手がかりがあって、特定の方向を捜査中だと知らせるのだ。いかにも真実だと思わせるようなものでなければならない。ハーデルベリでさえも信じてしまいそうな話を作り出すのだ」

「それでも彼は念には念を入れるでしょうね」

ヴァランダーはうなずいた。

「それは未然に発見しなければならない。それすらも気がついたと知られてはならない」

フーグルンドは考え込んだ。

「そんなこと、わたしたちに本当にできるでしょうか？　第一、ビュルク署長がそんな作戦を認めるでしょうか？　ペール・オーケソン検事はなんと言うでしょう？」

「それがわれわれの最初の、しかも最大の課題だ」ヴァランダーが答えた。「まずわれわれ自身、正しく考えていると確信しなければならない。ビュルクは自分の失敗経験からものごとを判断する人間だ。つまり、もしこちらが言葉や行動において確信していないと、彼は必ずそれを見抜く。そしてすぐにそれを突いてくる。もちろん、それはいいことでもあるが」

「それで、わたしたちが確信をもったとして、どこから始めるのですか？」

「まず、開始した行動を間違いなくやり遂げるのだ。霧の中でハーデルベリが信じるような方向に馬を進めるふりをする。正しい方向に進むのと、偽装するのとを同時に進行させる」

アン＝ブリット・フーグルンドは立ちあがり、自分の部屋からノートを持ってきた。その間、ヴァランダーは署の建物のどこかで吠えている警察犬の声を聞いていた。戻ってきた彼女を見て、あらためてきれいなひとだと彼は思った。長時間勤務で顔色は悪く、目の下に隈ができていても。

彼らはもう一度今日の話し合いを確認し合った。フーグルンドはヴァランダーの言葉の足りないところや曖昧なところをすぐに補い、理論構築の弱いところを突いてきた。彼は嫌々ながらも、彼女のおかげでクリアに考えることができたと密かに認めた。彼女はじつに明晰だった。時計が夜中の二時をまわったころ、彼は突然一つのことに気がついた。リードベリが死んでから、このような会話を交わしたのは初めてだった。彼女はリードベリの再来だ。リードベリはいま疲れて顔色の悪いこの女性を通して、経験をおれに手渡そうとしているのだ、と思った。

二人は警察署を出た。澄み切った星空で空気が冷たかった。地面に霜が降りていた。

「明日の会議は長いものになる」ヴァランダーが言った。「きっと反対意見が山のように出るだろう。おれはオーケソンにもビュルクにも事前に話をしておく。オーケソンには会議に出席するように頼むつもりだ。彼ら二人の賛同を得られなかったら、彼らを説得するための材料を集めるのによけいな時間がかかってしまう」

フーグルンドは目を瞠った。

「彼らだってわたしたちが正しいと思うに決まっているじゃありませんか？」

「そうとはかぎらない」

「ときどき、スウェーデンの警察はすごく鈍い組織だと思うことがあります」

「それは警察学校を出たばかりの新米警官でなくとも思うことだよ。ビュルクが計算したことだが、いまの調子で警官が現場で仕事をせずに机の上の仕事ばかりしていると、二〇一〇年には全員が机上の警官になってしまうそうだ」

彼女は声をあげて笑った。

「わたし、もしかして間違った職業を選んでしまったのかしら?」

「間違った職業ではない。間違った時代に生きることを選んでしまったのかもしれない」ヴァランダーは言った。

二人はそこで別れて別々の車で家に帰った。ヴァランダーはマリアガータンまでの道々、バックミラーに目を走らせたが、追跡車はなかった。彼は疲れ切っていたが、それでも捜査に予期せぬ展開があったことに満足していた。そして、これから忙しくなることを覚悟した。

十一月六日土曜日、ヴァランダーは早くも七時過ぎにビュルクの自宅に電話をかけた。電話に出たのはビュルクの妻で、彼はいま洗顔中なので数分後もう一度電話をかけてほしいと言った。ヴァランダーはその合間にペール・オーケソンに電話をかけることにした。オーケソンは早起きで、たいてい五時には起きるのを知っていたからだ。オーケソンはすぐに電話に出た。ヴァランダーは夜中の発見について手短に報告し、アルフレッド・ハーデルベリが新たに捜査線上に別の角度から興味深い人物として浮かび上がったことを伝えた。オーケソンはなにもコメントせず、ヴァランダーの話を最後まで黙って聞いた。話し終わったヴァランダーに、彼は一つだけ質問した。

「やってみるだけの価値があると思うか？」

ヴァランダーは即答した。

「ええ、きっと結果が出ます」

「それなら私としては、アルフレッド・ハーデルベリの捜査に集中するのになんの異存もない。ただ、秘密裡におこなってくれ。マスコミに発表する前に、必ず私に知らせてくれ。イースタでパルメ首相暗殺事件捜査の二の舞を演じたくないからね」

ヴァランダーはオーケソンの言うことが痛いほどよくわかった。パルメ首相が暗殺されてからまもなく七年になろうとしているが、いまだに犯人が挙がっていない。それは警察を悔しがらせるだけでなく、一般のスウェーデン国民をも暗澹とした気持ちにさせていた。多くの人々——それは警察だけでなく一般の人々も——は、事件の捜査が初期の段階で捜査能力に欠ける自己顕示欲の強いストックホルム県警本部長によって仕切られたために、信じられないような初歩的間違いをしてしまったことを知っていた。首相殺害事件の捜査がデタラメだったことに、いまだに毎日全国の警察官たちは憤慨し、興奮し、ときに軽蔑を隠さなかった。絶望的にデタラメな捜査の中でももっともデタラメだったことの一つに、たしかな根拠もなしに一定方向に捜査が絞られてしまい、その間、ほかの捜査がまったく停止してしまったことがあった。ヴァランダーはオーケソンの意見に同感だった。一点集中は、よほど確信がなければしてはいけないことだった。

「今朝の捜査会議に出てくれませんか？」ヴァランダーは訊いた。「われわれが追跡しているものについて、みなの完全な理解を取りつけたいのです。捜査グループが割れるのだけは避けたい。そんなことになったら新しい状況に対応する力がなくなります」

「よし、出席しよう」オーケソンが言った。「本当はこの週末はゴルフの予定だったが、天気がいまひとつだから、やめようと思っていたところだ」

「ウガンダは暖かいでしょうね。いや、スーダンでしたか?」

「まだワイフに話していないんだ」オーケソンが声を低めた。

オーケソンと話し終わると、ヴァランダーはコーヒーをもう一杯飲み、ふたたびビュルクへ電話をかけた。今度はビュルク本人が直接電話に出た。ヴァランダーはファーンホルム城を訪問したときの話は一つもしない決心をしていた。それは電話では話したくなかった。その話は、ビュルクに直接したかった。彼は手短に話した。

「会って話をしなければならない事態がもちあがりました。いま捜査中の殺人事件のことで」

「なにが起きたのだ?」ビュルクが訊いた。

「電話では話したくないのです」

「電話が盗聴されているというのか? きみの想像力にも限界をつけてほしいものだ」

「いや、そうではありません」その可能性は考えていなかったと思いながら、ヴァランダーは言った。しかし、もうペール・オーケソンに話してしまったのだから、万一その可能性があったとしても、手遅れだ。「今日の捜査会議の前に、署長に会いたいのです」

「あと三十分後ならいい。ただ、おまえさんがなぜそんなに秘密主義なのか、合点が行かないが」

「べつに秘密主義ではありません。会って話す方がいいこともあります」

「それもまた芝居がかった言い方だな。オーケソンにも連絡を入れる方がいいのではないか？」

「それはもう、しました。それでは署長の部屋で三十分後に」

ヴァランダーは署長に会う前に、駐車場の車の中で考えをまとめた。気になって仕方がないことがあったが、言及するべきかどうか迷っていた。いまは捜査自体の方が重要だった。しかし、二度と繰り返されないように、ビュルクに釘を刺す必要があると思い直した。繰り返されたら、信頼感はなくなり、極端な場合、ヴァランダーがふたたび辞職願いを出すところにまで発展してしまう恐れがあった。

車の中で彼はあらためて、すべてがものすごい勢いで起きたと思った。十日ほど前、彼はスカーゲンの砂浜を歩き回っていた。警官を辞めるという決心を固めるためだった。いま彼は自分の職と職業上の尊厳を守ろうという決心をしていた。これについてはリガにいるバイバにも手紙できちんと説明しよう。

なぜすべてが変わったのか、彼女にわかるだろうか？

ヴァランダーはビュルクの応接椅子に腰を下ろした。

「さて、今度はなにが起きたのだ？」ビュルクが訊いた。

「捜査のことに入る前に、一つ、話さなければならないことがあります」ヴァランダーが言った。声にためらいがあった。

「また辞めると言いだすのではないだろうな?」ビュルクが心配そうに言った。

「そうじゃありません。なぜ署長はファーンホルム城へ電話をかけて、イースタ署が殺人事件捜査に関連して連絡を取ることになっていると前もって知らせたのですか? また、そうしたことをなぜ私に、あるいはほかの者たちに話さなかったのです?」

ビュルクは気まずそうな顔になった。同時に腹を立てていることもわかった。

「アルフレッド・ハーデルベリは我が国では重要な人物だ。彼は犯罪容疑を受けているわけではない。私が電話をかけたのは、純粋に礼儀としてだ。私が電話をかけたのを、きみはどうして知っているのだ?」

「私が到着したとき、すべてが用意されていたからです」

「そのどこが悪い? 現在の状況では当たり前のことではないか?」

「しかし、不適切でした」ヴァランダーは言った。「いろいろな意味で。そのうえ、このようなことがあると、捜査グループに不愉快な気分が流れます。みんなオープンに隠しごとなく仕事をしていますから」

「きみから隠しごとなく仕事をしているとか、オープン性について説教されるとは思わなかったな」ビュルクはすばやく反応した。もはや不快感を隠そうともしなかった。

「私に欠点があることは認めますが、ほかの人間がそうであっては困ります。とくに署長にはそうあってほしくありません」

ビュルクは腹を立てて椅子から立ちあがった。

「そのように言われる覚えはない」と真っ赤な顔で言った。「あれは純粋に社交辞令としての行為であって、それ以外のなにものでもない。現在の状況においては、捜査上なんの影響もないだろう」

「現在の状況が変わっているのです」この話し合いは無駄だと悟って、ヴァランダーは別の角度から話を進めた。こうなったら少しでも早く、全体の状況が変わったことを伝えなければならない。

ビュルクはヴァランダーをにらみつけた。彼はまだ立ったままだ。

「もっとはっきり言ってくれ。おまえさんの言っていることの意味がわからん」

「アルフレッド・ハーデルベリが事件の背景にいるのではないかという疑いが浮上してきたのです。ですから、現在の状況はいちじるしく変わったと言って間違いありません」

ビュルクは信じられないという顔つきで、どかっと椅子に腰を下ろした。

「いったいなにが言いたいのだ？」

「ハーデルベリが直接、あるいは間接的に、トーステンソン親子の殺害に関与しているかもしれないと信じる根拠があります。ドゥネール夫人の庭の地雷、そして私の車の爆破にもです」

ビュルクは目を瞠った。

「まじめな話なのか？」

「はい」ヴァランダーが答えた。「オーケソン検事は真剣に受け止めています」

ヴァランダーは詳細を省いて、夜中にわかったことの大筋を説明した。話が終わると、ビュルクはしばらく自分の手をみつめてなにも言わなかった。しばらくして彼は口を開いた。

「これが本当だとすれば、じつに不愉快な話だ」

「殺人も爆破も、不愉快な話です」ヴァランダーが答えた。

「われわれは細心の注意を払わなければならない」ビュルクはヴァランダーのコメントが聞こえなかったように話を続けた。「この捜査の先がハーデルベリの逮捕にまで繋がるとすれば、それまでは決してこの話を外に漏らしてはならんぞ」

「いつもそうしていますよ」ヴァランダーが言った。「今回にかぎってそうしないわけがありません」

「私としては、いまの話は間違いだったという結論に必ず達すると信じている」そう言って、ビュルクは話し合いの終わったことを示すべく立ちあがった。

「その可能性はあります。またその逆の可能性も」ヴァランダーは答えた。

ビュルクの部屋を出たとき、時計は八時十分を指していた。コーヒーを取りに行き、フーグルンドの部屋をのぞいたが、彼女はまだ来ていなかった。部屋に入ると、シムリスハムヌのタクシー運転手、ヴァルデメール・コーゲの会社に電話をかけた。自動車電話に出た相手に用件を伝えた。郵便振替番号を聞いて、メモを取り、二百三十クローネを払い込むことと書いて机の上に置いた。酒店で父親が殴ったという運送会社の社長にも電話をかけて、裁判沙汰にしてくれるなと頼もうと思ったが、それはやめにした。八時半に会議が始まる。それまでは事件のことに集中したかった。

窓辺に立って外を見た。灰色で、空気は雨を含み、寒い日だった。もう晩秋だ。まもなく冬になる。おれはここにいる。アルフレッド・ハーデルベリはいまどこにいるのだろう。ファーンホルム城だろうか。あるいは地上一万メートルのところか。グスタフ・トーステンソンとラース・ボーマン、あんたたちはなにをみつけたのだ？　いったいなにが起きたのだ？　もしフーグルンドとおれが、年代ギャップがあり世界観も違うおれたちが、一致して一つの結論に達したのなら、この推測は正しいにちがいない。そう思っていいのだろうか？


八時半、ヴァランダーは会議室に入った。ビュルクはすでにテーブルの先端のいつもの席についていた。オーケソンは窓辺で外を見ていた。スヴェードベリとマーティンソンは、興奮して給料の話をしているようだった。フーグルンドはいつもどおり、ビュルクの真向かいのテーブルの短い方の端についていた。マーティンソンもスヴェードベリもオーケソン検事が同席しているのを意外とは受け止めていない様子だった。ヴァランダーはフーグルンドに声をかけた。

「この話、どう発展すると思う？」低い声だった。

「今朝目を覚ましたとき、これらすべてが夢だったのではないかと思いました」フーグルンドが言った。「もうビュルク署長とオーケソン検事には話したのですか？」

「オーケソンにはほとんど全容を話した。ビュルクにはほんの少ししか話していない」

「検事はなんと言ってました？」

「われわれの線を支持すると」

ビュルクが咳払いをして鉛筆の頭で机をたたいた。立っていた者たちは着席した。

「クルトに話してもらおう」ビュルクが言った。「もし私が正確に理解しているとすれば、捜査に劇的な変化が起きたようだ」

ヴァランダーはどのように話を始めようかと思いながら、うなずいた。突然頭の中が空っぽになった。しかし話のとっかかりがみつかると、あとはうまくいった。警察学校でフーグルンドの同級生だったエスキルスツーナの警官が昨晩教えてくれたことに基づき、ヴァランダーとフーグルンドが夜中にいくつかの仮説を打ち立てたこと、どのようにして相手に気づかれずに調査を進めるかなどを詳細にわたって語った。二十五分間たっぷりと話したあと、彼はフーグルンドになにか付け加えることはないかと訊いた。彼女は首を振り、すべて漏れなく話されたと言った。

「というわけだ。この仮説を証明するには、いまの捜査の優先順序を変えなければならなくなるので、オーケソン検事に同席を願った。もしかすると、すでにもうこの段階から、外部のエキスパートの協力を得なければならないかもしれない。ハーデルベリの世界に入り込むのは、困難であると同時に焦点を絞るのがむずかしい仕事になるだろう。そのうえ彼がわれわれの接近に気がつかないように細心の注意を払わねばならない」

話し終わったとき、ヴァランダーは話が意図したように伝わったかどうか、確信がなかった。フーグルンドは彼に笑顔でうなずいたが、反応を表さない同僚に不安を感じた。

「これはたしかに用心して取り組まなければならないことだ」かなり沈黙が続いてから、オーケソンがやっと口を開いた。「アルフレッド・ハーデルベリがスウェーデン経済界の重要人物であることは厳然たる事実である。そのイメージに疑問を差し挟むようなことをしたら、大きな反発を呼ぶだろう。だが一方で、われわれが彼に関心を向けざるを得ない十分な根拠が出てきた。私はハーデルベリ自身が殺人その他のことを実行したとは思わない。が、彼の背後で起こることすべてをコントロールできているとも思わない」

「いつか経済界の大物をやっつけたいと思っていましたよ」スヴェードベリが唐突に言った。

「警官にあるまじき態度だな」ビュルクは不快感を隠さず、ぴしゃりと言った。「われわれは公正な国家公務員であるべきことを忘れてもらっては困る」

「問題に集中しようではないか」オーケソンが言った。「われわれは法の僕《しもべ》として、ふだんは疑いもしない人々に疑いの目を向けるために給料をもらっているのだということを思い出してもらいたい」

「ということは、ハーデルベリに捜査を集中させるということにゴーサインが出たとみていいのですか？」

「条件付きでだ」ビュルクが言った。「細心の注意を払って捜査をするのは言うまでもないこと。もう一ついまここで注意を喚起しておきたいのは、もしこの話がこの部屋の外に漏れたら、漏らした人間を深刻な職務違反を犯したと見なす。マスメディアに発表するときは、いかなる場合も私の許可を得てからにすることだ」

「それは当然のことです」それまで沈黙していたマーティンソンが初めて口を開いた。「自分が知りたいのは、担当者がこんなに少ないのに、どうやってハーデルベリの帝国を徹底的に調べるのか、です。またストックホルムとマルメの警察の経済犯罪担当課とどう協力するか、です。税務署との協力問題もあります。まったく別の道を行くべきではないでしょうか？」

「別の道？」ヴァランダーが訊き返した。

「警察本庁にすべてをゆだねるのです」マーティンソンが言った。「あとは彼らが経済犯罪担当課であろうが、税務署であろうが協力態勢を組むのですよ。これはわれわれの手にあまる、途方もなく大きな問題であることを認めるべきです」

「私もそれは考えてみた」オーケソン検事が言った。「だが、いまの段階で、われわれが基本的な調査もしないでこの問題をほかの者に手渡したら、ストックホルムもマルメも拒絶するだろう。言うまでもないが、彼らもまた仕事量が膨大で、つねに人手不足なのだ。しばらくの間、これはイースタだけで捜査することにしよう。できるだけやってみるのだ。もちろん、いまの段階でも協力を得られるところは得られるように働きかけてみる」

この言葉で、ハーデルベリの経済活動についての捜査、彼と二人の弁護士の死の関係の解明は、基本的にイースタ署の管轄に決まった。もちろん、イースタ署も経済犯罪捜査は初めてではなかった。が、今度の事件は彼らの手には負えないほど大きなものだった。また二人の弁護士の死に経済犯罪が関係しているかどうかの根拠はまだ希薄だった。

ビュルクはしぶしぶ、絶対に慎重な捜査を条件にこの捜査をイースタ署が独自におこなうことを認め、オーケソンはこの捜査チームのリーダーとして指揮を執り、ヴァランダーは実際のフィールドワークの先頭に立つことになった。彼はステン・トーステンソンがわざわざスカーゲンまで訪ねてきて力を貸してくれと言ったのを、個人的な悩みのためにむげに断ったことに良心の呵責を感じていた。この捜査のリーダーとなることで、少しでもつぐないたいという気持ちがあった。

この時期、彼はバイバに一通の手紙を書いたが、投函しなかった。そこには一年半前に人を殺したことと、今回ステン・トーステンソンが協力を求めてきたのに断ったこと、そしてステンは彼が断った数日後、何者かに殺されてしまったことを書いた。そして、自分でも思いがけないことに、ステンの死が、あの霧の深い海岸で人をひとり殺したことよりももっと深く自分の良心をさいなんでいるということを発見したのだった。

しかし彼の悩みは表面にはまったく表れていなかった。食堂では彼の同僚たちが仲間同士でヴァランダーのカムバックと回復を、まるで病床に臥せっていた人間が、犯罪捜査課が彼の名を呼んだとたんにぱっと起きあがって働きだしたかのようだと噂し合った。皮肉屋のマーティンソンは言わずにはいられなかった。

「クルトに必要なのは、本格的な殺人事件というやつなんだ。親子弁護士殺害、イースタの町中の庭で爆発した地雷、ガソリンタンクにアジア製らしい起爆剤セット、こういうものが彼を元気にするんだよ」

マーティンソンのこの言葉にあるていどの真実があることはだれも疑わなかった。

エスキルスツーナの警官から聞いたハーデルベリに関する情報を確認する捜査に一週間かかった。その間、ヴァランダーもほかの者たちも、平均して五時間も眠らなかった。あとで彼らはその一週間を振り返って、必要とあれば自分たちも高度の捜査能力を発揮することができると実感したのだった。ペール・オーケソンはめったに驚かない人間だったが、警察官たちの効果的な捜査に密かに脱帽した。

「このことは決して口外するな」ある晩、デスクワークを逃れて外の空気を吸いに署の外に出たとき、オーケソンはヴァランダーに言った。ヴァランダーは最初なんのことかわからなかった。

「この捜査法は時が来たら、警察本庁と法務省がイースタモデルという名で一般に公開することになるだろう。最小限の人員で最大限の結果を得る方法だ。スウェーデン警察は人員不足ではないという証明に使われる。それどころか、多すぎるという前例になるだろう。多すぎるから互いに壁にぶつかり、経費を無駄に使い、結果、低い検挙率となって統計に表れるというわけだ」

「しかし、われわれはまだ結果を出してはいませんが？」ヴァランダーは驚いて言った。

「私の言っているのは、警察本庁のお偉方の捜査会議のことだ。また政治家のまか不思議な世界のことだ。大勢が集まってご託を並べて、〈アリを篩《ふるい》にかけ、ラクダを飲み込む〉ようなことばかりしているではないか。彼らは実際の仕事をしないで、毎晩就寝時に明朝目が覚めたら水がワインに変わっていますようにと祈っているようなものだ。あの弁護士親子を殺した犯人をまだ突き止めていないことは問題ではない。いまいちばん重要なのは、この一週間ですでにハーデルベリが、みなが信じてきたような、犯罪とは関係がない高潔な人物などではないことがわかったことだ」

そのとおりだった。この多忙な一週間で、彼らはハーデルベリの帝国の全貌をつかんだ。もちろん詳細に至るまで完璧なものではなかったが、それでも怪しげな点や不明瞭な事柄が浮かび出てきて、ファーンホルム城の城主の監視を徹底しておこなうことに関し、捜査陣の間にまったく揺れはなくなった。

ヴァランダーとオーケソンが外に立ってこの会話を交わした十一月十四日、捜査会議は初期段階のまとめに入った。捜査は結果を得、外にはいっさい漏れなかった。目を瞠るようなハーデルベリの帝国の姿が現れはじめた。グスタフ・トーステンソンとラース・ボーマンはまさにそこで見てはならないものを見てしまったのだ。

それはなにか？

捜査に当たり、ヴァランダーはいちばん困難な仕事を引き受けるのをいとわなかった。結果、ハーデルベリはかつてはアルフレッド・ハンソンという名前で、スモーランド地方のヴィンメルビー村で、木材販売業を営むアルコール依存症の父親の元に生まれたことをはじめ、巨大な富を築き、何百億もの資本金の会社をスウェーデン内外に設立するまでの経緯が明らかになった。その事業概要を読み、会計報告、納税申告書、所有株式の一覧表に目を通しながらスヴェードベリがため息をついた。

「こんな金持ちが高潔であろうはずがない」

そんな中で捜査に風穴を開けたのは、気むずかし屋のニーベリだった。彼らが必要としていたほんの少しの不自然なもの、完璧に磨き立てられたアルフレッド・ハーデルベリの帝国の表面にわずかなほころびを彼が発見したのは、こういう場合にほとんどそうであるようにまったくの偶然だった。夜遅くヴァランダーの部屋を引き揚げようとしたニーベリが、余談として戸口に立って話したことの中にそれがあった。もしヴァランダーが聞き逃していたら、その後の展開はなかっただろう。

それは月曜日の夜中のことだった。ヴァランダーはフーグルンドが調べたハーデルベリの土地所有についての報告書を読んでいた。そのときニーベリが騒がしく部屋に入ってきた。彼は相手が仕事をしていようと、そっと部屋に入ってくるような気遣いをする男ではなかった。その日彼はドゥネール夫人の庭の地雷とヴァランダーの車を吹き飛ばした爆薬の最終検査が終わり、その結果をヴァランダーに知らせに来たのだった。

「すぐにも結果が聞きたいだろうと思ってな」ニーベリはヴァランダーの部屋の来客用の椅子にどかっと腰を下ろしながら言った。

「なにがわかった?」ヴァランダーは充血した目を上げてニーベリを見た。

「なにも」ニーベリが答えた。

「なにも?」

「言ったとおりだよ」ニーベリがムッとして言った。「なにもないこともまた結果とみていいのだ。地雷の製造者は断定できなかった。おそらくベルギーのプードレ・リュニ・ドゥ・ベルジック社のものだろうとは思うが。爆薬の分析でだいたいの見当がついた。ところが分析できるだけの大きさの地雷の破片がみつからない。破裂した地雷はまっすぐ上に飛んだらしい。それがベルギー製地雷の特徴だ。もちろん、他の国のものである可能性は残っている。それとあんたの車に関しては、ガソリンタンクの中になにが突っ込まれたのか特定できなかった。つまり二つの爆発に関してはいずれもはっきりしたことは言えないということだ」

「わかった。あんたの言うことを信じよう」と言いながら、ヴァランダーはニーベリに訊くためにメモをした質問リストを探した。

「イタリア製のピストル、ベルナデリについても、なんの結果も出ていない。盗難届は出ていないし、ベルナデリ所有者たちはすべて警察の調査に銃を提示することができた。あんたとオーケソンの許可があれば、それらの銃の一つ一つを実際に撃ってみてもいいが」

「その必要があると思うか？」ヴァランダーは訊いた。

「イエス、ノー、どっちとも言えるな。ベルナデリのチェックをしてから、スミス&ウェッソンの盗難銃をチェックすればいい。いずれにせよ四、五日はかかるだろう」

「あんたの言うとおりにしよう」ヴァランダーはそう言ってメモを書いた。そのあと、二人はニーベリのチェックリストに目を通した。

「法律事務所には指紋が一つも残されていない。ステン・トーステンソンを撃ったのがだれであれ、窓ガラスに指一本触れていない。ボーマンの脅迫状が入っていた封筒にも指紋が一つもない。あるのは彼のサインだけだ。スヴェードベリが彼の息子二人と電話で話をしたことは知ってるな？」

「手紙のスタイルについて、息子たちはなんと言っていたかわかるか？　それをスヴェードベリに聞くのを忘れた」ヴァランダーは言った。

「手紙のスタイル？」

「ああ、あのぎこちない文章だ」

「怒りのあまり、感情をむきだしにしてしまった文章だろう。スヴェードベリに確認しておく。ほかには？」ニーベリは訊いた。「おれはグスタフ・トーステンソンの車を見に行ってきた。それにも指紋が残っていない。イグニションとトランクのキーも調べた。マルメ署の病理学者とも電話で話した。われわれの共通理解では、グスタフ・トーステンソンは車の天井に頭をぶつけたのが致命傷になったのではないということだ。後頭部の殴打は別のものだ。頭に深い傷を作るほどの硬いものは、車の中にはない。だれかが手に持ったもので彼を殴ったにちがいない。そのとき彼は車を降りて外に出ていたんだろうな。後部座席に人が座っていたのでなければ」

「それはおれも考えた」ヴァランダーが言った。「考えられるのは、彼が車を止めて外に出たということだ。何者かが後ろから硬いもので彼を殴った。それから交通事故の偽装がなされた。だがそもそもなぜ彼は霧の中で車を止めたのだろう？　なぜ外に出たのだろう？」

「見当もつかない」

ヴァランダーはペンを置いて椅子に寄りかかった。背中が痛い。家に帰って休みたかった。

「それとひとつ奇妙な発見があった。車の後部座席の下にフランス製のプラスティック容器をみつけたんだ」ニーベリが言った。

「中になにが入っていた?」

「なにも」

「それじゃ、なにが奇妙なんだ?」

ニーベリは首をすくめると、立ちあがった。

「一度、同じようなものを見たことがあるんだ。四年前に。ルンドの総合病院を見学したときのことだ」

「病院で?」

「おれは記憶力がいいんだ。あれにそっくりだった」

「なにに使うものだ?」

ニーベリは戸口に立って振り返った。

「おれにそんなことがわかるはずがないだろう。だが、トーステンソンの車にあったプラスティック容器は無菌状態だった。なにも中に入れたことのない容器特有の、完璧な無菌状態だった」

そう言うとニーベリは部屋を出た。廊下を歩いていく靴音がしばらく続いた。

ヴァランダーは机の上の書類の山を押しやると、立ちあがり、帰り支度を始めた。だが、ジャケットを手に取ったとき、突然動きを止めた。

ニーベリが部屋を出ていく前に言った言葉。

プラスティック容器。

彼はジャケットを持ったまま椅子に腰を下ろした。

どういうことだ？　なぜ一度も使われていないプラスティック容器が車の中にあったのだ？

空っぽの、明らかに特殊なプラスティック容器が？

ヴァランダーは時計を見た。十二時を少し回っている。十五分待ってからニーベリの自宅に電話をかけた。

「今度はいったいなんだ？」ヴァランダーの声だとわかって、ニーベリは苛立った。

「戻ってくれ。いますぐここに」ヴァランダーが言った。

ニーベリがすぐにも怒りを爆発させるだろうと思った。だが彼はなにも言わずに受話器を置いただけだった。

十二時四十分、スヴェン・ニーベリがふたたびヴァランダーの部屋のドアを開けた。

11

ニーベリとの夜中の会話がヴァランダーにとっては決定的なものとなった。今回もまた、複雑な事件の捜査においては、予期しないときに思いがけない展開があるということが証明された。ヴァランダーにかぎらず警察官の多くは、行き止まり、出口なしの状況に陥ったときには、運というものに助けられるものだということを知っていた。しかしヴァランダーは心の内で今回もまたリードベリが正しかったと思っていた。リードベリは、腕のいい警察官はつねに批判的な判断を怠ってはならないことは言うまでもないが、同時にいい耳を持っていなければならないと言っていた。ヴァランダーは無意識のうちにグスタフ・トーステンソンの事故車の中でみつかったプラスティック容器が重要であることを知っていた。どんなに疲れていても、その確認を明日まで待つことはできなかった。それで、夜中であるにもかかわらず、ニーベリを呼び出したのだった。怒鳴り返されることを覚悟でのことだったが、彼はまったく怒っていなかった。

ニーベリはヴァランダーの部屋の来客用の椅子に腰を下ろした。ジャケットの下からパジャマのえりがのぞいている。足にはゴム長靴を履いていた。

「もうベッドに入っていたのか？　知っていたら電話をかけなかったのに」

「なんだ？　おれを呼び出すまでもないことだったと言いたいのか？」

ヴァランダーは首を振った。

「いや、そうではない。さっきのプラスティック容器のことなんだ。もっと話してくれないか？」

「さっきの話以外になにも話すことはない」今度はニーベリが首を振った。

ヴァランダーは机の向かい側のニーベリをながめた。この男は優秀な鑑識官であるばかりでなく、想像力もあるし、なにより記憶力が抜群だ。

「前に一度似たようなプラスティック容器を見たことがあると言っていたな？」

「似たような、ではない。まったく同種の、だ」

「ということは、よほど特別な容器なのだな？　どういうものか、説明してくれるか？」

「実際に見るのがいちばんではないか？」ニーベリが言った。

「それじゃいっしょに見に行こう」ヴァランダーは立ちあがった。

彼らは静まり返った警察署の中を歩いた。どこかでラジオの音が聞こえた。ニーベリは捜査中の事件に関する証拠品保管室の扉を開けた。

プラスティック容器は棚の上にあった。ニーベリはそれを取って、ヴァランダーに手渡した。長方形で冷凍容器のような外見だ。ヴァランダーはそれをテーブルの上に置いて、ふたを外そうとした。

「完全に密閉されているよ。しかもその容器は特別の作りで、空気が入らないようにできている。横面にのぞき窓がある。なんのためのものかははっきりしないが、おそらく中に温度計を取りつけて、のぞき見るためのものだろう」

「これと同じものをルンドの総合病院で見かけたと言ったな？」ヴァランダーは容器を入念に調べながら言った。「病院のどこで見たんだ？　何科で見たのか、覚えているか？」

「使われている最中のものを見かけたのだ」ニーベリが答えた。

ヴァランダーは眉を上げて、もっとはっきり言ってくれという顔をした。

「手術室の外の廊下で見かけた。女性の看護師がそれを持ってきた。急いでいる様子だった」

「ほかには？」

「ほかにはなにもない」

二人はヴァランダーの部屋に戻った。

「あれは冷凍容器のように見えたがな、おれには」ヴァランダーは言った。

「実際そうだと思うよ。おそらく血液のための冷凍容器だろう」

「調べてくれるか？　あのプラスティック容器があの晩なぜグスタフ・トーステンソンの車の中にあったのか、おれはそれが知りたい」

ヴァランダーはさっきニーベリが家に帰る前にこの部屋で言った言葉を思い出した。

「あんたはたしか、あれはフランス製だと言っていたな？」

「持ち手のところにメイド・イン・フランスと文字があった」

「それは気がつかなかったな」

「ルンドで見たものにはもっとはっきりと文字が記されていた。さっきのはよく見えなかったかもしれない」

ヴァランダーは椅子に腰を下ろし、ニーベリは戸口に立った。

「おれが間違っているのかもしれないが、あの容器がグスタフ・トーステンソンの車の中にあったというのが、どうも気にかかる。なぜそこにあったのだろう？　未使用というのは確実か？」

「あの容器の口を開けたとき、工場で生産されてからこれが開けられるのは初めてだと確信した。どうしてわかったか、知りたいか？」

「いや、あんたが確信しているだけで足りる。聞いてもきっとおれにはわからないだろうから」

「あんたがあの容器が重要だと思うのはよくわかる。だが、衝突車の中に思いがけないものをみつけるのは、よくあることだ」

「今回の場合、どんな小さなことでも見逃すわけにはいかないのだ」ヴァランダーは言った。

「いつの場合だってそうじゃないか？」ニーベリが不審そうな顔で言った。

ヴァランダーは立ちあがった。

「夜中に呼び出して悪かった。ありがとう。あの容器の用途を調べてくれ。できるだけ早く答えがほしい」

二人は警察署の前で別れた。ヴァランダーは家に帰り、寝る前に簡単なサンドウィッチを台所で食べてベッドに就いた。寝付かれず、寝返りを打っていたが、しまいには起きあがってまた台所へ行った。明かりをつけずにテーブルに向かって座った。外の街灯の光で台所にさまざまな影ができた。落ち着かず、いらいらした気分だった。ばらばらの糸口があまりにもたくさんある。捜査の方向が決まったいまでも、果たしてこれでいいのかどうか、不安だった。なにか決定的なことを見逃していないだろうか？　ステン・トーステンソンがイッランドの海岸に自分を訪ねてきたときのことを思った。あのときの話は、一字一句いまでもはっきり脳裏に焼き付いている。それでも、あのときステン・トーステンソンが自分に会いに来た真意は別にあったのではないかという気がしてならなかった。本当に言いたいことは別にあったのではないか。

ふたたびベッドに就いたのは四時過ぎだった。外は風が出て、気温がぐっと低くなっていた。上掛けの下に潜り込んだとき、体がぶるっと震えた。どうも思うように進まない。忍耐、と言い聞かせても、なんの効き目もなかった。それはいつも同僚たちに言っていることだが、自分にはまったく効かない言葉だった。

八時前に警察署に着いたときは、風が勢いを増し、嵐になっていた。受付で、午前中は雷を伴う天候だと聞き、ルーデルップの父親の家の屋根は強風に耐えられるだろうかと心配になった。今度嵐になったらあの屋根は吹き飛ぶだろうとかねてから思っていたからだ。屋根の修理をしなかったのは自分の怠慢だと良心が痛んだ。部屋に入り椅子に腰を下ろすと、とにかく電話だけでもかけて様子をうかがおうと思った。例の酒店事件以来、父とは話していなかった。

受話器に手を伸ばした瞬間、電話が鳴った。

「あなたに電話がかかっています。すごい風ね、気がついた？」エッバだった。

「これからもっと強くなるらしい。だれからだ？」

「ファーンホルム城です」

ヴァランダーは背を伸ばした。

「よし、受ける」

「とても変わった名前の女性よ。ジェニー・リンドというんですから」

「おれにはごくふつうの名前に聞こえるが？」

「おかしな名前とは言ってませんよ。変わった名前と言ったんです。ジェニー・リンドという有名な歌手がいることは知ってるでしょう？」

「繋いでくれ」ヴァランダーが言った。

若い女性の声だった。秘書の一人だな、とヴァランダーは思った。

「ヴァランダー警部？」

「私だ」

「前回こちらにおいでのとき、ハーデルベリ博士との面会を申し込まれていますね？」

「謁見を頼んだわけではない」ヴァランダーはムッとして言った。「殺人事件に関連して訊きたいことがあるのだ」

「それは承知しております。今朝ハーデルベリ博士から連絡があり、今日の午後戻ってくるので、明朝お会いできるとのことです」

「その連絡はどこから入ったのかね？」ヴァランダーが訊いた。

「どこからかなど、関係ありますか？」

「関係なければ訊きはしない」ヴァランダーはぴしゃりと言った。

「ハーデルベリ博士はいまバルセロナにおります」

「明日まで待つことはできない。少しでも早く彼と話をする必要があるのだ。今日の午後スウェーデンに戻るのなら、今晩会えるのではないか？」

「今日の夜は予定が入っておりませんので、博士と連絡を取ってからお返事します」ジェニー・リンドが言った。

「どうなりと好きなように。イースタ警察が今晩七時に城を訪ねると伝えてほしい」

「それはできません。訪問者に応対する時間はいつもハーデルベリ博士が決めますので」

「今回はそうはいかない。われわれが七時に行くと伝えてもらいたい」

「ヴァランダー警部以外にもほかにだれか？」

「そうだ」

「その方のお名前を伺えますか？」

「訊くのはかまわないが、名前は言えない。イースタ署の犯罪捜査官がもう一人行くということでいいだろう」

「ハーデルベリ博士と連絡を取ってみます」ジェニー・リンドが言った。「博士は急に予定を変更する場合があることをご承知おきください。突発的にどこかに寄らなければならないことがありますので」

「そんなことは認められない」言ってから、ヴァランダーは慎重に捜査を進めるという約束を思い出した。言いすぎたか。

「失礼ながら」ジェニー・リンドが言った。「警官一人がハーデルベリ博士の行動を縛ることができるとお思いですか？」

ヴァランダーはまたまた限度を超えることを言ってしまった。

「検事に話せば、いつだってハーデルベリに命ずることができる」

言ったとたん、まずいと思った。慎重に捜査を進めるのとは、反対のことをしてしまった。ハーデルベリに事情聴取することは捜査会議で決まっている。しかし、それは通り一遍のものであると思わせるようにということになっていたではないか。ヴァランダーはすぐにいまの言葉を訂正しはじめた。

「もちろんハーデルベリ博士になにか容疑があるわけではない。ただ捜査上の都合で、できるだけ早く博士に会いたいのだ。博士のように社会的地位のある方なら、きっと警察に協力するのを惜しまないだろうと確信している」

「博士に連絡を取ってみます」ジェニー・リンドは繰り返し言った。

「よろしく頼む」と言ってヴァランダーは受話器を置いた。

ふとある考えが浮かんだ。エッバに頼んでマーティンソンに連絡を取り、部屋に来てもらった。

「ハーデルベリの方から連絡があった。いまバルセロナだそうだが、午後帰ってくるらしい。フーグルンドを連れて今晩ファーンホルム城へ行こうと思う」

「彼女は今日休みです。子どもが病気だと、いま連絡がありました」

「それじゃおまえさんだ」ヴァランダーは言った。

「喜んで。金の砂が敷きつめてあるという魚の水槽が見たいですよ」

「もう一つ訊きたい。飛行機について詳しいか？」

「あまり」

「思いついたことがある。アルフレッド・ハーデルベリは自家用機で飛び回る。ガルフストリームとかいう飛行機だ。それはどこかに登録されているはずだ。彼がいつ飛行機に乗り、どこに行くか、目的地を記載している飛行予定表がどこかにあるはずだ」

「専用のパイロットが二人いるはずです。調べてみます」

「ほかの人間に頼め。おまえさんにはもっと重要な仕事がある」

「フーグルンドは家にいても電話はできるはず。家でできることを頼めば、きっと喜ぶと思います」

「彼女は優秀な警官になるよ」ヴァランダーは言った。

「ま、そう望みましょう」マーティンソンが言った。「まだ正直言って、わかりませんがね。

われわれが知っているのは、彼女が警察学校を優秀な成績で卒業したということだけですから」

「そうだな。学校で習うことと現実は別だからな」

マーティンソンが引き揚げてから、ヴァランダーは捜査会議のための準備をした。今朝目が覚めたときはまだ昨夜考えたたくさんの糸口のことを覚えていた。いま彼はアルフレッド・ハーデルベリの捜査と直接関係がないことは当面切り離そうと考えていた。あとでもしいまの捜査方向が間違っていることが判明したら、そのときにそれらの糸口を復活させるのだ。それまでは手をつけないことにしよう。

ヴァランダーは机の上の書類をひとかたまりにして押しやり、新しい紙を一枚机に置いた。昔、リードベリが現在進行中の捜査を新しい目で見直すやり方として教えてくれたことだ。

「つねに観察塔の場所を変えるのだ。さもないと観察は意味のないものになってしまう。捜査がどんなに複雑でも、子どもにもわかるような簡潔な説明ができるはずだ。単純化することなしに、簡潔に見ることができるはず」

ヴァランダーは書き出した。

ひとりの老弁護士が金持ちの男を城に訪ねた。帰り道、老人は何者かに殺されたが、それは自動車事故であるように見せかけられた。それからまもなく今度は老人の息子の弁護士が射殺された。その少し前に彼は父親の死は事故ではないとの疑いをもち、助けを請うためにデンマークに潜んでいたおれを訪ねてきた。その旅は秘密で、秘書は彼がフィンランドへ行ったと思い込んでいる。理由は彼が送ったフィンランドからの絵葉書だ。この秘書は数日後、庭に地雷を埋められた。おれが発見し爆発させたが怪我人はなかった。弁護士親子は県庁の会計監査官から脅迫状を受けとっていた。この監査官は自殺している。この人物について調べるためにヘルシングボリへ向かう途中、おれと同僚が乗った車が尾行された。車は仕掛けられた爆発物で爆発したが、幸い早く気がついたため怪我人は出なかった。自動車事故同様、会計監査官の自殺も偽装されたふしあり。これらの出来事はすべて関連あり。しかしそれを説明する材料に欠ける。老人の車に正体不明のプラスティック容器だけが残されていた。

ヴァランダーはペンを置いた。

アルフレッド・ハーデルベリ。新しい時代のシルクライダー。彼は必ずこの一連の事件の背景にいるはずだ。世界じゅうを飛び回り、外部の人間にはわからない取引をして莫大な財産を築いた男。

ヴァランダーはいま書き出したことを読み直した。これほど簡潔に書き出しても、新しい発見はなにもなかった。とくに世界的実業家、アルフレッド・ハーデルベリが事件全体に関係していると示唆するものがなにもない。

これはとてつもなく大きな事件かもしれない、とヴァランダーは思った。もしおれの推測どおり、ハーデルベリが背景にいるとすれば、グスタフ・トーステンソンもラース・ボーマンもハーデルベリの帝国を揺るがすような重要な秘密を発見したにちがいない。息子のステンはおそらく知らなかっただろう。だが、彼はおれを訪ねてきた。尾行されていることには気がついていたようだ。実際彼が尾行されていたことはあとでわかる。やつらはステンが秘密を知っているかどうかわからないまま、ほかの人間に伝えることを恐れて始末した。同じ理由で秘書をも始末しようとした。

秘密はなにかとてつもなく大きなことだ、とヴァランダーは繰り返し思った。とてつもなく大きなこと。あの冷凍容器を思わせるプラスティック容器の中に収まるものと関係があるのか？

ヴァランダーはコーヒーを取りに行った。部屋に戻ると、父親に電話をした。

「嵐がやってくるようです。屋根が飛んでしまうかもしれませんよ」

「それは楽しみだな」父親が言った。

「なにが楽しみなんです？」

「わしの家の屋根が畑の上を飛んでいくのが、だ。そんなことはいままで見たことがないからな」

「あの屋根をずっと前に葺《ふ》き替えるべきでした。今度こそ、冬が来る前にやりますよ」

「それにはまずおまえが来てくれんことには話にならん」

「時間を作りますよ。シムリスハムヌでのことは反省しましたか？」

「なにを反省しろというんだ？　わしは正しいことをしたまでだ」

「暴力を解決手段にしてはいけませんよ」ヴァランダーが答えた。

「罰金は払わんぞ。そんなことをするぐらいなら刑務所へ行く方がましだ」

「そんなことにはさせませんよ。今晩電話して屋根が無事かどうか、訊きます。雷を伴う嵐になるそうですから」

「煙突に登ろうかな」父親が言った。

「なんのためにそんなことをするんです?」

「屋根といっしょに飛ぶために決まっとる」

「怪我するだけですよ。イェートルードはいないんですか?」

「イェートルードも連れていく」そう言うと父親は電話を切った。

ヴァランダーは受話器を持ったまま呆然とした。そのときビュルクが部屋に入ってきた。

「これから電話をするところなら、あとでもいいが」ビュルクが言った。

ヴァランダーは受話器を元に戻した。

「マーティンソンに聞いたのだが、ハーデルベリ博士から連絡があったそうだな?」ビュルクが言った。

ヴァランダーは話の続きを待ったが、ビュルクはそれきりなにも言わなかった。

「それは質問ですか? それなら、マーティンソンの言ったとおりです。ただし電話をしてきたのは、ハーデルベリ自身ではありませんが。彼はいまバルセロナにいるそうです。今日の午後城に戻るそうで、私は夜の七時に行くと伝えました」

ビュルクがいかにも不快そうな顔で言った。

「マーティンソンはきみといっしょに行くと言っていたが、問題はそれが適切かどうかだ」

「なぜですか？」ヴァランダーは驚いた表情を見せた。

「いや、マーティンソンが適切ではないと言うのではない。私が行くべきではないかと思うのだ」

「なぜです？」

「なにはともあれハーデルベリ氏に失礼があってはならないからだ」

「署長は捜査の状況をマーティンソンのようには詳しく知りません。ファーンホルム城へは、遊びに行くわけではないですよ」

「私がいっしょに行けば、緊張を和らげることができるのではないかと思うのだ。ハーデルベリ博士には悟られないようにするとあらかじめ決めたではないか」

ヴァランダーは答える前に考えた。ビュルクの真意は、ヴァランダーが警察の対面を傷つけるような無礼な行動をとらないように監視することにある、ということは明白だ。が、それでも、ハーデルベリが不安を抱くようなことがないようにという意見はもっともだ。

「なるほど、署長の意見はわかりました。ただ、反対の効果もありますよ。もしそれが通り一遍の儀礼的な訪問なら、警察署長が出る幕ではないでしょう。大げさになりませんか？」

「いや、私はただ意見を言ったまでだ」

「マーティンソンでいいと思います」と言って、ヴァランダーは立ちあがった。「捜査会議が始まる時間ですよ」

会議室へ向かいながら、ヴァランダーはいつかは正直に話すことを学ばなければならないと思った。正直に話せばよかったのだ。署長といっしょに行きたくないのは、ハーデルベリに対する署長の卑屈な態度が嫌だからだと。ビュルクの態度に、権力におもねるものを感じた。以前は考えたこともなかったが、心の奥ではそのような態度が社会全体に浸透しているのを知っていた。言葉に出して言うか言わないかの違いはあっても、下の者たちに命令するような態度で権力者の意図を知らせる者がどこにでも必ずいるのだ。子どものとき、彼らの暮らしを握る権力者が通り過ぎるときに、帽子を脱いで手に握る労働者の姿を何度も見た。シルクライダーに会うときの父親の丸い背中を思い出した。帽子は労働者の手の中に残っている、たとえ目に見えなくとも。

おれも手に帽子を握っている。ときどき、それが見えないこともあるが。

会議室にはすでにみんな集まっていた。スヴェードベリがいま提案されている新しい警官の制服を不愉快そうに見せていた。

「未来のスウェーデン警察官の姿を見たいですか?」スヴェードベリが言った。

「制服などおれたちは着ないだろう」ヴァランダーが答えて腰を下ろした。

「フーグルンドはわれわれのように新しい制服に否定的じゃないですよ。なかなかいいと本気で考えているようです」スヴェードベリが言った。

ビュルクが席につき、両手をテーブルの上に置いて会議が始まることを知らせた。

「今日の会議にはオーケソンは参加しない」ビュルクが言った。「去年銀行強盗をしでかした双子の兄弟の裁判があるからだ」

「なんです、その双子の兄弟というのは?」ヴァランダーが訊いた。

「まさか、去年ハンデルス銀行が双子の兄弟に襲われた事件を知らないわけじゃないだろうな?」

「私は去年休んでいました。全然知らない話です」

「われわれが捕まえたんですよ」マーティンソンが言った。「双子の兄弟は大学で経済を専攻して専門知識があった。それで資金を手に入れて理論を実践に移そうとしたというわけですよ。その理論とは、スウェーデン南部の海岸沿いに浮島のサマーランドを作るという計画でした。まったく」

「アイディアそのものは悪くない」スヴェードベリが言って、薄くなった頭のてっぺんを掻いた。

ヴァランダーがみんなを見回した。

「ハーデルベリが連絡してきた。今晩私はファーンホルム城へマーティンソンといっしょに乗り込む。ひょっとするとハーデルベリの帰国が遅れるかもしれないという可能性がまだあるが、われわれの忍耐力には限界があるということを伝えておいた」

「そんなことをして怪しまれませんか?」スヴェードベリが言った。

「初めからこれは儀礼的な訪問だと伝えてある」ヴァランダーが言った。「なんと言っても、グスタフ・トーステンソンが最後に会ったのは彼であることに間違いないのだから、われわれが彼に会うことには十分な理由がある」

「むしろ遅すぎるくらいですよ」マーティンソンが言った。「しかし、質問は慎重に準備する必要がありますね」

「夜まで時間がある」ヴァランダーが言った。「それまでには彼の最終的な予定も確認できるだろう」

「いまはどこにいるんです？」スヴェードベリが訊いた。

「バルセロナだ」

「ハーデルベリはバルセロナに大きな建物を所有しています。たしかマルベリャ近くの海岸にもサマービレッジを作る計画がある。それらすべてはカスコという会社が請け負っています。資金関係はマカオにある銀行が取り仕切っている。マカオって、どこにあるんだか知りませんが」スヴェードベリが言った。

「おれも知らない」ヴァランダーが言った。

「香港の南の島ですよ。みんな、地理はどうなっているんだ？」マーティンソンが言った。

ヴァランダーがグラスに水を注ぎ、会議はいつもの調子で進んだ。一人ひとりが割り振られた捜査の結果を発表した。マーティンソンはフーグルンドの報告を代理で読み上げた。重要なのは明日フーグルンドがラース・ボーマンの息子二人と、たまたまスウェーデンに帰国している未亡人に会うことだった。ヴァランダーの番になり、彼はプラスティック容器の話をした。話をしているうちに彼は、ほかの者たちにはこの容器の重要性がわかっていないことに気がついた。それでいい、と彼は思った。おれもこれで浮き足立つのを抑えられるだろう。

それから三十分後、話は自由発言の時間になった。だれもがヴァランダーの意見に賛成で、直接ハーデルベリと関係ない糸口はしばらく放置しておくことになった。

「ストックホルムとマルメの経済犯罪担当課がどんな発見をしたか、まだ報告がない」会議が終わりに近づいたとき、ヴァランダーが言った。「いまわれわれにわかっていることは、トーステンソン親子が殺された動機が不明であることだ。強盗か、復讐か、それともほかのなにか？　ファーンホルム城の城主の線がはずれだった場合、そのほかのクライアントも洗い出さなければならない。だがいまは、ハーデルベリとラース・ボーマンに集中しよう。フーグルンドが明日未亡人と息子たちからなにか重要なことを聞き出すことに、期待しよう」

「彼女にできますかね？」スヴェードベリが言った。

「それはどういう意味だ？」ヴァランダーが苛立ちを示した。

「彼女はまだ未経験ですから。それを訊いただけですよ」スヴェードベリが答えた。

「だいじょうぶ、できるだろう。ほかに議題がなければ、今日はこれで解散だ」ヴァランダーが言った。

ヴァランダーは部屋に戻った。しばらく窓辺に立って、考えるともなく考えていた。それからふたたび机に向かい、あらためてアルフレッド・ハーデルベリと彼の幅広い事業についての資料を読みはじめた。大部分はすでに読んだものだった。だが、もう一度精読した。ヴァランダーにはほとんど理解できないことばかりだった。複雑な商取引——一つの会社がほかの会社に吸収されてしまうことや株の売買や発行などのややこしい経済活動——の経過は、規則がわからない世界を外からのぞき込んでいるような気分にさせられた。何度かニーベリに電話をかけたが、不在だった。昼食時間も休まず働き、やっと外に出たのは三時半だった。ニーベリからはまだ連絡がない。今晩ファーンホルム城を訪問するまでにプラスティック容器がなにに使われるものか知るのは無理だろうと思った。彼は嵐の中をストールトリェット広場にあるシシカバブの店まで歩いていって、遅い昼食を食べた。その間、彼はずっとアルフレッド・ハーデルベリのことを考えていた。

ヴァランダーが署に戻ると、その日の夜七時半にアルフレッド・ハーデルベリがファーンホルム城でヴァランダーを待っているという確認のメモが机の上にあった。彼はマーティンソンに知らせるために廊下に出た。二人で質問の調整をする必要があった。廊下で、急いでいる様子のスヴェードベリに出会った。

「マーティンソンの家に電話をしてくれという伝言、聞きましたか?」スヴェードベリが言った。「彼はちょっと前に家に帰りましたよ。なにかあったらしい」

ヴァランダーは部屋に戻って電話をかけた。電話に出たのはマーティンソン自身だった。

「残念ながら、ファーンホルム城には行けなくなりました。女房の具合が悪くなったんですが、ベビーシッターがみつからないんです。スヴェードベリといっしょに行ってくれませんか?」

「彼はいま出ていった。どこに行ったかわからない」ヴァランダーが言った。

「申し訳ありません」

「いや、おまえさんは家にいなさい。当然だ。こっちはなんとかなる」

「ビュルク署長といっしょに行ったらどうですか？」マーティンソンが皮肉を言った。

「いや、それもいいかもしれない」ヴァランダーはまじめに答えた。「考えてみるよ」

受話器を置いたとたん、彼はファーンホルム城へはひとりで行くことに決めた。もともとそうしたかったのだと気づいた。

これが警官としてのおれの最大の欠点だ、と彼は思った。できればひとりで仕事をしたいということ。しかし年とともに、彼はそれが欠点なのかどうかわからなくなってきていた。

ひとりで静かに集中するため、彼はすぐに警察署を出て車に乗り、イースタを出発した。風はますます強くなり嵐のように吹き荒れていた。車が風で揺れた。千切れた雲が猛烈な勢いで飛んでいく。父親の家の屋根はどうなっているだろう。一瞬、彼はオペラ音楽を聴きたくてたまらなくなった。路肩に車を止めて、車内灯をつけた。車のダッシュボードにも座席にもCDはみつからなかった。そのときになって初めて、車が臨時の借りものだったことを思い出した。ふたたびクリシャンスタ方面に向けて車を走らせた。頭の中ではハーデルベリと話すことをチェックしていた。だが、いちばん期待しているのは、話ではなく、ハーデルベリと会うことそのものであると気づいた。数え切れないほど読んだリポートのどれにも、彼の写真がなかった。フーグルンドによれば、彼は大の写真嫌いということだった。めずらしく公衆の前に出るときには、側近がカメラマンがいないのを確認するほどの徹底ぶりだった。スウェーデンテレビに問い合わせたところ、彼の写真は記録庫にも保存されていないということだった。

ヴァランダーは初めてファーンホルム城を訪ねたときのことを思い出した。そのとき、静けさと世間からの隔絶こそ、金持ちの特徴なのだと思ったことも。いま彼はそれにもう一つ加えた。闇の動き。顔のない人間が取り澄ました世界でうごめいているのだ。

トンメリラへの入り口にさしかかったとき、車のライトに驚いて飛び出してきた野うさぎを轢いてしまった。彼は車を止め、強風の中よろめきながら外に出た。野うさぎは路上で後ろ肢を痙攣させていた。ヴァランダーは道路脇で石を探した。石を持って戻ると、野うさぎはすでに死んでいた。死骸を路肩に押しやって、不快な気分で車に戻った。そのままトンメリラの町に入り、開いていたカフェでサンドウィッチとコーヒーを注文した。ヴァランダーはファーンホルム城の城主と会うことにいつもと違う緊張を感じていた。同時に、心のどこかでひょっとしてこの男こそ殺人の張本人なのではないかという考えをもてあそんでいる自分にも気がついていた。

そのカフェには一時間ほどいて、コーヒーを飲んでは考えた。気がつくと、いつのまにかリードベリのことを考えていた。だが顔が思い出せなかった。ヴァランダーはぎくっとした。おれはリードベリを失ってしまうのか？　もしリードベリを失ったら、生きている者死んでいる者を合わせてもたったひとりしかいない、真の友をなくしてしまう。

彼はカフェを出た。看板が風に飛んで地面を舞っている。車は通るが人間の姿は見えなかった。本物の十一月の嵐だ、と思いながらトンメリラの町を出発した。冬が風になってやってくる。

城のゲートにさしかかったのは七時二十五分だった。クルト・ストルムが出迎えると思っていたのだが、姿がなかった。暗いゲート脇の建物にはひとけがまったくなかった。ゲートが音もなく開き、彼は城に向かって車をゆっくり走らせた。投光器の光に城の建物と前庭がくっきりと浮かび上がっていた。まるで芝居の場面のようだった。現実の一場面だ。しかし、現実そのものではない。

城の正面まで乗りつけて、車のエンジンを切った。彼が車を降りると、城の大扉が開いた。石段を上がりはじめたとき、転びそうになり、メモ帳を落としてしまった。強風がそれを吹き飛ばした。彼は首を振り、また石段をのぼり続けた。二十五歳ほどの、ほとんど丸坊主と言っていいほどショートカットの若い女性が扉の前で彼を待っていた。

「大事なものですか？」女性が訊いた。

聞き覚えのある声だった。

「いや、あれは単なるメモ帳です」彼は言った。

「すぐに人を出してみつけさせます」ジェニー・リンドが言った。

ヴァランダーは彼女の重そうなイヤリングとところどころ青く染めている髪を見た。

「べつになにも書いてはありませんよ」

ヴァランダーが中に入ると、大扉が後ろでゆっくりと閉まった。

「だれかもう一人いらっしゃるはずでは？」

「予定が変わったのです」

ホールに入ったヴァランダーは、城の上階《うえ》に続く大きな階段のすぐそばに男が二人身動きもせずに立っていることに気がついた。最初に来たときもそうだったのを思い出した。暗くて顔はよく見えなかった。一瞬、本物の人間なのか、それとも鎧甲が二つ置いてあるのか、と思ったほどだった。

「ハーデルベリ博士はすぐに参ります」ジェニー・リンドが言った。「書斎でお待ちください」

彼女はホールの左側のドアを開けた。部屋に入ると石の床に自分の足音が響いた。目の前の女性が音もなく歩くのを不思議に思ったが、よく見ると彼女は裸足だった。

「冷たくないですか?」ヴァランダーは裸足を指さした。

「床暖房ですから」彼女はこともなげに言うと、書斎に案内した。

「風に吹き飛ばされたノートを探させます」と言って、彼女は姿を消した。

そこは楕円形の大きな部屋で、壁は本棚ですっかり覆われていた。部屋の中央に革のソファセットとテーブルがあった。明かりは間接照明で、ホールとは違って床には東洋の絨毯が敷きつめられていた。ヴァランダーは音をたてずに立ち止まり、あたりに耳を澄ませた。吹き荒れる風の音がまったく聞こえないことに驚いた。この部屋は完全防音されている。グスタフ・トーステンソンが最後の晩に通されたのはたしか書斎だった。ここで彼は雇い主と何人かのほかの男たちに会ったのだ。そしてここから車に乗ってイースタまで戻る間に殺されたのだ。

ヴァランダーは部屋の中を見渡した。柱の陰に熱帯魚用の大きな水槽があった。見たこともない魚たちがゆっくり泳いでいた。彼は水槽に近寄って、底に金の砂が敷かれているかどうか見ようとした。砂はきらきら光っていたが、金かどうかはわからなかった。そのまま部屋の中をぶらぶら歩きはじめた。見られている、と彼は思った。カメラは見えないが、きっと本の間にでも隠されているのだろう。精巧なカメラはどんなに暗くとも対象をしっかり映し出す。この部屋は間接照明だが明るさは十分だろう。どこかにテープレコーダーもあるはずだ。おれがもう一人連れてくると聞いて、二人きりにして会話を盗聴するつもりだったのだろう。いや、おれ一人でも、やつらはおれの考えを読みとる機械を持っているかもしれないぞ。

ハーデルベリが部屋に入ってくる音はまったくしなかった。が突然、ヴァランダーは部屋の中にもう一人人間がいることに気がついた。振り返ると革のソファのそばに男が立っていた。

「ヴァランダー警部」と男は言って笑顔を見せた。あとから思うと笑いが日に焼けた男の顔に刻み込まれているのが印象的だった。その笑いが忘れられなかった。

「ミスター・ハーデルベリ」ヴァランダーは言った。「会えるように取り計らってくださったことを感謝します」

「警察の要請に市民は協力しなければなりません」アルフレッド・ハーデルベリが言った。

その声は非常に心地よかった。彼らは握手を交わした。ハーデルベリは高価そうなチョークストライプのスーツを着ていた。ヴァランダーが受けた第一印象は、すべてが完璧というものだった。服、物腰、話し方、すべてが。そしてつねに笑いを浮かべていた。笑いが消えることは決してなかった。

彼らは腰を下ろした。

「紅茶をもってくるように言いました」ハーデルベリはくつろいだ友好的な態度だった。「警部が紅茶をお好きだといいのですが？」

「喜んでいただきます」ヴァランダーは答えた。「このような天気のときはとくに。ファーンホルム城の城壁はずいぶん厚いようですね？」

「風の音が聞こえないということですか？　そのとおりです。城壁はとても厚い。城を護るために造ってあるものですから。敵の襲来からも強風からも」

「風が強くて着陸が大変だったのではありませんか？」ヴァランダーは言った。「エヴェルード空港ですか、それともスツールルップ空港ですか？」

「私はいつもスツールルップを利用している。あそこからならそのまま国際便にも乗れますので。着陸はうまくいきましたよ。私の自家用機のパイロットたちは優秀ですから」

闇の中からすっと黒人女性が現れた。この前ヴァランダーが来たときにも見かけた女性だった。彼女が紅茶をいれる間、二人は沈黙した。

「これは特別な紅茶なのですよ」ハーデルベリが言った。

ヴァランダーは午後に読んだものを思い出した。

「あなたが所有している茶農園のものですか？」

顔に凍り付いた笑いのため、ヴァランダーが茶農園の存在を知っているとわかってアルフレッド・ハーデルベリが驚いたのかどうか、まったくわからなかった。

「なるほど、警部はよく調べておいでだ。われわれはモザンビークのロンロに茶農園を所有しています」

「おいしいお茶ですね。世界を股に掛けて事業を営むということはどういうものなのか、私には見当もつきません。警官の生活とはまったく違いますから。あなたにとってもずいぶん遠い道のりだったでしょう。ヴィンメルビー村からアフリカの茶農園までの道は」

「ええ。長い道のりでしたよ」ハーデルベリが答えた。

ヴァランダーはハーデルベリが会話の導入部にここで目に見えないピリオドを打ったことがわかり、ティーカップをかたわらに押しやった。それまでの確信がなくなった。目の前の男は見るからに計り知れない権威を放っていた。

「手短に終わらせます」ヴァランダーは言った。外の風の音はどんなに耳を澄ませてもこの部屋からは聞こえなかった。「グスタフ・トーステンソン弁護士はこの城からの帰路、自動車事故に遭って亡くなりましたが、あれは事故ではなく殺人であることがわかりました。残忍な殺しの行為を隠すための偽装だったのです。犯人をのぞけば、最後にトーステンソン弁護士に会ったのは、あなたです」

「まったく不可解なことだ」アルフレッド・ハーデルベリが言った。「あの老弁護士トーステンソンの命を奪おうなどと、だれが思うでしょう？」

「そうです。われわれも疑問に思っています。そのうえ冷血にも事故と見せかけるなど？」

「警部はなにか考えがあるのですね？」

「はい。ですがそれをここでお話しすることはできません」

「わかります。しかし、われわれがトーステンソン弁護士の死を知って、非常に悲しんだことをわかっていただきたい。われわれは彼を深く信頼していたので」

「彼の息子ステン・トーステンソンもまた殺されたことで、事件はますます複雑なものになったのです。息子さんはご存じでしたか？」

「会ったことはありません。しかし、もちろん事件のことは聞いています」

ますます確信がなくなった。ハーデルベリは完全に落ち着き払っているように見える。いつもなら、だいたいこのくらい話せば、相手がうそをついているかどうか、ヴァランダーにはわかる。だが、いま目の前に座っている男、この笑いを絶やさない男は別だった。

「あなたは世界を股に掛けて事業を営んでおいでだ。何億という単位の金を動かす事業を運営する帝国の主です。私の理解が正しければ、あなたの事業は世界じゅうの有力企業リストに載るほどの規模らしいですね」

「カンカク総合保障とペチニ・インターナショナルの二社を来年追い越すでしょう。そうなったら、私どもは世界のトップ一千社の仲間入りをすることになります」

「私はいまおっしゃった会社の名前を聞いたこともありません」ヴァランダーは言った。

「カンカクは日本の、ペチニはフランスの会社です。ときどきこの二社の代表取締役に会います。われわれ三社がいつ世界のトップ一千社に仲間入りするかふざけて予測し合ってますよ」

「私にはまったく未知の世界です。グスタフ・トーステンソンにとってもそうだったにちがいない。彼は一生涯、田舎の素朴な弁護士だったはずです。ですが、その彼にあなたはご自分の帝国の中に席を与えたわけですね？」

「正直言って、自分でも驚いたものです」ハーデルベリが言った。「しかしわれわれが事業のベースをスウェーデンに置くと決めたとき、スウェーデンの法律や規則に詳しい弁護士が必要になった。それでグスタフ・トーステンソンが推薦されたのです」

「だれに、です？」

「それはもう覚えていません」

やっと一つみつけたぞ、とヴァランダーは思った。推薦した者を忘れたはずがない。だがこの問いには答えたくないのだ。ヴァランダーはアルフレッド・ハーデルベリの変わらぬ笑顔の中にかすかな変化を読みとった。

「トーステンソン弁護士は経済的なアドバイスの仕事だけをしていたのですね？」ヴァランダーは訊いた。

「彼にはわれわれが世界の国々と取引する際にスウェーデンの法律に違反することがないかをもっぱらチェックしてもらっていたのです。非常に正確な仕事をする弁護士でした。私としては大きな信頼を寄せていました」

「最後の晩会議を開いていたのはこの部屋ではないかと推測しますが、なんの会議でしたか？」

「ドイツに、カナダのホーシャム・ホールディングス社の所有する建物がいくつかあるのですが、それをわれわれが買収しようとしていて、その数日後ペーター・ムンクに会うことになっていたのです。その買収に関して、法的な問題がないかどうか、話し合っていたのです。支払いは一部現金で、残りは株式でおこなうということで話を進めていました」

「ペーター・ムンクというのは、だれです？」ヴァランダーは訊いた。

「ホーシャム・ホールディングスの最大株主です。彼がわれわれの買収の相手でした」

「ということは、べつに特別な会議ではなかったのですね？」ヴァランダーは訊いた。

「そうですね、特別なものではありませんでしたね」

「そのときほかにも同席者がいたと聞いていますが？」

「バンカ・コマシアル・イタリアナの銀行理事が二人。ドイツの建物の支払いは、モンテディソンにある株式の一部を売り払ったものでまかなうつもりだったので。その手続きをイタリアの銀行にしてもらうつもりでした」

「その二人の名前を教えてください」ヴァランダーは言った。「あとで、彼らの話も聞かなければならなくなった場合のために」

「わかりました」

「そのあと、トーステンソン弁護士は城を出た。彼はいつもと変わりはありませんでしたか？なにか気になる様子はありませんでしたか？」

「まったくありませんでしたね」

「彼が殺された理由に心当たりはありませんか？」

「まったくありません。年とった孤独な老人ですよ。だれが殺そうなどと思うのか」

「それなのですよ」ヴァランダーは言った。「だれがそんなことを？　そのうえ数日後に息子を銃で撃ち殺すなど」

「警察は捜査の手がかりがあるようですね？」

「はい、一つ手がかりがあるにはあるのですが、動機がわかりません」

「できればお手伝いしたいところです」ハーデルベリが言った。「ですがそれは無理でしょうから、せめて捜査の状況をときどき知らせてくれませんか？」

「はい、こちらもまたなにかお訊きしたいことができて、再度伺うことがあるかもしれません」ヴァランダーが立ちあがった。

「できるかぎり協力します」ハーデルベリが言った。

彼らはふたたび握手した。ヴァランダーは彼の青い目をまっすぐに見て、笑いを見透かそうとした。だが、目に見えないスクリーンに妨げられた。

「建物は、買ったのですか？」

「どの建物のことです？」

「ドイツの」

笑いが深まった。

「もちろんです。あれはわれわれにとってじつにいい買い物でした」

部屋の出口で別れた。裸足のジェニー・リンドが、外に案内するためにそこで待機していた。

「ノートをみつけました」彼女は大きなホールを通りながら言った。

階段のそばの二つの影は消えていた。

ジェニー・リンドが封筒を渡した。

「イタリアの銀行理事二人の名前、だね?」ヴァランダーは言った。

彼女はほほえんだだけだった。

ここではみな、笑うのだ、とヴァランダーは思った。影の男たちもそうだろうか?

ファーンホルム城を出ると、風が真っ正面から吹きつけてきた。ジェニー・リンドが彼の後ろで大扉を閉めた。ゲートが音もなく開いて車を通した。ヴァランダーは外に出たときほっと安堵した。

グスタフ・トーステンソンもここを通ったのだ、と彼は考えた。いまとほとんど同じ時刻に。

突然彼は恐怖を感じた。思わず後ろを見て、後部座席にだれもいないことを確認した。

だいじょうぶだ、だれもいない。

強風が音をたてて車体を通り抜けていく。窓から冷気が入ってきた。

彼はアルフレッド・ハーデルベリのことを考えた。笑う男。

間違いなくあの男だ。なにが起きたのか知っているのは、あの男に間違いない。

あの男の笑顔にひびを入れなければならない。

12

スコーネを襲った嵐はその後ゆっくりと弱まった。

明け方、クルト・ヴァランダーがまたも眠れぬ夜を過ごしたあと、ようやく嵐は静まった。ヴァランダーは台所の窓から下の街路を見た。風がおさまるまで街灯は追いつめられた小動物のように細かく震えていた。

ヴァランダーはやっと芝居の舞台のように異様なファーンホルム城の世界から現実に戻った。打ち負かされたような、言いようのない不快感があった。笑顔のアルフレッド・ハーデルベリの前で、彼は子どものときに父親がシルクライダーたちの前で演じたのと同じような、卑屈な役割を演じさせられた気がしてならなかった。嵐が静まってゆく街路の様子を窓からながめながら、ファーンホルム城はピカピカに輝くアメリカ車のバリエーションなのだとヴァランダーは思った。まだマルメに住んでいたころ、家の前に止まった大きく揺れるあのアメ車の。シルクの背広を着てポーランド訛りの言葉を話したヤクザな男は、防音壁の部屋から君臨するあの笑う男の遠い親戚なのだ。ヴァランダーは目に見えない帽子を手に持ってアルフレッド・ハーデルベリの革ソファに座ってきたのだ。それでいま敗北感にさいなまれているのだった。

もちろんそれは思い過ごしだった。彼はするべきことをしてきたのだ。めったに人前に姿を現さない巨大な権力を握る男に会い、質問し、しかも疑われなかった。それには確信があった。アルフレッド・ハーデルベリはいまでも自らを高所から君臨する、揺るぎない権力を握る男と信じているだろう。

さらに、ヴァランダーはこの道が正しかったことを確信した。なぜ二人の弁護士が殺されたのか、その答えを探すためにひっくり返した石、それは間違いのない石だった。その石の下にヴァランダーはハーデルベリの痕跡を見たと思った。あの凍り付いた笑いを引っ剝がさなければならないだけでなく、彼は巨人を征服しなければならないのだ。

眠れない嵐の晩、彼は頭の中でハーデルベリと会話をした。その顔を目の前に見て、張り付けたような笑いに表れるかすかな変化に、ちょうど暗号文を解読するように、意味を読みとろうとした。だれがグスタフ・トーステンソン弁護士を薦めたのかと訊いたときに、ハーデルベリの顔にかすかな変化が浮かんだ。あのとき笑いにひびが入った。ほんの一瞬だったが、間違いなく。つまりハーデルベリにも人間的な弱さ、傷つきやすい瞬間があるということだ。もちろん、あれはべつに意味がないとも考えられる。世界を縦横に旅する実業家が急に疲れを見せた瞬間だったのかもしれない。イースタ警察署の一介の警察官を相手に、終始行儀のいい顔などしていられないという、正直な反応、弱さ、が表れただけかもしれない。

それでも弁護士親子が殺された謎を解くためには、あの巨人の笑いにひびを入れて、彼の弱さに焦点を当てなければならないとヴァランダーは思った。経済犯罪担当課の優秀な警官たちは、きっと捜査に役立つ情報をみつけてくれるだろう。だが眠れない夜を過ごして、ヴァランダーはハーデルベリ自身に道案内をしてもらうのがいちばんだと確信するに至った。いつか、どこかで、あの笑う男はボロを出すにちがいない。それに飛びつくのだ。彼の見せる隙を、彼を攻撃する刃にするのだ。

もちろんヴァランダーは、ハーデルベリ自身が弁護士親子を自らの手で殺したとは思っていなかった。ドゥネール夫人の庭に地雷を仕掛けたのも彼ではない。ヘルシングボリまでフーグルンドと自分の乗った車を尾行したのも、車のガソリンタンクに爆発物を仕掛けたのも、彼ではない。昨夜あの男はずっと、われわれは、と複数形で話していた。まるで、国王か、昔の領主のように。あるいは、周囲に盲目的に自分を信じる人間しかおかない男のように。

その取り巻きの中にグスタフ・トーステンソンがいたのだとヴァランダーは思った。これこそ、ハーデルベリがグスタフ・トーステンソンを選んだ理由なのだ。老弁護士の忠誠を疑う必要がなかったからだ。彼ならいつも自分の席は下座《しもざ》だと知っていたからだ。彼はハーデルベリによって、夢にも見たこともないような可能性を得たのだ。

もしかすると、簡単なことだったのかもしれない。風に揺れる街灯を見ながら、ヴァランダーは思った。もしかするとグスタフ・トーステンソンは、受容できない、あるいは受容したくないなにかをみつけたのではないか？　もしかするとあの男の笑いに割れ目を発見したのではないか？　その割れ目に自分の姿が映っていて、どれほど嫌な役を引き受けさせられていたのかが見えたのではないか？

ヴァランダーはときどき窓辺を離れて台所のテーブルに向かった。大学ノートに考えを書きつけた。そして全体図を見ようと試みた。

明け方五時ごろ、彼はコーヒーを飲み、それからうとうとと眠った。六時半にふたたび起きてシャワーを浴び、またもやコーヒーを飲んで七時半に署に着いた。嵐のあとの空は澄み切っていて、空気は冷たかった。ほとんど眠れなかったにもかかわらず、体じゅうにエネルギーがみなぎっていた。上着を椅子に掛けると、コーヒーを取りに行き、受付のエッバに電話をかけた。ニーベリと連絡を取りたいから探し出してくれと伝えた。電話を待っている間に、彼はハーデルベリとの会見の報告書を書いた。スヴェードベリがドアの間から顔を見せ、昨日はどうだったかと訊いた。

「あとで話す。おれはやっぱり、二つの殺人事件と一連のことは、ファーンホルム城が関係していると思うよ」

「フーグルンドから電話があって、直接エンゲルホルムへ向かうとのことです。ラース・ボーマンの未亡人と子どもたちに会うためです」

「ハーデルベリの自家用機のことは調べたかな？」ヴァランダーが訊いた。

「そのことはなにも言ってませんでした」スヴェードベリが言った。「少し時間がかかるんじゃないですか」

「とても待てない気分だ。なぜか、焦るのだ」ヴァランダーが言った。

「警部はいつもそうでしたよ」スヴェードベリが言った。「自分では気がつかなかったかもしれませんが」

スヴェードベリのあとすぐに電話が鳴った。エッバだった。ニーベリが彼の部屋に向かっているとの知らせだった。部屋に入ってきたニーベリを見て、ヴァランダーはすぐになにかわかったのだと思った。彼はニーベリにドアを閉めろと目で知らせた。

「あんたは正しかった」ニーベリが言った。「あのプラスティック容器は、老弁護士の車になどあるはずのないものだったよ」

ヴァランダーは緊張して話の続きを待った。

「あれが冷凍容器だということもまた、あんたの思ったとおりだった。だが、薬とか血液を入れるものではなく、臓器移植のために取り出した人間の臓器を入れるためのものだった。たとえば腎臓とかを」

ヴァランダーは眉間にしわを寄せた。

「確かか?」しばらくして彼は訊いた。

「おれは、もし確信がなかったら、確信がないと先に言う人間だということを、あんたも知らないわけじゃないだろう?」

「ああ、知っている」ヴァランダーはもそもそと言った。ニーベリが腹を立てたことがわかった。

「あのプラスティック容器は非常に特殊なものだ」ニーベリは話を続けた。「製造数もかぎられているにちがいない。だから、製造元を突き止めるのはむずかしくないはずだ。おれがいままで入手した情報によれば、我が国にある臓器用のこのような容器はスーデルテリエにあるアヴァンカという会社が独占輸入権をもっているらしい。すぐにも調べてみる」

ヴァランダーはゆっくりとうなずいた。

「もう一つ、その会社の所有者の名前を調べてくれ」

ニーベリはすぐにヴァランダーの考えを読んだ。

「あんたはアヴァンカがハーデルベリの帝国の一員ではないかと疑っているんだろう?」

「たとえば、だ」ヴァランダーは認めた。

ニーベリは立ちあがったが、ドアのところで足を止めた。

「臓器移植について、あんたはどれほど知ってる?」

「あまり」ヴァランダーは答えた。「臓器移植というものがあることは知っている。しだいに普及してきているということも、移植できる臓器の種類が増えてきていることも。だが、おれは自分がそんな体験をしなくてもすむように祈るよ。だれかほかの人間の心臓がおれの体で脈打っているなんてことは、考えるだけでもおかしくなる」

「ルンド総合病院のストルムベリという医者と話したのだが、いろいろ教えてくれた。たとえば、臓器移植には、控えめに言っても暗黒の面があるということだ。まず、貧しい国の人間が、生きるために自分の体の一部を売りに出すという現象が起きていること。モラル上、多くの問題を抱える分野だ。だが、ストルムベリはもっとひどいことがあると言うのだ」

ニーベリは急にここで話をやめ、なにか訊きたそうにヴァランダーを見た。

「時間はある。続けてくれ」ヴァランダーは言った。

「おれにはとても本当の話には思えなかった」ニーベリが話しはじめた。「ストルムベリは、金のためならなんでもやる人間たちの話をしてくれた」

「そんなことは初めて聞く話ではないだろう?」ヴァランダーは口を挟んだ。

「限界が際限なく広がるんだ。これ以上やってはならないという限界が」

ニーベリはヴァランダーの来客用の椅子に腰を下ろした。

「信じられない真実にはおうおうにしてあることだが、これにも証拠がない。だがストルムベリによれば南アメリカやアジアには、さまざまな臓器の注文を取る組織があって、注文に応じて人を殺すのを仕事にしているというのだ」

ヴァランダーは口を挟まずに聞いた。

「適当に選ばれた人間が襲われ麻酔をかけられる。そのあと臓器を必要としているクリニックへ送られ、臓器が取り出されたあとの死体はどこかのドブに捨てられる。ストルムベリによれば犠牲者はたいてい子どもだそうだ」

ヴァランダーは首を振って目をつぶった。

「彼の話では、この闇の組織の規模は人が想像するよりもずっと大きいという。東ヨーロッパやアメリカでもおこなわれているという噂もある。臓器には顔もないし、姿形を見ただけではだれのものかわからない。南アメリカの子どもを殺して、臓器移植の順番待ちをしたくない西欧社会の金持ちの命を長らえさせるという商売だ。殺し屋たちは濡れ手に粟だそうだ」

「人の体から臓器を取り出すというのは、そう簡単にできるものではないだろう」ヴァランダーは言った。「それには医者も片棒を担いでいるにちがいないな」

「モラルに関しては、医者もほかの人間同様だよ。彼らが特別に人道的だという幻想はもたん方がいい」

「この話、おれにはとても信じられんな」ヴァランダーは言った。

「だれにとってもそうだろう」ニーベリが言った。「だからこんな組織がのさばっているんだ」

彼はポケットからメモ帳を取り出すと、ページをめくった。

「医者はこの問題を追っているジャーナリストの名前を教えてくれた。女性だ。リスベス・ノリーン。ヨッテボリに住んでいて、科学雑誌に記事を書いているとか言っていた」

ヴァランダーはその名前をメモした。

「よし、奇想天外なことをひとつ考えてみよう」そう言うと、ヴァランダーは真剣な顔でニーベリに向かった。「殺した人間の腎臓やほかの臓器を闇の市場に売る仕事にハーデルベリが関係していると想像してみよう。そしてグスタフ・トーステンソンがひょんなことでそれを知ったとしよう。それで、その証拠として冷凍容器を持ち帰った。そう考えてみたらどうだろう?」

ニーベリは顔をしかめてヴァランダーを見返した。

「あんた、本気で言っているのか?」

「もちろん、本気じゃない。あくまで想像だ」

ニーベリが立ちあがった。

「あの容器の出所を探ってみる。おれはまずそれから始めてみるよ」

ひとりになって、ヴァランダーは窓辺に立って外を見ながら、たったいまニーベリから聞いたことを考えた。

あまりにもばかばかしい想像だ。あり得ない。ハーデルベリは医学の研究のために莫大な金を寄贈している。とくに子どもがかかる難病の研究を支援している。アフリカや南アメリカの人々の健康のための多額な寄付もしている。

グスタフ・トーステンソンの車にあった冷凍容器は、なにか別の使い道があるのだろう。あるいは、べつになんの意味もないのかもしれない。

それでも番号案内に電話をかけてリスベス・ノリーンの電話番号を調べてもらうだけの好奇心はあった。電話をかけると、留守番電話が応対した。彼は自分の名前と電話番号をそれに録音した。

そのあとは落ち着かない気分で、ひたすら待って時を過ごした。仕事が手につかなかった。フーグルンドの報告とニーベリの報告だけがもっぱらの関心だった。父親に電話をかけて、昨日の嵐で屋根が飛ばなかったことだけ確認すると、彼はあらためてハーデルベリについての資料の精読に取り組んだ。

スモーランド地方の村ヴィンメルビーに始まるアルフレッド・ハーデルベリの個人史は、じつに興味深いものだった。ハーデルベリはすでに子どものときに商才を発揮していた。九歳でクリスマス・カレンダーの販売をした。だが、そのやり方は、独創的なものだった。少ない小遣いを貯めた金で前年の残りのカレンダーを買いとった。クリスマス・カレンダー製作会社は毎年新しいのを売りに出すので、前年のカレンダーに価値はないとただ同然の値段でハーデルベリに売り払った。彼はそれをその年の新しいカレンダーと組み合わせて、もっとも需要の多い時期に少し値段を上げて売ったのだ。アルフレッド・ハーデルベリはつねに商売人だった。ほかの人間が作ったものを売る人間で、彼自身が新しいものを作り出すことはない。彼の才能は、安く買い高く売ることにあり、また、ほかの者には見えない価値を発見することにあった。十四歳にしてすでに彼は、アンティークカーの市場の可能性を読みとり、自転車でヴィンメルビーの村のみならず郊外まで駆け回って、壊れた古い自動車、しまいっぱなしで忘れられていた自動車を買いまくった。しばしばただで手に入れることもあった。古い車を集める、好奇心の豊かな貧しい若者を助けようという人々が少なからずいたからである。もうけた金は密かに貯めていった。十七歳になると、彼はストックホルムへ移住した。いっしょに移ったのは、ヴィンメルビー近郊に住む数歳年上の青年で、非常に上手な腹話術師だった。その青年の汽車賃はハーデルベリが出し、自らを腹話術師のマネージャーと名乗った。すでにその時代から彼は人に好感をもたれるすべとして、笑顔を絶やさない青年になっていた。

ヴァランダーはハーデルベリと腹話術師についての記事をいくつも読んだ。記事を書いたジャーナリストたちは、若いマネージャーの親しみやすい笑い、上品な服装、品のよい振る舞いについて何度も言及していた。しかしそのころからすでに彼はカメラ嫌いだったらしく、腹話術師の写真はあったが、ハーデルベリの写真はどこにもなかった。またその記事の中には、彼はストックホルムに移住するとすぐに、スモーランド地方の方言をすっかりぬぐい去るために発音教師について学んだとあった。まもなく腹話術師は郷里に帰され、しだいに忘れ去られたが、ハーデルベリは首都に残って新しい事業を始めた。すでに一九六〇年代から彼はスウェーデンの高額納税者に挙げられている。だが、彼の名が知られるようになったのは一九七〇年代の中ごろだった。スウェーデン内外での固定資産と株の売買が当たって、彼の財産は天文学的に殖えた。ヴァランダーはハーデルベリが一九七〇年代の前半からスウェーデンの外に活動の関心を向けはじめていることに気がついた。一時期彼はジンバブエ——当時の南ローデシアだが——で、ティニー・ローランドという男とともに銅と金の鉱脈に出資して大当たりをしたことがあった。彼が茶農園を所有するようになったのは、このころからだろうとヴァランダーは見当をつけた。

一九八〇年代の前半、いっとき、アルフレッド・ハーデルベリはブラジル人のカルメン・ドゥルチェ・ダ・シルヴァという女と結婚していたことがあった。子どもはなく、まもなく離婚している。彼はつねに事業の陰に隠れて、できるかぎり目立たないようにしてきた。彼の寄付で病院が設立された場合にも、彼個人も代理人も決して晴れがましい開院式に出席することはなかった。代わりに手紙やファックスで、慇懃にあいさつを送るのだった。また彼は数々の名誉教授に任命されているが、一度としてその式典に姿を現したことがない。

ハーデルベリの全人生が長い不在のようだとヴァランダーは思った。突然スコーネに現れて、ファーンホルム城の厚い壁の陰に隠れるまでは、だれも彼の居場所を知らなかったのだ。つねに住処を変え、外から見えない黒いガラスの自動車で移動し、一九八〇年代の初めからは自家用機を所有していた。

だがいくつか例外もあった。その一つはほかと比べて、意外で、奇妙ですらあった。両弁護士の秘書のドゥネール夫人がフーグルンドに話したところによると、グスタフ・トーステンソンとアルフレッド・ハーデルベリが初めて会ったのは、イースタのホテル・コンティネンタルのレストランでの昼食だったという。老トーステンソンはそのときのハーデルベリの印象を、親切で、日に焼けていて、非常に高価な服を着た男だと言ったという。

なぜ彼はグスタフ・トーステンソンに会うのにレストランを選んだのだろう？　有名ジャーナリストが、彼に近づくのに何年も待たなければならないときに？　これはなにか意味があるのだろうか？　それとも単に人の目をごまかすために、ときどき予定外のことをするのだろうか？

不確実性は隠れ場所になりうる。世界は彼の存在を知っている。だが彼の居場所は知られていない。

十二時過ぎ、ヴァランダーは家に帰って昼食を食べ、一時半にまた署に戻った。机についたとき、フーグルンドがドアをノックして入ってきた。

「もう帰ったのか？」ヴァランダーは驚いて見上げた。「まだエンゲルホルムにいると思ったが？」

「ラース・ボーマンの家族との話はすぐに終わりました。残念ながら」フーグルンドが答えた。

ヴァランダーはその声で彼女ががっかりしているのがわかった。それはすぐに彼の気分にも影響した。これもだめか。ファーンホルム城の厚い壁を抜ける突破口はなかなかみつからない。

彼女は椅子に腰を下ろすと、メモに目を通した。

「きみの病気の子どもたちはどうなった？」ヴァランダーが訊いた。

「子どもの病気はすぐに治ることが多いんです。ハーデルベリの自家用機について少し話があります。マーティンソンが家に電話してくれてうれしかったです。仕事をしていないと良心が痛むものです」

「まずボーマン一家の話から聞こうか？」ヴァランダーが言った。

彼女はうなずいた。

「話といってもあまりないんです。彼らは父親であり夫であるラース・ボーマンの死が自殺であることにまったく疑いをもっていませんでした。その死は衝撃的で、家族のだれもいまだにショックから立ち直れていません。家族の一員が、突然、なんの説明もなく自殺したあとに残された者たちの苦しみを見たのは初めてです」

「ということは、遺書のようなものはなかったということか？」

「ええ、なにも」

「おかしいな。それはボーマンのイメージに合わない。彼は乗ってきた自転車を地面に投げ出したりする男ではない。それと同じように、家族になんの説明もなく自殺するような男にはとうてい思えないが」

「とにかく聞き出さなければならないと思って用意した質問には、答えを得られました。経済的にはなんの問題もありませんでした。ボーマンは勝負事はしませんでしたし、人を騙すようなこともしていません」

「それを家族に訊いたのか？」ヴァランダーは驚いて言った。

「間接的な質問が直接的な答えを引き出すことがあります」

ヴァランダーはうなずいた。

「警察が来るということを知っている人間は、答えを用意をしておくものだ。そういうことか？」

「三人とも、彼の名誉と尊厳を守るのに必死で、彼の長所を並べ立てました。わたしの方からどんな短所があったかと尋ねる前に」

「問題は、彼らの答えが本当かどうかだな」

「あの人たちはうそは言っていません。ボーマンにどんな秘密があったのか、わたしは知りませんが、二重生活をしていたとは思えません」

「続けてくれ」

「彼の自殺は家族にとって、不可解で衝撃的なことでした。それはトラウマになっています。いまでも昼となく夜となくなぜ彼は自殺したのだろうと自問しているだろうと思います。答えは決して得られないのに」

「あれは自殺ではなかったかもしれないという可能性は示唆しなかったのか？」

「ええ」

「それでいい。続けてくれ」

「一つだけ興味深いことがありました。それはラース・ボーマンとグスタフ・トーステンソンの間に繋がりがあったということです。家族が証言しています。その理由も。あの二人はイコン画鑑賞会のメンバーだったのです。なにかの折にトーステンソンはボーマン家を訪ねています。ボーマンもまたイースタのトーステンソンの家を訪問したことがあるそうです」

「彼らは友人だったのか？」

「友人というほどではないかもしれません。ですが、知り合いではありました。面白いではありませんか？」

「それはどういう意味だ？」ヴァランダーは聞き返した。

「こういうことです」フーグルンドが説明した。「トーステンソンもボーマンも一匹狼でした。片一方は寡夫、もう一方は家族もちでしたが、二人とも一匹狼にはちがいありません。頻繁に会ったわけではなかったかもしれませんが、会えばイコンの話をした。でも、この孤独な二人が、なにか差し迫った状況において、相談し合うということはなかったでしょうか？　親友というわけではなかったかもしれませんが、それでも相談相手にはなり得たとか？」

「それはあったかもしれない。だが、それが、ボーマンがトーステンソン法律事務所の全員を脅迫するような手紙を書いた理由にはなり得ない」

「事務員のソニヤ・ルンディンは脅迫されていません」フーグルンドが反論した。「それはもしかすると、わたしたちが思っている以上に重要なことかもしれませんよ」

ヴァランダーは椅子に寄りかかって、彼女をながめた。

「なにか考えがあるのだな？」

「ええ。単なる憶測にすぎませんが。もしかするとちょっと無理があるかもしれません」

「憶測であれなんであれ、言ってみてくれ。聞こう」ヴァランダーはうながした。

「ラース・ボーマンがグスタフ・トーステンソンに打ち明けたと仮定します。そうです。県庁の詐欺事件のことを。いつもイコンのことばかり話していたとはかぎりません。ボーマンはこの事件の犯人が挙がらなかったのを悔しく思っていたことは、わかっています。さらにもう一つの仮定を打ち立てましょう。それは、グスタフ・トーステンソンはアルフレッド・ハーデルベリが県庁詐欺事件に関係していると知っていたというものです。トーステンソンはボーマンにハーデルベリを知っているということを以前話したことがあったかもしれない。ボーマンはトーステンソンが自分と同じくらい正義感にあふれていると思い込み、彼ならこの状況をなんとかしてくれるのではないかと思ったのではないか。つまり、助けを求めたのです。でもトーステンソンの方はなにもしなかった。あの脅迫状はいろんな解釈ができます」

「そうだろうか？　脅迫状は脅迫状だろう？」ヴァランダーが言った。

「ええ。でもそれをどう受けとるかで違いが出てきます」フーグルンドが言った。「もしかすると、グスタフ・トーステンソンは本気にしなかったのかもしれません。そこでわたしたちは誤解してしまったのではないでしょうか？　あの手紙を受けとったという記載がどこにもありませんでした。警察にも弁護士連盟にも脅迫されたと訴えていません。ただ隠していただけです。こんなにドラマチックな事件で、こんなにドラマチックじゃない扱いを受けていたのですよ、あの手紙は。ソニヤ・ルンディンが脅迫を受けなかったのは、ボーマンが彼女の存在を知らなかっただけかもしれない」

ヴァランダーはうなずいた。

「いいね。いい推測だ。きみの推測はほかの者たちのと比べてもまったく見劣りしない。むしろ、その反対だ。一つだけ、説明がつかないことがある。もっとも重要なディテールだ。ラース・ボーマンの殺害は、グスタフ・トーステンソンの場合とそっくりだということ。処刑を思わせる殺害なのに、自殺にあるいは事故に見せかけていることだ。これをどう説明する？」

「その答えは、警部が自分で出しています。二人の死はよく似ています」

ヴァランダーは考えた。

「この考えはどうだろう。グスタフ・トーステンソンはなんらかの理由ですでにハーデルベリに疑われていたとする。身辺が見張られていたかもしれない。そうだとすれば、ラース・ボーマンに起きたことは、ドゥネール夫人に起きかけたこととほとんど同じことになる。つまり、ボーマンとトーステンソンが知り合いであることを嗅ぎつけた連中が、ボーマンがトーステンソンから何か聞いていることを恐れて、口封じのために殺されたということだ」

「わたしもそれを考えていたのです」フーグルンドが言った。

「しかしいずれも立証できない」

「ええ、まだできません」

「われわれにはあまり時間がない。オーケソンはわれわれがなにもみつけなければ、捜査をハーデルベリだけに集中することにストップをかけるだろう。もっと対象を広げるようにと。主要な手がかり、すなわちハーデルベリだけに捜査を絞ることができるのは、あとせいぜい一ヵ月しかないだろう」

「十分ではないですか？」

「今日はどうも気分が滅入っていて、おれにはそうは思えない。捜査全体が間違った方向へ行っているのではないかという気がする。だから、あんたの考えを聞いたのはよかった。自信のない犯罪捜査官など、なんの役にも立たないからな」

彼らはコーヒーを取りに行き、そのまま廊下に立って話し続けた。

「飛行機のことだが、なにかわかったことがあるか？」

「あまりないんです。自家用機は一九七四年製造のグラマン・ガルフストリームで、スツールップ空港を利用しています。サービスはドイツのブレーメンで受けています。ハーデルベリはパイロット二人を雇っていて、一人はオーストリア人のカール・ヘイダー。スヴェーダーラに住んでいて、ハーデルベリのところではすでに数年働いています。もう一人はモーリシャス出身のルイス・マシノ。彼はまだ採用されてから数ヵ月です。マルメのアパートに住んでいます」

「どこから入手した情報だ？」ヴァランダーが驚いて言った。

「ジャーナリストと名乗り、自家用機を所有しているスウェーデンの産業界の大物たちを調査していると言って、空港責任者と話をしたのです。ハーデルベリが知っても、べつに怪しいとは思わないでしょう。でも、自家用機がいつ、どこに向かって飛んでいるか、その記録を見せてくれとは言えませんでした」フーグルンドが言った。

「パイロットは面白い職業だと思う。自家用機で頻繁に旅行する人間はパイロットと過ごす時間が多く、結果、彼らの間には非常に特別な関係ができる。互いのことをよく知るようになる。そういえば自家用機というのは安全上、客室乗務員は必要ないのかな？」

「必要ないらしいですね」

「そのパイロットたちに近づくんだ」ヴァランダーが言った。「そしてなんとかして飛行記録を入手するようにしてみることだ」

「わたしにそれを続けさせてください。決して目立たないようにやりますから」

「そうしてくれ。ただし急ぐんだ。時間がない」ヴァランダーは釘を刺した。

その日の午後、ヴァランダーはビュルク以外の全員を部屋に集めた。同じ時間帯、会議室では県警の首長たちの会議がおこなわれていた。ビュルクが議長だった。

フーグルンドがボーマン一家との面談の報告をしたあと、ヴァランダーはファーンホルム城の城主アルフレッド・ハーデルベリに会った報告をした。彼の話で部屋に緊張が走った。一人ひとりがヴァランダー自身が気づかなかった手がかりをみつけようとしているかのように真剣に耳を傾けた。

「弁護士親子の殺害とその他の一連の出来事はハーデルベリによって仕組まれたことではないかという疑問は、彼に会ってますます深まったと実感している」ヴァランダーが言葉を結んだ。「もしみんなもおれの意見に賛成なら、このままハーデルベリに集中して捜査を進めよう。だが、おれの感触は必ずしも正しくないかもしれない。われわれは間違いを犯すかもしれないのだが、それでもやってみるだけの価値があるとおれは思う」

「ほかになにかありますか？」スヴェードベリが訊いた。

「頭のおかしい人間のやったことかもしれない、という可能性もある」マーティンソンが言った。

「それは無理です。すべてがあらかじめ計画されている。これは頭のおかしい人の仕業じゃないわ」

「これからも引き続き、警戒しながら進めるのだ。警察の動きを見張っているのは確かだ。それがハーデルベリかだれかはわからないが」ヴァランダーが言った。

「これでクルト・ストルムが信頼できる人間だったら」スヴェードベリがため息をついた。

「われわれに必要なのは城の中の人間です。秘書たちの間を怪しまれずに動ける人間です」

「おれも同意見だ」ヴァランダーが言った。「だれかハーデルベリのところで働いていた、いまはもう辞めているという人間がいればもっといい」

「経済犯罪担当課によると、ハーデルベリの近くにはごくかぎられた数の人間しかいないらしいです。その人間たちは長年彼のために働いている。秘書たちはこの際あまり重要ではないと思います。彼女たちはハーデルベリのことをあまり知らないんじゃないですか？」マーティンソンが言った。

「それでも、城の中にわれわれの息のかかった人間がいたらなあ」スヴェードベリが繰り返した。「あそこでおこなわれている日々の出来事を知ることができるのに」

会議が終わりに近づいた。

「提案がある。明日はどこか別の部屋に移ろう」ヴァランダーが言った。「全員そろって資料に目を通し、捜査の方向をもう一度確かめるのだ。時間を有効に使おう」

「この時期、ホテル・コンティネンタルはほとんど客がいない」マーティンソンが声をあげた。

「きっと会議室が安く借りられますよ」

「それは象徴的な意味でそそられるな」ヴァランダーが言った。「グスタフ・トーステンソンが初めてハーデルベリに会ったのは、ホテル・コンティネンタルだったそうだ」

翌日彼らはホテル・コンティネンタルの二階の会議室に集まった。前日ビュルクに話すと、意外にも許可が出たのだった。彼らはコーヒーブレークも昼食時も、討議し続けた。翌日の午後まで彼らは資料を点検し、意見を交換した。

新しい発見こそなかったが、必要な時間の過ごし方だった。全員が同じ知識を共有し、知識だけでなくアイディア、疑問、不確かな憶測までわかち合った。

「答えはすべてこの中にあるはず。でもわたしたちにはそれが見えない。すべての糸の先を握っているのがハーデルベリなら、とても巧妙にやっている。彼はわたしたちにしっぽをつかまれるようなことはしでかさないんです」フーグルンドの感想がみんなの気持ちをいちばんよく表現していた。

「土日は休もう」解散時にヴァランダーが言った。「休養の必要がある。月曜日にふたたび開始だ」

土曜日、ヴァランダーはルーデルップの父親の家の屋根を修繕した。それから台所で何時間も父親とカードをして遊んだ。夕食のテーブルを囲みながら、イェートルードが父親との暮らしにすっかり満足しているらしいことがわかった。

食事のあと、ヴァランダーはイェートルードにファーンホルム城についてなにか知っていることがあるかと尋ねた。

「昔は、幽霊が出ると言われてたわ。でも古城ならみんなそう言うのかもしれないわね」

夜中、彼は家に戻った。すでに零下の寒さだった。冬が思いやられた。

日曜日、ヴァランダーは遅くまで寝た。それから散歩に出かけ、港で船をながめた。午後はアパートを掃除した。今日もまた、ひとりきりの日曜日だったと思いながら。

月曜日の朝目が覚めると、頭痛がした。前の晩酒も飲んでいないのに、おかしなことだと思った。だが、原因はよく眠れなかったことにあった。夜中、恐ろしい悪夢にうなされた。父親が急死した。だが、棺に近づくのが怖かった。中に横たわっているのが父親ではなく娘のリンダだとわかっていたからだ。

不快な気分で起きあがり、頭痛薬を飲んだ。窓の外の温度計は相変わらず零下を指している。コーヒーができあがるのを待ちながら、夜中の悪夢はきっと今日の午前中に開かれる会議の前触れだと思った。ビュルクとオーケソンとの会議だ。むずかしいものになるのはわかっていた。オーケソン検事はハーデルベリの集中捜査の継続にゴーサインを出してくれるだろうが、捜査はいままでのところ結果を出していない。しっかりした足がかりがないまま頭打ちの状態になっている。オーケソン検事は継続を許したとしても、いまの捜査方法をいつまで続けるか、限界を言い渡すだろう。

コーヒーカップを持って、ヴァランダーは台所の壁のカレンダーの前に立った。クリスマスまであと一ヵ月ちょっとしかない。あと一ヵ月。そのくらいはどうしても必要だろう。その間に期待されるような結果が出せなければ、クリスマス後は別の方向に捜査を向けなければならないだろう。

一ヵ月だ。短いぞ、すぐに過ぎてしまう。ヴァランダーは焦りを感じた。

電話が鳴って、考えが中断された。

「起こさなかったですよね？」フーグルンドだった。

「ああ。コーヒーを飲んでいる」

「イースタ・アレハンダ紙を取ってますか？」

「地方紙は家に配達してもらうものと決まっている。ローカルニュースは朝読むものだ。まだ世界が小さいうちに。外の世界は午後か夜に読めばいい」

「今日のはもう読みましたか？」

「まだ玄関から取ってきてもいない」

「それじゃ取ってきて、広告のページを見てください」

なにごとかと思いながら、彼は玄関に出て新聞を取ってきた。受話器を持ったまま、新聞を開いた。

「なにを見ればいいんだ？」ヴァランダーは訊いた。

「すぐにわかります。それじゃ」と言って、フーグルンドは電話を切った。

その瞬間、彼はみつけた。ファーンホルム城が厩舎で働く少女を募集していた。急ぎの募集だった。フーグルンドはファーンホルム城という名前を電話で言いたくなかったのだ。だから短い会話になったのだ。

ヴァランダーは考えた。これは一つの可能性だ。オーケソンとの会議が終わったら、すぐにもステン・ヴィデーンに電話してみよう。

ヴァランダーがビュルクといっしょにペール・オーケソン検事の部屋に行くと、彼は近寄るなというしぐさをした。ひどい風邪を引いていると言って、大きな音で洟をかんだ。

「本当は家で寝ているべきなのだが、この会議だけは開かなければならない」とオーケソンは言った。

会議に入る前に、彼は机の上の捜査資料のコピーの山を指さした。

「いかに善意に解釈しても、この資料からアルフレッド・ハーデルベリへの嫌疑を読みとることができない。それはわかっているだろうね」

「もっと時間が必要です」ヴァランダーが言った。「捜査は複雑化しました。それは最初からわかっていたことですが、いまはこの線がいちばん強力な手がかりなのです」

「手がかりと言っていいものかどうか、疑わしいのではないか？」オーケソンが言った。「きみの提案によって、捜査はハーデルベリ一点に絞られたが、この資料を見るかぎり、捜査は出発点からまったく進んでいないではないか。経済犯罪担当課からも役に立つような報告はない。ハーデルベリは驚くほどクリーンな人物のようだ。直接であれ、間接であれ、グスタフ・トーステンソン親子の殺害を示唆するような材料は一つもない」

「時間が必要です」ヴァランダーが繰り返し言った。「逆に言って、本当にハーデルベリが怪しくないということが証明されるまで、もう少し時間をください」

ビュルクは無言だった。オーケソンはヴァランダーをみつめた。

「本来なら、私はここでいまの捜査をやめさせるべきなのだ。きみにもわかるだろう。それでは、これからもハーデルベリに捜査を集中させなければならないという確固たる理由を言ってみてくれ」

「それはどこかにあるはずなのですが、いまはまだわからない。しかし、私はいまでもこの線が正しいと確信している。犯罪捜査課の者たち全員がそうです」

「私は捜査は二手に分けるべきではないかと思う。まったく別の方向も探るべきだ」

「どの方向です？」ヴァランダーが話をさえぎった。「ほかの手がかりはないんですよ。だれが人を殺しておいて、またその動機を隠すために、事故に見せかけたのか？　なぜ弁護士が事務所で撃ち殺されたのか？　だれが秘書の自宅の庭に地雷を埋めたのか？　だれが私の車を吹き飛ばしたのか？　弁護士二人の命を奪い、ほかの者をも消そうとしたのは、どこかの頭のおかしい人間だとでも言うんですか？」

「弁護士事務所のクライアント全員を調べ上げてはいないだろう？　まだ不明なことが残っているはずだ」

「それでも、もっと時間がほしいことには変わりありません」ヴァランダーが言った。「無制限に、ということではない。ただ、もっと時間がほしいんですよ」

「それじゃ、あと二週間だ。その間に決定的なことがみつからなければ、いまの方向はやめることだな」

「二週間では足りません」ヴァランダーが言った。

「それでは三週間。それが限度だ」オーケソンがため息をついた。

「クリスマスまでということにしようじゃないですか」ヴァランダーが提案した。「その間にこの線が明らかに間違っていることを示す証拠が出てきたら、それまで待たずにすぐに方向を転換することにすればいい。だが、とにかくクリスマスまでは続けさせてほしいのです」

オーケソンはビュルクを見た。

「きみの意見は？」

「私は心配でならない」ビュルクが言った。「捜査が頭打ちになっているのは確かだ。ハーデルベリ博士がこれらの事件に関係あるはずはないというのが私の意見であることは、みなが承知のことだ」

ヴァランダーは反論したくなったが、我慢した。最悪三週間でも仕方がないと思った。

オーケソンは急に机の上の書類をまさぐりだした。

「臓器移植のことがあったが、あれはどういうことだね？　グスタフ・トーステンソンの車の中に、人間の臓器を運ぶための冷凍容器をみつけたとあったが」

ヴァランダーはニーベリが発見したことと、現在までにわかったことを報告した。

「アヴァンカ」とオーケソンはヴァランダーの報告を聞き終わってつぶやいた。「株式市場の銘柄会社か？　聞いたことがないが」

「小さな会社です」ヴァランダーが答えた。「ローマンという一家の経営している会社で、一九三〇年代に外国から車椅子を輸入する仕事で事業を始めたらしいです」

「ということは、ハーデルベリ所有の会社ではないな？」オーケソンが言った。

「それはまだわかりません」

オーケソンの目が光った。

「ローマンという名の一家が所有する会社が、なぜ同時にハーデルベリ所有の会社であり得るのだ？　説明してくれ」

「わかったときに説明します。ただ、このところのにわか仕込みの知識で、会社がだれに所有されているかは、現実には外から見えるのとはまったく違う場合があることを学んだので、調べないことにはまだなんとも言えないのです」

オーケソンは首を振った。

「まったく、きみも頑固だな」

それから彼は机の上のカレンダーに目をやった。

「十二月二十日の月曜日に決めることにしよう。その前になにか劇的なことが起きないかぎり。捜査が進展しなければそれ以上は一日たりとも延ばさない」

「それまでの時間を最大限に利用します。われわれはいまでもフル回転していることをわかってほしい」

「知っている」オーケソンが言った。「だが検事として、私は職務を全うしなければならないのだ」

会議が終わって、ヴァランダーとビュルクは互いに沈黙したまま部屋に戻った。

「こんなに時間をくれるとは、彼はきみに対して寛大だな」ビュルクの部屋の前まで来て、彼らは立ち止まった。

「私に対して？」ヴァランダーが眉を寄せた。「われわれに、でしょう？」

「私の言わんとするところはわかっているだろう。不必要な議論はやめよう」ビュルクが言った。

「同感です」と言って、ヴァランダーはその場を立ち去った。

自室に戻り、ドアを閉めると、彼は急になにもしたくなくなった。机の上にだれかが置いていったハーデルベリのガルフストリーム機の写真があった。スツールップ空港で撮られたものだろう。ヴァランダーはぼんやりとそれをながめ、そして隅に押しのけた。

手応えを失ってしまった。捜査したもの全部が無駄だったような気がする。おれは責任を返上したい。とても手にあまる。

長い時間、彼はなにもせずにそうしていた。心はリガのバイバのもとに飛んでいた。しばらくしてから、バイバへ手紙を書いた。そしてクリスマスと新年こちらに来ないかと誘った。その手紙が机の上に置きっぱなしにならないように、また、後悔して引き裂いたりしないように、彼はすぐに封筒に住所を書いて、受付のエッバのところに持っていった。

「今日中に出してくれないか。重要なものだ」ヴァランダーが言った。

「ええ、責任をもって」エッバはそう言って笑った。「それにしてもものすごく顔色が悪いですよ。疲れすぎていませんか？　夜はちゃんと眠れているんですか？」

「いや、ぜんぜん」

「過労死しても、だれも感謝しませんよ」

ヴァランダーは答えなかった。そのまま黙って自室に戻った。

約一ヵ月。あの笑いを引っ剝がすのにあと約一ヵ月しかない。

約一ヵ月では無理だろうと思った。
それでもとにかく心にむち打って働きだした。
ステン・ヴィデーンの番号を押した。
そしてまたオペラのCDを買うことにした。オペラが恋しかった。

13

十一月二十二日月曜日の昼食後、クルト・ヴァランダーは爆破された自分の車の代用車に乗って、イースタの町から西へ向かった。行き先はシャーンスンドの古い要塞跡で、そこに友人のステン・ヴィデーンが競争馬用の厩舎を営んでいた。イースタ郊外の見晴らしのいい高台まで来ると、ヴァランダーは車をパーキングに停めてエンジンを切り、遠くの海を見た。地平線にバルト海へ向かう輸送船が見える。

ほんの一瞬だったが、彼はめまいを覚えた。心臓か、と思ったが、すぐに違うと打ち消した。いま自分はすっかり自信をなくしてしまっているのだ。目をつぶり、頭を後ろに倒して、できるだけ何も考えないように、頭の中を空っぽにしてみた。しばらくして目を開けてみると、海はなにごともなかったように目前に開け、輸送船は東に向かってゆっくりと進んでいた。

おれは疲れている、とヴァランダーは思った。週末の休養はあまり役に立たなかった。疲労は体の奥深くにあり、簡単にはなくならない。こうやって復職した以上、この疲れはもはやおれの中にずっとあるものなのだ。イッランド半島の海岸は、もはや自分にとって存在しない。それがない方の人生を、自分で選択したのだから。

どのくらいそうしていたのだろう。寒くなって、彼はふたたびエンジンをかけ、また車を発進させた。本当にしたいのは、車の向きを変えて、アパートに戻ることだった。だがそうはせず、彼は車を走らせた。シャーンスンドの方向へ曲がると、一キロほど行ったところで道がぬかるみになった。この手入れの悪い道を、どうやって馬用の輸送車が通るのだろうと、いつもながらヴァランダーは不思議に思った。

急に斜面になったかと思うと、厩舎が何棟も並んでいる大きな敷地の中に母屋が見えた。彼は家の前まで車を乗り入れて停めた。カラスの群が木の上からいっせいに鳴き立てた。

ヴァランダーは車を降りて赤い煉瓦造りの家に向かった。そこがステン・ヴィデーンの住居でありオフィスだった。ドアが斜めに開いていて、中からヴィデーンが電話で話をしている声が聞こえた。彼はノックして中に入った。いつもどおり、散らかっていて、馬の臭いがした。乱れたベッドには猫が二匹寝そべっていた。ヴァランダーはヴィデーンがよくこんな状態で暮せるものだといつもながら首をひねった。

ヴァランダーが部屋に入っていったときにうなずいた電話中の男は痩せていた。髪の毛はもじゃもじゃで、あごから口にかけて湿疹ができていた。十五年前、彼らが頻繁に会っていたころとほとんど変わらない容貌だった。そのころヴィデーンはオペラ歌手になることを夢見ていた。彼の声は美しいテノールで、二人はヴァランダーが彼の興行師《インプレサリオ》になって世界にヴィデーンを売り出すという夢を見ていた。だが夢は破れてしまった。いや、内側から枯れてしまったのかもしれない。ヴァランダーは警官を続け、ヴィデーンは父親から受け継いだ厩舎で競争馬の調教師となって生計を立てていた。二人はそこで別れ、十五年の年月が流れた。そして一九九〇年代に入ってヴァランダーが担当した殺人事件がきっかけでふたたびつきあうようになっていた。

昔、彼はおれの親友だった。彼のあとにはだれもいない。きっと彼はおれのたったひとりの友人ということになるのだろう。

ヴィデーンは会話を終わらせると、コードレス電話をテーブルの上に叩きつけるように置いた。

「なんという性悪だ！」ヴィデーンが叫んだ。

「馬主か？」

「ヤクザだよ。一ヵ月前に、おれはあいつの馬を買い取った。フールの近くの農家で馬を飼っているやつで、これから馬を引き取りに行くつもりだった。そしたらやつめ、売りたくないと言いだした。まったくひどいデタラメだ」

「金を払ったのなら、向こうにはなにもできない。あとの祭りだよ」ヴァランダーが言った。

「いや、手付け金だけだ。だがおれはあいつがなんと言ったって、馬を引っ張ってくるぞ」

ヴィデーンは台所へ姿を消した。戻ってきたとき、かすかだが間違いなくアルコールの臭いがした。

「おまえはいつも突然やってくるな」ヴィデーンが言った。

ヴァランダーはうなずいた。二人は台所へ移った。ヴィデーンはビニールカバーで覆われたテーブルに山積みされていた競馬表を片づけた。

「酒はどうだ？」コーヒーの用意をしながらヴィデーンが訊いた。

「車で来た」ヴァランダーが言った。「馬の方はどうだ？」

「今年はだめだったな。来年もいい年にはならない。業界全体が沈んでいるし、馬もどんどん少なくなっている。食っていくために調教費を毎年上げてるよ。本当のことを言えば、ここを閉めて売りに出したいんだが、いま不動産業も不況で、こんなところを買う人間はいないだろう。だからおれはいつまでもスコーネの泥土から抜け出せないってわけだ」

ヴィデーンはコーヒーポットをテーブルの上に置くと、椅子に腰を下ろした。カップを持つ彼の手が震えていた。この男はアルコールでだめになってしまったのだ、とヴァランダーは思った。真っ昼間から手が震えるほどになっているとは。

「それで、どうしてた？」ヴィデーンが言った。「いまなにをしているんだ？　まだ病気休職中か？」

「おれは戻ったよ。また警官だ」

ヴィデーンは信じられない、というように目を大きく開いた。

「まさか。今度ばかりは信じられない、というように目を大きく開いた。

「そうしないって？」

「おまえが警官に戻るとは」

「ほかになにができる？　おれに」ヴァランダーが言った。

「警備会社に勤めるとか、企業の保安課のチーフになるとか言ってたじゃないか？」

「おれには警官以外の仕事はないよ」

「そうだな」ヴィデーンが言った。「そしておれはこのスコーネの泥から抜けられない。そのフールのヤクザから買った馬はなかなかいいんだ。あれはなんとかなるかもしれない。母親はクイーン・ブルーだ。血筋はいい」

少女が一人、馬に乗って窓の外を通った。

「いま何人雇っている？」ヴァランダーが訊いた。

「三人。だが二人分しか払えない。本当は四人ほしいのだが」

「じつはその話で来たのだ」ヴァランダーが言った。

「なんだ、おまえが馬の世話をしたいというのか。ちょっと年を食いすぎてないか？」

「うん、そうだろうな」ヴァランダーは苦笑いした。「いや、ちゃんと説明するよ」

ヴァランダーはアルフレッド・ハーデルベリのことをステン・ヴィデーンに話しても心配ないと判断した。ヴィデーンは調子に乗ってしゃべって歩く人間ではない。

「この思いつきは、おれのではない。イースタ署は最近人員を増やして女性警官を入れた。これがなかなか優秀なんだ。新聞広告をみつけたのは彼女で、おれに電話してきた」

「おれのところの女の子を一人、ファーンホルム城へスパイとして送り込めと言うんだな。とんでもない話だ」

「殺人事件は重大な犯罪だ」ヴァランダーが言った。「ファーンホルム城は、外部に対して固く門を閉ざしている。これは一つのチャンスなんだ。女の子が一人多いといま言ったではないか？」

「一人少ないと言ったんだ」

「頭のいい子でなければならないぞ。物事がちゃんと見える子でなければ」

「ちょうどいい子が一人いる」ヴィデーンが言った。「彼女は頭もいいし、怖がりでもない。ただ問題が一つある」

「なんだ？」

「警官嫌いだ」

「なぜだ？」

「おれが雇う女の子たちは、保護観察下に置かれた子たちだということを知っているな？　マルメの青少年の職業斡旋所から紹介されてうちに来るのだ。いま来ている女の子はソフィアという十九歳の子だ。ちょっと前に馬で通り過ぎたのがそうだ」

「おれが警察の人間だということを話す必要はない。おまえが城で起きていることに興味があるとでも言えばいい。そして彼女から聞いた話をおれに伝えてくれ」

「いや、それはお断りだ。関わり合いたくない。だが、おまえを警察の人間だと言う必要がないということには賛成だ。ただ、おまえが城の様子を知りたがっていると言おう。おまえをいい人間だと言うだけで十分だ。実際そうなのだから、うそではない」

「よし、その線で行こう」ヴァランダーが言った。

「彼女はまだ採用されたわけじゃない。馬の好きな女の子がたくさん応募するだろうよ。城で働くことにあこがれて」

「彼女を連れてきてくれないか。おれの名前は言わなくていい」

「それじゃ、なんと呼べばいいんだ？」

ヴァランダーは考えた。

「ローゲル・ルンディンはどうだ？」

「だれだい、それは？」

「これからのおれの名だ」

ヴィデーンは首を振った。

「本気かい？　それじゃ連れてくるからな」

ソフィアという娘は痩せて背が高く、ぼさぼさの髪をしていた。台所に来ると、ヴァランダーに軽くうなずいて椅子に腰を下ろし、ヴィデーンのカップの中に残っていたコーヒーをすすった。ヴァランダーは、ヴィデーンが雇っている女の子とときどきベッドをともにすることがあるのを知っていた。この子もその一人だろうかと思った。

「本当はおまえをクビにしなければならないところなんだ。おまえも知っているように、三人雇うことができなくなったからな。だが、ウスターレーンにある城が厩舎係の女の子を募集していることがわかった。おまえにぴったりの仕事だ。そのうちこっちの懐具合も変わるかもしれない。そしたらまたおまえを雇うと約束する」

「どんな馬なの？」ソフィアが訊いた。

「アルデンス馬じゃないだろう」ヴィデーンが言った。「どんな馬だっていいじゃないか、臨時の仕事なんだから。このローゲルはおれの友達だ。おまえは城でどんなことがあるかをよく見て、それをローゲルにときどき話してくれ。特別なことじゃない。ただ、あたりをよく観察するんだ」

「給料はいくら？」

「わからない」ヴァランダーが言った。

「いいじゃないか。仕事場は城だぞ。面倒なことは言うな」ヴィデーンが言った。

彼は隣の部屋に行って、イースタ・アレハンダ紙を持ってきた。ヴァランダーが広告のページだと教えた。

「個人広告の欄だ。まず電話をしてから、と出ている」

「よし、さっそく今晩車に乗せて連れていってやるよ」ヴィデーンが言った。

そのとき突然娘が視線をぴたりとヴァランダーに当てた。

「どんな馬なの？」

「知らないと言っただろう？」ヴァランダーが答えた。

ソフィアは頭を傾けた。

「あんた、デカじゃない？」

「なぜだ？」

「そんな感じだから」

ヴィデーンが話に割り込んだ。

「この男はローゲルというんだ。おまえが覚えていなければならないのは、それだけだ。どうでもいいことは訊くな。今晩出かけるときには、もう少しぱりっとしてくれよ。髪の毛も洗え。それからウィンタース・ムーンの左後ろ脚に包帯を巻くのを忘れるな」

女の子は無言で台所を出ていった。

「わかっただろう。あれは気むずかしいがしんの強い子だ」

「いや、ありがとう。うまくいくといいが」

「おれが連れていってやるよ。そのくらいしかできないが」

「うちに電話してくれないか。採用されたかどうか、少しでも早く知りたいから」

彼らは車までいっしょに歩いた。

「ときどき、なにもかも嫌になることがある」ヴィデーンが唐突に言った。

「おれもやり直しがきいたらいいのにと思うよ」ヴァランダーが答えた。

「おれはこう思うことがある。人生なんて、こんなものか？　もうなにもないのか？　数回の手術、数知れない駄馬、いつも金の心配ばかり」

「そんなことばかりでもないだろう？」

「いや、なにもいいことはない。なにがあるというのだ？　教えてくれ」

「今度のことで、おれたちはまたしょっちゅう会うようになる。そのときに話そう」

「あの子はまだ採用されたわけじゃない」

「わかってる。とにかく今晩電話してくれ」

彼は車に乗り、ヴィデーンにうなずき、発進させた。時計を見るとまだ早い時間だった。彼はもう一ヵ所、訪問することに決めた。

三十分後、ヴァランダーはホテル・コンティネンタルの路地裏に違法駐車をして車を降り、ドゥネール夫人のピンクの壁の家まで歩いた。驚いたことに、見張っているはずの警察の車がどこにも見えなかった。ドゥネール夫人の身辺警護の話はどうなったのだ？　彼は腹を立て、不安になった。彼女の庭で爆発した地雷は冗談ではなかった。もし踏んでいたら、彼女は死んだか、片足切除ということになったはず。ドゥネール夫人のドアベルを押しながら、彼はすぐにもビュルクに電話をかけようと思った。

ドアがわずかに開いた。彼だとわかると、ドゥネール夫人の顔が明るくなった。

「あらかじめ電話もかけずにすみません」

「警部さんなら、いついらしても歓迎しますよ」ドゥネール夫人が答えた。

ヴァランダーはドゥネール夫人のコーヒーはいかがという声にイエスと答えた。すでに今日はコーヒーを飲みすぎていたのだが。夫人が台所でコーヒーをいれている間、彼は居間に立って裏庭をながめた。爆破された芝生がきれいに修復されていた。警察が新しい電話帳を届けてくれると思っているだろうか、と一瞬ヴァランダーは思った。この捜査では少し前のことでもずっと昔のことのような気がする。だがおれが電話帳を庭に投げて爆発が起きたのはつい先日のことなのだ。

ドゥネール夫人が台所からコーヒーを運んでくると、二人はソファテーブルを挟んで腰を下ろした。

「いま、警察の車はいませんね？」ヴァランダーは言った。

「ときどき来ますよ」ドゥネール夫人が言った。「来ないこともありますけれど」

「なぜ来たり来なかったりするのか、調べます」

「そんなこと、必要でしょうか。本当にだれか、わたしに危害を加えようとしている人がいるのでしょうか？」

「雇い主の弁護士たちに起きたことを考えてください。だれかがあなたの庭に地雷を埋めたのです。これ以上なにも起きないとは思いますが、油断はできません」

「いったいどうしてあんなことを？　わたしは理由が知りたいわ」

「私が今日伺ったのも、そのためです」ヴァランダーは言った。「少し時間が経ちましたから、よく考えたでしょう？　ものごとを理解するには、時間が必要なものです。記憶を十分によみがえらせるために」

ドゥネール夫人はうなずいた。

「それは、毎日、夜も昼も考えました」

「それでは、数年前までさかのぼりましょう。いいですか。グスタフ・トーステンソンがアルフレッド・ハーデルベリのお抱え弁護士になったところからです。あなたはハーデルベリに会ったことがありますか？」

「一度も」

「電話で話しただけなのですね？」

「それもありません。いつも電話をかけてくるのは秘書でしたから」

「あのように大きなクライアントができるということは、事務所にとって画期的な出来事だったのではありませんか？」

「もちろんです。それまでにないほど、多額のお金が入ってくるようになりました。建物全体を修復できたほどですから」

「会ったことも電話で話したこともなくても、なにかハーデルベリの印象というものがあったのではありませんか？あなたはとても記憶力がよさそうですから」

彼女は答える前に考えた。待っている間、ヴァランダーは庭に止まったカササギを見ていた。

「そうですね。仕事はいつも急ぎでした。あちらから電話があるときは、なにもかも中断して、その仕事が最優先になりました」

「ほかに？」

彼女は首を振った。ヴァランダーは質問を続けた。

「トーステンソン弁護士はクライアントについて、なにか言っていたでしょう？　たとえばファーンホルム城を訪ねたあととかに」

「とても立派だと感心していました。でも、トーステンソン氏はいつも失敗を恐れていました。

そう、それはとても重要なことでした。間違いは許されないと何度も言っていたことを覚えています」

「なぜそう言ったのだと思います？」

「そういうことがあれば、ハーデルベリがすぐにもほかの弁護士にすげ替えることを恐れていたのだと思います」

「アルフレッド・ハーデルベリという人物については、なにか言っていましたか？　あなたは好奇心をもたなかったのですか？」

「もちろん、知りたかったですよ。でも、トーステンソン氏は決して多くを語りませんでした。圧倒されて、沈黙したのだと思います。一度、スウェーデンはアルフレッド・ハーデルベリの活動に感謝するべきだと言うのを聞いたことがありますけど」

「否定的なことは決して言わなかったのですか？」

答えは意外なものだった。

「いいえ、言いました。覚えています。それも一度きりでしたけど」

「なんと？」

「一語一句はっきり覚えています。『ハーデルベリ博士はブラックユーモアの持ち主だ』というものでした」

「どういう意味だと思いましたか？」

「わかりません。わたしは尋ねませんでしたし、トーステンソン氏も説明しませんでした」

「『ハーデルベリ博士はブラックユーモアの持ち主だ』ですか？」

「ええ、その言葉、そのままです」

「いつのことですか？」

「一年ほど前のことです」

「どんな状況で？」

「ファーンホルム城から帰ってきたばかりのときでした。それは定期的な訪問の一つで、特別に呼び出されたものではなかったと記憶しています」

ヴァランダーはドゥネール夫人からこれ以上聞き出せるものはなにもないだろうと思った。グスタフ・トーステンソンは明らかに意識してファーンホルム城の男の話を避けていたのだろう。

「それでは、まったくほかのことを訊きましょう。弁護士が仕事をするときはいつも多くの書類が発生するものです。ところが、われわれが弁護士連盟から受けた報告では、アルフレッド・ハーデルベリに関するトーステンソン弁護士の仕事には極端なほど書類が少なかったというのです。これはどういうことでしょうか？」

「その質問はいつかされると思っていました」ドゥネール夫人が言った。「アルフレッド・ハーデルベリに関する仕事には非常に変わったルールがありました。弁護士として職務上どうしても記録しなければならないことだけが事務所に保管されました。コピーは許されませんでしたし、不必要な保存は厳禁でした。トーステンソン氏が扱った用件に関する書類はすべて、フアーンホルム城に持っていかれました。ですから職務内容を示す書類はいっさい事務所にはないのです」

「これは非常に特異なことではありませんか？」

「ハーデルベリの仕事は機密に関するものが多いからという説明でした。法律に反するようなことではなかったので、わたしはべつにそれに反対しませんでした」

「トーステンソン氏はハーデルベリの経済顧問でしたね。具体的にはどういう仕事をしていたのですか？」

「それはわかりません。ハーデルベリは国際的な規模で企業や銀行と複雑な取引をしているようでした。書類はぜんぶハーデルベリの秘書が作成していました。ハーデルベリに関する仕事でトーステンソン氏がわたしに書類を作成させることはほとんどありませんでした。トーステンソン氏自身はたくさん書いておいでででしたが」

「それは、ほかのクライアントの場合、決してないことでしたか？」

「ええ、絶対に」

「そのことについてはどう思っていましたか？」

「それほど機密性の高い仕事で、わたしでさえも見てはいけないのだと思っていました」

二杯目のコーヒーを勧められて、ヴァランダーは断った。

「ハーデルベリの関係で、アヴァンカという会社名を聞いたことがありますか？」

ドゥネール夫人は遠くを見る目つきになった。

「いいえ。はっきり覚えてはいませんが、ないと思います」

「それでは最後の質問です。脅迫状が事務所に届いたことは、知っていましたか？」

「グスタフ・トーステンソンが見せてくれました。でも、気にする必要はないと言いました。ですからわたしはその手紙を受領記録にさえ載せませんでした。わたしはトーステンソン氏が捨てたものとばかり思っていました」

「脅迫状を書いた主、ラース・ボーマンとグスタフ・トーステンソンが知り合いだったことは知っていましたか？」

「本当ですか？　驚きました」

「イコン画鑑賞会のメンバーだったのですよ、二人とも」

「その会のことは知っています。でも、あの脅迫状を書いた人もそのメンバーだったとは知らなかったわ」

ヴァランダーはコーヒーカップを置いた。

「おじゃまをしました」と言って、立ちあがった。

彼女は座ったままヴァランダーを見上げた。

「報告してくださることはなにもないのですか？」

「二人の弁護士を殺した犯人はまだわかりません。動機も不明です。それがわかれば、お宅の庭に地雷が埋められた理由もわかるでしょう」

彼女は立ちあがり、彼の腕をつかんだ。

「きっと捕まえてください」

「ええ。そうしなければならない。しかしそれには時間が必要です」

「死ぬ前に、いったいあれはどういうことだったのか、知りたいのですよ」

「なにかわかったら、すぐにお知らせします」ヴァランダーはこの言葉が彼女の耳にはどんなに空虚に響くことか、と思った。

ヴァランダーは警察署へ車を走らせ、ビュルクを探した。ビュルクがマルメに出かけていることがわかると、スヴェードベリの部屋に直行した。そしてドゥネール夫人の警護がなぜいいかげんなのか調べろと命じた。

「あそこで本当にまたなにかが起きると思うのですか、警部は？」スヴェードベリが訊いた。

「べつになにも思ってはいない。ただ、もう十分にことは起きているから、これ以上犠牲者を出したくないだけだ」

ヴァランダーがドアに向かったとき、スヴェードベリがメモを差し出した。

「リスベス・ノリーンと名乗る女性から電話がありました。電話番号を書きつけておきました。今日の五時までそこにいるそうです」

見るとそれはマルメの番号で、ヨッテボリではなかった。彼は自室に戻って、電話をかけた。電話口に出たのは老人の声だったが、すぐにリスベス・ノリーンに替わった。ヴァランダーは名乗った。

「用事があって、マルメに来ているんです。父が大腿骨を骨折したので。ヨッテボリの自宅に電話したら、警察からというあなたの留守電が入っていました」

「話が聞きたいのです。それも会って聞きたいのです、電話ではなく」

「なんの話です？」

「現在捜査中のことで、二、三知りたいことがあるので。ルンドの総合病院で働くストルムベリという医者からあなたの名前を聞いたのですが」

「明日なら時間があるわ。でも、その場合、あなたがマルメに来てくれないと」

「ええ、そうします。十時でどうですか？」

「いいわ」

彼女から聞いた住所はマルメの中央だった。受話器を置いたあと、なぜ大腿骨を折った老人が電話に出ることができたのだろうと不思議に思った。

腹が減っていることに気がついた。すでに時計は午後も遅い時間になっていた。あとの仕事は家ですることに決め、アルフレッド・ハーデルベリに関するホルダーを袋に詰めて部屋を出た。エッバにこれ以降は自宅で仕事をすると伝えて、彼は署をあとにした。

途中食料を買い、たばこ屋でスクラッチ式の宝くじを買った。

家に戻るとブラッドプディング（豚の血液で作ったソーセージのような詰め物）を切って焼いてビールを飲んだ。つけ合わせにリンゴンベリ・ジャムが食べたかったが探してもみつからなかった。

食後皿を洗い、宝くじを引っ掻いてみたが当たらなかった。今日はもうそれ以上コーヒーを飲むのはやめにして、ベッドに仰向けになり、アルフレッド・ハーデルベリのことを考えつづけた。

電話で目を覚ました。ベッドサイドの時計を見ると、数時間眠ってしまったことがわかった。すでに夜の九時過ぎだった。

ステン・ヴィデーンだった。

「電話ボックスから電話をしている。ソフィアは採用されたよ。おまえが知りたいだろうと思って電話した。明日から働きはじめることになった」

すぐに目が覚めた。

「いいね。だれが面接したのだ？」

「カルレーンという名の女だ」

最初にファーンホルム城へ行ったときに会った女だ。

「アニタ・カルレーンだな」

「乗馬用の馬が二頭いた」ヴィデーンが言った。「その二頭の世話がソフィアの仕事だ。給料はいいぞ。厩舎は小さいが一部屋あって、ソフィアはそこで寝泊まりする。おまえに対するあの子のイメージはずっといいものになっているだろうよ」

「それはよかった」

「二、三日経ったら、ソフィアから電話がかかって来ることになっている。ただ、一つだけ問題がある。おまえの名前だ。なんという名前にしたっけ？」

ヴァランダーも一瞬、考えなければならなかった。

「ローゲル・ルンディン」

「書き留めるよ」

「おれもそうする方がよさそうだ。そういえば、城からは決して電話をかけるなと彼女に言ってくれ。あんたがいましているように、公衆電話からかけるようにとな」

「部屋に電話が付いている。それを使ってはだめなのか？」

「盗聴される恐れがある」

ヴィデーンが電話の向こうで不服そうに息を漏らすのが聞こえた。

「ちょっと大げさすぎないか」

「本当のことを言うと、うちのこの電話だって怪しいんだ。だが、ここのは定期的に盗聴チェックをかけているからだいじょうぶだろうが」

「アルフレッド・ハーデルベリというのは何者だ？　怪物か？」

「友好的で、日に焼けた、笑顔を絶やさない男だよ。そのうえいつもエレガントな格好をしている。怪物はいろんな格好をしているものだよ」

電話からピーピーという音が聞こえだした。

「それじ……」ヴィデーンの声が消えた。

言葉の途中で切れた。ヴァランダーはアン＝ブリット・フーグルンドの家に電話をしてことの経過を話そうかと思ったが、やめにした。時間が遅すぎた。

そのあとは、署から持ち帰った資料をじっくり読んだ。夜中になると、昔の教科書を持ち出して、ハーデルベリ帝国の息がかかっている遠い国や町をチェックした。ハーデルベリの活動の範囲は広大だった。彼に捜査を集中することに決めたことが、間違った方向に導いてしまっているのではないかという不安はつねにあった。もしかすると、弁護士親子の死にはまったく別の糸口があるのではないだろうか。

夜中の一時、彼はベッドへ行った。娘のリンダが電話してきてから久しい。だが、自分もまた彼女へ電話をかけていない。

二十三日の火曜日は高く晴れ上がったきれいな秋の日だった。

その日の朝はゆっくりし、八時過ぎてから署に電話をかけてマルメへ行く旨を伝えた。そのままベッドに戻り、九時過ぎまでコーヒーを飲みながらゆっくり過ごした。その後すばやくシャワーを浴びて、マルメへ向かった。リスベス・ノリーンの住所はマルメ中央の繁華街だった。シェラトンホテル裏のパーキングハウスに駐車すると、十時きっかりにノリーン宅のドアベルを鳴らした。彼と同年配の女性がドアを開けた。明るい色のジョギングスーツを着ていた。ヴァランダーは一瞬住所を間違えたかもしれないと思った。電話で聞いた声とは印象が違っていた。ジャーナリストと聞いてふつう想像するイメージとも違う女性がそこに立っていた。

「わたしを探している警官ね？」明るい調子で彼女は言った。「制服を着ているのかと思ったわ」

「残念ながらそのご期待には添えないな」ヴァランダーも同じように軽い調子で言った。

そのアパートは古く、天井が高かった。彼女は、足を石膏で固めて椅子に座っている父親を紹介した。その膝にコードレス電話があるのを見て、ヴァランダーは合点した。

「あんたの顔に見覚えがある」父親が言った。「何年か前にあんたのことが新聞によく載っていた。それとも、わしの勘違いだろうか?」

「いや、自分のことだと思います」ヴァランダーは言った。

「ウーランド橋の上で燃えた車と関係があったな。わしがそれを覚えているのは、昔、船に乗っていた人間だからだ。その当時、あの海に橋はなかったがね」

「新聞は大げさに書き立てますから」ヴァランダーは話題を避けるように言った。

「たしか、大変腕のいい警官だと書いてあったと思うがな?」

「そうだわ」今度はリスベス・ノリーンが口を挟んだ。「わたしもあなたを新聞写真で見ているわ。テレビの討論番組にも出なかった?」

「それはない。だれかと勘違いしているのだろう」

リスベス・ノリーンはヴァランダーが早くこの話題を切り上げたいと思っているのを察知した。

「台所で話をしましょう」彼女は言った。

高い窓から秋の朝の日差しが入ってくる。植木鉢の間の日溜まりで猫が眠っていた。ヴァランダーはコーヒーはどうかとの問いにイエスと答えて腰を下ろした。

「私の質問は必ずしも正確なものにはならないかもしれない」ヴァランダーは言った。「あなたの答えの方がずっと面白いものになるはずだ。いまイースタ署では一つの殺人事件、いや、二つだ、二つの殺人事件の捜査をしている。もしかするとそれらの事件には、臓器移植と臓器売買が絡んでいるかもしれない。確かかどうかは答えられない。捜査の都合上話すことができないからだ」

われながらまるで機械のような話し方だと思った。なぜ自分はもっと単刀直入に話すことができないのだろう。まるで警官を真似しているパロディのようだ。

「これでラッセ・ストルムベリがわたしの名前をあなたに教えた理由がわかったわ」リスベス・ノリーンが言った。その声には興味が表れていた。

「あなたはこのおぞましい商売のことを調べているのだね？　もしその全貌を話してもらえれば、非常にありがたい」

「一日かかるわ。もしかするとそれでも足りないかもしれない。それにわたしの言葉の後ろにはすべて疑問符がついていることに、あなたはすぐに気がつくでしょうよ。これは闇に深く隠された活動で、これを調べているのはわたしの知るかぎりアメリカ人ジャーナリスト数人だけよ。北欧ではわたし一人だと思うわ」

「危険な題材だからだろう？」

「もしかするとスウェーデンではまだ、そしてわたしにとってはまだ危険じゃないかもしれない。でも、わたしはアメリカ人ジャーナリストの一人を個人的に知っている。ミネアポリスのゲリー・ベッカー。彼はサンパウロで活動する組織があるという噂を耳にして、ブラジルへ取材に飛んだのよ。でも脅迫され、実際にある晩ホテルの前で銃撃されて、命からがら帰国したわ」

「その〝活動〟にスウェーデン人が関係しているという噂を聞いたことがないか？」

「いいえ。あるの？　そんな可能性が？」

「いや、単なる質問だ」ヴァランダーは答えた。

彼女はなにも言わずに彼をみつめた。それからテーブルに体を乗り出して近寄った。

「いい？　わたしから少しでも話を聞こうというのなら、正直に言って。わたしがジャーナリストだということ忘れないでよ。わたしの話を聞くために人はお金を払うのよ。あなたは払う必要がないわ。警官だから。でもわたしが最低限要求するのは、真実を話すこと」

「わかった」ヴァランダーがうなずいた。「もしかするとスウェーデンの人間が絡んでいるかもしれないという可能性がある。それが、私が話せるぎりぎりのところだ」

「けっこう」彼女が言った。「さ、これでお互いの立場がわかったわね。でも、もう一つ言っておくわ。もし、本当に関係があることがわかったら、わたしに一番先に知らせてほしいの。ほかのジャーナリストに知らせる前に」

「それはできない。規則違反になる」

「そうでしょうね。でも、臓器を取り出すために人を殺すことは、もっと大きな規則違反じゃない？」

ヴァランダーは考えた。自分がとうの昔から無視している規則や内部規定を理由に危険を冒すのを防ごうとしていることに気がついた。警官として、彼はここ数年間、規則を守るか破るかを決めなければなにも行動できない、そんなボーダーラインで仕事をしてきたことを思った。なぜいまさら規則にこだわるようなことを言うのか？

「よし。あなたに最初に知らせる。だが、私の名前は出さないで匿名にしてくれ」

「いいわ。さ、これでますますお互いの立場がよくわかるようになったわね」

あとで考えてみると、植木鉢の間で眠りこける猫のいるあの静かな台所で過ごした時間が信じられないほど速く、短く感じられた。窓から射し込む日の光がテーブルから壁に移り、しまいにはまったく消えてしまうまでの長い時間だった。朝の十時に始めた話が終わったころには、すっかり暗くなっていた。この間何度か休憩をとった。彼女はヴァランダーと父親のために昼食を作り、ヴァランダーは昔船員をしていたという父親の話を聞いた。食事とコーヒーが終わると二人はまた台所のテーブルに向かい、彼女はいま自分がしている仕事の話を続けた。ヴァランダーは彼女に感銘を受けた。二人とも調査を仕事としていて、二人とも犯罪と人間の悲惨さをすぐそばで見ている。だが違いは、彼女は未然に防ぐために問題を調べ世の中に知らせる役割を果たしているのに対し、ヴァランダーはつねにすでに起きてしまった事件の後始末をしている点にあった。

しかし、なによりもヴァランダーは、一日じゅう彼女の台所で過ごしたその日のことを、知らない国を旅しているように感じた。そこでは人間の臓器や体の一部が市場の商品と化し、モラルというものが完全に不在の状態だった。臓器売買の市場規模が見えた。彼女の推測どおりだとすれば、それは想像をはるかに超えて大きなものだった。だが、いちばん彼が驚愕したのは、健康な人間を殺し――それも犠牲者はたいてい子どもや若者だったが――その体の一部を売り飛ばす人々のことを、彼女が理解できると言ったことだった。

「それは世界の一つの姿なのよ。わたしたちが望もうと望むまいと、実際の世界はこれが現実なの。食べるものもないほど貧しい人間は、生き延びるためにはなんだってやるということ。どんなに悲惨で残酷なことでも。彼らに向かってモラルがないだのって、どうして言える？　彼らの生きる条件がわたしたちとはまったく違うときに。リオやラゴス、カルカッタやマドラスのスラム街で、もしあなたが三十ドルを取り出して、人を殺してくれたらこの三十ドルをやると言ったら、一分もしないうちに長蛇の列ができるでしょうよ。彼らはだれを殺すのか、どんな理由で殺すのかなど、訊きはしないでしょう。でも二十ドルもらえるなら、もしかすると十ドルでも、人を殺すでしょうよ。わたしは自分が調べていることが救いようのない地獄であることを知っているわ。やりどころのない怒り、どうしようもない絶望を感じる。でもどんなにこの地獄のことを書いても、現実の世界にこれほど悲惨な貧困があるかぎり、わたしがどんなに怒り絶望しても意味のないことだと思うの」

ヴァランダーはほとんど沈黙したまま話を聞いた。ときどき質問した。彼女は猛烈な勢いで話をした。自分の知っていること、推測していること――なにも物的証拠はなかった――をすべて彼に伝えようとしているのがよくわかった。

何時間もそうやって過ごして、やっと彼女は話し終えた。

「これでぜんぶよ。もしこの話が役に立ったら、それでいいわ」

「私は自分の推測が正しいかどうかもわからない」ヴァランダーは言った。「もし正しかったら、この恐ろしい活動にスウェーデンが関与しているかどうかを追跡しなければならない。そしてそれをやめさせることができたらいいと思う」

「もちろんよ。臓器を奪われてスラム街のドブに打ち捨てられる死体が一体でも少なくなること、それは大いに意味があることよ」

マルメを出たのは夜七時を回ったころだった。昼間話の途中で、イースタ署へ電話をかけて、自分のしていることを伝えておくべきだったと思った。だが、リスベス・ノリーンの話がすっかり彼の注意をとらえて離さなかった。

彼女は建物の外まで彼を見送ってくれた。パーキングハウスの外で二人は別れた。

「今日一日を、あなたは私のために使ってくれた。だが、私はなにも支払うことができない」

「それは仕方がないわ。いつか帳尻が合うでしょうよ」

「また連絡する」

「ええどうぞ。旅行中でなければ、わたしはたいていヨッテボリにいるわ」

ヴァランダーは帰り道イェーエスローの近くのグリルバーで食事をした。頭の中はずっとリスベス・ノリーンから聞いた話でいっぱいだった。その話の中にアルフレッド・ハーデルベリを当てはめようとしたが、できなかった。

この事件は果たして解決できるのだろうか、と不安になった。長い警官生活だが、彼はいままで未解決事件、迷宮入り事件の経験がなかった。いま初めて彼は開かないドアの前に立っているような気がした。

体じゅうに疲れを感じながら彼は車をイースタへ走らせた。家に着いたらリンダに電話をかけることだけが楽しみだった。

だが、アパートの部屋に入るなり、今朝この部屋を出たときとなにかが違うと感じた。彼は玄関に立ったまま耳を澄ました。それから、気のせいかもしれないと思い直した。だが、おかしいという感じは消えなかった。居間に入って明かりをつけた。なにもなくなったものはない。変わったことはなかった。立ちあがって寝室へ行った。乱れたベッドは今朝のままだった。半分飲みかけのコーヒーが入ったカップがベッドサイドテーブルに置いてあった。そのまま台所へ行った。やはり気のせいかもしれない、と彼は思った。

直感が正しかったとわかったのは、マーガリンとチーズを取り出すために冷蔵庫を開けたときだった。

開封してあるブラッドプディングの円筒形の包みを凝視した。彼はディテールに関しては、カメラのような視覚的記憶があった。ブラッドプディングは四段ある冷蔵庫の棚の三段目にあったはずだ。

いまそれは二段目にあった。

何者かが冷蔵庫のドアを開けたとき、棚手前にあったブラッドプディングの包みが床に転がり落ちたのにちがいない。彼自身何度か経験したことだ。そしてそれを拾い上げて、間違った棚に戻したのだ。

彼は自分の記憶に迷いがなかった。

昼間、何者かがこのアパートに入り込んだのだ。その人間はなにかを隠すため、あるいはなにかを探すため、冷蔵庫を開けた。そして落ちたブラッドプディングを間違った棚に戻した。

最初は滑稽だと思った。

それから冷蔵庫のドアを閉め、部屋を出た。

恐怖が襲ってきた。

だが、頭は猛烈な勢いで働いた。

やつらはすぐ近くにいるにちがいない。やつらにおれがまだ部屋にいると思わせなければならない。

彼は建物の正面からは出なかった。地下まで階段を下りて、建物の裏側のゴミ収集室へ繋がっているドアを鍵で開けた。その部屋の向こうに駐車場があった。周囲は静まり返っていた。

彼はドアを後ろで閉めて、建物の壁の影にとけ込んだ。建物沿いに回って表のマリアガータンに接するところまで忍び寄った。彼はひざまずいて雨樋の陰から通りをうかがった。

一台の車が彼がいま使っている代用車から十メートルほど後ろに停まっていた。エンジンを止め、ライトも消している。運転席に男の姿が一人見えた。ほかにも人がいるかどうかはわからなかった。

ヴァランダーは体を引っこめて立ちあがった。どこからかテレビの大きな音が聞こえてくる。

これからどうするべきか。

決めた。

ひとけのない駐車場を走った。

マリアガータンの裏通りまで来て左に曲がり、ヴァランダーは姿を消した。

14

クルト・ヴァランダーはこのときもまた、自分は死ぬのだと思った。

ブレーケガータンまで来たころには、たいした距離でもないのに、また特別に速く走ったわけでもなかったのだが、すっかり息が上がっていた。冷たい秋の夜の空気が肺を直撃し、心臓が破裂しそうになった。ヴァランダーは走る速度を緩めながら、もう自分はこれまでかと、驚いていた。それは何者かがアパートに忍び込んだことや、いま路上の車の中から彼の部屋の窓をうかがっている者がいるのを発見したことよりも、彼を動揺させた。だが彼はその動揺を心の中に封じ込めた。動揺したのは死の恐怖のせいだった。その恐怖は一年半前にはっきり感じたものだった。それによってふたたび精神的におかしくなるのだけはごめんだった。あの恐怖から解放されるのに一年半もかかったのだ。スカーゲンの海岸に埋めてきたつもりだった恐怖が、いままざまざとよみがえったのだ。

彼はふたたび走りだした。そこはもう、スヴェードベリが住んでいるリラ・ノルガータンの近くだった。病院を右手に見て、ふたたび町の中央に向かって曲がった。ストーラ・ノルガータンのキオスクの前に貼り出された新聞のビラが破れてはためいていた。そこで左に曲がり、その先を右に曲がったところで、スヴェードベリが最上階に住んでいる建物が見えた。

その部屋は夜中でもたいてい明かりがついていることをヴァランダーは知っていた。スヴェードベリは暗闇恐怖症だった。もしかするとそれが理由で彼は警察官になったのかもしれない。自分のもつ恐怖感を抑え込むために。だが、いまでもまだ夜中に明かりがついていた。警察官という職業は役に立たなかったと見える。

人はだれでも恐怖心をもっているのだ、とヴァランダーは思った。警官でも、警官でなくとも。建物の入り口まで来て、中に入った。最上階までのぼると、彼はしばらく立ち止まって呼吸を整えた。それからドアベルを鳴らした。スヴェードベリが間髪を入れずにドアを開けた。読書眼鏡を頭の上に、手には夕刊を持っていた。ヴァランダーはスヴェードベリの驚きが想像できた。長い間いっしょに働いてきたが、この間彼はスヴェードベリを訪ねたことは二、三回しかなかった。それも必ず電話をかけてからのことだった。

「助けてほしい」驚きの色を浮かべたスヴェードベリが中に入れてくれたところでヴァランダーは言った。

「ひどい顔色ですよ。いったいなにがあったんです?」スヴェードベリが訊いた。

「走ってきたからだ」ヴァランダーは言い訳した。「いっしょに来てくれないか。手間はとらせない。おまえさんの車はどこに置いてある?」

「下の路上ですが?」

「マリアガータンまで乗せてくれないか?」ヴァランダーはせき込んで訊いた。「うちの手前でおれを降ろしてくれ。おれがいま代用車を使っているのは知ってるな? 署のボルボだ」

「ダークブルーの？　それとも赤い方ですか？」

「ダークブルーの方だ。マリアガータンの通りに入ったら、署のボルボの後ろに車が一台停まっている。ほかには車がないから間違いはしないだろう。その車のそばを通るとき、運転者のほかにも同乗者がいるかどうか見てくれ。それからおれを降ろしたところに戻ってきてくれ。それだけだ」

「もっとなにかしなくていいんですか？」

「ああ。絶対にそれ以上は必要ない。おれはただ、車に何人乗っているか、それが知りたいだけだ」

スヴェードベリは眼鏡を外し、新聞を置いた。

「いったいなにが起きたんです？」

「おれの部屋の様子をうかがっている者がいる」ヴァランダーが言った。「それで、車の中に何人いるのか知りたいのだ。それ以上はなにもしなくていい。ただ、車の中のやつにはおれが部屋にいると思わせたいのだ。いまはおれは裏口から出てきた」

「自分にはなにがなんだかよくわかりませんが、そいつを捕まえる方がいいんじゃないですか？　署に連絡してだれか人を送ってもらうこともできますよ」

「捜査会議で決めたことを覚えているな？　もしこれがハーデルベリの手下の者だったら、気づかぬふりをしているのがいちばんいいのだ」

スヴェードベリは認められないというように首を振った。

「私は気が進みません」

「ただマリアガータンまで行って、見てきてくれればいいのだ」ヴァランダーが語気を強めた。

「そしたら、おれは自分の部屋に戻る。もし助けが必要になったら、おまえさんに電話するよ」

「仕方がない。言われたとおりにしましょう」と言って、スヴェードベリは靴を履いた。

スヴェードベリのアウディに乗ると、ストールトリエットの広場を横切り、ハムヌガータンを下って、ウスターレーデンで左折した。トーバクスガータンをのぼりきったところで、ヴァランダーは車を止めさせた。

「おれはここで待っている。その車はボルボの約十メートルぐらい後ろに停まっている」

五分もしないうちにスヴェードベリの車が戻ってきた。ヴァランダーは車に乗り込んだ。

「乗っているのは一人だけでした」スヴェードベリが言った。

「確かか？」

「運転者だけです。確かです」

「ありがとう。もう帰っていい。おれはここから歩く」

スヴェードベリは心配そうな顔をした。

「あの車に何人乗っているかがなぜそんなに重要なんですか？」

この質問にどう答えたらいいか、まったく用意していなかった。侵入者にどう対したらいいか、そのことにばかり気を取られていたので、スヴェードベリが発した当然の疑問を見落としていたのだ。

「あの車を前にも見たことがある」ヴァランダーはうそをついた。「そのときは車の中に男が二人いた。もし一人だけしかいないとなると、もう一人は車の外に、近くにいることになる」

自分でもまずい説明だと思ったが、スヴェードベリはそれ以上はなにも訊かなかった。

「車輌ナンバーFHC803です。もちろん警部はもう書き留めたでしょうが」

「ああ。ナンバーをチェックしてみる。もう帰ってくれ。明日署で会おう」

「だいじょうぶなんですね？」スヴェードベリが念を押した。

「ああ。だいじょうぶだ」ヴァランダーはうなずいた。

彼は車を降りて、スヴェードベリの車がウスターレーデンから消えるまで見送った。それからマリアガータンに向かって歩きはじめた。ひとりになるとふたたびさっきの動揺がよみがえった。恐怖感で自分が弱くなったとは考えたくなかった。

裏口のドアからふたたびアパートの建物に入ったが、階段には明かりをつけずにのぼった。まっすぐバスルームに行って窓から通りを見下ろした。車はまだそこに停まっていた。ヴァランダーは台所へ行った。もし爆弾を仕掛けられていたら、とっくに爆発しているはずだと思った。やつらはおれがベッドに就き、電気を消すのを待っているのだ。

夜中の十二時になるまで待った。ときどきバスルームへ行って、車がそこに停まっているのを確認した。十二時になって、台所の明かりを消し、ベッドルームの明かりをつけた。十分後、それもまた消した。それからそっと部屋を出ると、階段を地下まで下りて建物裏の駐車場の壁に身を寄せ、さっきと同じように表のマリアガータンの様子をうかがった。暖かいセーターを着てこなかったのが悔やまれた。風があって気温が下がっていた。そっと足踏みして体を温めた。一時になってもなにも起こらなかった。

一時四十分、通りから音が聞こえてヴァランダーはぎくっとした。雨樋の陰からのぞくと、運転席側のドアが開いている。室内灯はついていない。運転者が車を降りて静かにドアを閉めた。男は動きだした。頭はずっとヴァランダーの部屋の窓の方を見上げている。

男は黒っぽい服を着ていた。距離があるため顔はよく見えない。それでもヴァランダーは男に見覚えがあるような気がした。男は道を渡ると、ヴァランダーのアパートの建物の中に消えた。

その瞬間、ヴァランダーは男をどこで見かけたのかわかった。ファーンホルム城の暗闇で二度も見かけた、身動きもせずにたたずんでいた男の一人だ。アルフレッド・ハーデルベリの影の男たちの一人だ。その男がいま、ヴァランダーの住む建物の階段をのぼっていったのだ。自分を殺すためか。彼は建物の外にいるにもかかわらず、自分の寝室のベッドの中にいるような気がした。

おれはいまおれを殺そうとして階段を上がっていく男を見送ったのだと思った。

彼は雨樋の陰で身を縮めて待った。二時三分過ぎ、建物のドアが音もなく開いて、男が出てきた。男があたりを見回したので、ヴァランダーは壁に背をつけた。そのあと車が急発進する音が聞こえた。

ハーデルベリに報告しに行ったのだろう。だが、きっと真実は話さないにちがいない。おれはアパートにいて、明かりを消して寝たはずなのに、行ってみたらいなかったとまぬけな報告をすることはできないだろう。

だが、男がアパートになにか仕掛けていったかもしれないという疑いがあった。ヴァランダーは車に乗り、署まで行った。夜勤の警官たちはヴァランダーの姿を見て驚いてあいさつした。地下室を探してマットレスをみつけると、自室の床に敷いて体を横たえた。三時を回っていた。くたくただった。いまはとにかく眠らなければ、明日なにも考えることができなくなる。眠りに落ちたが、黒い服の男にずっと追いかけられてうなされた。

五時過ぎ、ヴァランダーは悪夢から目を覚ました。彼は署の自室の床に体を横たえたまま、リスベス・ノリーンが話してくれたことを思い出した。それから起きあがると、食堂へ行って、一晩じゅう温められていたコーヒーメーカーの底に残っていた苦いコーヒーを飲んだ。まだアパートに戻りたくなかった。更衣室でシャワーを浴び、七時過ぎ、自室の机に向かった。今日は十一月二十四日。彼はアン＝ブリット・フーグルンドが捜査会議で言った言葉を思い出した。

「すべてこの中にあるはず。でもわたしたちにはそれが見えない」

おれたちはまさにその中にあるかけらを一片ずつみつけていくのだ。そしてそれらパズルのかけらが全部ぴったりと合うように置き直すのだ。

彼はスヴェン・ニーベリの自宅に電話した。電話に出たのはニーベリ自身だった。

「すぐ署に来られるか？」ヴァランダーは言った。

「昨日、あんたを探したよ。だれも居場所を知らなかった。おれたちはあんたに知らせたいことがある」

「おれたちとは？」

「アン＝ブリット・フーグルンドとおれだ。おれは技術屋で、捜査官ではないからな」

「できるだけ早くおれの部屋に来てくれ。フーグルンドにはおれから連絡する」

三十分後、ニーベリとフーグルンドが彼の部屋にやってきた。スヴェードベリがドアから頭だけのぞかせて、ヴァランダーに訊いた。

「自分も、ですか？」

「いや、ＦＨＣ803を調べてくれ。まだ登録ナンバーを調べていない。おれの代わりにやってくれないか？」

スヴェードベリはうなずいて、ドアを閉めた。

「アヴァンカか？」ヴァランダーは切り出した。

「あまり期待しないでください」フーグルンドが言った。「まだ一日しか調べていないのですから。ええ、アヴァンカとアヴァンカの所有者についてです。この会社がすでにローマン家の所有ではないことは調べはじめてすぐにわかりました。ローマン家は対外的評価と信用のあるこの会社名を貸しているのです。ただし、会社はまだ部分的にローマン家が所有しています。それもかなりの部分を。しかし、アヴァンカは数年来、製薬企業、保健医療器具生産会社などからなるいくつかの企業の合弁会社《コンソーシアム》に属しているのです。これらの会社はとても複雑に関係し合っていて、いまの段階ではまだ所有関係ははっきりわかりません。このコンソーシアムの本社はリヒテンシュタインにある信託会社で、名前はメディコンといいます。これもまた、いくつかのグループによって所有されている会社です。その中に主にコーヒーの生産と輸出を業務としているブラジルの会社があります。しかしここでとくに興味深いのは、メディコンが取引上ベイエリッツヒ・ヒポテーケン・ウント・ヴェッシェルバンクと直接的な関係をもっているということです」

「なぜそれが興味深いことなのだ？」ヴァランダーは顔をしかめた。すでにフーグルンドの説明が複雑すぎて、話の筋が見えなくなっていた。

「なぜなら、アルフレッド・ハーデルベリはジェノアにプラスティック製造会社をもっているからです」フーグルンドが続けた。「競艇用のボートを作っています」

「おれはもうついていけない」ヴァランダーは両手を上げた。

「ちょっと待ってください。いま、わかります」フーグルンドが言った。「ジェノアの会社の名前はCFPといい、これはなにかの略字でしょうが、客になんらかのリース契約をさせて、ボートのリース・販売業務をおこなっているのです」

「アヴァンカの話をしてくれ」ヴァランダーは苛立った。「おれはプラスティック製のボートの話などに興味はない」

「いえ、興味をもった方がいいと思いますよ、警部も。CFPのリース契約はベイエリッツヒ・ヒポテーケン・ウント・ヴェッシェルバンクを通しておこなわれているのです。この銀行が、わたしたちがいままでのところ発見したアルフレッド・ハーデルベリの帝国とアヴァンカの唯一の共通項です」

「ちょっと関係が遠すぎないか？」ヴァランダーが言った。

「もっと近い関係があるかもしれません。経済犯罪担当課の捜査結果を待ちましょう。これを調べたわたし自身、どうなっているのかさっぱりわからないくらいですから」

「おれは、これは大した発見だと思う」それまで黙っていたニーベリが言った。「また、このジェノアのプラスティック会社が競艇用のボート以外にも生産しているものがあるかどうか、調べる方がいい」

「たとえば移植用の臓器冷凍容器とか、か？」ヴァランダーが言った。

「たとえば」

三人とも沈黙し、互いの考えをさぐり合った。いまのニーベリの言葉が本気だということは、だれにとっても明らかだった。ヴァランダーは考えを言葉にする前にじっくり考えた。

「もし本当にそうだったら、ハーデルベリはあのプラスティック容器の製造にも輸入にも携っていることになる。一見、アヴァンカとプラスティック製造会社はまったく関係ないように見えるが、じつは彼がすべて牛耳っているのかもしれない。ブラジルのコーヒー製造販売会社がスーデルテリエの小さな会社アヴァンカと関係あるなどということが、本当にあり得るのだろうか？」

「アメリカの自動車会社が車椅子の製造もしていることを見れば、あり得ないことではないとわかりますよ」フーグルンドが言った。「車は自動車事故を起こす。それはとりもなおさず車椅子の需要が増えるということですから、利益は同じポケットに入るのです」

ヴァランダーは肩をすくめて椅子から立ちあがった。

「捜査のスピードを速めよう。フーグルンド、あんたは経済犯罪担当課にアルフレッド・ハーデルベリの経済活動のすべてを書き出した組織図を作るように頼むんだ。すべてをそこに盛り込むように。ジェノアのプラスティック製のボートからファーンホルム城の馬までわかっていることすべてだ。ニーベリ、あんたには例のプラスティック容器を詳しく調べてもらおう。製造者は？　なぜあれがグスタフ・トーステンソンの車にあったのか、などなど」

「でもそんなことをしたら、ハーデルベリにバレてしまいますよ」フーグルンドが言った。

「わたしたちが彼の背景を探っているとすぐにわかるでしょう」

「いいや、それはだいじょうぶだ」ヴァランダーが言った。「すべてこれは形式上の通り一遍の捜査だという見せかけを崩さなければいい。目立たないようにすることだ。それから、おれはビュルクやオーケソンと話して、記者会見を開くように仕向ける。おれが記者会見を開けと要求するのは、おそらく初めてのことだ。だが、記者会見をして秋の霧を少し濃くする煙幕を張るのもいいのではないか。ほかの手がかりがあるように発表するのだ」

「オーケソン検事はまだ風邪で休んでいるようですよ」

「電話してみる」ヴァランダーが言った。「捜査のテンポを上げると言って、署に来るように頼むつもりだ。風邪を引いていても、とにかく来てもらう。マーティンソンとスヴェードベリに、今日の会議は午後二時だと伝えてくれ」

夜中のことはみんながそろったときに話すことに決めていた。

ニーベリが部屋を出ていった。ヴァランダーはフーグルンドに残るように言った。そして友人のステン・ヴィデーンのところの、厩舎手伝いの娘をファーンホルム城に送り込んだことを話した。

「あんたのアイディアだ。これでなにか様子がわかるといいが。あまり期待しないで待つ方がいいかもしれない」

「その女の子に危険がないといいのですが」

「その子は馬の世話をするだけだ。そしてあたりをよく観察してもらう。それだけだ。大げさに考えない方がいい。アルフレッド・ハーデルベリといえども、自分の周囲にいるすべての者を警察の回し者と考えることはないだろう」

「さあ、どうでしょうか。警部が正しいといいのですが」

「飛行記録の方はどうなっている?」

「いま調べています。でも昨日はアヴァンカに時間をぜんぶ取られてしまって」

「いい仕事をしたよ」ヴァランダーが言った。

その言葉を聞いてフーグルンドがうれしそうな顔をした。おれたちはめったに人をほめない。一方、批判的なことや人の噂に関しては大盤振る舞いをする。

「お手柄だ」と彼は言葉を添えた。

フーグルンドが部屋を出たあと、ヴァランダーは窓辺に立って、もしいまリードベリがいたらどうしただろうかと考えた。だが、今回ばかりは彼がなんと言おうと、自分のやり方が正しいと信じなければならないと思った。

午前中の残り時間、彼はエネルギッシュに働いた。ビュルクに記者会見を明日開く必要性を訴え、ペール・オーケソンと相談したうえで自分がすべて記者会見を取り仕切ることを約束した。

「きみが自分からマスメディアに声をかけるなんてことは、いままでにないことだな」ビュルクが首を傾げた。

「もしかすると私にもいい人間になる望みがあるのかもしれません」ヴァランダーは言った。

「決して遅すぎることはないそうですからね」

ビュルクと話してから、オーケソンの自宅へ電話した。彼の妻は病気で休んでいる夫になかなか電話を繋ぎたがらなかった。

「熱があるんですか？」ヴァランダーが訊いた。

「病気だと言ったら病気なんです」妻は譲らなかった。

「申し訳ないが、仕事上、どうしても彼と話をしなければならないのです」ヴァランダーは言い張った。

数分後、声の変わったオーケソンが電話口に出た。

「インフルエンザにかかったらしい。腹の具合も悪いんだ」

「重要なことでなければ、無理は言いません。しかしどうしても今日の午後の会議に出てもらいたいので。迎えの車を出します」

「よし、行くことにしよう。ただし、タクシーで行くから、車はいい」

「なにが重要なのかを、いま説明しましょうか？」

「弁護士殺しの犯人がわかったのか？」

「いえ」

「私にアルフレッド・ハーデルベリ逮捕の許可を求めるのか？」

「いいえ」

「それなら、午後そっちに行ったときに説明を聞けば足りる」

オーケソンとの電話が終わってから、ヴァランダーはファーンホルム城に電話をかけた。いままでの女性たちの声ではない、初めての声が答えた。

ヴァランダーは名乗って、クルト・ストルムと話したいと言った。

「ストルムは、今日は夜勤です。自宅の方へ電話をかけられたらいかがでしょうか？」

「しかし、そちらから電話番号は教えてもらえないでしょう」ヴァランダーは言った。

「どうしてですか？」

「いろいろ規則があるようですから」

「いいえ、そんなことはありません」と言って、女性はストルムの電話番号を読み上げた。

「ハーデルベリ氏によろしく伝えてください。先日はありがとうございましたと」

「ハーデルベリ博士はいまニューヨークです」

「戻られたときに伝えてくれればいい。留守は長くなりますか？」

「いえ、明朝には戻られる予定です」

電話を切って、なにかが変わったと思った。アルフレッド・ハーデルベリはイースタ署の警官にはいつもの拒絶の態度ではなく、ていねいに応対せよと命じたのだろうか。

ヴァランダーはクルト・ストルムの自宅の電話番号を押した。何度も呼び出し音が鳴ったが、だれも出なかった。受付のエッバに電話して、ストルムの住所を調べてもらった。その間にコーヒーを取りに行きながら、娘のリンダのことが気になっているのにこのところずっと電話をかけていないことを思い出した。今晩こそ必ず電話をかけよう。

九時半、ヴァランダーは車を出してウスターレーンへ向かった。エッバによれば、ストルムの住所はグリンミングゲヒュース古城の近くの小さな農家だということだった。ウスターレーンの地理に詳しいエッバは、地図を描いてくれた。目的の家に着き、ドアベルを押しても、だれも出てこなかった。だが、近くにいるという感じがした。ここに来る途中、スヴェードベリから聞いたストルムの退職のいきさつを思い出した。自分を見たらどんな反応を示すだろうか。ヴァランダーはいままでにも犯罪に巻き込まれた警官の取り調べをした経験があった。嫌な思い出だった。だが、今日はどうしても彼に訊かなければならないことがあった。

その家はこの地方独特の白い漆喰の農家造りで、グリンミングゲヒュース古城の東側にあった。家は草花の植え込みのある庭の中にあって、春になったら花がきれいだろうと想像できた。車が止まったとき、金網で囲われた犬庭で二匹のシェパードが吠えだした。ガレージの扉が開いていて車が見えたので、クルト・ストルムは家にいるはずだ。たしかにそのとおりで、家の後ろからストルムが現れた。作業服姿で、片手に漆喰を塗るためのこて板を持っていた。ヴァランダーの姿を見て、彼は足を止めた。

「仕事中じゃましたようだね」ヴァランダーは言った。「電話をかけたのだが、応答がなかった」

「家の土台に入ったひびを補修しているところだ。いったいなんの用だ？」

ストルムは警戒していた。

「ちょっと訊きたいことがある。犬を静かにさせてくれないか？」

ストルムが声をかけると、二匹の犬はたちまち静かになった。

「家に入るか？」ストルムが訊いた。

「いや、ここでいい」ヴァランダーは答えた。「中に入るまでもない。すぐにすむ用事だ」

ヴァランダーは庭を見渡した。

「ここはいいね。マルメのアパートに住むのとは大違いだろう？」

「いや、おれはマルメでもいいところに住んでいた。ここに移ったのは、勤務先に近いためだ」

「ここにはひとりで住んでいるとみえるな。たしか、あんたは結婚していると思ったが？」

ストルムの顔が無表情になった。

「おれの私生活がおまえとどう関係がある?」

ヴァランダーは首をすくめた。

「べつに。だが、昔の同僚のことは気になるものだ。だから家族とはうまくいっているのかと心配してつい訊いただけだ」

「おれはおまえに同僚呼ばわりされる覚えはない」ストルムが言った。

「しかし昔はそうだったではないか?」

ヴァランダーは声の調子を変えた。どこかで妥協の線が見出せるはずだ。クルト・ストルムという人間は、こっちが下手に出たらつけあがる。

「おまえがここに来たわけは、おれの家族の心配のためではないはずだ」

ヴァランダーはストルムを正面から見て、にやりと笑った。

「そのとおりだ。たしかにほかの用事で来た。おれたちがかつて同僚だったことを思い出させてやったのは、親切心からだ」

ストルムは青ざめた。一瞬、ヴァランダーはやりすぎたか、と思った。ストルムが殴りかかってくるのを恐れた。

「だが、そんなことは忘れよう。それより十月十一日のことを聞こう。六週間前の月曜日の夜のことだ。なにが起きた晩かは言うまでもないな?」

ストルムは無言でうなずいた。

「訊きたいことは一つしかない。あんたが答える前に、はっきりさせておきたいことがある。

ファーンホルム城の規則に反するからという理由で、答えを拒否してもだめだ。もしそんなことをしたら、面倒なことになるぞ。おれは黙ってはいない。騒ぎ立ててやるからな」

「おまえになにができる？」ストルムが吐き出すように言った。

「なにができるだと？　あんたをイースタ署に連行することができる。毎日十回も城に電話をかけてクルト・ストルムと話したいと言うこともできる。城のやつらは、警察がなぜ城の警備員にこれほど関心があるのかと不審に思うだろうよ。あんた、警察を辞めた事情を話していないだろう？　知ったら向こうはまずいことになったと思うだろうね。アルフレッド・ハーデルベリはファーンホルム城の平和が乱されるのをなにより嫌うようだしな」

「地獄へ行け。おれにぶっ飛ばされないうちに出ていけ」ストルムが叫んだ。

「おれは十月の晩のことで訊きたいことが一つあって来たのだ」ヴァランダーは脅しに動ぜず平然として言った。「あんたの答えはおれの胸だけにおさめると約束してやろう。いまの暮らしをふいにしたいのか？　城で会ったとき、たしかあんたはいまの暮らしに満足な様子だったが？」

ストルムの顔に不安が浮かんだのをヴァランダーは見逃さなかった。目には依然として憎悪が浮かんでいたが、きっとストルムは答えに応じるとヴァランダーは確信した。

「一つの問いだけだ。答えも一つでいい。真実の答えがほしい。それを得たら、おれは帰る。あんたは家の修繕なり庭の手入れなり続ければいい。おれがここに来たことなど忘れて、いままでどおりファーンホルム城の警備をしていればいいのだ」

「なにが聞きたいのだ？」ストルムが訊いた。

「十月十一日の夜、グスタフ・トーステンソンがファーンホルム城を出たのは、コンピュータの記録によれば八時十四分だった。もちろんそれだって、やろうと思えばいくらでもごまかせる。だがいまはそれが正しい記録だということにして話を進める。彼がファーンホルム城を出たことまでは確かだからな。あんたに訊きたいことはたった一つ、グスタフ・トーステンソンが城に来てから帰るまでの間に、城を出た車があったかどうかだ」

ストルムは無言のまま、しばらくしてゆっくりうなずいた。

「これは一つの質問の前半分。次は後半分だ。その車に乗っていたのはだれだ？」

「それは知らない」

「だが、車は見たのだな？」

「おれはもう、一つ、質問に答えたぞ」

「いや、これはまだ同じ質問だ。車の種類は？　そしてだれが乗っていた？」

「城の車の一台で、ＢＭＷだ」

「だれが乗っていた？」

「知らない」

「これに答えないと恐ろしいことになるぞ」

ヴァランダーは芝居をする必要がなかった。自然に言葉が口をついて出てきた。

「本当だ。だれが車に乗っていたのか、おれは知らない」

ヴァランダーはストルムが本当のことを言っているのがわかった。ちょっと考えればすぐにわかることだった。

「車の窓が曇りガラスだったためか？　そのために中に座っている人間が見えなかったのか？」

ストルムがうなずいた。

「さあ、もう答えたぞ。失せやがれ！」

「昔の同僚に会うのは、いつも楽しいものだ」ヴァランダーが言った。「たしかにあんたの言うとおりそろそろ引き揚げる時間だ。話は聞いた。ありがとう」

彼がクルト・ストルムに背中を向けたとたん、犬たちがまた吠えだした。発進させたとき、ストルムはまだ庭の真ん中に身動きもせずに立って、こっちをにらんでいた。ヴァランダーはシャツの下が汗びっしょりだった。ストルムはその気になれば暴力を振るうこともいとわない男だった。

だがこれでとにかく、長いこと思案していたことに答えを得た。なにもかもグスタフ・トーステンソンがあの晩殺されたところに端を発している。いまヴァランダーはその経過がわかった。トーステンソンがハーデルベリと二人の銀行家との会議に参加していたとき、車が一台城を出た。老弁護士を始末するのが目的だ。なんらかの手段で彼らはあらかじめ選んでおいたひとけのないところで弁護士に車を停めさせて外に出るようにし向け、それに成功した。グスタフ・トーステンソンの命を抹殺することがその晩に決められたのか、あるいはあらかじめ計画されていたことなのかはわからない。だが、これで殺害者が城から送り出されたことは可能性が大きくなった。

ヴァランダーはあの大きなホールの暗がりにいた二人の男のことを思った。

急に身震いが起きた。昨晩のことが思い出された。

気がつくとアクセルを強く踏んでいた。サンドスコーゲンを通り過ぎたときは猛スピードで、もしここで速度チェックがおこなわれていたら、運転免許を取り上げられるほどのスピード違反だった。彼はブレーキを踏んでスピードを落とした。イースタに着くと、フリードルフ・カフェに入り、コーヒーを飲んだ。

リードベリならここで忍耐、忍耐と言っただろう。石が坂を転がりだしたら、すぐにそのあとを追いかけてはいけない。動かずにその石が落ち着く先を見るのだ、と。

そうしよう。

石の転がる先を見届けよう。

これに続く数日、ヴァランダーは同僚たちが仕事のために時間を惜しまずに全力を尽くす人間であることをまたもや確認することになった。これからはいままで以上に集中的に捜査をおこなうとヴァランダーが宣言したとき、一人として反対する者はいなかった。

水曜日の午後、まだインフルエンザから回復していないオーケソン検事を交えて、彼らは新たな意気込みで捜査に取りかかった。アルフレッド・ハーデルベリの世界的事業の詳しい内容把握がいま最緊急課題であることを疑う者はいなかった。オーケソンは会議の途中でストックホルムとマルメの経済犯罪担当課へ電話をかけ、これ以上待てないので、この問題をいまなによりも優先的に扱うよう強く要請した。彼が受話器を置いたとき、部屋の中から自然に拍手が起きた。またオーケソンの指揮のもと、イースタ署はまずアヴァンカを調べ上げることを最優先することが決まった。これは経済犯罪担当課の仕事と衝突することがない、局部的な捜査になるはずだった。ヴァランダーはこの仕事にアン＝ブリット・フーグルンドがもっともふさわしいと推薦した。反対する者はいなかった。この瞬間からフーグルンドは新米の使い走りではなく、一人前の捜査官として仕事を任されることになった。

ファーンホルム城の厩舎に送り込んだソフィアのことに関しては、ビュルクとオーケソンだけでなく、マーティンソンとスヴェードベリまでが、外部の人間を使うのは反対だと文句を言うのを恐れて、ヴァランダーは知り合いが城の厩舎で働いているから、もしかすると城内部の情報が得られるかもしれないと言うに留めた。ちょうど休憩のサンドウィッチが部屋に届けられたときで、彼のさりげない報告をとがめる者はいなかった。

休憩時間が終わり、部屋が換気されたあとで、ヴァランダーは昨晩車の中から彼のアパートを見張っていた者がいたことを報告した。ただし、部屋に侵入された話はしなかった。ビュルクが過剰反応して安全対策上の理由を楯に捜査を小規模にするのを恐れたからだった。そのときスヴェードベリが、昨晩の不審な車はイェムトランドの高山地帯のスキー観光地管理人の所有車輛として登録されているという報告をした。ヴァランダーはその管理人とスキー観光地の所有者を調べるようスヴェードベリに言った。アルフレッド・ハーデルベリがオーストラリアの採石所を所有するのと同様にイェムトランドにスキー観光地を開発していることもあり得た。会議の終わりにヴァランダーはクルト・ストルムの報告をした。部屋が静まり返った。「この小さなパズルのピースが必要だったのだ」とヴァランダーはあとでフーグルンドに言った。「警察官というものは、実際的な人種だ。グスタフ・トーステンソンがまだ城にいるうちに車が一台城を出発したというこの一片の情報で、これまで不確かだった経過がぴたっと定まるのだ。これで偶然の可能性はなくなり、周到に計画された殺人であることがわかる」

捜査会議ははっきりした目標が定まったところで終わった。ヴァランダーはこれこそが必要なことだったと感じた。ペール・オーケソンはビュルクといっしょに会議室に残った。翌日の記者会見の打ち合わせのためだった。ヴァランダーは、現在捜査中なので詳しくは話せないが、捜査の手がかりがあると言うに留めたらどうかと提案した。

「だが、手がかりがあると言ったら、そのあとはどう説明する？」オーケソンが言った。「それがファーンホルム城のことだとアルフレッド・ハーデルベリに思わせないようにするのに、なにか考えがあるのか？」

「グスタフ・トーステンソンのことは彼の私生活に起因する悲劇だとでも言います」

「それはあまり説得力がないな」オーケソンが言った。「そのためにわざわざ記者会見を開くだろうかと、むしろ疑われるのじゃないか？　とにかく十分に準備をするのだ。予想される質問には、正確に、それでいて自然に回答をするように」

捜査会議のあと、ヴァランダーは帰宅した。鍵穴に鍵を入れたとたんにアパートが爆発する危険があるかどうか、ずいぶん考えた。だが、昨晩このアパートに忍び込んだ男は手になにも持っていなかったし、爆発物を仕掛けるほど、大胆な行動をするとは思えなかった。

それでも、アパートに戻るのは嫌な気分だった。電話を調べて、盗聴装置が仕掛けられていないかどうか確かめた。なにもなかったが、これからはアルフレッド・ハーデルベリのことを家の電話では決して話さないことにしようと決めた。

それからシャワーを浴び、服を着替えた。

夕食は港の近くのピザの店で食べた。そのあとは翌日の記者会見のための準備をした。ときどき窓辺へ行って、下の通りを見た。そこには彼がいま使っている代用車しか停まっていなかった。

記者会見は思ったよりもうまくいった。それに二人の弁護士殺害事件はあまり一般の関心を引いていなかった。新聞社の人間は少なかったし、テレビからは一人も来なかった。ローカルラジオがほんの短いニュースを伝えたに留まった。

「これでハーデルベリは安心したでしょう」ヴァランダーがビュルクに言った。

「われわれの真意を読みとっていなければ、だ」ビュルクが答えた。

「もちろん、いろいろと憶測するでしょうが、確信はもてないはずです」

部屋に戻ると、机の上にステン・ヴィデーンへ電話するようにというメモがあった。呼び出し音が長いこと鳴ってから、受話器が外された。

「電話したか？」ヴァランダーが訊いた。

「やあ、ローゲル」ヴィデーンが言った。「ソフィアがちょっと前に電話してきた。シムリスハムヌからだった。おまえが興味をもつようなことを言ってたよ」

「なんだ？」

「この仕事は臨時で、しかも短期間だけだということだ」

「どういうことだ？」

「アルフレッド・ハーデルベリにはファーンホルム城を引き揚げる計画があるらしい」

ヴァランダーは受話器を耳に当てたまま、立ちつくした。

「おい、そこにいるのか？」ヴィデーンが訊いた。

「ああ、いる」ヴァランダーが答えた。

「知らせたかったのはそれだけだ」ヴィデーンが言った。

ヴァランダーは椅子に腰を下ろした。

焦りがふたたび首をもたげた。

15

十一月二十五日、犯罪捜査官オーヴェ・ハンソンがイースタ警察署に戻ってきた。ハルムスタで開かれた犯罪捜査のコンピュータ化の講習を受けるために、一ヵ月以上も職場を離れていたのである。ステン・トーステンソンが殺害されたことを知ったとき、彼はビュルク署長に連絡し、受講を中断してすぐ戻った方がいいかどうか打診した。だがビュルクはそのまま続けよと命じた。そのときハンソンはクルト・ヴァランダーが職場復帰したことを知ったのだった。ハンソンはハルムスタのホテルからマーティンソンの自宅へ電話をかけてそのことを確認した。マーティンソンはそうだと言ったばかりでなく、クルト・ヴァランダーは前にもましてエネルギッシュだとハンソンに告げた。

そう聞かされていても、ハンソンは講習から帰ってきたその日、いまでは元どおりヴァランダーが使っている部屋のドアを開けた瞬間に目に入った光景が信じられなかった。ドアを叩き返事を待たずにドアを開けたハンソンは、部屋の中を見てあわててドアを閉めようとした。ヴァランダーが部屋の真ん中に立ち、両手で椅子を頭の上に持ち上げて、いまにもそれを叩きつけんばかりの形相で彼をにらみつけたからである。すべては一瞬のことで、ヴァランダーはすぐに椅子を下ろし、険しい表情も顔から消えた。だが、椅子を持ち上げたヴァランダーの形相はっきりとハンソンの脳裏に刻み込まれた。このときから長い間ハンソンはその記憶が頭にこびりついた。ヴァランダーが必ずいつかこのときのように頭がおかしくなるにちがいないとひそかに思っていた。

「まずいときに来たようだ」ハンソンはヴァランダーが床の上に椅子を下ろしたのを見届けてから言った。「戻ってきたことを知らせようと思っただけだ」

「驚かせて悪かった。あんたに向けたものではない。じつに腹立たしい電話があったのだ。あんたが来てくれてよかった。さもないとおれは椅子を壁に叩きつけていたにちがいない」

それから二人は腰を下ろした。ヴァランダーはいつもの椅子に、ハンソンはたったいまヴァランダーが投げつけようとした来客用の椅子に。犯罪捜査官たちの中では自分の次に古い警官だったにもかかわらず、ヴァランダーはハンソンのことをほとんど知らないと言ってよかった。二人は個性がまったく違う警官だった。ときには修復不可能とすら思われるほど深刻な口論を展開したこともあった。それでもヴァランダーはハンソンの捜査官としての能力に敬意を払っていた。彼は粗暴なうえ不器用で、いっしょに働くにはむずかしい人間だったが、それでも仕事は徹底していて根気強く、捜査が暗礁に乗り上げたときなど、思いがけない分析をして同僚たちを驚かせることもあった。この一ヵ月、ヴァランダーはハンソンがいたらよかったのにと思うことがたびたびあった。ビュルクに彼をハルムスタから呼び戻してもらおうかと思ったこともあったが、それは頭の中だけに留まっていた。

ヴァランダーはまた、もし自分が復職しなかったら残念に思う者の筆頭にハンソンの名がのぼることは決してないだろうということも知っていた。ハンソンは野心家だった。それは警察官として必ずしも悪いことではなかった。だがハンソンはリードベリの後継者と見なされなかったことを決して受け入れられなかった。後継者はヴァランダーだとみんなが認めていることを、ハンソンは苦々しく思っていて、それを隠そうともしなかった。

ヴァランダーはヴァランダーで、ハンソンに関して不愉快に思っていることがあった。それは彼が勤務時間にあたりはばからず競馬の予想をしたり賭をしたりしていることだった。彼の机はいつも競馬新聞や競馬の予想表で散らかっていた。この男は給料をもらっていながら勤務時間の半分を、全国の競馬場で繰り広げられるレースの予想に使っているのではないかと思うこともあった。またヴァランダーはハンソンがオペラを嫌っていることも知っていた。

だがいま二人は向かい合って座り、ヴァランダーはとにかくハンソンが戻ったのは大事なことだと思うことにした。彼が捜査に参加することは捜査陣の強化になる。それだけがいまは意味のあることだった。

「あんたは職場復帰したわけだ」ハンソンが言った。「講習へ出かける前におれが聞いたのは、あんたは辞めるということだったがな」

「ステン・トーステンソン殺害事件で考えが変わったのだ」ヴァランダーは答えた。

「そしてあんたは、ステン・トーステンソンの父親もまた殺害されたことを暴き出した。おれたちが交通事故と片づけていたものを」

「あれは巧妙に事故に見せかけたものだった」ヴァランダーが言った。「おれがあの壊れた椅子の脚を泥の中にみつけたのは、単に運がよかっただけだ」

「椅子の脚？」ハンソンが訊いた。

「今回の一連の事件の経過報告書をよく読んでくれ。あんたの力が必要だ。あんたが部屋に入ってくる前に受けた電話のあとでは、なおさらのことだ」

「なにが起きたのだ？」

「現在われわれが集中捜査をしている男が、住処を引き払うらしいことをつかんだのだ。そうなったら大変なことになる」

ハンソンは話がまったくつかめないらしかった。

「報告書をさっそく読んでみることにする」

「口頭でぜんぶ説明できるといいのだが、おれにはいま時間がない。アン＝ブリット・フーグルンドから聞いてくれ。彼女は重要な点をまとめ、不必要な点は省いて話すことができる」

「できるか、彼女に？」

今度はヴァランダーが訊き返す番だった。

「なにが？」

「仕事ができるのか、フーグルンドに？」

ヴァランダーは復職したときにマーティンソンが言っていたことを思い出した。アン＝ブリット・フーグルンドの存在にハンソンが不安を感じていると言っていた。

「ああ。彼女はすでに優秀な警察官だ。これからさらによくなることは確実だね」

「それはないだろう。考えられんな」ハンソンはそう言って、立ちあがった。

「いまにわかる」ヴァランダーが言った。「こう言ってもいい。フーグルンドはきっとイースタ署になくてはならぬ警官になるだろうよ」

「話はマーティンソンに聞く」ハンソンが言った。

「好きなようにしてくれ」ヴァランダーは言った。

ハンソンが戸口に向かったとき、ヴァランダーが言葉をかけた。

「ハルムスタではなんの講習を受けていたんだ?」

「警察本庁主催の、コンピュータを使っての犯罪捜査技術についてだ。世界じゅうの犯罪捜査官がコンピュータで犯罪者を追跡する方法だよ。組織的に集めた情報ベースを使って、さまざまな国の警察が情報を提供し共有し駆使する、世界的な情報ネットワークに我が国の警察も接続されることになる」

「それは、恐ろしいことだな」ヴァランダーが言った。「それに退屈そうだ」

「だがおそらく効果的だろうよ。実際にこれが使われるころには、あんたもおれももう年金生活に入っているだろうが」

「フーグルンドは使うだろうよ」ヴァランダーが言った。「ハルムスタにも競馬はあるのか?」

「ああ、週に一度」

「どうだった?」

ハンソンは肩をすくめた。

「よかったり悪かったり」ハンソンが言った。「速い馬もいれば、遅い馬もいた」

ハンソンはドアを閉めて出ていった。ヴァランダーはハーデルベリが移動するらしいと聞いたときに感じた激しい怒りを思い出した。あんな怒りを感じることはめったになかった。最後にいつ椅子を壁に叩きつけたくなるほどの怒りを感じたか、思い出すこともできなかった。

部屋にひとりになると、彼は集中して考えた。ハーデルベリが移動するかもしれないということは、単なる引っ越しかもしれない。彼はいままで何度も住処を変えてきた人間だ。逃げ出そうとしているのではないかもしれない。なにから逃げるというのだ？　それにどこに？　彼が引っ越すことで、捜査が行きづまるわけではない。せいぜい仕事が増えて面倒なことになるだけだ。どこに引っ越すかにもよるが、ほかの警察区と連携して仕事をしなければならなくなることは覚悟しなければなるまい。

ほかにもすぐに答えが知りたいことがあった。ヴァランダーはステン・ヴィデーンに電話をかけた。厩舎係の少女の一人が電話に出た。声が子どものようだった。

「ステンはいま厩舎にいるわ。馬蹄作りの人が来ているから」

「厩舎に電話があるだろう。この電話を繋いでくれ」ヴァランダーは言った。

「あれは壊れているの」少女が言った。

「それじゃ、ローゲル・ルンディンから電話だと言って連れてきてくれ」

五分も待たされてやっとステンの声が聞こえた。

「なんの用だ？」ステンが苛立っているのがわかった。

「ソフィアはアルフレッド・ハーデルベリがどこへ引っ越そうとしているのか、言っていなかったか？」

「なんでそんなことがあの子にわかるんだ？」

「いや、ただ、訊いているだけだ。外国へ移ると言わなかっただろうか？」

「聞いたことはぜんぶおまえに教えた。それ以外のことは知らない」

「ソフィアに会わなければならない。それも今日だ。できるだけ早く」

「あの子は雇われている身だということを忘れたのか？」

「なにか理由をみつけてくれ。おまえのところで雇っていた子だ。社会保険局に提出する書類にサインが必要だとか、なんでもいい、理由を作り出すんだ」

「いま時間がない。馬蹄屋が来てるんだ。それに獣医もこっちに向かっている。今日はこのあと何人もの馬主と話をする約束があるんだ」

「これは急を要することなのだ。信じてくれ」

「なんとかやってみよう。あとで電話する」

ヴァランダーは受話器を置いた。時計はすでに三時半を回っていた。彼は待った。三時四十五分、彼はコーヒーを取りに行った。その後すぐにスヴェードベリがノックして入ってきた。

「夜中に警部の自宅を見張っていた例の男の車、車輌番号ＦＨＣ803の持ち主を調べました。ウスタースンドの登録ですが、持ち主は一週間前にストックホルムに来たときに盗まれたと言ってます。信じていいと思います。そういえば、地方自治体の議員もやっているそうですよ」

「それがどうした？　自治体議員なら、ほかの人間よりも信用していいという保証でもあるのか？」ヴァランダーは反論した。「車は盗まれたって？　盗難届のコピーをもらっておけ」

「そんな必要ありますか？」スヴェードベリが疑わしそうに言った。

「ああ、必要あるかもしれない。それに、簡単にできることじゃないか。ハンソンとはもう話したか？」

「ちょっと通りがかりに」スヴェードベリが言った。「いまマーティンソンの部屋で捜査資料に目を通しています」

「盗難届の件はハンソンに任せろ。簡単なことから参加してもらえばいい」

スヴェードベリが出ていった。四時十五分になっても、ステン・ヴィデーンからの電話はなかった。ヴァランダーは受付に知らせてからトイレに行き、そこにあった夕刊に目を通した。四時三十五分、ふたたびいらいらしながら机に向かったとき、電話が鳴った。

「どうにかうそをでっち上げた。一時間後、シムリスハムヌで彼女に会える。おまえがタクシー代を払ってくれると言ってある。港へ向かう道にパン屋が一軒ある。そこのカフェで会うんだ。場所はわかるな？」

ヴァランダーはすぐに了解した。

「あまり時間がなさそうだ。なにか書類を持っていって、いかにもサインをするふりをさせてくれ」ヴィデーンが言った。

「彼らが疑いをもっていると思うのか？」

「知るか、そんなこと」

「とにかくありがとう。礼を言うよ」ヴァランダーは言った。

「帰りのタクシー代も忘れずに払うんだぞ」

「ああ。それじゃおれはすぐにもシムリスハムヌへ向かう」

「なにがあったんだ？」ヴィデーンが訊いた。

「それがわかったら電話をする」ヴァランダーは答えた。

五時ちょうどにヴァランダーは警察署を出た。シムリスハムヌに着くと、港に駐車してパン屋のカフェまで坂道をのぼった。予想どおり、彼の方が先に着いた。カフェをのぞいてから彼はふたたび外に出て、店の向かい側へゆっくり渡った。向かい側の店のウィンドーの前に立ち止まって、ガラスに映るカフェを観察した。六時八分過ぎ、下の方からソフィアが坂道を歩いてくる姿が見えた。彼女はパン屋のカフェに着くと、中に入っていった。ヴァランダーはそのままそこに立って、通り過ぎる人間たちを見ていた。彼女のあとをつけてきた人間がいないことを確かめてから、通りを横切ってカフェに入った。あたりを見張る者を連れてこなかったことが悔やまれた。中に入るとすぐにソフィアが見えた。角のテーブルについている。彼が目の前まで行ってもあいさつしなかった。

「遅れてすまない」とヴァランダーは言った。

「本当にすまないと思ってるの？」ソフィアが言った。「あんた、なにが知りたいの。あたし、すぐにも戻らなければならないのよ。タクシー代は？」

ヴァランダーは財布から五百クローネ札を取り出して渡した。

「足りるか？」

彼女は首を振った。

「千クローネちょうだい」

「シムリスハムヌまでタクシーで往復するのに千クローネもするのか？」ヴァランダーは訊いた。

彼はさらに五百クローネ取り出して渡した。きっと騙されているにちがいないと思うと、腹が立った。だが、いまはそんなことにかまってはいられなかった。

「なにがほしい？　もう注文したのか？」

「コーヒーをちょうだい。それと菓子パン一個」

ヴァランダーはカウンターへ行って注文した。レシートをもらい、注文したものをトレイに載せて席に戻った。

ソフィアはだまって彼を見ていた。その顔には明らかに軽蔑の色が浮かんでいた。

「ローゲル・ルンディンだって」彼女はせせら笑った。「あんたの本当の名前はわかんないけど、そんなこと、あたし、どうだっていい。本名じゃないことだけは確かだわ。そしてあんたはデカよ」

ヴァランダーは急に本当のことを言う気になった。

「ああ、そのとおりだ。おれの名前はローゲル・ルンディンではない。そして警官だ。あんたはおれの本名を知る必要はない」

「なぜ？」

「なぜでもいい」ヴァランダーはぴしゃりと言い、厳しい顔をした。ソフィアは彼の態度が変わったことに気がつき、面白いと思ったのかヴァランダーをしげしげと見た。

「いいか、よく聞くんだ」ヴァランダーは言った。「なぜこんなふうにこそこそと動いたかを、いつか説明できる日が来るかもしれない。だがいまはただ、警察は非道な殺人事件を捜査中だということを言うだけにする。これは遊びではないとあんたにわからせるために。いいか、わかったか？」

「さあ、たぶん」彼女が言った。

「いくつか訊きたいことがある。答えたら、城に戻るんだ」

彼はポケットから紙を取り出し、彼女の前に置き、ペンを渡した。

「だれかにつけられているかもしれない。だからこの紙にサインをするふりをするんだ」

「だれがあたしをつけてきたと言うの？」と言って、彼女はカフェを見回した。

「きょろきょろするんじゃない」ヴァランダーは鋭く言った。「だれかがつけてきたとすれば、向こうはあんたを見ている。だが、あんたから彼は見えない」

「どうしてそれが男だとわかるの？」

「それはわからない」

「こんなこと、ばかばかしくてやってらんない」

「黙ってコーヒーを飲んで菓子パンを食べるんだ。そしてサインしておれを見ろ。言うとおりにしないと、二度とヴィデーンの元に戻れないぞ」

どうやら彼の言葉を信じたようで、ソフィアはその後、言われたとおりにした。

「なぜ彼らが城から移ると思ったのだ？」

「あたしの雇用期間は一ヵ月だと言われたわ。それでおしまいだって。あの人たち、城から出るそうよ」

「だれから聞いた？」

「厩舎に来た男から」

「どんな男だ？」

「黒い人」

「黒人という意味か？」

「ううん、黒っぽい服を着て、黒い髪の男」

「外国人か？」

「スウェーデン語を話したわ」

「外国訛りがあったか？」

「もしかすると」

「名前は？」

「知らない」

「その男の仕事はなんだ?」

「知らない」

「だが城で働いているのだろう、その男も?」

「そうだと思うけど」

「その男はほかになにを言った?」

「あたし、その男が嫌いなの。なんだか気持ち悪い」

「なぜだ?」

「彼、厩舎をぐるっと回って、あたしが馬の世話をしているのをじっと見てた。どこから来たのかと訊かれたわ」

「なんと答えた?」

「ステン・ヴィデーンのところで働いていたけど、仕事がなくなったので、ここの仕事に応募したと言った」

「ほかにもなにか訊いたか、その男は?」

「ううん」

「それから?」

「厩舎から出ていった」

「その男のどこが気持ち悪かったのだ?」

ソフィアは考えた。

「その人、あたしを探っていたみたい。ただし、あたしに気づかれないように」

ヴァランダーはうなずいた。彼女が言おうとしていることがわかった。

「ほかの人間にも会ったか？」

「あたしを採用した女の人だけ」

「アニタ・カルレーンだな？」

「そんな名前だったわ」

「ほかには？」

「だれにも会っていない」

「馬の世話をするのはあんたひとりか？」

「ええ、あたしだけ。でも馬二頭なんて、大した仕事じゃないわ」

「これまではだれが世話をしていたのだ？」

「知らない」

「なぜ急に厩舎係を募集したのか、理由を訊かなかったのか？」

「カルレーンという女の人は、いままでの人が病気になったとか言ってた」

「ほかにはだれにも会っていない？」

「ええ」

「なにを見た？」

「なにを見たって、どういう意味？」

「ほかの人間、車の出入り、なんでもだ」

「厩舎は離れているの。厩舎からはお城の片方の壁しか見えない。馬場はそれよりもっと遠いところにあるの。それに、あたしはお城に行ってはいけないと言われた」

「だれに？」

「アニタ・カルレーン。禁じられていることをしたら、その場でクビだと言われたわ。それに、お城を出るときは、必ず電話して許しを得るようにって」

「タクシーにはどこから乗った？」

「ゲートの外で」

「ほかにもなにか、おれが知っておくべきこと、大事なことはないか？」

「あんたがなにを知りたいかなんて、あたしにどうしてわかるというの？」

突然ヴァランダーは彼女がなにか隠していることがあるような気がした。話すべきかどうか迷っているようだった。彼はしばらく黙って待った。それからゆっくりと、暗闇を手探りで歩くように話しだした。

「もう一度話を戻そう。厩舎に来たその黒い服の男は、本当にほかになにも言わなかったのか？」

「ええ」

「ファーンホルム城を出て、ほかの国に移るなんてことは、言わなかったか？」

「ええ」

これは本当だろう。彼女はうそをついてはいない。また、記憶に間違いもない。ほかのなにかだ。

「馬のことを話してくれ」

「二頭とも、すごくきれいな乗馬用の馬。アフロディーテは九歳馬で明るい茶色。もう一頭はユピテス。七歳馬で黒いの。人を乗せたのはだいぶ前のことらしいわ」

「どうしてわかるのだ？　おれは馬のことはなにも知らない」

「そうらしいわね」

ヴァランダーは彼女の皮肉っぽい口調に苦笑したがなにも言わず、話の続きを待った。

「あたしが鞍を持っていったら、ものすごく興奮して暴れたのよ。外で体を伸ばしたくてうずうずしていたにちがいないわ」

「それで、あんたは両方の馬に乗った？」

「うん」

「城の周囲を乗りまわしたのか？」

「どの小道を通るべきか、ぜんぶ指定されているの」

その声に、ほとんど気がつかないほどの変化が表れた。心配の気配。ヴァランダーは神経を鋭くした。さっき彼女が話すべきかどうか迷ったことに近づいたに相違なかった。

「あんたは馬に乗って厩舎を出た」ヴァランダーが話を向けた。

「まず、アフロディーテから始めたの。その間、ユピテスは馬場の囲いの中を走り回っていたわ」

「アフロディーテにはどのくらい乗っていた？」

「三十分。城の周囲は広いの」

「そして戻った？」

「ええ。アフロディーテを馬場に放して、今度はユピテスに乗ったの。そして三十分して戻った」

その、二番目の馬に乗っていたときに、なにかが起きたのだ、とヴァランダーは直感した。答えが速すぎた。まるで途中で起きた怖い障害のそばを急いで通ったかのように。これは真ん中を突破するよりほかないと、彼はすばやく決めた。

「いまの話はすべて本当のことだろう」彼はできるだけ彼女をねぎらうようにやさしく話しかけた。

「これ以上話すことはないわ。もう城に戻らなければ。遅く帰ったら、クビになるもの」

「わかった。もうすぐ帰らせてあげよう。もう一度厩舎に訪ねてきた男の話に戻そう。その男がなんと言ったか、あんたはぜんぶを話していないような気がする。そうじゃないか？　城の敷地の中で、あんたが絶対に近づいてはならないところがあると言わなかったか？」

「それを言ったのは、アニタ・カルレーンよ」

「彼女も言ったかもしれない。だが、厩舎にやってきた男が言ったその言い方が、あんたを怖がらせたのではないか？」

彼女は目を伏せ、ゆっくりうなずいた。

「あんたはユピテスに乗って敷地内を歩いていたとき、道を間違えてしまったのではないか？あるいは好奇心から別の道を選んだのかもしれない。あんたが自分のやりたいようにやる性格であることは、おれももうわかっている」

「道を間違えたの」

彼女の声が急にか細く低いものになったので、ヴァランダーは体を前に乗り出して、聞き耳を立てなければならなかった。

「そうか。それで、その道を行って、なにが起きたのだ？」

「ユピテスが突然前脚を上げて、あたしを振り落としたの。地面に落とされて、あたしはユピテスを怖がらせたものがなんだったかわかった。小道に人が投げ出されたように倒れているのが見えた。死んでいると思ったわ。でもそばに近寄ってよく見ると、それは人間の大きさの人形だったの」

ヴァランダーは彼女の中にまだ恐怖が残っているのがよくわかった。そしていつかドゥネール夫人から聞いた、グスタフ・トーステンソンが言ったという「ハーデルベリ博士はブラックユーモアの持ち主だ」という言葉を思い出した。

「怖かっただろうな。だが、おれと連絡を取っているかぎり、あんたは安全だ。だいじょうぶだ」

「あたし、あそこの馬は好きよ。でもほかのことはいや」

「馬の世話だけしていればいい。それと、入ってはだめだと言われている小道を調べてくれ」

ソフィアは気持ちの悪い経験を話したことで、気分が軽くなったようだった。

「城に戻れ。おれは少し遅れてここを出る。あんたの言うとおり、遅く帰るのはまずい」

ソフィアは立ちあがり、カフェを出ていった。ヴァランダーは時間を少しずらして、あたりの様子をうかがい、尾行者がいないのを見届けてから外に出た。彼女は港でタクシーを拾うのだろう。急ぎ足で港へ向かうと、ちょうど彼女がタクシーに乗った姿が見えた。タクシーが発車した。あとに続く車はなかった。それを見届けてから彼は自分の車へ行き、イースタへ向かった。途中、彼はソフィアの言った言葉を吟味した。しかし、ハーデルベリがなにを計画しているのか、まったくわからなかった。

パイロットたち。そして飛行記録。急いで調べなければ。彼がここから姿を消すつもりなら、その前にこっちが動かなければならない。

もう一度ファーンホルム城に行こう。もう一度ハーデルベリに会わなければならない、と彼は思った。

七時四十五分、ヴァランダーはイースタ署に戻った。廊下でフーグルンドとぶつかりそうになった。彼女は逃げるように部屋の中に姿を消した。ヴァランダーは首を傾げた。おかしな態度だった。彼は廊下を戻って彼女の部屋のドアをノックした。応える声を聞いて、彼はドアを開けてその場に立ったまま言った。

「この署では、出会ったらあいさつするものだ」

彼女は答えず、読みかけのホルダーの上に顔を伏せた。

「どうしたんだ？　なにかあったのか？」

彼女は顔を上げた。

「よくそんなことが訊けますね」

ヴァランダーは部屋の中に入った。

「なんのことかわからない。おれがなにをしたというのだ？」

「あなたは違うと思っていた。でも、いまはもう、あなたもほかの人たちと変わらないのだとわかったわ」

「まったくなんのことかわからない。説明してくれ」

「なにも言うことはないわ。どうぞ、部屋を出てください」

「説明を聞いてからだ」

ヴァランダーは彼女が怒りを爆発させるのか、泣きだすのか、わからなかった。

「おれたちは友達になりかけていると思っていた。同僚であるだけでなく」

「わたしもそう思っていました。でもいまは違います」

「どういうことか、説明してくれ！」

「正直に言います。あなたとは正反対ですけど。あなたのことは信頼していいと思っていました。でもそうじゃないとわかったので、これからはわたしも態度を変えます」

ヴァランダーは肩をすくめた。

「それじゃ説明になっていない」

「ハンソンが今日戻ってきました。ご存じですよね、ハンソンからあなたに会ったと聞きましたから」

「ハンソンがなんと言ったのだ？」

「彼が戻ってきてうれしいとあなたが言ったと」

「それは本当だ。いまは力を結集したいときだからだ」

「それよりも、あなたはわたしに不満足だから、でしょう？」

ヴァランダーの目がフーグルンドを真正面からとらえた。

「ハンソンがそう言ったのか？　おれがあんたに不満足だと？　おれがそう言ったと、あんたに言ったのか？」

「もし警部がそう思っていたのなら、わたしに直接言ってほしかった」

「デタラメだ。おれはそんなことは言っていない。まったく反対のことを言ったのだ。あんたが早くも優秀な警官であることを発揮していると言った」

「でも彼は警部から聞いたとはっきり言ってました」

ヴァランダーは怒りを爆発させた。

「ハンソンのやつめ！　いま彼に電話をかけてここに呼び出して懲らしめてやってもいい。彼の言葉がぜんぶデタラメだとどうしてわからないのだ？」

「それじゃなぜ、彼はあんなことを言ったのかしら？」

「あんたのことを恐れているからだ」

「恐れている？」

「なぜ彼がいつも講習を受けているのだと思う？　あんたが彼よりも優秀なのを恐れているからだ。あんたの方がずっと優れた警官だとほかの者の目に映るのが怖いのだ」

彼女が信じはじめたのがわかった。

「そういうことだ。明日、二人でハンソンと話をしよう。彼にとっては不愉快な話し合いになることは間違いないが」

彼女は黙って座っていた。それから彼を見上げた。

「そういうことなら、謝ります」

「謝るべきはハンソンだ。あんたじゃない」


だが翌日、朝のうち白い霧が警察署の建物を包み込んでいた十一月二十六日金曜日、フーグルンドはヴァランダーにハンソンを問いつめないようにと頼んだ。一晩考えたが、これはしばらく時間をおいてから、自分で対処すると言った。ヴァランダーは彼女が自分の言葉を信じたと確信がもてたので、反対はしなかった。が、かといってハンソンがやったことは決して忘れるつもりはなかった。

その日の午前中、インフルエンザが治ったばかりのオーケソン検事以外だれもが風邪気味で疲れ切っていたが、ヴァランダーは捜査会議を開いた。前の晩、シムリスハムヌでソフィアに会って聞いたことを報告したが、それでみなが元気になるはずもなかった。スヴェードベリがファーンホルム城の所有する敷地をはっきり示す地図を広げた。広大な土地だった。スヴェードベリの話によれば、十九世紀の末、貴族ではないモーテンソンという一家がその土地を獲得した。ストックホルムで建築業を営んで財をなしたそのモーテンソンという男は、城をもつのが夢で、やっと中世のこの古城を手に入れたというのだった。

スヴェードベリの話が終わると、フーグルンドが法律事務所の清掃人キム・スン・リーと会った話を報告した。彼女からは事件に関する話はなにも聞き出すことができず、彼女の外国人登録書類にもなんの不備もなかった。フーグルンドはさらに自分自身の判断で法律事務所の事務員のソニヤ・ルンディンからも事情聴取をしていた。テーブルの端にいるハンソンが、彼女自らの判断でおこなった事情聴取の報告を不愉快そうに聞いているのをヴァランダーは見逃さなかった。だが、ソニヤ・ルンディンの話にもなにも新しいことはなかった。

捜査報告が終わり全員が意気消沈しているとき、ヴァランダーは、まだアルフレッド・ハーデルベリの自家用機の飛行記録が入手できていないこと、できればハンソンに二人のパイロットにうまく近づいて情報を入手してほしいと頼んだ。そして、当面の捜査は行き詰まっているが、あとはストックホルムとマルメの経済犯罪担当課がどのような結果を出してくるか、それによって捜査に新たな展開がみられることを期待すると言った。経済犯罪担当課の捜査結果の期日は今日だった。だが、彼らは期日を延ばしてほしいと要請してきていた。ヴァランダーは次の捜査会議を二十九日の月曜日に設定した。

ヴァランダーが会議を終わらせようとしたとき、オーケソンが手を挙げた。

「捜査状況のことだが、私はハーデルベリに捜査を集中させる期日をクリスマス前までと定めた。だが、同時に、われわれにはきわめてとらえどころのない状況証拠しかないということを指摘しておきたい。日に日に事件の核心から離れていくような気がする。決して近づいてはいない。そこで提案だが、もう一度基礎事実に基づいた状況把握を明確にしたいと思うのだ」

全員の目がヴァランダーの上に注がれた。ヴァランダーにとってオーケソンの言葉は、できれば聞きたくないと思ってはいたが、決して意外なものではなかった。

「検事の言うとおりだ。たとえ経済犯罪担当課の報告が間に合わなくとも、われわれはいまどこにいるのかを明確に認識する必要がある」と言ってヴァランダーはうなずいた。

「アルフレッド・ハーデルベリの経済活動を調べることは、必ず殺しの犯人を挙げることに繋がるとはかぎらないのではないか？」オーケソンが言った。

「知っています。しかし、経済犯罪担当課の捜査の結果を聞かなければ全体像はつかめないこともまた事実です」ヴァランダーは後に引かなかった。

「どっちみち完璧な全体像など作れませんよ」マーティンソンが口を挟んだ。「いや、部分的なイメージだってないんですから」

ヴァランダーはここで引き締めなければ、すべてが無に帰してしまうと感じた。考えをまとめるため、彼はここで部屋を換気して短い休憩を入れることを提案した。ふたたび全員が集まったとき、彼は確信をもって話しだした。

「自分には、みんなと同様、あるパターンが見える。だが、いまここで別の推理をしてみよう。頭のおかしくなった人間の仕業だと示唆するものはなにもないが、ここで精神を病んでいる、頭のきれる人間が、殺人事件を自動車事故と偽装したと想定してみるのだ。だが、それにはなぜそんなことをしたか、明白な動機がみつからない。それにステン・トーステンソンに起きたことは臨床心理的に見て父親に起きたことと結びつけることはむずかしい。また秘書のドゥネール夫人の庭に地雷を埋めたこと、同様にして私の車に爆薬を仕掛けたことも説明がつかない。フーグルンドと関係なく、彼らの狙いは私だと確信するのはそのためだ。これら事件を見るとき、ファーンホルム城とアルフレッド・ハーデルベリの関連性が浮かび上がるのだ。時間をさかのぼってみよう。アルフレッド・ハーデルベリがグスタフ・トーステンソンに近づいた、五年ほど前までさかのぼってみるのだ」

そこまで話したとき、ビュルクが部屋に入ってきた。休憩時間にオーケソンが呼んだのだろうとヴァランダーは推測した。

「グスタフ・トーステンソンはアルフレッド・ハーデルベリのために働きだした。それは一風変わった雇用関係だった。一介の地方弁護士が、国際的なビジネス帝国を仕切る事業家のどんな役に立つのだろうかという疑問を抱いてもおかしくない。だがハーデルベリはもしかすると、老弁護士のその知識のなさをこそ利用したのかもしれなかった。顧問弁護士に見てもらっているという外見を装うことができるからだ。実際はどうだったのか、わからない。これは私の推量にすぎない。だが、老弁護士は働いているうちに、予期しないことを知ったのかもしれない。

なんらかのプレッシャーがあったのか、不安なそぶりを見せはじめたのだ。それは息子の弁護士ステン・トーステンソンによって、また秘書のドゥネール夫人によって観察されていた。ドゥネール夫人は老弁護士が何かを恐れているようだったとまで言っている。同じころ、別のことが起きる。会計監査官ラース・ボーマンが自殺した。調べてみると彼とグスタフ・トーステンソンはイコン画鑑賞という共通の趣味をもっていて、その鑑賞会を通じて二人は知り合っていた。その二人の間に突然緊張が生まれた。脅迫状の一件だ。これはハーデルベリと関係があると推測することができる。なぜならハーデルベリがラース・ボーマンの働いていた県庁の詐欺事件の背景にいる可能性があるとわかったからだ。ここでもっとも重要なことは、グスタフ・トーステンソンが不安なそぶりを見せたのはなぜか、ということだ。彼はハーデルベリの事業の中に動揺するような事柄を発見したにちがいない。それはラース・ボーマンが激怒し動揺したことと同じ事柄かもしれない。だが、証拠はない。そしてラース・ボーマンは自殺したとされる。そうしているうちにグスタフ・トーステンソンが殺害され自動車事故に偽装された。数日後、息子弁護士ステン・トーステンソンが殺された。彼はその数日前に私をデンマークのスカーゲンに訪ねてきて助けを求めている。彼は危険を察知していたにちがいない。デンマークに来ているときに、目くらましとしてフィンランドから秘書に絵葉書を出している。また私は、何者かがステン・トーステンソンをつけてデンマークまで来て、彼と私が海岸で会ったのを目撃していたにちがいないと確信している。グスタフ・トーステンソンを殺した者たちが追ってきたのだと思う。彼らはグスタフ・トーステンソンが息子になにを伝えたか、わからなかった。またステン・トーステンソンが私になにを言ったのか、わからなかった。あるいはドゥネール夫人がなにを知っているか、わからなかった。ゆえに、彼らはステン・トーステンソンを殺し、ドゥネール夫人宅の庭に地雷を埋め、私の車に爆薬を仕掛けたのだ。彼らが同僚のあんたたちではなく、私を見張っているのもそのためだ。だがこれらすべては、グスタフ・トーステンソンがなにを知ったのかにかかっている。老弁護士の車の後部座席の下にあったプラスティック容器と関係があるのかもしれない。わからない。もしかすると、これから経済犯罪担当課が報告してくることの中に答えが含まれているかもしれない。しかし、グスタフ・トーステンソンが無惨に殺されたところにすべての謎の鍵があるのだ。ステン・トーステンソンは父親の死は殺しだとの疑いを告げようと私をスカーゲンに訪ねたために命を失ってしまった。とにかく、グスタフ・トーステンソンが発見した、殺されねばならないほど重要な事柄とはなんなのか、それをわれわれはみつけ出さなければならない。この背景にあるのはアルフレッド・ハーデルベリと彼の世界規模の事業だ。われわれの目に見えるのは、いまはこれだけだ」

ヴァランダーが話し終えると、テーブルの周りは静まり返った。彼はその沈黙をどう解釈すればいいのか迷った。捜査の行き詰まりがいっそう際だったのか、それとも全体が整理されたのか？

「きみの説明はじつに巧みだ」オーケソンが長い沈黙のあとで言った。「きみの推測が正しいことは十分にあり得る。問題は証拠がまったくないことだ。物的証拠も状況証拠も」

「だからこそプラスティック容器のことを調べ上げなければならないんです」ヴァランダーが言った。「アヴァンカという会社の屋根を外して中を徹底的に調べなければならないのです。どこかに糸口があるにちがいない」

「クルト・ストルムと一度じっくり話をしなければならないようだな」オーケソンが言った。

「ハーデルベリの周りを固めていると言われる男たちの正体はわかるのか？」

「私もクルト・ストルムを締め上げようと思っていたところです。もし正攻法でファーンホルム城に問い合わせたりなどしたら、ハーデルベリは疑いをかけられていることを察知するでしょうし、そうなったらこの殺人事件は迷宮入りになってしまう。彼ほどの財力があったら身のまわりをすっかりきれいにして証拠もなにもぜんぶ消してしまうでしょうから。だが、ここらへんで私はもう一度ファーンホルム城へ行って、目くらましの情報をおいてこようと思ってます」

「絶対に自信があるのでなければやめた方がいい」オーケソンが言った。「ハーデルベリはうそを見抜くだろうよ」

オーケソンは書類鞄にホルダーをしまいはじめた。

「いまのクルトの説明はわれわれがこれから取り組むべき方向を示してくれた。だがこの説明の基礎となるものは、あくまでまだ確定してはいない。裏付ける証拠がないからだ。月曜日に経済犯罪担当課がなんと報告してくるか、待とう」

会議は終わった。ヴァランダーは落ち着かなかった。自分が発した言葉が頭の中でぐるぐる回っていた。もしかするとオーケソンは正しいのかもしれない。自分のまとめは巧みだったかもしれないが、最終的にはまだ基礎が不安定なのかもしれない。

ハーデルベリの犯罪とわかる、ゆるぎない証拠がほしい。あとはなにかが起きるのを辛抱強く待つだけだ。


それからの日々を、あとでヴァランダーは警察官人生でも最悪の日々のうちに数えることができると思った。なぜなら、なにか起きてほしいと思う気持ちが強いのに、逆にまったくなにも起きなかったからである。経済犯罪担当課はなにも結果を出さず、ただもっと時間をくれと言うばかりだった。ヴァランダーはかろうじて苛立ちを抑え、忍耐を自分に強いた。

クルト・ストルムに連絡を取ると、彼は母親の葬式のためにヴェスターロースに出かけていることがわかった。ヴァランダーはそこまで追いかけずに、ストルムの帰りを待つことにした。ハンソンは二人のパイロットの話を聞く機会がなかった。パイロットたちはほとんどいつもアルフレッド・ハーデルベリとともに飛行中だったからだ。この停滞した期間、唯一手に入ったのはガルフストリームの飛行記録だった。ハーデルベリの飛行距離は尋常ではなかった。スヴェードベリは燃料費だけでも莫大な費用がかかるにちがいないと計算をした。経済犯罪担当課の捜査官たちはハーデルベリの無限大の経済活動の証拠の一部として、飛行記録のコピーを取った。

その後ヴァランダーはソフィアと二度会った。二度ともさしたる結果はなかった。

十二月に入った。ヴァランダーは捜査が完全に行き詰まったと思わざるを得なかった。捜査に影響を与えるような発見はなにもなかったし、なにごとも起きなかった。

十二月四日、世界じゅうを飛び回ってポンプの組み立てと補修の仕事をしているアン＝ブリット・フーグルンドの夫が帰ってきたとのことで、クルト・ヴァランダーはフーグルンド家に食事に呼ばれた。その晩、二人は仕事の話はまったくしなかった。ヴァランダーは飲みすぎてしまった。家に帰ってリガのバイバ・リエパに電話をかけたかったが、なんとか我慢し、代わりに娘に電話をかけた。夜遅い電話にリンダが苛立ったのを感じて、ヴァランダーは翌日電話をかけ直した。昨晩、リンダはひとりではなかったのではないかという気がしたが、それに関してはなにも言わなかった。

リンダは家具修繕の職人の見習いをしていて、仕事に満足しているようだった。だがクリスマスはスコーネに帰ってこないとリンダが言うのを聞いて、ヴァランダーはがっかりした。彼女は友人たち数人でヴェスターボッテンの山荘を借りたという。最後にリンダは仕事の方はどうかと父親に訊いた。

「おれはシルクライダーを追っている」ヴァランダーが答えた。

「なにそれ？　シルクライダー？」

「いつか説明してやるよ」

「なんだかきれいなもののように聞こえるわ」

「いや、きれいではない。おれは警官だ。おれたち警官はめったにきれいなものを追いかけることはない」

なにごとも起きない。十二月九日木曜日、ヴァランダーはほとんどあきらめかけていた。翌日にでもペール・オーケソン検事に、二十日まで待たなくともいまの捜査の方向を変えてもいいと伝えるつもりだった。

だが十二月十日金曜日、ついに待ちに待った〝なにごとか〟が起きた。彼自身が知らないうちに、ことが起きていたのだ。朝、署の建物に入ると、クルト・ストルムへ電話をかけるようにとの伝言があった。彼は上着を掛け、椅子に腰を下ろすと、番号を押した。すぐにストルムの声がした。

「会えるか？」ストルムが訊いた。

「ここでか、それともあんたの家で？」ヴァランダーは訊いた。

「どっちでもない。サンドスコーゲンのスヴァルタヴェーゲンに小さな家がある。十二番地だ。家の色は赤だ。一時間で来られるか？」

「よし、行く」

クルト・ストルムが電話を切る音がした。ヴァランダーは受話器を戻すと窓の外を見た。それから立ちあがり、上着を取ると急いで署をあとにした。

16

雨雲が秋の空にのしかかっていた。

ヴァランダーは不安だった。警察署を出て東に向かった。ヤクトパヴィリオンス・ヴェーゲンまで来て右折し、ユースホステルの前で車を止めた。風が吹いていて寒かったが、彼は車を降りて海岸へ行った。ふと数ヵ月前のデンマークの海岸に戻ったような気がした。だが、そんな思いはすぐに消えた。感傷に浸っている時間はなかった。なぜクルト・ストルムは連絡をよこしたのだろう。もしかしてストルムは、捜査に役に立つような情報を提供しようとしているのではないか。しかし、それは意味のない、こっちの勝手な願望だろう。クルト・ストルムはおれを嫌っているばかりでなく、クビにされた警察そのものを恨んでいるのだ。そんな彼が情報をくれるはずがない。だとしたらいったいなんの用事だろう。

雨が降りだした。風が強すぎてこれ以上歩いてはいられなかった。車に戻ってエンジンをかけ、ヒーターを入れた。犬を連れた女が海岸の方へ歩いていった。ストルムに会うまでまだ三十分も時間がある。彼はゆっくり海岸通りを運転してサンドスコーゲンのサマーハウス区域に入り、スヴァルタヴェーゲンを探した。ストルムの言った赤い家は簡単にみつかった。車を止めると、その家の小さな前庭に入った。家はまるで人形の家のように小さくて飾り物のようだった。だが放置されていて荒れた印象だった。家の前の通りに車がなかったので、ヴァランダーは自分の方が先に来たと思った。だが突然ドアが開き、ストルムが現れた。

「車がなかったので、あんたはまだかと思った」ヴァランダーが言った。

「あいにくだな。おれの車のことなど、知ったふうな口を利くな」

家に入れという合図に、ヴァランダーは中に入った。リンゴのような匂いがかすかにした。カーテンが引かれていて、家具には白いシーツが掛けられていた。

「いい家をもっているな」ヴァランダーが言った。

「おれの家だとだれが言った？」ストルムが不愉快そうに言いながら、椅子の上に掛かっていたシーツを取ってたたんだ。

「コーヒーはない。飲み物なしだ」

ヴァランダーは椅子に腰を下ろした。家の中は湿っていて閉め切っていた臭いがした。ストルムは向かい側に腰を下ろした。しわだらけのスーツの上に厚いオーバーコートを着ている。

「あんたの呼び出しに応じて来たのだ。用事はなんだ」ヴァランダーが言った。

「取引をしたい。おまえがほしいものをおれはもっている、と言っておこう」

「おれは取引はしない」ヴァランダーが言った。

「返事が早すぎるぞ。おれがもしおまえの立場だったら、聞くだけでも聞くがな」

ストルムの言い分は正しいと思った。断るのはあとでもいい。ヴァランダーは話をうながすようにうなずいた。

「おふくろの葬儀で二週間仕事を休んでいた。考える時間がたっぷりできた。なぜ警察がファーンホルム城に関心を寄せているのかについてはとくにじっくり考えた。おまえがおれの家に来たことで、警察があの二人の弁護士殺害事件とファーンホルム城が関係あるとにらんでいるのだとわかった。問題は、それがなぜなのかがおれにはわからないことだった。息子弁護士の方は一度も城に来たことがない。城と関係があったのは父親だけだ。交通事故で死んだとばかり思っていた年寄りの方だ」

ストルムは反応をうかがうようにヴァランダーをながめた。

「続けてくれ」ヴァランダーが言った。

「おふくろの葬儀が終わって職場に戻ったとき、じつはおまえがおれのところに来たことなどすっかり忘れていた。だが、急に状況が変わった」

ストルムはオーバーのポケットをまさぐってたばことライターを取り出した。ヴァランダーは勧められたが、首を振って断った。

「おれは人生で一つだけ学んだことがある。友達とは適当な距離をおくこと、敵はできるだけ近くにおくこと」

「なるほど、それでおれがいまあんたの目の前にいるというわけだ」ヴァランダーが言った。

「かもしれない」ストルムが言った。「言っておくが、おれはおまえが嫌いだ、ヴァランダー。嫌なやつだと思っている。おまえはスウェーデン警察にうじゃうじゃいるクソまじめな警官の代表だ。だが、敵と取引しないという決まりはない。嫌いな者とも同じこと。ときにはびっくりするほどうまい取引もできるもんだ」

ストルムは台所へ行って、灰皿代わりに皿を持ってきてたばこの灰を落とした。ヴァランダーは待った。

「状況が変わったと言ったのは、職場に戻ってみると、おれはクリスマスで解雇されることになっていたからだ。これはまったく寝耳に水だった。だがハーデルベリはクリスマスには城を引き揚げるらしい」

以前はハーデルベリ博士と称号をつけていた。が、いまでは称号なし。いや、名前を口にするのも不愉快そうだ。

「おれはもちろん腹を立てた。おれが警備責任者として雇われたときは、正式の雇用ということだった。ハーデルベリが突然城を引き揚げるかもしれないなどとは、一度も聞いたことがない。給料はよかった。おれは家を買った。だがいま突然おれは仕事を失う。冗談じゃない」

ヴァランダーは自分の予想とは違い、ストルムは本気でなにかを話そうとしているのだとわかった。

「だれだって仕事を失うのは嫌なものだ」

「おまえになにがわかる？」

「もちろんあんたほどにはわからないが」

ストルムはたばこを皿で潰した。

「ずばり言おう。おまえは城の情報をほしがっている。だが城のやつらに関心があるということを知られたくないんだろう。情報がほしいと言えば関心をもっていることがバレてしまう。そんな心配がなければもうとっくにハーデルベリに直接質問しているはずだ。なぜ、関心をもっていると知られたくないのか、それはおれの知ったこっちゃない。重要なのは、おまえの知りたがっている情報をやることができるのは、おれしかいないということだ。おれはおまえからほしいものがある。それと交換でどうだ？」

ヴァランダーはこの話は罠か、と思った。ハーデルベリがストルムを使っておれを罠にはめようとしているのだろうか？　いや、そうではなさそうだ。そんなことに引っかかるおれではない。それにハーデルベリはそんなリスクを冒す人間ではないだろう。

「あんたの言うとおりだ。おれはたしかにほしい情報がある。人に知られずに、だ。交換条件とはなんだ？」

「小さいことだよ。紙切れ一枚だ」

「紙切れ？」

「おれは将来のことを考えなければならない。仕事があるとすれば、民間の企業の警備だ。ファーンホルム城に雇われたときは、おれが警察といい関係にないことはむしろ歓迎されていたようだった。だがふつうの場合、警察との関係がまずいとわかると、仕事には就けない」

「その紙になんと書いてほしいのだ？」

「ほめ言葉さ。おれをほめる言葉の並んでいる推薦状だ」ストルムが言った。「警察のロゴの入っている、ビュルク署長のサイン入りの」

「それは無理だ」ヴァランダーは言った。「そんなことはすぐにバレてしまう。あんたは一度もイースタ警察で働いたことがない。警察庁に照会すれば、あんたがクビにされたことはすぐにわかる」

「いや、おまえさえその気になればそんな紙切れ一枚、すぐにできるはずだ。警察庁の記録に記載される言葉など、あとでおれがなんとかするさ」

「なんとかする?」

「おまえの知ったことではない。おまえからは紙切れ一枚がほしいんだ」

「おれがどうやって偽の推薦状にビュルクにサインをさせるんだ?」

「それはおまえの問題だ。だが、それをやったのがおまえだということは絶対にわからないようにする。世の中には偽の書類がわんさかあるもんだよ」

「それを言うなら、偽の書類を自分で用意することだな。そしてビュルクのサインを真似ればいい」

「ああ、もちろんそうするさ。ただ推薦状は警察のコンピュータに登録される必要がある。そこにおまえの協力が必要だと言っているんだ」

そのとおりだ、クルト・ストルムは警察のシステムをよく知っている、とヴァランダーは思った。偽の書類は簡単にできる。彼自身、一度偽のパスポートを作ったことがあるではないか。だがその経験は不愉快なものとして記憶の底に埋められていた。

「この話は考えておく、ということにしよう」ヴァランダーは言った。「いまおれにいくつか質問させてくれ。それに対してあんたがどう答えるかで決めよう。これは取引のためのテストサンプルだ」

「質問に答えるかどうかはおれが決めるということなら応じよう。だが取引をするかどうかは、今日、ここで決めるのだ。あとでではなく」

「よし。それでいい」

ストルムは新たなたばこに火をつけてヴァランダーを見た。

「なぜハーデルベリは引き揚げるのだ？」ヴァランダーは訊いた。

「知らない」

「どこへ移るのだ？」

「知らない。だが、たぶん外国だろう」

「なぜそう思う？」

「先週何度か外国の不動産屋が城を訪ねてきたからだ」

「どこから？」

「南アメリカ、ウクライナ、ミャンマー」

「城が売りに出されるのか？」

「アルフレッド・ハーデルベリはいままで住んだ住居はそのまま所有し続けている。ファーンホルム城も売らないだろう。自分が住まないからといって、ほかの人間が住むのは許さないのだ。城は単に閉ざされるだけだろう」

「いつ引き揚げるのだ？」

「ハーデルベリ自身は明日にも引き揚げるかもしれない。それはだれも知らない。だがおれは城の引き揚げは間近だと思う。クリスマス前であることは確かだ」

ヴァランダーは次の質問を考えた。訊きたいことはいっぱいあった。ありすぎるほどだ。どれがいちばん重要かを決めるのがむずかしかった。

「影の男たち。やつらはだれだ？」としまいに訊いた。

ストルムが驚いた。

「影の男たちとは、うまい表現をするな」

「ハーデルベリに会った晩、その男たちを上階への階段のある大きなホールで見かけた。だが最初に見たのはその前、アニタ・カルレーンに会ったときだ。やつらはなんなんだ？」

ストルムはたばこの煙を目で追った。

「答えよう。だが、これでテストサンプルは終わりだ」

「おれが答えに満足したら、だ。やつらは何者だ？」

「片方はリカルド・トルピン。南アフリカ生まれの傭兵だ。ここ二十年ほどの間に起きたアフリカの紛争で、彼がどちらかの側に参加しなかった戦争はないと言ってもいいらしい」

「どちらかの側？　変な言い方をするな？」

「そのときにいちばん殺しの報酬の高い方だ。だがアンゴラが一九七五年にポルトガルを追い出したとき、二十人のプロの傭兵が捕まえられた。そのうちの十五人に死刑が宣告された。トルピンもその中の一人だった。十四人が処刑されたが、トルピンは死刑を免れた。なぜかはわからない。おそらく新しい政権にとっても役立つ人間だと売り込んだのだろう」

「何歳だ？」

「四十歳ぐらいだろう。よく鍛えている。空手のできる射撃の名人だ」

「もう一人は？」

「ベルギー出身のモーリス・オバディア。彼もまた傭兵だ。トルピンよりも若い。三十四か五だろう。それ以上は知らない」

「彼らはファーンホルム城でなにをしている？」

「あいつらは〝特別顧問〟という名で呼ばれている。だが、本当の仕事はハーデルベリのライフガードだ。お抱えガードマンとして彼らよりふさわしい者、危険な者はいないだろう。ハーデルベリは彼らとのつきあいが気に入っているらしい」

「つきあい？」

「ときどき、真夜中に城の敷地内でハーデルベリはやつらと射撃の練習をしている。特別な標的を使ってな」

「特別な標的とは？」

「原寸大の人間の形をした人形だ。そして必ず頭を狙う。たいてい当たる」

「その射撃の練習にハーデルベリも加わっていると言うのか？」

「ああ、一晩じゅうやっていることもある」

「トルピンでもオバディアでも、ベルナデリというイタリア製の銃を使っているかどうか、知らないか?」

「おれはできるだけやつらの銃には近寄らないようにしている。あいつらは絶対に近づかないにかぎる、という種類の人間だ」

「銃器所有許可証をもっているだろうか?」ヴァランダーは言った。

ストルムがにやりと笑った。

「もしやつらがスウェーデンにいるなら、もってなきゃならないな」

ヴァランダーは眉を上げた。

「どういう意味だ? ファーンホルム城はスウェーデンの中にあるじゃないか?」

「〝特別顧問〟たちは非常に特別なのだ。やつらはスウェーデンには存在しない。法的にはスウェーデンに来たことがないのだ」

ストルムはゆっくりとたばこをねじって消した。

「城のすぐそばにヘリコプターの離着陸所がある。ときどき、必ず夜だが、その離着陸所の地面に明かりがつく。そしてヘリコプターが到着する。ときには一晩に二回ということもある。ヘリコプターは着陸するのも離陸するのも必ず夜中だ。レーダーに映らない、低空飛行のヘリコプターだ。ハーデルベリがガルフストリームで旅行するとき、あの男たちはその前の晩にヘリコプターで出発する。そのあとハーデルベリとどこかで合流するのだ。たぶんベルリンだろう。ヘリはベルリンに登録されているからな。帰りも同じやり方だ。そんなわけで、国境で彼らのパスポートがチェックされることはないのだ」

ヴァランダーはうなずいた。

「最後の質問だ。あんたはなぜこんなことを知っているのだ？ 兵舎のようなゲート脇の詰所の中にいて、勝手に動き回れないだろうに？」

「その問いには、答えない」ストルムが真顔で言った。「それは職業上の秘密で、おまえに教える必要がないことだ」

「あんたの推薦状を用意しよう」ヴァランダーは言った。

「おまえとは取引できると思ったよ」ストルムの硬い表情が崩れた。「交換になにを知りたい？」

「おれと取引できるかどうかなど、わからなかったはずだ。で、次の勤務はいつだ？」

「三晩続けて働く交代制だから、今晩七時に職場に戻る」

「よし、今日の午後三時にここに来る。そのときに見せたいものがある。そして調べてほしいこともそのときに言おう」

ストルムは立ちあがり、カーテンの隙間から外をうかがった。

「つけられているのか？」ヴァランダーは訊いた。

「用心しすぎることはない。そんなことは初歩中の初歩だ。知っているだろうが？」

ヴァランダーはその家を出て車に向かった。まっすぐイースタ署に戻り、受付のエッバに捜査課の全員をいますぐ集めてくれと頼んだ。

「ひどい顔してますね」エッバが心配して言った。「なにか起きたのですか?」

「ああ。やっと動きだした。ニーベリを呼ぶことを忘れるな。彼には絶対に参加してほしい」


二十分後、全員が集まった。ハンソンだけは午前中早い時間に行き先も告げずにいなくなったので、連絡ができなかったとエッバは言った。ヴァランダーが会議を始めようとしたとき、ビュルクとオーケソン検事がやってきた。ヴァランダーはクルト・ストルムとの交換条件はおくびにも出さずに、スヴァルタヴェーゲンで彼に会ったことをみんなに話した。このところ捜査会議は退屈なものになっていたが、今日はその場に集まっていた者全員がヴァランダーの話に飛びついたというほどではなかったにせよ、まったく雰囲気が違っていた。ヴァランダーはいまの自分の立場は、過去半年ずっと負け続けてきたサッカーチームの選手たちに、これからは違うぞとはっぱをかける監督に似ているような気がした。

「私はこれに賭けてもいいと思う」と彼は言った。「ストルムは情報を提供すると言っている」

ペール・オーケソンが首を振った。

「いや、私はそうは思わない。捜査を進めるうえで、かつて警察から不名誉なことでお払い箱になった民間警備員を利用するというのは、賛成できない」

「それじゃ、ほかにどんな手があると言うんです?」ヴァランダーが言った。「それに、なにか法を犯すことをするわけではない。向こうから言ってきたことです。こちらが彼に頼み込んだわけではない」

ビュルクは立場をはっきりさせた。

「警察をクビにされたような男を情報屋として使うなんてことは、論外だ。失敗してマスコミにでも知れたらどうなる？　私がこれを認めたら、警察庁長官は私を八つ裂きにするだろう」

「いや、代わりに私が八つ裂きにされてもいい。ストルムは本気です。それは確かだ。彼は手伝いたがっているのです。法に抵触するようなことをしないかぎり、もし知れたとしてもスキャンダルにはなりませんよ」

「目の前に新聞の見出しが見える。ひどく叩かれるぞ」ビュルクが顔をしかめた。

「私も目の前に見出しが見える。警察の不手際でまた死体が発見されたというニュースです」

これでは話が進まないとみたマーティンソンが割り込んだ。

「ストルムがなにも要求しないというのは変ですね。思いがけず解雇されることへの怒りだけで、かねてから恨んでいた警察を手伝うって気になるものでしょうか？」

「たしかに彼は警察を憎んでいる。が、今度の申し入れは本気だと思う」ヴァランダーが言った。部屋の中が静まり返った。

「いまのはマーティンソンの質問の答えにはなっていないね」オーケソンが言った。考え込んでいるときに上唇を指で引っ張る癖が出ている。

「ストルムはなんの見返りも要求しませんでした」ヴァランダーはうそをついた。

「それじゃ、きみは彼になにをさせようと言うのだ？」

ヴァランダーはアン＝ブリット・フーグルンドの隣に座っているニーベリに向かってうなずいた。

「ステン・トーステンソンが殺された銃はおそらくベルナデリだとみられています。ニーベリはその種類は我が国には数が少ないと言っている。ストルムにあの二人の男たちの所持している銃を調べさせます。もし彼らがベルナデリを所持していれば、それを理由に城に踏み込むことができる」

「いずれにせよそれは可能なことだ」オーケソンが言った。「非合法に我が国に入り込んでいる銃器所持者の逮捕という名目なら、すぐにでも逮捕状が出せる」

「しかし、それからどうするんです？」ヴァランダーが言った。「彼らを捕まえる。国外追放する。せっかく集めた卵をぜんぶ一つのかごに入れて床に落とすようなものですよ。あの男たちが殺人者である可能性は大です。しかしそれを証明するためには彼らの銃を調べる必要があるんです」

「指紋だ」ニーベリが突然言った。「彼らの指紋を調べるんだ。そしてインターポールとユーロポールに照会してもらうのだ」

ヴァランダーがうなずいた。指紋のことを忘れていた。

オーケソンが上唇を引っ張りながら訊いた。

「ストルムに頼むことは、ほかには？」

「ありません。いまのところ」

危ない橋を渡っていることは承知していた。行きすぎたら、オーケソンはストルムとの接触をすべて禁じるだろうとわかっていた。もう一度会議を開いて相談しようということになったら、捜査は大幅に遅れることになる。ヴァランダーは考えていることをいまここで全部話すわけにはいかないと判断した。

オーケソンが考え込んでいる間に、ヴァランダーはニーベリとフーグルンドの視線をとらえた。彼女は笑顔で応えた。ニーベリがあたりに気づかれないようにそっとうなずいた。この二人はおれの考えを理解している、とヴァランダーは思った。そしておれの側に立っている。

オーケソンはしまいに結論を出した。

「今回だけだ。これからストルムと接触するときは、あらかじめ私に相談することという条件付きだ。彼からの接触に対して、どう対応するか、どんな質問をするか、すべて私の許可を得てからでなければならない。だが、もう二度目はない、今回きりだと思ってほしい」

「わかりました。それに私も二度目があるとは思っていません、たぶん今回だけでしょう」

会議のあと、ヴァランダーはニーベリとフーグルンドを部屋に呼んだ。

「あんたたちにはおれの考えが読めたようだ」ヴァランダーはドアを閉めながら言った。「おれがオーケソンに言った以上のことをやろうとしているとわかったのだろう？」

「例のプラスティック容器だ」ニーベリが言った。「もしストルムが同じようなものを城でみつけることができたらありがたいが」

「それだ。プラスティック容器はおれたちのもっとも重要な証拠品だ。いや、唯一の証拠品と言っていい。プラスティック容器を用意しておいてくれ。午後三時にまたストルムに会うことになっている」

ニーベリが部屋を出ていった。フーグルンドがためらいがちに言った。

「ストルムは見返りになにを要求してきました？」

「自分が悪い警官ではないことを証明する書類がほしいと言っているが」ヴァランダーが言った。「その裏には別の考えがありそうだ」

「なんでしょう？」

「まだわからない。推量はできる。だが、おれが間違っていることもあり得る」

「それを、いまわたしに言うつもりはないんですね？」

「ああ。ちゃんとわかったときに言おう」

二時ちょっと前、ニーベリがプラスティック容器を持ってヴァランダーの部屋にやってきた。ゴミ用の黒いビニール袋に入っている。

「指紋のことを頼むのを忘れるな。彼らが手にしたものならなんでもいい。グラス、カップ、新聞、なんでも」

二時半、ヴァランダーはビニール袋入りのプラスティック容器を手に代用車に向かった。後部座席にそれを置くと、サンドスコーゲンに向かって車を走らせた。雨が強くなり、海からの風もしだいに強さを増した。その家の前で車を降りると、ストルムがすぐにドアを開けた。ストルムは制服を着ていた。ヴァランダーはプラスティック容器を持って家の中に入った。

「その制服は？」ヴァランダーは訊いた。

「ファーンホルム城の警備員の制服だ。だれが考えついたものか知らんが」

ヴァランダーはビニール袋からプラスティック容器を取り出した。

「これを見たことがあるか？」

ストルムは首を振った。

「城のどこかに似たようなものがあるはずだ。一つとはかぎらない。数個か数十個か、もっとたくさんあるかもしれない。みつけたら、もち出してきてくれ。あんたは城の内部には入れるのか？」

「夜、見回りをする」

「本当に、いままでこれと同じものを見たことがないか？」

「ああ、第一、こんなもの、どこにあるのか見当もつかない」

ヴァランダーは考えた。

「間違っているかもしれないが、城には冷凍室はないか？」

「地下にある」

「そこを探してくれ。それとベルナデリのこと、忘れるな」

「そっちの方がむずかしそうだ。あいつらはつねに銃を携帯している。眠っているときもきっと銃を身につけたままだ」

「それからトルピンとオバディアの指紋がほしい。これでぜんぶだ。そうしたら推薦状をやる。もしあんたがそれを本当にほしいのなら」

「それはどういう意味だ？」

「あんたが本当に求めているのは、そんなに悪い警官ではないとみんなに思われることではないのか？」

「それは甘いな。おれはこれからどうやって食っていくか、考えなくちゃならないんだ」

「そうだろうな。ただおれはそんな気がしただけだ」

「それじゃ明日また午後三時、ここで」ストルムが言った。

「一つだけ言っておくが、もし失敗したら、あんたのことは知らないことにするからな」

「そんなことはわかっている。ほかになにもなければ、もう帰ってくれ」

ヴァランダーは雨の中を急いで車に乗り込んだ。イースタに戻り、フリードルフ・カフェに入ってコーヒーとサンドウィッチを頼んだ。捜査会議で頭の中にある考えをすべて話さなかったことで気が重かった。だが、もし必要なら、彼はストルムのために書類を偽造する覚悟だった。自分のところにやってきて助けを求めたステン・トーステンソンのことを思った。あのときは断った。いますべきなのは、だれがステンを殺したのかを暴くことだ。

カフェを出て車に乗り込んだヴァランダーは、そのままエンジンをかけずに考え込んだ。雨の中を急ぎ足で通り過ぎる人々を見ながら、数年前、泥酔してマルメから運転し、同僚にみつかったときのことを思い出した。彼らがかばってくれたため、自分の酔っぱらい運転は隠され封印された。自分は一般市民ではなかった。同僚によって護られた警官だった。罰を受けさせ、休職させ、あるいは免責させる代わりに、よろよろと車を走らせていたのを止めた同僚たちは見て見ぬふりをしたのだった。もしあのときのペータースとノレーンが、罰の代わりになにか見返りを要求してきたら自分はどうするだろう？

クルト・ストルムは、本当は警察官に戻りたいのだ、とヴァランダーは思った。彼が警察を憎んでいるのは、表面上のことだ。心の中ではきっと、ふたたび警察に戻れればいいと思っているにちがいない。

ヴァランダーはイースタ署に戻った。マーティンソンの部屋に行ったが、彼は電話中だった。話し終えるとすぐにストルムとの話し合いはどうだったかとヴァランダーに訊いた。

「ストルムはイタリア製の銃を探し、指紋を採ると約束した」ヴァランダーは答えた。

「彼がなんの見返りもなしにそんなことをするとは、自分にはどうしても信じられない」マーティンソンがつぶやいた。

「それはおれも同様だ」ヴァランダーは調子を合わせた。「だが、ストルムのような者にも、いい面があるのかもしれないと思おうじゃないか」

「彼の失敗はまず、悪徳行為をやったこと。そしてそれがバレたことです。そういえば、彼には重病の娘がいるということ、知ってましたか？」

ヴァランダーは首を振った。

「娘の母親とは、まだ子どもが小さいときに離婚しています。それ以来、彼が娘を養育してきました。その子は筋肉の病気で、もう歩けないというところまで悪くなって、どこかの施設に入れられた。でもストルムはその娘にいまでも会いに行っているそうです」

「そんなことをどうして知っているんだ？」

「マルメの警官ロースルンドに電話してストルムのことを訊いたんです。あるところで会ったと言って、ストルムのことを探りました。ロースルンドは彼がファーンホルム城で働いているとは知らないようです。もちろん自分も言いませんでした」

ヴァランダーは窓辺に立って外を見た。

「待つよりほかありませんね」マーティンソンが言った。

ヴァランダーはなにも言わなかった。聞こえなかったのだ。だがマーティンソンがなにか言ったような気がした。

「なにか言ったか？」

「いまは待つしかないと言ったんです」

「ああ」ヴァランダーは言った。「そしてそれはおれがいちばん苦手なことだ」

ヴァランダーはマーティンソンの部屋を出て、自室へ行った。椅子に腰を下ろして、壁に貼りつけたアルフレッド・ハーデルベリの事業規模を説明する組織図を見た。ストックホルムの経済犯罪担当課から送られてきたものだ。

これは世界地図だ、とヴァランダーは思った。国境はさまざまな企業の間に引かれる。それもしょっちゅう持ち主が替わる企業の群だ。それらの企業の事業規模は、小さな国の国家予算よりも大きい。彼は机の上の書類の山の中から世界十大企業のリストを探し出した。これも経済犯罪担当課から送られたものだった。世界の十大企業のうち六社は日本企業、そして三社がアメリカの企業だった。そして一社だけがローヤル・ダッチ・シェル、イギリスとオランダの合弁会社シェル石油だった。十社の内訳は銀行が四つ、電話会社が二つ、自動車製造会社が一つ、石油会社が一つ。そして残りの会社がジェネラル・エレクトリック社とエクソンだった。ヴァランダーはこれらの会社がどれだけの権力をもっているか、想像してみようとした。だが、この十社に集中している力がどんなものかは、見当もつかなかった。アルフレッド・ハーデルベリの帝国の規模さえも想像できない彼には、これらの巨大企業の権力を想像することなど、とうてい無理な話だった。

アルフレッド・ハーデルベリはもとアルフレッド・ハンソンという名前だった。スウェーデンの小さな村ヴィンメルビーで生まれたアルフレッド・ハンソンはハーデルベリと名前を変え、世界的規模で熾烈な競争を繰り広げるスウェーデン有数の実業家になった。ヴァランダーの目には成功者シルクライダーである。アルフレッド・ハーデルベリは、表面上は犯罪とは無縁の、合法的な活動をしている。さまざまな国の大学から名誉教授の称号を与えられ、尊敬すべき世界市民となった。彼の活動事業からは毎年さまざまな団体に寛大な寄付が贈られる。

ビュルクはアルフレッド・ハーデルベリのことをスウェーデンの名誉だと表現した。それはスウェーデン人一般のもつアルフレッド・ハーデルベリのイメージだった。

おれがいましようとしているのは、そのアルフレッド・ハーデルベリに汚点をみつけること

ている殺人者をみつけ出すために、ハーデルベリの笑いにひびを入れようとしているのだ。ほかの人間たちには考えられないような、大胆なことをしようとしているのだ。スウェーデン人は、アルフレッド・ハーデルベリには汚点がないと信じている、スウェーデンが誇るべき人物、それ以外のことは考えられないと思われているハーデルベリのイメージを、おれはくつがえそうとしているのだ。

夕方六時、ヴァランダーは署をあとにした。雨は止み、風も和らいだ。家に着くと、広告の紙などといっしょに封筒が一枚玄関の床に落ちていた。リガの消印が押してあった。彼はそれを拾い上げ、台所のテーブルの上に置いた。ビールを一杯飲んでから、おもむろにその封筒を開けて手紙を読んだ。そこに書かれている言葉が信じられなかった。彼は二度それを読み返した。それは彼の手紙に対するバイバの返事だった。彼はテーブルの上にその手紙を置いた。壁に掛かっているカレンダーを見て日数を数えた。最後にこんなにうれしく思ったのはいつだったか、思い出せなかった。風呂に入って、いきつけのハムヌガータンのピザの店へ食事をしに行った。ワインを一本飲んで勘定を払おうとしたときになって初めて、今晩は一度もアルフレッド・ハーデルベリのこともクルト・ストルムのことも考えなかったことに気がついた。彼は鼻歌を歌いながら店を出て町をぶらぶら歩きながら帰った。真夜中になっていた。もう一度バイバからの手紙を読み直した。もしかして思い違いではないかと恐れながら。

ベッドに入ったときに、クルト・ストルムのことが突然思い出された。そのとたんに頭が冴えてしまった。マーティンソンは待つよりほかないと言った。たしかにそれしかない。彼は起きあがり、居間のソファへ行った。

ストルムがイタリア製の銃をみつけられなかったらどうする？　もしあのプラスティック容器が単なる目くらましだったらどうする？　われわれにできることはせいぜいあの外国人たちを不法滞在の罪で国外追放することぐらいかもしれない。アルフレッド・ハーデルベリがありゅうとした身なりで、笑いを浮かべてファーンホルム城から堂々と引き揚げるのを、ただ黙って見ているよりほかないのか。あとには頓挫《とんざ》した捜査が残るのみか。そしてわれわれはすべてを初めからやり直すのか。

そのときヴァランダーは、そうなったら、自分は捜査責任者のポストを降りようと決めた。マーティンソンにあとを引き継いでもらおう。それは当然のことであるばかりか、必要なことだ。ヴァランダーはアルフレッド・ハーデルベリに捜査を集中させようと提案し、実行してきた責任者だ。だから行き着くところまで行って、失敗したら、あとはマーティンソンに任せなければならない。

やっとベッドに戻ってからも、眠りが浅かった。夢が断片的で、しかも混ぜこぜになっていた。一枚の絵の中に笑顔のアルフレッド・ハーデルベリといつも心配そうな顔をしているバイバ・リエパの顔が見えた。

土曜日の朝七時、早くも目覚めてしまったが、もう寝つけなかった。コーヒーをいれてバイバからの手紙のことを思った。テーブルにつくと、イースタ・アレハンダ紙の車の広告欄を読んだ。まだ自動車保険の会社から返事がなかった。ビュルクはいつまでも必要なだけ代用車を使っていいと言ってくれた。九時過ぎに自宅を出た。空は晴れ上がって雲一つなかったが、気温は零下三度だった。最初の数時間は自動車販売所を見て回った。帰り道ストールトリェットの広場に駐車して、ストーラ・ウスターガータンにあるCD屋に入った。オペラ音楽はほとんどなかった。仕方なく彼は有名なオペラのアリア集のCDを買った。それから食料品を買って家に戻った。スヴァルタヴェーゲンでクルト・ストルムに会うまで、まだたっぷり時間がある。

ヴァランダーがサンドスコーゲンの赤い家の前に車を着けたのは、三時五分前だった。車を降りて柵の中に入った。だがノックしても応えがなかった。庭の方へ回ってみた。三時半になり、不安が膨らんだ。なにか起きたにちがいない。四時十五分まで待ってから、彼は車の中にあった古い封筒にメモを書き、自宅と警察署の電話番号を書き添えて玄関ドアの下に差し入れた。イースタへ車を走らせながら、これからどうしたものか考えた。クルト・ストルムはひとりで行動を起こしたにちがいない。これは彼がやることだ。手伝うことはできないとヴァランダーは思った。どんなやっかいなことになったとしてもストルムにはそこから出てこられるだけの力があるとも思った。だが、不安はますます膨れあがった。署に着いてみると、だれもいなかった。マーティンソンの自宅に電話をかけると、娘をプールに連れていったと彼の妻が答えた。スヴェードベリの番号を押しはじめたとき、アン＝ブリット・フーグルンドを思い出してかけ直した。応えたのは彼女の夫だった。やっと電話口に出たフーグルンドに、ヴァランダーはクルト・ストルムが約束の時間に現れなかったと言った。

「それ、どういうことかしら？」フーグルンドが訊いた。

「わからない。なんでもないかもしれない。だが、おれは心配でならない」

「警部、いまどこです？」

「署のおれの部屋だ」

「そっちに行きましょうか？」

「いや、それはいい。なにかあったらまた電話する」

彼は電話を切って、そのまま待ち続けた。五時半まで待って、彼はふたたびスヴァルタヴェーゲンへ行った。懐中電灯で玄関を照らした。封筒の端がドアの下からのぞいていた。ストルムはまだ来ていない。携帯電話を使って、ストルムの自宅へ電話をかけた。何度も呼び出し音を鳴らしたが、だれも出なかった。

非常事態だ。署に戻ってペール・オーケソンに連絡しよう。

ウスターレーデンで信号待ちをしているとき、携帯電話が鳴った。

「ステン・ヴィデーンという男から警部に電話がありました。電話番号はわかりますか？」警察の宿直からの電話だった。

「ああ、わかる。すぐにかけるよ」ヴァランダーは答えた。

信号が青に変わっていて、後ろの車が警笛を鳴らした。ヴァランダーは路肩に車を寄せた。ヴィデーンの番号を押すと、厩舎係の女の子の一人が電話に出た。

「ローゲル・ルンディンっていうのはあんた？」女の子が訊いた。

「ああ」ヴァランダーは驚いて答えた。「おれだが?」

「ステンはイースタのあんたの家に向かうって言って、出てったわ」

「何時に?」

「十五分前に」

ヴァランダーは急発進してイースタへ車を走らせた。なにかが起きたことはもう確実だった。クルト・ストルムは来なかった。いまステン・ヴィデーンがおれの家に向かっているということは、ソフィアからなにか重大な知らせがあったにちがいない。ヴァランダーがマリアガータンに乗り入れたとき、ヴィデーンのおんぼろボルボの姿はなかった。車を止めて、待機した。ストルムになにがあったのだろう? ヴィデーンがこっちにやってくるのとそれは関係があるのだろうか?

ボルボのデュエットがマリアガータンに乗り入れてきたとき、ヴァランダーは車を降りてヴィデーンがエンジンを切るより先に車のドアを開けた。

「なにが起きた?」シートベルトを外しかけていたヴィデーンに訊いた。

「ソフィアが電話してきた。完全にヒステリー状態だった」

「なぜだ?」

「このまま道路で話せと言うのか?」ステン・ヴィデーンが訊いた。

「いや。ただ心配で仕方がないのだ」ヴァランダーが言った。

「ソフィアのことが?」

「いや、クルト・ストルムだ」

「だれだ、そいつは？　おれの知ったことか！」

「中に入ろう。おまえの言うとおりだ。道で話すようなことじゃない」

階段をのぼりながら、ヴァランダーはヴィデーンから酒の匂いが漂っていることに気がついた。この事件が終わったら、真剣に話さなければならない、とヴァランダーは思った。

二人は台所のテーブルに向かって座った。その上にまだバイバの手紙があった。

「クルト・ストルムとはだれだ？」ヴィデーンがあらためて訊いた。

「それはあとで話す。それより、おまえの話だ。ソフィアのことだ」

「一時間ほど前に彼女から電話があった」ヴィデーンが顔をゆがめた。「最初なにを言っているのか、まったくわからなかった。ヒステリックに叫んでいた」

「どこからの電話だ？」

「厩舎の部屋からだ」

「まずいな」

「電話をどこからかけるかなど選べない事態だったのだ。おれが間違いなく聞いたとすれば、彼女は馬に乗って歩いていた。突然小道に人形が現れた。聞いたことがあるか？　人間の大きさの人形の話を？」

「ああ、聞いたことがある。それで？」ヴァランダーは話をうながした。

「馬は足を止めて、動かなくなった。仕方なくソフィアは馬を降りて、人形を脇に引っ張ろうとした。だが、それは人形ではなかったのだ」

「うむ」ヴァランダーがうなった。

「おまえはまるでこの話を知っていたようだな？」ヴィデーンが眉をひそめた。

「あとで説明する」

「男だった。血だらけだったそうだ」

「死んでいたのか？」

「それは聞かなかったが、きっとそうだろう」

「それから？」

「ソフィアは馬に飛び乗って、厩舎に戻っておれに電話した」

「あんたはなんと言った、彼女に？」

「なんと言っていいかわからなかったが、なにもしないで静かにしていろとだけ言った」

「よし。それでいい」

ヴィデーンはトイレに行った。瓶の中の飲み物が揺れるような音がした。戻ってきたヴィデーンに、ヴァランダーはクルト・ストルムの話をした。

「おまえは小道に倒れていた男がそのクルト・ストルムだと思うんだな？」話を聞き終えると、ヴィデーンが言った。

「そうじゃないかと思う」

ヴィデーンは急に大声をあげて、両手をテーブルの上で広げて立ちあがった。バイバの手紙が床に落ちた。

「警察の出番じゃないか！　あの城ではいったいなにが起きているんだ？　ソフィアをあそこにおいておくわけにはいかない」

「もちろんだ」ヴァランダーが言って、立ちあがった。

「おれは帰る。ソフィアをあそこから連れ出したら、連絡してくれ」

「いや」ヴァランダーがヴィデーンを静めた。「あんたはここにいるんだ。酒を飲んでいる。あんたに運転させるわけにはいかない。今日はここで寝るんだ」

ヴィデーンは話が飲み込めないように、呆然としてヴァランダーを見た。

「おれが酔っぱらっているとでも言うのか？」

「酔っぱらっているとは言わない。だが、酒気帯びだ」ヴァランダーが静かに言った。「事故があっては困る」

ヴィデーンは車のキーをテーブルの上に置いた。ヴァランダーはそれを取るとポケットに入れた。

「念のためだ。おれがいなくなったら車を運転して帰るなんてことがないように」

「まったく、おまえはなにを考えているんだ？　おれは酔っぱらってなどいないぞ」

「それはおれが戻ってきたときに話そう。いまはもう時間がない」

「クルト・ストルムなどという男はおれはどうだっていい。だがソフィアになにかあったら承知しないからな」

「あの子もおまえのベッドで寝てるのか」

「ああ。だがおれが心配なのは、そのためじゃない」

「おれには関係ないよ」

「そうだな。おまえとは関係のないことだ」

ヴァランダーはクローゼットからまだ一度も使っていないスニーカーを取り出した。ジョギングをしようと思って買った靴だが、まだ始めていなかった。厚いセーターを着込み、頭に毛糸の帽子をかぶって出かける用意をした。

「ゆっくりしていてくれ」とヴァランダーは、いまでは堂々とテーブルの上にウィスキー瓶を取り出したヴィデーンに言った。

「おれのことなどいいから、ソフィアの心配をしてくれ」ヴィデーンが言った。

ヴァランダーは部屋を出てドアを閉めた。そのまま暗い階段に立ったまま考えた。もしクルト・ストルムが死んだのなら、すべては失敗に終わったのだ。彼は一年半前、霧の中で体験した死の恐怖をまざまざと思い出した。ファーンホルム城の男たちは、笑顔を絶やさない男にせよ、暗闇に潜む男たちにせよ、人殺しもいとわない危険な連中だ。

ソフィアをあそこから連れ出さなければならない。それが真っ先にやらなければならないことだ。ビュルクに電話をかけて、緊急出動してもらおう。スコーネじゅうの警官を集めてでも。

階段の明かりをつけて駆け下りた。車に乗り込み、ビュルクへ電話をかけた。

だが、ビュルクの声が聞こえたとき、彼は電話を切った。

ひとりで行動しよう。これ以上警官に犠牲者を出すのはやめよう。これ以上だれかを巻き込むのはやめよう。

署へ行って、職務上携帯が許可されているピストルを取り出し、懐中電灯を持った。だれもいないスヴェードベリの部屋に入って、ファーンホルム城の敷地の詳細図を探し出し、ポケットにねじ込んだ。署を出たときは、すでに七時四十五分になっていた。マルメへ向かう道を行き、アン＝ブリット・フーグルンドの家の前で車を止めた。ドアベルを押すと、彼女の夫が出てきた。中に入れとの誘いを断り、ただアン＝ブリットに伝えたいことがあって寄ったと言った。玄関に出てきた彼女は部屋着姿だった。

「聞いてくれ。おれはこれからファーンホルム城に乗り込もうと思う」

彼女の顔から笑いが消えた。

「クルト・ストルムね？」

「ああ。もう死んでいるかもしれない」

彼女はさっと青ざめた。気絶するかもしれないとヴァランダーは一瞬思った。

「ひとりで行っちゃいけないわ」フーグルンドが引き止めた。

「いや、そうするつもりだ」

「ひとりでなにができると言うんです？」

「しなければならないことがあるのだ。なにも訊かないで、話を聞いてほしい」

「わたしがいっしょに行きます。ひとりで行ってはだめです」

彼女の決心は固かった。ここで話し合いをしても始まらないとヴァランダーは思った。

「いっしょに来てもいい。が、あんたは城の外で待つんだ。外に、おれが連絡を取る人間が必要だ」

彼女は二階に駆け上がった。中に入ってドアを閉めてくれと彼女の夫がヴァランダーに言った。

「こういうことになるってことは、いつも彼女から聞いていましたよ。ぼくが家にいると、彼女が外に出ることになると」と言って、彼は笑った。

「あまり時間はかからないと思いますよ」と言いながら、ヴァランダーはわれながら説得力がないと思った。

数分後、彼女はジョギングスーツに着替えて階段を下りてきた。

「起きて待っていないでね。先に休んでて」と彼女は夫に言った。

おれを待って起きている人間はいない、とヴァランダーは思った。植木鉢の間に寝そべって待つ猫さえもいない。

二人は署に行って、携帯電話をもう一台持った。

「武器を持った方がいいでしょうか？」フーグルンドが訊いた。

「いや、いい。あんたは外で待つんだ。絶対におれの言うとおりにするのだぞ」

彼らはイースタをあとにした。外は星空が澄み切っていて寒かった。ヴァランダーはスピードを出した。

「どのように動くつもりです?」フーグルンドが訊いた。

「とりあえずなにが起きたのか調べる」と彼は答えた。

彼女はおれのことを見抜いている、と彼は思った。おれが本当はどうしていいか途方に暮れているということが、彼女にはわかっている。

沈黙のうちにファーンホルム城への曲がり道まで来たとき、時間はすでに九時半になっていた。ヴァランダーはトラクター用の駐車場へ車を滑り込ませ、ライトを消し、エンジンを切った。二人は暗闇の中で身動きもせずにいた。

「一時間に一度電話で連絡する」ヴァランダーは言った。「二時間以上おれから電話がかかってこなかったら、ビュルクに電話して緊急出動させてくれ」

「警部、こんなことをやるべきではないです」フーグルンドが言った。

「おれは生まれて以来ずっと、やってはいけないことばかりやってきた人間だ。いまさらなぜやめなくてはならないんだ?」

彼らは携帯電話の番号を確認し合った。

「なぜあんたは牧師にならずに警察官になったのだ?」電話の文字盤からのかすかな光に映った彼女の顔を見て、ヴァランダーは訊いた。

「強姦されたから。それがわたしの全人生を変えたんです。その後考えることができたただ一つのこと、それは警察官になることでした」

ヴァランダーは黙って彼女の言葉を聞いた。それから車のドアを開けて降り、静かにドアを閉めた。

そこはまるで別世界のようだった。アン＝ブリット・フーグルンドはもはや彼の視界にはいなかった。

夜の静けさがあたりを包んでいた。ふと、なんの関係もなく、あと二日でルシア祭（光の祭り）だと思った。木陰に立って、地図を広げた。懐中電灯の光で、重要な目印を暗記した。それから明かりを消して地図をポケットに戻し、城のゲートへ続く小道を走りだした。二重になったフェンスを乗り越えることは不可能だった。中に入る道は一つしかない。それは城のゲートを通ることだった。

十分間走って彼は立ち止まり、呼吸を整えた。それからまた走り続け、投光器がゲートと警備員の詰め所を照らし出しているところまで来た。

たったひとりの警官が武器を持って城に忍び込むとは、彼らは夢にも思っているまい。いまおれはそれをやろうとしているのだ。

彼は深く息を吸い込んだ。それからポケットからピストルを取り出し手に持った。

警備員の詰め所の裏に光の当たらない狭いスペースがあった。

時計を見た。十時三分前。

彼は動きだした。

17

最初の連絡は早くも三十分後にあった。

音ははっきりしていて、まったく雑音がなく、同じ車内からかけているようだった。

「いまどこですか？」フーグルンドが訊いた。

「もうゲート内に入っている。次の連絡を一時間後に入れる」

「これからなにをするんです？」

だがあとはなにも聞こえなかった。一時的に音が切れたのかと思って、フーグルンドは再度かかってくるのを待った。しかし、電話は鳴らなかった。ヴァランダーが自分から電話を切ったのだと彼女は思った。

ヴァランダーは死の谷に迷い込んだような気がした。だが、城の敷地内に入るのは、想像していたよりもずっと簡単だった。警備員詰め所の裏の狭いスペースへ忍び込むと、驚いたことに建物の裏に窓があった。つま先で立つと詰め所の中が見えた。人が一人、コンピュータと電話の前に座っていた。一人きりだ。しかも女だった。女は椅子に腰をかけて、こともあろうに編み物をしていた。ヴァランダーは自分の目を疑ったが、間違いなく女は子ども用のセーターを編んでいた。女が警備している敷地内で起きている事柄との落差があまりにも大きくて、ヴアランダーはまったく理解できなかった。彼は、この女はいますぐ近くに銃を持っている人間が潜んでいるとは、夢にも思っていないだろうと思った。そう確信したので、ヴァランダーは落ち着いて詰め所の表側に回り、ふつうにノックをした。思ったとおり、彼女は警戒してほんの少し開けるのではなく、大きくドアを開け放った。まるでなんの危険もあり得ないかのように。そして編み物を手に持ったまま、驚いてヴァランダーを見た。彼は銃を取り出さず、穏やかに自分はイースタ警察の警部ヴァランダーであると名乗った。じゃまして申し訳ないと断りながら、女を押しながら詰め所の中に入り、後ろ手でドアを閉めた。ファーンホルム城の警備が二重警備になっているかどうか、この詰め所の中の様子をとらえるカメラがどこかに配置されているかどうかを知ろうと、あたりを見回した。なにもなかった。彼は女に座るように指図した。そこで初めて女は、なにごとが起きているのかがわかったらしく、叫びだした。ヴァランダーはピストルを取り出した。銃を手に持った感覚が不愉快で、ただちに腹が痛くなった。女の方へは向けず、ただ静かにしろと命令した。女は震え上がっていた。彼は怖がらなくてもいいと言いたかった。そのまま孫のためにセーターを編み続けるようにと言えたらどんなにいいか！　だが、クルト・ストルムとソフィアのことを考えた。また殺されたステン・トーステンソンと庭に地雷を埋められたドゥネール夫人のことを思った。ヴァランダーは、城に警備報告を定期的に提出しているのかと訊いた。女は首を振った。

その次にした問いに対する答えが、ヴァランダーにとっては決定的なものだった。

「今晩はクルト・ストルムの勤務当番ではなかったか？」

「クルト・ストルムは病気だから代わりに今晩働いてほしい、と城から電話があったんです」

「だれからの電話だった？」

「秘書です」

「そのときの言葉をそのまま繰り返すのだ！」

「『クルト・ストルムは病気になった』」

これでクルト・ストルムが失敗したのだということがはっきりした。みつかってしまったのだ。ハーデルベリの側近の男たちは、容赦なく彼にすべてを吐かせただろう。

ヴァランダーは編み物をしっかり握りしめて震えている女を見た。

「いいか、外に警官がもう一人いる」と言って、彼は窓の外を指さした。「その警官も銃を持っている。もし、おれがここを出てからおまえが非常ベルを鳴らしたら、その編み物は完成できないぞ」

女は深くうなずいた。

「ゲートが開くと、コンピュータに登録され、城の中の人間たちに知れる。そうなのだな？」

彼女はうなずいた。

「停電したらどうなる？」

「強力な発電器が自動的に動きだします」

「ゲートを手動で開けることができるか？　コンピュータに登録されずに？」

彼女はまたうなずいた。

「ゲートへの電流を切るんだ。そしてゲートを開けておれを通し、また閉める。それからまた電流を流せ」

女はうなずいた。この女は従順に言うことを聞く、とヴァランダーは確信した。彼はドアを開け、架空の同僚に声をかけてから外に出た。女はゲートの近くに設置された箱の鍵を開けた。中にハンドルがあった。体が通るだけゲートが開くと、ヴァランダーはゲートの中に入った。

「言われたとおりにするのだぞ」彼は言った。「そうすれば危険はない」

彼は頭の中の地図に従って、厩舎の建物へ向かって庭を走った。あたりは静まり返っていた。厩舎からの明かりが見えたときに、彼はフーグルンドに最初の連絡を入れたのだった。だが、彼女の質問には答えず電話を切り、忍び足で厩舎に近づいた。しばらくの間、茂みの中に隠れて厩舎とその周りを観察した。ときどき、馬が地面を蹴る足音としっぽで壁を叩くような音がした。厩舎に続く小屋に明かりがついていた。ヴァランダーは懸命に考えた。ストルムが殺されたからといって、厩舎係の新米の女の子が彼となんらかの関係があったと疑われることはないだろう。彼女の部屋の電話が盗聴されていたとはかぎらない。彼女がステン・ヴィデーンに電話をかけたことが彼らに知られているとはかぎらないのだ。そのように想定して行動しよう。ここでまた彼は、たったひとりの警官が乗り込んでくるということを彼らが想定しているはずはない、と思った。

それからさらに数分間、彼は木々の茂みに隠れて様子をうかがった。それから体を低くして全速力で厩舎に続く建物のドアまで走った。いつ後ろから撃たれてもおかしくなかった。ドアをノックし、ドアノブを揺すった。鍵がかかっていた。中からかすかに声がした。おそるおそる応える声だった。「ローゲルだ、ステン・ヴィデーンの友人のローゲルだ」と彼は言った。自分自身が名乗ったルンディンという姓の方は思い出せなかった。だがドアはすぐに開いた。安心と驚きの入り交じったソフィアの顔が現れた。部屋には小さな台所と居間、その上にベッドがしつらえてあるロフトがあった。ヴァランダーは口に指を当てて静かにするように合図した。彼らは台所のテーブルに向かい合わせに座った。馬の動き回る音がすぐそばで聞こえた。

「おれの訊くことにはっきり答えてくれ。おれがなぜここに来たかを説明している時間はない。質問だけに答えるのだ」

彼は地図を取り出してテーブルの上に広げた。

「馬に乗っていたら小道で死んだ男を見たのだな。どこだ？　指で示してくれ」

ソフィアは地図の上に体を乗り出して、その場所を示した。厩舎の南だ。

「だいたいそのへん」

「怖かっただろう。その男に見覚えがあったか？」

「ううん」ソフィアは首を振った。

「男の服装は？」

「わからない」

「制服を着ていたか？」

彼女はまた首を振った。

「わからない。なにも覚えていないの」

ヴァランダーはこれ以上訊いても無駄だとわかった。恐怖で記憶が飛んでしまっているのだ。

「今日はほかになにもなにかあったか？」

「いいえ」

ヴァランダーは頭を整理しようとしたが、クルト・ストルムが暗闇に横たわっていると思うと、なにも考えることができなかった。

「いいか、おれはもう行くが、だれが来ても決しておれのことを言うんじゃないぞ」

「でも、あんたは戻って来るんでしょう？」彼女は泣きだしそうな声で言った。

「わからない。だが心配しなくていい。もうなにも起きはしないから」

カーテンの陰から外をうかがいながら、いま言った言葉がうそにならないように祈った。それからドアを開け、厩舎に沿って走った。ふたたび茂みの中に潜り込んでから立ち止まった。かすかに風が出てきた。木々の間から遠くに強い投光器に照らし出された城の濃赤色の外壁が見えた。上方の窓に明かりが見える。

恐怖が胸を締めつける。ふたたび頭の中の地図を確認してから、彼は懐中電灯を手に歩きだした。水の入っていない大きな貯水ダムを通り過ぎた。左に曲がって小道を探しはじめた。時計を見て、次にフーグルンドに連絡するまでまだ四十分あるのを確かめた。

道を間違えたかと思ったとき、小道が目に入った。一メートルほどの幅で、馬蹄の跡があった。ヴァランダーは立ち止まり、耳を澄ませた。静まり返っている。少し強くなってきた風の音しか聞こえない。彼は用心深く先に進んだ。いつどこから襲われるかわからなかった。五分ほど行って、また立ち止まった。彼女が指さしたところはもうとっくに通り過ぎたはずだ。道を間違えたのだろうか？　彼はためらいがちにゆっくりと進んだ。

百メートルほど行ったところで、これが正しい道なら、とっくに現場は通り過ぎていると確信した。

彼は立ち止まった。

クルト・ストルムが消えた。死体はどこかに動かされたにちがいない。ヴァランダーはこれからどうするべきか考えながらゆっくり引き返しはじめた。それからまた立ち止まった。この小道に間違いないのか、もう一度ソフィアが指さした場所を確認するために、ポケットから地図を取り出した。

懐中電灯をつけた。その光が地面に届いた。その瞬間裸の足が見えた。ヴァランダーはぎくっとして懐中電灯を落としてしまった。電灯は落ちた衝撃で消えた。不気味な幻想を見たと思いながら、彼は地面を手探りして懐中電灯を探した。

指が懐中電灯の持ち手に触れた。スイッチをいれたとたん、クルト・ストルムの顔が目の前にあった。土気色の唇がきつく結ばれていた。血のかたまりが頬にべったりついている。額の真ん中が撃ち抜かれていた。ステン・トーステンソンのときとそっくりだった。ヴァランダーはその場から急いで離れた。木にもたれかかって吐き、それから走りだした。水のない貯水ダムに来て、端の方から下に降りた。頭上を鳥が飛んでいった。ダムの底に着くと、隅に身を寄せた。まるで地下の墓場のようだった。足音が聞こえたような気がして、ピストルを構えた。だが、だれもダムをのぞき込む者はいなかった。彼は深呼吸して、これからどうするか考えようとした。パニックを起こしそうだ。頭がおかしくなりそうだった。あと十四分でフーグルンドに連絡する時間になる。だが待つ必要はなかった。すぐにも連絡してビュルクに緊急出動してもらうことができるのだ。クルト・ストルムは頭に銃弾を一発撃ち込まれて死んだ。これはもう決定的なことだ。警察が出動するべきだ。自分はゲートで彼らの到着を待てばいい。

だが彼はそうしなかった。十四分待って、またフーグルンドに連絡した。彼女はすぐに応えた。

「なにか起きたのですか？」

「いや、まだなにも」彼は答えた。「一時間後また連絡する」

「ストルムをみつけましたか？」

その質問を最後まで聞かずにヴァランダーは電話を切った。ふたたび暗闇にひとりになった。彼はこれからなにをどうするべきかわからないまま、自分に一時間与えることにした。ゆっくりと立ちあがった。震えていることに気づいた。貯水ダムからはい上がると、木々の間から見える明かりの方に向かって進んだ。茂みが終わるところで立ち止まった。足元から芝生が城に向かって広がっていた。

その城は人を拒む要塞だった。だが、ヴァランダーはこの中に入り込む決心をした。クルト・ストルムは死んだ。ヴァランダーにはどうしようもないことだった。ステン・トーステンソンの死が、ヴァランダーには防ぎようがなかったのと同じだ。いま、解決にこれほど近づいているときに、ここで逃げ出すわけにはいかない。自分は弁護士親子殺害事件を解決しようとしている警官だ。彼らとてやたらと人を殺しはしないだろう。自分は殺されはしないだろう、という気がした。だがもう一方においては、彼らは警官であろうとなんであろうと無差別に殺すかもしれない、という気もした。彼は答えが出せないまま城の裏側まで来た。そこはいままで見たことがなかった。そこには庭に突き出ている半月形のテラスがあった。その左側は暗かった。投光器がこの部分だけ壊れているのかもしれなかった。テラスから庭の芝生まで石段が下りていた。ヴァランダーは全力で走ってそのテラスの陰の部分まで行った。それから静かに石段を上がった。片手には電話、もう一方の手には懐中電灯、銃はポケットにあった。

突然彼は立ち止まり、耳を澄ました。なんの音だ？　だが、それは彼の心の中の警告音だった。なにかがおかしい。だが、なにがおかしいのか？　彼は必死に耳を澄ましたが、静かだった。風の音しか聞こえない。光だ。光が変わったのだ。おれは陰に引きつけられる。陰はすぐ近くにある。おれを待ちかまえているようだ。ヴァランダーが気がついたときはもう遅かった。石段を下りようと思って振り向いたとき、強烈な光が彼を襲った。陰に誘われて、罠に落ちたのだ。強烈な光がまた彼の顔面を照らした。彼は電話を持っている方の手で目を覆った。そのとき後ろから何者かが彼を羽交い締めにした。逃れようとしたが遅すぎた。頭を強く殴られて、彼は意識を失った。

ヴァランダーは周りで起きていることを意識していた。だれかに担がれて運ばれた。人の声がし、高笑いが聞こえた。ドアが開き、石床のテラスから城の中に入った。階段をのぼり、部屋の中のなにか柔らかいものの上に下ろされた。後頭部が痛んだ。部屋の薄暗い照明にも耐えられない気がした。だがそっと目を開けると、そこは大きな部屋で、彼はソファに寝かされていた。床は石だった。大理石かもしれない。長方形のテーブルの上にコンピュータがあり、画面に明かりがついていた。換気扇の音がした。どこかから機械が動く音がした。ヴァランダーは頭を動かさないことにした。右耳がひどく痛い。突然、後ろから声が聞こえた。すぐそばだ。聞き覚えのある声だった。

「愚かなことだ」アルフレッド・ハーデルベリが言った。「怪我をしたり、死に至るような行為をするとは」

ヴァランダーはゆっくり後ろを見た。アルフレッド・ハーデルベリは笑っていた。そのずっと後ろの、光が届かないところに、身じろぎもしない影が二つあった。

ハーデルベリはソファをぐるりと回ってヴァランダーの前に現れた。そして電話を彼に渡した。体にぴったりと合ったスーツを着ていた。磨かれた靴が光っている。

「いまは夜中の十二時三分過ぎだ」ハーデルベリが言った。「数分前にその電話が鳴った。だれからの電話かなどということに私は関心がない。ただ、だれか、あなたが電話してくるのを待っているにちがいない。電話をかけるのがいちばんだ。非常事態のサインは送らないことだ。このまましばらく静かにしていてもらおう」

ヴァランダーは発信した。フーグルンドはすぐに応えた。

「すべて順調だ。また一時間後に電話する」

「ストルムをみつけたのですか？」彼女が訊いた。

どう答えるべきか迷ったとき、ハーデルベリがうなずくのが目に入った。

「ああ、みつけた」と彼は答えた。「それじゃまた一時に電話する」

ヴァランダーは電話を自分のそばに置いた。

「女性警官か」ハーデルベリが言った。「この近くにいるのだろうな。探そうと思えばすぐに探し出すことができるが、そうはしない」

ヴァランダーは歯を食いしばって立ちあがった。

「あなたは一連の殺人事件の重要参考人だ」

ハーデルベリは面白そうにヴァランダーをながめた。

「弁護士をそばにつけてくれなければ話を聞かないと言うつもりはない。どうぞ、続けてくれたまえ、ヴァランダー警部」

「グスタフ・トーステンソンとステン・トーステンソン両弁護士殺害の共謀容疑だ。この城に雇用されている警備主任クルト・ストルム殺害の共謀容疑も加えられる。また、両弁護士の秘書のドゥネール夫人殺害未遂、私とアン＝ブリット・フーグルンド捜査官の殺害未遂事件でもあなたは共謀の容疑がかけられている。ほかにも県庁の会計監査官ラース・ボーマンの身に起きたことなどを含め、いくつか立件が可能だ。これらはいま検事の手にゆだねられている」

ハーデルベリはゆっくりと肘掛け椅子に腰を下ろした。

「それで、警部は私を逮捕しに来たのかね？」

ヴァランダーは失神しそうな気がしてふたたびソファに腰を下ろした。

「逮捕の形式はまだ調っていない。だが、それはことの本質を変えるものではない」

ハーデルベリは体を乗り出すようにして、あごを片手にのせていたが、また椅子の背にもたれかかり、うなずいた。

「警部の仕事を簡単にしてあげよう。私はそれらの容疑を認める」

ヴァランダーは不可解そうにハーデルベリを見返した。

「いま言ったとおりだ」とハーデルベリは繰り返した。「いま警部が数え上げたぜんぶの容疑に関して、私は容疑を認める」

「ラース・ボーマンの件もか？」

「もちろんそれも」

ヴァランダーはふたたび恐怖が体に広がるのを感じた。いままでのものより冷たい、もっと差し迫った恐怖だ。この状況そのものが間違っていた。すべてが取り返しのつかないものになる前に、城から逃げ出さなければならない。

ハーデルベリはまるでヴァランダーの頭の中を読むように、じっと彼をみつめていた。いかにしてハーデルベリに気づかれずにフーグルンドに緊急信号を送ることができるか、それを考える時間稼ぎに、ヴァランダーはハーデルベリに矢継ぎ早に質問した。ハーデルベリの真意がどこにあるのか、つかめなかった。ゲートを通ったときからずっと自分の動きを追っていたのだろうか？　クルト・ストルムは殺される前にどこまでしゃべったのだろう？

「真実は」ハーデルベリが突然ヴァランダーの考えを中断させた。「スウェーデンの警官にとって真実は意味があるのか？」

「うそと真実の間のどこに境界線があるのか。それを見極めるのが警察の仕事だ」ヴァランダーは答えた。

「正解だね」ハーデルベリが満足そうに言った。「だが間違ってもいる。絶対的真実も絶対的うそも存在しないからだ。あるのは合意だけだ。それは矮小化、釈明、交換、いずれもできるものだ」

「何者かが武器を使って人を殺せば、それは交換も釈明も矮小化もできない絶対的真実だ」ヴァランダーが言った。

次に言ったハーデルベリの言葉に苛立ちが現れたのをヴァランダーは見逃さなかった。

「自明のことは議論する必要がない。私の言っている真実とはもっと奥深いものだ」

「私にとって死は十分な真実だ。グスタフ・トーステンソンは弁護士だった。あなたは彼を殺させた。だが、それを自動車事故と見せかけたのは失敗した」

「どうしてそれがわかったのか、私は興味がある」

「泥の中に椅子の脚が一本あった。車のトランクに椅子の残りの部分があった。トランクには鍵がかかっていた」

「簡単だな。まったくの初歩的ミスだ」

ハーデルベリは陰に隠れている二人の男の方に視線をやるのを隠そうともしなかった。

「なにがあったのだ?」ヴァランダーが訊いた。

「グスタフ・トーステンソンの忠誠心が危うくなった。彼は見るべきではないものを見てしまった。そこで彼の忠誠心を引き留めることが必要になった。われわれはこの城で射撃の練習をして楽しんでいる。標的には等身大の人形を使う。その人形を道路に置いた。彼は車を止めた。そして死んだ。それだけのことだ」

「それで彼の忠誠心を引き留めることができたのか?」

ハーデルベリはうなずき、一瞬宙をみつめた。それから立ちあがると、テーブルの上のコンピュータ画面の数字の羅列を見た。ヴァランダーはそれがどこかすでに一日の活動が始まっている国の株式市場の数字ではないかと思った。だが、世界の市場は日曜日にも株の売買をしているのだろうか? もしかすると数字は、株式を示すものではないのかもしれない。

ハーデルベリは椅子に戻った。

「グスタフ・トーステンソンの息子がどこまで知っているのかわからなかった。われわれは彼を見張った。彼はあなたをイッランドに訪ねた。彼がどこまであなたに話をしたのか、われわれにはわからなかった。ドゥネール夫人も同様だった。あなたはじつに正確に推測した。だが、われわれはほかに手がかりがあるという警察の説明を真に受けはしなかった。われわれをずいぶんみくびったものだと憤慨しましたよ」

ヴァランダーは気分が悪くなった。目の前の男が発する冷気は、いままで彼が一度も経験したことのないものだった。それでも、好奇心が彼に質問を続けさせた。

「グスタフ・トーステンソンの車にプラスティック容器をみつけた。鑑識課によれば、その容器は未使用だったという。そのこと自体はなんの意味もない。問題は、その容器がなにに使われるかだ」

「それで、なにに使われるのだ？」

「急に立場が逆になったな。あなたが訊き、私が答えている」

「夜も遅い」ハーデルベリが言った。「これはどうせなんの意味もない会話だ。少し遊んで、あなたの推測を聞くのも面白いだろう」

「殺人と関係があるのではないか。あのプラスティック容器は、殺された人間から取り出した臓器を移植するために運ぶのに使われるのではないか？」

一瞬、ほんの瞬間、ハーデルベリはぎくっとしたようだった。ヴァランダーはその一瞬を見逃さなかった。それで自分の抱いた疑惑の確認ができたと思った。

「私は商売の成り立つところへ行く。たとえば腎臓売買の市場があれば、私はその売り買いをする」

「それで、たとえばその腎臓はどこから来る？」

「死んだ人間からだ」

「あなたが殺した人間からではないか？」

「私は物の売り買いしかしない。品物が私の手に届くまでにどのようなことがあったかなど、私には関心がない」

ヴァランダーは唖然とした。

「あなたのような人間が存在するとは思わなかった」

アルフレッド・ハーデルベリはすばやく体を乗り出した。

「それはうそだ。私のような人間がいることは百も承知だ。あえて言えば、あなたは私をうらやましがっているはずだ」

「あんたは狂っている」ヴァランダーはもはや嫌悪感を隠さなかった。

「幸福に狂っている、怒りに狂っていると言うのなら、イエスだ。だが私の頭は狂ってなどいない。ヴァランダー警部、私は情熱的な人間だということを理解してもらいたい。私は商売が大好きだ。競争相手を打ち負かすのが大好きだ。富を増やし、自分に対してノーという必要がないことが好きだ。いつも飛び回ってなにかを探しているフライング・ダッチマンかもしれない。だが、なによりも私は真の意味で異邦人だ。ヴァランダー警部、マキアベリは読んだことがおありか？」

ヴァランダーは頭を振った。

「このイタリア人思想家によれば、キリスト教信者にとって最大の幸福は敬虔さと貧困、そしてあらゆる人間らしさの軽蔑によって成り立っているという。一方キリスト教を信じない異邦人にとって、いちばんよいものは魂の大きさ、身体の強さ、それに人間を怖がらせるあらゆるものであるという。賢い言葉だ。私はいつもそれを教訓としている」

ヴァランダーはなにも言わなかった。ハーデルベリは時計を見てヴァランダーの電話を指さした。一時だった。ヴァランダーは番号を押しながら、どうやって彼女に非常事態が起きたことを知らせられるか、考えた。だが電話が通じると彼はまたもや、すべて順調であると伝えた。二時の連絡を待てと言って、彼は電話を切った。


彼はその後もふつうに連絡を続けた。非常事態が起きていて、すぐにでもビュルクに連絡をして緊急出動してもらうようにフーグルンドに伝えることはできなかった。ヴァランダーはすでに城には彼らしかいないことに気がついていた。アルフレッド・ハーデルベリは夜が明けるのを待っていた。夜が明けたら、彼は城を引き揚げるだけでなく、この国を引き揚げるつもりだった。いっしょに行くのは二人の影。彼が指示すればためらいなく人を殺す、彼の道具たちだ。ソフィアとゲートの番人の女だけが残される。秘書たちの姿はまったく見えなかった。もしかすると彼女たちはすでに次の城へ移ってハーデルベリを待っているのだろうか？

頭痛がようやく消えた。ヴァランダーは疲れていた。ここまで来た。真実の一つ手前まで。だがあともう一歩足りなかった。彼らはきっと彼を縛り上げて城に残していくだろう。そして助けが来たとき、あるいは彼がやっと逃げ出せたときには、彼らはずっと離れたところにいるのだろう。夜中にアルフレッド・ハーデルベリから聞いたことはすべて、彼の雇う弁護士たちによって否定されてしまうのだろう。武器を持った男たち、スウェーデンの国境を一度も通過したことのないこの男たちは、スウェーデンの検事たちには捕まえられないだろう。証拠がない。捜査結果は指の間から抜け落ちてしまうだろう。そしてアルフレッド・ハーデルベリはこれからもすべての疑惑の外で、尊敬に値する人物として崇められ続けるだろう。

ヴァランダーは真実を手にした。ラース・ボーマンが殺されたことまでも知るに至った。理由はボーマンがハーデルベリと県庁詐欺事件の間に関連があることを突き止めたためだとハーデルベリ自身の口から聞いた。だが真実を知ってもなんの役にも立たない。この一連の残酷な殺人事件の犯人を捕まえることができないばかりか、逃亡するのを黙って見送るよりほかないのだ。

一晩じゅう話を聞いてヴァランダーの記憶に残ったのは、明け方の五時ごろにアルフレッド・ハーデルベリが語った言葉だった。話はふたたびプラスティック容器と、臓器を取り出すために殺される人間の話題に戻っていた。

「理解してほしいのは、その活動は私の仕事のほんのささいな一部にすぎないことだ。目に見えない、くずのようなものだ。だが、私は根っからの商人なのだよ、ヴァランダー警部。私は市場で売れるものならなんでも売る。売れる可能性のあるものなら、それがどんなに小さな可能性でも見過ごすことができないのだ」

くずのような人間の命というわけだ、とヴァランダーは思った。ハーデルベリの世界では当たり前の論理なのだ。

その話のあとは沈黙が支配した。ハーデルベリはコンピュータの電源を切り、書類をシュレッダーにかけて始末した。ヴァランダーは逃亡を考えたけれども、後ろの黒い影たちがずっとそこにいた。逃亡の手だてはなかった。

ハーデルベリは唇を指でなでた。まるで笑いがそこに張り付いているのを確かめているようだった。それから最後にヴァランダーに言った。

「人間はみな死ぬものだ」まるでその言葉は、自分だけが例外だと言っているようだった。「警部に残された時間ももうかぎられている。この場合は私によって」

ハーデルベリはちらりと時計を見た。

「まもなく夜明けだ。まだ明るくなってはいないが。ヘリコプターがやってくる。私の協力者二人が出発する。あなたもいっしょだ。ただし、いっしょなのは最初の部分だけだ。あとはあなたにどれだけ飛行能力があるか、自分で確かめることだ」

彼は話している間じゅう、ヴァランダーの視線をつかんで離さなかった。命乞いをさせようというのか、とヴァランダーは思った。だが、そうはいかないぞ。恐怖がある一点に到達すると、それは反対に力になる。おれはそれを経験している。

「人間に飛行能力があるかどうかの検証は、ベトナム戦争下で十分におこなわれた。捕虜は解放された。ただし空中の高いところから。彼らは行動の自由を瞬間的に得たわけだ。地面に激突して、多くの人々が永遠の自由と呼ぶものの一部になることによって」

ハーデルベリは立ちあがり、身繕いした。

「ヘリコプターの操縦士たちは大変優秀だ。彼らならあなたをストールトリェット広場の真ん中に落としてくれるだろう。それはイースタの歴史に長いこと記録されるだろうよ」

この男は頭がおかしいのだ、とヴァランダーは思った。こんなご託を並べて、おれに命乞いさせるつもりなのか。だが、その手には乗らない。

「ここでお別れだ。あなたとは二度会った。あなたのことは忘れないだろう。あなたがじつに頭脳明晰な人間だとわかる瞬間が何度かあった。もし、状況が許せば、あなたは私の近くに場所を得ていたかもしれない」

「絵葉書のことは？」ヴァランダーは訊いた。「フィンランドからステン・トーステンソンが送ったという絵葉書のことだ。実際には私とデンマークにいたときに」

「私は他人の字を真似るのが好きでね。それもかなりうまい方ではないかと思う。ステン・トーステンソンがイッランドに行ったとき、私はフィンランドに用事があった。ノキア社の役員との商談だ。あいにく話はうまくいかなかったが。あれは混乱させるために私が送ったものだ。遊びだよ」

ハーデルベリはヴァランダーに手を差し出した。ヴァランダーは呆然としたあまり、握手に応じてしまった。

アルフレッド・ハーデルベリはそのまま背中を見せ、部屋を出ていった。

あとにぽっかり大きな穴が残ったようにヴァランダーは感じた。ハーデルベリは、居場所全部を占有するほど存在感のある人間だった。ドアが閉められ、彼の姿がなくなったとき、すべてがいっしょに消えたようだった。

トルピンは柱に寄りかかってヴァランダーをながめていた。オバディアは椅子に腰掛けて宙をにらんでいた。

ヴァランダーはいまこそ行動するときだと思った。ヘリコプターからイースタの中央に投げ落とすことを命じただと？　そんなことを黙ってさせるおれだと思うのか？

時間が流れていく。男二人は動かなかった。

生きながらに空中に放り出され、イースタの町の屋根の上か、ハーデルベリの言ったようにストールトリエットの広場の真ん中に叩きつぶされるのだ。一瞬、パニックで体が動かなくなった。呼吸が苦しくなった。逃げ道を探さなければ。

オバディアがゆっくりと頭を持たげた。ヘリコプターだ。ヴァランダーは近づいてくるエンジンの音がかすかに聞こえるような気がした。ヘリコプターがコンクリートの地面に降りていた。トルピンがあごをしゃくって立てと命じた。

まだ薄暗い外に出ると、ヘリコプターだ。トルピンがあごをしゃくって立てと命じた。プロペラが回っている。パイロットは彼らが乗り込み次第すぐにも出発する様子だった。ヴァランダーは必死に逃げ道を探した。トルピンが前を歩いている。オバディアはヴァランダーの数歩後ろにピストルを手に歩いてくる。まもなくヘリコプターの乗降口に着く。ヘリコプターのプロペラが朝の冷気を裂くようにして回っていた。ヴァランダーはすぐ前方の地面にコンクリートの碎片が小山になって積まれているのに気づいた。ひびの入ったコンクリートをはがして新しくしたあと、古いものを片づけ忘れたらしかった。ヴァランダーは歩調を落とし、オバディアを先に行かせた。そして次の瞬間、体をかがめてコンクリートの碎片を両手ですくい、ヘリコプターのプロペラに投げつけた。がりがりという大きな音が聞こえ、コンクリートの砕片が粉となってあたりに飛び散った。一瞬、トルピンとオバディアは銃撃されたと思ったらしく、ヴァランダーから注意を逸らした。ヴァランダーはそのときを逃さず、オバディアに飛びかかり、その手からピストルをもぎ取った。そして転げながら後ろに下がった。トルピンは瞬間的に事態の変化を察知して、上着の下のピストルを手に取った。ヴァランダーの方が先に撃った。弾はトルピンの腿に当たった。そのときオバディアが飛びかかってきた。ヴァランダーはまた銃を撃った。どこに当たったのか見えなかったが、オバディアは悲鳴をあげてのけぞって倒れた。

ヴァランダーは立ちあがった。パイロットも銃を持っているかもしれないと気がついて、すばやく銃口を操縦席のパイロットに向けた。だが、それはまだ少年のような若者で、すでに両手を上げていた。ヴァランダーは自分が撃った男たちを見下ろした。二人とも命に別状はないようだった。トルピンの銃も取り上げた。ヘリコプターを見上げると、パイロットはまだ頭の上に手を上げていた。ヴァランダーは飛び立てという合図を送った。それから数歩下がってヘリコプターが飛び上がり城の屋根の彼方に消えるのを見送った。すべてが朝霧に霞んで見えた。頬をなでると、手が真っ赤に染まった。飛び散ったコンクリートの破片で、気がつかないうちに頬を切っていたのにちがいない。

ヴァランダーは厩舎に向かって走った。ソフィアは厩舎を洗っているところだった。血だらけのヴァランダーを見て、彼女は悲鳴をあげた。ヴァランダーはなだめようと笑顔を作ったが、血糊で固まった頬が動かなかった。

「もうだいじょうぶだ」と、彼は息を整えながら言った。「頼みたいことがある。すぐに救急車を呼んでくれ。城の裏に銃で撃たれて男が二人倒れていると知らせてほしいのだ」

これでよし。あとはアルフレッド・ハーデルベリを捕まえることだ。

もう時間がない。

「いいか、救急車を呼ぶんだ。あとのことは心配するな」

厩舎を出たとき、馬が蹴り散らした土につまずいて転んだが、すぐに立ちあがってゲートの方へ走った。もう間に合わないかもしれないと焦った。

ヴァランダーが顔から血を流しながら駆けていったとき、アン＝ブリット・フーグルンドは車の外に出て、脚を伸ばしていた。ヴァランダーは彼女のこわばった顔を見て、彼女のショックがわかった。顔から血が流れ、全身が土にまみれていた。そのうえ服はずたずただった。だが説明している時間はなかった。アルフレッド・ハーデルベリが国外に出る前に捕まえることしか頭になかった。彼はすぐに車に乗れと叫んだ。彼女がドアを閉め終わらないうちに、彼はエンジンをかけ車をバックさせた。車は煙を出して走りだし、主要道路に入るところでストップの標識を無視して勢いよく飛び出した。

「スツールップ空港まで、どの道がいちばん速い？」ヴァランダーが訊いた。

フーグルンドは地図を取り出して、ヴァランダーに説明した。間に合わない、と彼は思った。遠すぎる。時間が足りない。

「ビュルクに電話をかけろ」

「電話番号を知りません」

「署に電話をすればいいじゃないか！　自分の頭で考えろ！」ヴァランダーが叫んだ。

彼女は言われたとおりにした。宿直の警官がビュルクが出勤するまで待てないかと訊いたとき、彼女も大声で叫んだ。ビュルクの自宅番号を知ると、すぐに番号を押した。

「なんと言えばいいでしょう？」

「アルフレッド・ハーデルベリが自家用機でスウェーデンから逃げ出そうとしていると言うんだ。ビュルクにそれを止めさせなければならない。あと三十分しかないと言え」

ビュルクが電話口に出た。フーグルンドはヴァランダーの言葉を繰り返した。署長の言葉を黙って聞いてから、彼女は受話器をヴァランダーに渡した。

「あなたと話したいそうです」

ヴァランダーは電話を右手で取り、アクセルを緩めた。

「ハーデルベリの自家用機を止めろとは、どういうことだ？」ビュルクの声が受話器から飛び出した。

「トーステンソン親子殺害を背景で操っていたのは、アルフレッド・ハーデルベリでした。そしてクルト・ストルムも彼の命令で殺されました」

「自分の言っていることがわかっているのか？　きみはいまどこにいるんだ？　受信状態がよくない。雑音ばかりが聞こえる」

「いまファーンホルム城から出たところです。説明しているひまはありません。ハーデルベリはスツールップ空港に向かっています。すぐに止めてください。もしいま彼を逃がしたら、絶対に捕まえられませんよ」

「じつにおかしな話ではないか。こんなに朝早くから、ファーンホルム城でなにをしていたのかね、きみは？」

ヴァランダーは苛立ちながらも、ビュルクの問いはもっともだと思った。自分がビュルクの立場だったらどう対処するだろうか？

「奇怪な話に聞こえることは承知です。しかし、私の話をただ信じてくださいと言うしかありません」

「これからオーケソン検事と相談してみる」ビュルクが言った。

「時間がないのです。私の言葉が聞こえないのですか？　スツールップにも警官がいるはずです。ハーデルベリを止めるよう命令してください！」

「それでは十五分後に。ペール・オーケソンに電話をかけてみる」

ヴァランダーの怒りは激しく、車を運転できないほどだった。

「窓を開けてくれ！」

フーグルンドが言われたとおりにすると、彼は電話機を外に投げ捨てた。

「閉めていい。いいか、こうなった以上はおれたちだけでやるしかない」

「ハーデルベリだということは確かなのですか？　いったいなにが起きたのです？　怪我をしているんですか、警部？」

ヴァランダーは最初の問いだけに答えた。

「ああ、確かだ。もしいま彼を逃がしたら、もう決して捕まえることができないのも確かだ」

「なにをするつもりです?」

ヴァランダーは首を振った。

「わからない。まったくわからない。ただ、なんとかしなければならないと思っているだけだ」

だが四十分後、スツールップ空港に近づいたときも、ヴァランダーはまだなんの手だても思いついていなかった。ブレーキの音をたてながら、空港の建物の右にある貨物専用のゲートの前に車を着けた。遠くまで見渡すために、彼は車の屋根に飛び乗った。周囲にいた朝の乗客たちはもの珍しそうに、彼をながめた。ゲートの中に止まっているケータリングの車がじゃまだった。ヴァランダーは腕を振って、どけと合図したが、運転手はまったく気がつかない様子で新聞を読みふけっていた。ヴァランダーはピストルを取り出して、空に向かって撃ち放った。周囲の人々がパニックに陥った。歩道はスーツケースを放り出して逃げまどう人々でごった返した。ケータリングの運転手は銃声を聞いて、ヴァランダーが車を動かせと言っているのだと気づいた。

ハーデルベリのグラマン機ガルフストリームはまだ地上にいた。投光器からの淡い黄色の光が機体を照らしていた。

パイロット二人は銃声を聞いたのか、あたりの様子をうかがっているようだった。ヴァランダーは彼らに見られないように車の屋根から飛び降りた。片方の肩を激しく地面に打ちつけてしまった。その痛さで彼の怒りはますます激しくなった。ハーデルベリはまだ黄色い空港ビルの中にいるのにちがいない。絶対に逃がしてはならない。ヴァランダーはスーツケースやカートなどにつまずきながら、ビルの入り口のガラスドアに向かって走った。その後ろからフーグルンドが走った。ヴァランダーの手にはまだピストルが握られていた。入り口のガラスドアを通ると、空港警察詰め所に向かって走った。日曜日の朝だったので、人影はまばらで、団体旅行客が隅の方に並んでいるだけだった。ヴァランダーが血だらけになって走ってくるのを見て、人々は騒然とした。その後ろからフーグルンドがなんでもありませんと叫びながら走っていたが、声が人々の悲鳴にかき消されてしまい、なんの効果もなかった。キオスクに新聞を買いに行った警官が、ピストルを手に走ってくるヴァランダーの姿を見て、新聞を投げ出して、警察詰め所の部屋の自動ドアの番号を急いで押した。が、ドアが開く前にヴァランダーに追いつかれた。

「イースタ警察署のヴァランダーだ！　飛行機を一機止めなければならない。アルフレッド・ハーデルベリのガルフストリームだ。急ぐんだ！」

「撃たないでくれ」恐怖に引きつった顔で警官が言った。

「なにを言っているんだ！　おれも警官なのだ。おれの言っていることが聞こえないのか！」

「撃たないでくれ」警官がまた言った。

そして失神してしまった。

ヴァランダーは足元に崩れた警官を信じられないように見た。それから握りこぶしでドアを叩きだした。フーグルンドが追いついた。

「わたしがやってみます」

ヴァランダーはあたりを見回した。空港客の中にいまにもハーデルベリの姿をみつけられるような気がした。そして出発用の滑走路に面した大窓の前に立った。

アルフレッド・ハーデルベリはまさに飛行機に乗り込むところだった。タラップをのぼりきり、頭を下げて機内に姿を消した。すぐにドアが閉まった。

「ここから止めても間に合わない！」ヴァランダーがフーグルンドに叫んだ。

彼はふたたび空港ビルを出て走った。フーグルンドもそれに続いた。貨物車用ゲートから空港所属の車が中に入るところだった。ヴァランダーは最後の力を振り絞って車に駆け寄り、トランクのふたを叩いて止まれと叫んだ。だが運転していた男は動転してアクセルを思い切り踏んで急発進してしまった。ゲートが閉まって、ヴァランダーはフェンスの内側に、フーグルンドは外側に残された。彼女は自動で閉まるゲートに間に合わなかったのだ。ヴァランダーは両手を投げ出して肩をすくめた。ガルフストリームは、と後ろを見ると、すでに滑走路に向かって動きだしていた。管制塔から許可が出ればすぐにも離陸するばかりになっていた。

ヴァランダーの隣に荷物用の牽引車が停まっていた。車を選んでいる場合ではなかった。運転台に飛び乗ると、エンジンをかけて滑走路へ向かって発進させた。バックミラーを見て初めて、牽引車の後ろに蛇のように貨車が繋がっていることに気づいた。が、止まるにはもう遅すぎた。ガルフストリームはすでに滑走路に入っている。滑走路に向かって牽引車が草の上を走りはじめると荷物用の貨車のキャスターがさまざまな方向へ動きだした。

それでもヴァランダーは牽引車を走らせてなんとか長い滑走路に入った。滑走路のアスファルトの上には、停止用の黒い線がまるで幅の広い割れ目のように何本もつけられていた。ヴァランダーは機首をこっちに向けているガルフストリームに向かってまっすぐに牽引車を走らせた。二百メートルまで近づいたとき、ガルフストリームが動きだしたのが見えた。ヴァランダーは成功したと思った。飛行するために十分な速度に達する前に、牽引車との衝突を避けて、パイロットたちはブレーキをかけざるを得ないだろうと判断したのだ。

ヴァランダーもブレーキをかけようとした。が、ブレーキが利かなかった。速度は出ていなかったが、それでも牽引車が機首の車輪と衝突することは確実だった。ヴァランダーは牽引車から飛び降りた。後ろに続く貨車がガタガタと崩れた。

パイロットたちは、爆発を避けるためにエンジンを切った。貨車の一つに頭をぶつけたヴァランダーはふらふらしながら立ちあがった。すべてがぼんやりと見えた。頭から血が流れている。なぜかまだ手にピストルを持ったままだった。

ドアが開きタラップが下ろされたとき、ヴァランダーの後方から一大編制部隊のサイレンの音が聞こえた。

ヴァランダーは待った。

アルフレッド・ハーデルベリが飛行機から降りてアスファルトの上に立った。

なにかが変化していた。

ハーデルベリの顔から笑いが消えていた。

到着した先頭の警察車にフーグルンドが乗っていた。ヴァランダーはシャツの切れ端で顔の血を拭いた。

「怪我をしましたね？」

ヴァランダーは首を振った。衝撃で舌を噛んでいたので、うまく話せなかった。

「一応、ビュルク署長に電話をかける方がいいのではありませんか？」フーグルンドが言った。

ヴァランダーは彼女の顔を見ながら考えた。

「それは、あんたがやってくれ。それとアルフレッド・ハーデルベリの連行も頼む」

そう言って、彼は歩きだした。フーグルンドは急いで彼に追いついた。

「どこへ行くんです？」

「家に帰って寝る」ヴァランダーは言った。「疲れたよ。それに悲しい。すべてはうまくいったのだが」

彼の声に感じるものがあったのか、彼女はそれ以上質問しなかった。

ヴァランダーはその場を立ち去った。

なぜかだれも彼を止めようとはしなかった。

18

十二月二十三日木曜日、ヴァランダーはイースタのウスターポート・トリェットの広場でクリスマスツリーを買った。その日は曇り空で、一九九三年のスコーネ地方はホワイトクリスマスになる見込みはなかった。彼はツリーを選ぶのに長い時間をかけた。どれを選んだらいいかわからなかった。しまいにテーブルの上にも置けそうな小さいのを選んだ。それをマリアガータンまで運び、ツリーを立てるためのスタンドを探したが、みつからなかった。モナとの離婚騒動でどこかへ行ってしまったらしい。そのあと、台所のテーブルでクリスマス用の買い物リストを書いた。この数年、まったくそういうことには無縁の暮らしをしていたことに気がついた。棚にも引き出しにも、クリスマスに使えそうなものはなにもなかった。大学ノートに書いたリストは、あっという間に一ページを埋め尽くした。次のページを開いたとき、突然一つの名前が現れた。

ステン・トーステンソン。

それを書いたときのことを思い出した。十一月初めの朝、あれからもうじき二ヵ月になる。復職した日のことだった。その日の朝、この台所で開いたイースタ・アレハンダ紙にステン・トーステンソンの死亡記事をみつけたのだった。これはあの日に書きつけたものだ。二ヵ月の間になにもかも変わったと彼は思った。いまこうやって振り返ると、十一月のことは遠い過去のような気がした。

アルフレッド・ハーデルベリと彼の影の男二人は逮捕された。クリスマス休暇が終わったら、ヴァランダーは捜査報告書の作成に戻る。まだまだ時間がかかるだろう。

ぼんやりと、これからファーンホルム城はどうなるのだろうと思いを巡らせた。

また、ステン・ヴィデーンに電話をかけて、ソフィアがショックから立ち直ったかどうか訊かなければならないと思った。

急に立ちあがって、彼は洗面所へ行き、鏡に映る自分の顔を見た。よく見ると、痩せたことがわかる。年もとった。あと二、三年で五十歳になることは、だれの目にもわかる。口を大きく開けて歯を見た。不満、苛立ち、どっちとも言えない表情になった。年が明けたら歯医者に行こうと思った。それからまた台所へ戻ると、ステン・トーステンソンの名前の上に線を引いて、歯ブラシと書いた。

それから三時間、雨が降りしきる中、彼はリストを見ながら買い物をした。その間、二回も銀行のクイックコーナーで金を引き出さなければならなかった。すべてが思ったよりもずっと高くなっていた。一時ちょっと前に、両手いっぱいに買い物袋を持って自宅に帰ったとき、肝心のクリスマスツリーを立てるスタンドを買い忘れたことに気がつき、腹を立てた。

そのとき電話が鳴った。クリスマス休暇を取ることはみんなに伝えてあったので、ヴァランダーはそれが職場からだとは思わなかった。だが、受話器から聞こえたのはアン＝ブリット・

フーグルンドの声だった。

「せっかくのお休みのところ、ごめんなさい。でも、重要なことでなかったら電話はしません」

「昔、おれが警官になったとき、先輩から警官には休暇はないと言われたよ。今では、警察学校ではなんと教えるんだろうな？」

「ペアソン教授がそれについて話していましたが、中身は覚えていません」フーグルンドが言った。

「用事はなんだ？」

「いまスヴェードベリの部屋から電話をしているんです。わたしの部屋にドゥネール夫人がいらしています。どうしてもヴァランダー警部と話がしたいそうです」

「なにについて？」

「それは聞いていません。ただ、警部とお話ししたいと」

ヴァランダーはすぐに決めた。

「いますぐそっちに行くからおれの部屋で待つようにと言ってくれ」

「ほかはすべて順調です。今日はマーティンソンとわたしだけです。交通巡査たちはクリスマスに備えています。今年はスコーネ地方の人間はたくさん風船をふくらますことになりそうですよ」

「よし、それでいい。酒気帯び運転が増えるからな。対抗処置をとらなければ」

「ときどき、警部の口調はビュルク署長に似ますね」と言って、フーグルンドは笑った。

「そんなことはないだろう？」ヴァランダーは驚いて言った。

「このところ減った犯罪なんてありますか？」フーグルンドが訊いた。

ヴァランダーは考えた。

「白黒テレビの盗難、かな？　それくらいなものだろう」

電話を切って、彼はドゥネール夫人がなにを話したがっているのだろうと思った。なにも思い当たるふしがなかった。


一時過ぎ、ヴァランダーは警察署へ行った。受付にクリスマスツリーが飾ってあった。それで今年のクリスマスにはまだエッバへ花を贈っていないことを思い出した。自室へ向かう途中、休憩室をのぞいて当直の警官たちにクリスマスのあいさつの声をかけた。フーグルンドの部屋をノックしたが応えがなかった。

ドゥネール夫人は彼の部屋の来客用の椅子に腰を下ろして待っていた。左手の肘掛けが壊れて外れそうになっている。彼女は彼を見ると立ちあがった。二人は握手してあいさつした。ヴァランダーはコートを掛けてから椅子に腰を下ろした。ドゥネール夫人は疲れて見えた。

「私に話があると聞きましたが？」彼はやさしく話しかけた。

「おじゃまするつもりはありませんでした。警察はいつも忙しいということをつい忘れてしまって」

「いや、いまは時間がありますよ。なんの用事です？」

ドゥネール夫人は椅子のそばに置いてあったビニール袋から包みを取り出して、机の上に差し出した。

「わたしからのクリスマス・プレゼントです。いまここで開けられても、明日開けられても、どちらでもいいですよ」

「私にプレゼントとは？」ヴァランダーは驚いた。

「あなたのおかげで、二人の弁護士になにがあったのか知ることができました。犯人たちが捕まったのは、あなたのおかげです」

ヴァランダーは首を振り、両手を開いて肩をすくめた。

「いや、それは違いますよ。たくさんの人の協力でできたことですから。私ひとりがやったことじゃありません」

次の彼女の答えに、彼はまた驚いた。

「ヴァランダー警部、どうぞそんなうそはおっしゃらないで。あなたのおかげだということは、みんなが知っていることです」

彼はなんと言っていいかわからなかったので、プレゼントの包みを開けはじめた。中からグスタフ・トーステンソンの地下室で見たイコンが現れた。

「これは受けとるわけにはいかない。私の記憶に間違いなければ、これはグスタフ・トーステンソンの蒐集したものの一つのはずです」

「いまは違いますわ」ドゥネール夫人が言った。「トーステンソン氏は遺言でイコンをすべてわたしにくださいました。その中からわたしはどうしても一つ、あなたに差しあげたいのです」

「これは大変貴重なものでしょう。私は警官ですから、このようなものを受けとることはできない。少なくとも署長と話してからでなければ」

ドゥネール夫人の次の言葉にヴァランダーはみたび驚いた。

「もうお尋ねしました。署長はあなたがそれを受けとることに賛成してくださいました」

「ビュルク署長に聞いたのですか？」ヴァランダーは眉を上げた。

「ええ。そうするのがいちばんいいと思いましたので」

ヴァランダーはイコンをながめた。それを見て彼はリガを、ラトヴィアを思い出した。なにより、バイバ・リエパを。

「それは警部が想像なさっているほど高価なものではありません。でも美しいでしょう？」ドゥネール夫人が言った。

「ええ。じつに美しい。だが、私にはもったいないですよ」

「わたしが今日来たのはそのためだけではないのです」ドゥネール夫人が言った。

ヴァランダーは話の続きを待った。

「警部にお尋ねしたいのです。人の悪意には本当に際限がないものでしょうか？」

「私には答えられません」ヴァランダーは言った。

「警察に答えることができないのなら、だれに答えられるのです？」

ヴァランダーはそっとイコンをテーブルの上に戻した。彼女の問いは、自分自身の問いでもあった。

「あなたが聞きたいのは、他人を殺してその臓器を取り出して売るなどということがどうしてできるのかということですね？」と彼は言った。「私には答えられない。私にとっても理解できないことです」

「いったい世界はどうなってしまうのでしょう。アルフレッド・ハーデルベリは尊敬すべき立派な人間として知られていました。どうして彼は一方の手で病院などに寄付金を贈りながら、もう一つの手で人を殺すことができたのでしょう？」

「われわれにできることは、邪悪なものにできるかぎり逆らうことだけです」

「理解できないようなことに、どうしたら逆らえるのです？」

「わかりません。しかし、そうしなければならないのです」

短い会話は終わった。しばらくの間、どちらも口を利かなかった。廊下からマーティンソンの陽気な笑い声が聞こえた。それから彼女は立ちあがった。

「おじゃましました」

そのとき、ヴァランダーはドゥネール夫人に渡すものがあるのを思い出した。机の引き出しを開けて、フィンランドの絵葉書を取り出した。

「これをお返しすると約束しましたね。もう必要がなくなりました」

「すっかり忘れていました」と言って、彼女はそれをハンドバッグに入れた。

「それでは、よいクリスマスを、ゴーデュール！」

「ええ、ドゥネール夫人も、ゴーデュール！　イコンは大切にします」

彼はまた机に戻った。彼女の質問で、不安な気分になった。長い間落ち込んでいた暗い精神状態を思い出した。だが、その不安を脇に押しのけ、彼はコートを取って署をあとにした。いまはクリスマス休暇を楽しもう。仕事からの休暇はもちろん、気が重くなるような考えすべてから、休暇を取るのだ。

おれはこんなイコンをもらうには値しない。だが、不安から数日解放されるだけの仕事はした。

霧の中、彼は車を運転して家に帰った。

それから家じゅうを掃除した。ベッドに就く前に臨時のクリスマスツリーのスタンドを作り、ツリーを飾った。イコンはベッドルームの壁に掛けた。ベッドサイドランプを消す前に、彼は横たわったままそれをながめた。

これが自分を護ってくれるのだろうか、と彼はぼんやり思った。


翌日はクリスマスイブだった。

天気は相変わらず灰色で、はっきりしなかった。

クルト・ヴァランダーはそれにもめげずに、まったく別の世界に生きているようだった。

飛行機の到着予定は三時半だったが、早くも午後二時に彼はスツールップ空港に着いた。駐車場に車を入れて黄色い空港ビルに向かう途中、彼はつい先日の出来事を思い出し嫌な気分になった。周りの人間がみなじろじろ自分を見ているような気がした。

それでもやはり彼は、空港ビルの隣の、貨物用ゲートのところへ行かないではいられなかった。

ガルフストリームの姿はなかった。見渡すかぎり、どこにもなかった。

終わったのだ、と彼は思った。これで終わったのだ。いまここで終止符を打つ。

気分が一気に軽くなった。

笑う男の顔が遠ざかり、消えた。

彼は到着ロビーに入っては出るのを何度も繰り返した。まるで十代の男の子のように神経質になっていた。地面のコンクリート板の横線を数えては、下手な英語の言葉を練習した。そしてこれから起きることを情熱的に心の中で思った。

飛行機が到着したとき、彼はまだ空港ビルの外にいた。それから到着ロビーに急いで行き、新聞のスタンドの横に立って待った。

彼女は最後に出てきた人々の中にいた。

彼女に間違いなかった。

バイバ・リエパ。

彼が記憶しているとおりの姿だった。

これは小説である。登場人物が実在の人物あるいは法人に似ていることがあれば、まったくの偶然である。

解説

関口苑生

スウェーデンと聞いて、われわれ日本人は普通どんなイメージを思い浮かべるだろう。もちろん筋金入りのミステリ・ファンなら、あの偉大な夫婦作家とシリーズ作品の名前が即座に浮かんでくるに違いなかろうが、一般的にはまあ「ゆりかごから墓場まで」で知られる高度な社会福祉制度が完備した国家、というのが妥当な線だろうか。もう少し年齢のいった方だと、武装中立政策をとるフリーセックスの国などという、いささか片寄ったイメージをいまだに抱いておられる方も中にはいるかもしれない。フリーセックスというなら、現代の日本のほうがはるかに進んでいる（？）と思うんでありますが、それはまた別な話ということなんでしょう。

しかしこうした漠然たるイメージ、昔どこかで聞き覚えた印象は、いったん固まってしまうと後々になってもなかなか拭いきれないものらしい。ましてや自分とは直接の関係がない国を思うときには、Aだろうが Bだろうがどっちでも構わないじゃないかと考える人が大半だろう。日本の場合でも、外国人からは長い間——もしかすると今でもそうなのかもしれないが、フジヤマとゲイシャの国であり、トランジスタを筆頭とした細かい仕事を得意とする技術国といったイメージを持たれていた（その一方で近隣のアジア諸国では、また別な日本の顔が教育の一環として植えつけられてもいるようだが）。

これらの〝事実〟は、本来であれば憂うべきことなんだろうが、現実問題として日々の生活に影響がない他国のことまで知る必要は感じない。冒頭のスウェーデンの問題に話を戻すと、わたしにしてもベルイマンやバーグマン（よくよく見ると、同じスペルなのに読みが違うというところに、われわれ日本人のいい加減さが露呈しているかも）の映画を観て感動しようが、ボルグやステンマルクのスポーツ分野における活躍ぶりに感心しようが、それはそれでひとつの事柄であり、彼らが生まれた国のことまで知ろうなどとはおよそ思いもしなかった。

けれども、不思議なもので読書（それも小説）だけは、愉しみながらもいつの間にかその国の現状を知ることができるのだ。たとえば、先のシューヴァル&ヴァールー夫妻の刑事マルティン・ベック・シリーズを読み進んでいくごとに感じた違和感……というか、奇妙な感覚は今でもよく覚えている。原作の刊行順と邦訳の順番にややズレはあるものの、当初はごくまっとうな警察小説だったはずなのに、それが巻を経るに従い、次第に社会批判と政治批判の色彩を帯びていくのである。おそらくその最初の兆候は『笑う警官』のヴェトナム反戦デモを描いた場面あたりからだろうが、しまいには「スウェーデンはダメな国」だの「福祉国家だとの噂を世界中で聞いたが、現実を見ていると、どうしてそんな嘘だらけの宣伝を広めることが出来たのか」だの「スウェーデンを長い下り坂に追いやっている」のは凡百の職業政治家どもだ、といったきわめて辛辣な表現が随所で見られるようになる。そうした批判の矛先は、やがて主人公たちが属している警察組織に対しても容赦なく向けられ、警察の機構そのものが政治目的に利用されている現実をとうとうと語っていく。

意識していようといなかろうと、優れた文学はそれが書かれた時代を鮮烈に反映するものだが、このシリーズはまさにその事実を裏付ける、真に優れたミステリであった。

実際に、当時このシリーズを読んで（日本での刊行は一九七一年からだった）、スウェーデンという国がこんな状態になっているなんて、と驚いたのは決してわたしだけではあるまい。北欧の福祉国家は、一九六〇年代から七〇年代初頭にかけては黄金の繁栄期と称されていた。絶好調の経済を背景に社会福祉環境が整備され、世界中から研究者やジャーナリストが押し寄せたのもこの時代だ。ところが、七〇年代になると世界的な不況と原油価格の高騰がスウェーデン経済を直撃、かつてない経済的な苦境に立たされたのだ。その結果、国民はそれまで目立たなかった福祉国家の「負」の側面を、否応なく意識させられるようになっていく。マルティン・ベック・シリーズが書かれたのは一九六五年から七五年にかけての十年間である。まさしくそれは、スウェーデンが絶頂期から長い下り坂に入っていく時期にぴったり重なっていたのだ。と同時に国家の衰亡と混乱は必然的に犯罪の質も変えていく。その推移や背後に潜む荒廃の原因を、シューヴァル&ヴァールー夫妻は描き出そうとしていたのだと今なら理解できる。

しかしこれ以降さらに、スウェーデンは政権の行方も含めて右に左にダッチロールしながら、長く暗い混迷の時代を迎えることになる。そして一九九〇年代に入ると、戦後最悪の不況に見舞われるのだった。

そこへ登場してきたのが、ヘニング・マンケルのクルト・ヴァランダー・シリーズだったのである。

第一作の『殺人者の顔』が発表されたのは一九九一年。それから一年に一作ずつ書き継がれ、現在までに長編が八作。ヴァランダー最初の事件が収録された中編集が一冊。二〇〇二年には娘のリンダが活躍する(何と彼女は警察学校に入ってやがて刑事となり、父親と同じ地に赴任することになるのだ)長編が一作刊行されている。

このシリーズもまた、スウェーデン国内の政治や経済の動向と決して無関係に描かれているわけではない。たとえば『殺人者の顔』では、外国人移民の問題が事件の背景としてあるが、六〇年代の好景気の時期に大量の移民労働者を導入した影響が根底に横たわっている。一九八八年、本書の舞台ともなっているスコーネ地方の小さな村シェーボで行われた選挙は、世界的な注目を浴びたものだった。割り当てられた数の難民を受け入れ、彼らに住宅を供給するかどうかを住民投票にかけた結果、過半数がノーと返答したのである。それまでスウェーデンは、アメリカや南アフリカにおける人種差別を非難する立場を貫いていたが、国家のその方針に長年同意してきた国民が、あろうことか反乱の意思を表明したのだ。しかし何よりも驚いたのは当の住民自身であったろう。この小さな村に世界中からマスコミが殺到し、非難まじりの記事が書かれたのはともかく、自分たちも結局は人種差別主義者であることを、図らずも露呈する結果になってしまったのである。いや、国民はそこまで追いつめられていたと言い換えてもよい。

これらの事実関係が作品の奥底にあるのは間違いない。加えて、小さな省、大きな庁と言われる、無用に肥大化し、官僚主義がはびこった行政機構への不満もある。

続く『リガの犬たち』『白い雌ライオン』も、バルト三国に対する外交政策や、南アフリカへの支援が作品の基盤となっていた。余談になるけれども、二〇〇〇年、退任したマンデラ大統領がスウェーデンを訪れ、これまでの友情と支援に対して感謝の意を表したのは記憶に新しい。これはもしかすると暗殺を阻止してくれたことへの返礼であったのかも、とは本シリーズを読んできた読者ならではの感想。

クルト・ヴァランダーは、第一作（作中時間では一九九〇年）の時点で四十二歳という設定だ。それから一作ごとに一歳ずつ年齢を重ねていくが、なぜか本書（作中時間は一九九三年）では、いきなり四十八歳になっている（一九五六年に十一歳との記述がある）。これはまあ作者の都合ということでもあるのだろうが、ともあれ彼の場合は社会に出るまでは、自国の繁栄を信じて疑いもしない世代であったのは確かだ。それが二十代をすぎるあたりで徐々におかしくなり、中年期を迎えた九〇年代になると、国は深刻な財政赤字を抱え、景気の後退、高い失業率、若者たちの右傾化……などさまざまな問題が一気に浮上してきたのである。

こうした時代の趨勢を、ヴァランダー自身は今は新しい時代であり、新しい世界の新しいやり方がある、ときわめて冷静に捉えようとする。しかしその一方で、なぜこんなことになってしまったんだという怒りも心の裡に秘めている。そうした狭間にあって、彼はあらゆる問題について自問自答を繰り返すのである。自分自身の現在の境遇について、家族について、同僚について、あるいはまた捜査の進め方、社会の変質……ヴァランダーという男は、とにかくひたすら考える人と言っていいだろう。象徴的なのは本書二〇六〜二〇七ページにかけて、ヴァランダーが新任の女性刑事に対して、現代は二つの世界がぶつかり合っていると語る場面だ。ここで彼は、犯罪の内容と警察（官）の質の変容について、他の刑事から女性差別を受ける新人刑事に自分の思いをぶつけていくのだ。それも結局は自問自答にほかならないのだが、そこには二つの世界、二つの世代の警察官による静かなる〝対決〟がある。

この構図は、そのままヴァランダー一家三世代の葛藤にも繋がるものだ。

ヴァランダーは自分が古い世代に属する、やや時代遅れの人間だと自覚している。古い時代の制度や考え方にはそれなりの良さがあるし、スウェーデンの福祉社会が揺れ始め、二重底が露《あらわ》になってきた今でも、無責任な批判からは護られなければならないとも信じている。けれども、それと同時に彼の仕事は、変革すること、していかなければならない必要性を一番感じている職業だ。一方、彼の父親は半世紀もの間、まったく同じモチーフの絵を描き続けてきた〝三流〟画家である。変わることを一切拒否する信念の持ち主と言っていいだろう。そして娘のリンダは、新しい世代の代表たる存在として登場する。ヴァランダーはそのどちらに対しても、激しい苛立ちと深い憂慮を覚えるのだ。

形を変えて言えば、これは日本の中年世代が感じている現状でもありそうだ。「お年寄りを大切に」「子供たちに明るい未来を」という上っ面の正論だけがまかり通る社会通念の真っ只中で右往左往しながら、誰からも同情されずに、それでも一途に働くしかない中年のお父さんたちの姿が、まさにダブって見えてくるのである。その意味では、本シリーズは背中に沢山の荷物を背負わされた、孤独な中年男の物語とも読める。

特に本書『笑う男』はそうした傾向が色濃く出た作品だ。まず冒頭からいきなり、心を病んで、悩み、もがき苦しむヴァランダーの姿が描かれるのである。やむを得ずとはいえ人を殺してしまったことで（前作『白い雌ライオン』の事件）トラウマに襲われた彼は、どうしても罪悪感を払拭できず、その後完全に無気力となり、尋常な精神状態ではなくなってしまったのだった。そのため警察を休職し、あてもない旅に出ては酒びたりになるという生活を繰り返していた。そんな生活が一年ほど続き、ようやく出口が見えてきそうな兆しが現れる。

彼にとって警察官という仕事は、自分が社会の一部に繋がっていると感じさせてくれる何より大切なものだった。自分の人生に意味を与えている大事な絆であるからだ。その警察官を辞めることで、彼は現在の状況からの脱出を決心するのである。これもまたひとつの〝燃え尽き症候群〟であるかもしれない。一生懸命に、脇目もふらずに走って走って走り続けてきた中年男が、何かのきっかけで根元からぽっきり折れてしまうのだ。

そんなおり、旧知の弁護士が静養先を訪ねてくる。同業の父が交通事故で死亡したのだが、どうしても腑に落ちない点があるので調べてくれないかという。だが、辞職の決意を固めていたヴァランダーは彼の頼みを断り、辞職届を出すために久しぶりにイースタへと戻る。そこに待っていたのは、先日訪ねてきた友人の死亡記事であった。すぐにマーティンソンに電話して聞いてみると、彼は何者かに撃ち殺されたのだと知らされる。これはおかしい。ヴァランダーの心に、再び犯罪捜査に対する意欲が燃え上がっていく瞬間だった……。

かくして復職することとなったヴァランダーだったが、一度でも自分の内の暗闇を覗いてしまった人間は、何かしらの変化が訪れて当然だ。といって決して劇的な変化ではないけれど、複雑微妙に心のありようが以前とは違っているのだ。ことにそれが感じられるのは人間関係においてである。長く疎遠だった友人との間では友情が復活し、優秀な新任刑事には立場を違えてかつてのリードベリと交わした会話を思い起こさせられる（このアン＝ブリット・フーグルンド刑事については、次作でさらに重要な役割を担って登場するので、詳細はそちらにまかせたい）。だが、最も大きな変化は父親と娘に対する接し方であろうか。余人はいざ知らず、わたしは廃業したホテルの経営者宅を訪れたヴァランダーが、ひっそりと壁に掛けられている父親の絵を見たときに感じた思いが、胸にずしんと響いてきたものだった。まったく、ヴァランダーという男は……というよりも、こんな男を主人公にしたこの物語は、おのれのケツさえ満足に拭くことができないにもかかわらず、全方位に向けていい顔をしたい、いい顔をしなければはならない宿命を背負った人間を描いた、世界中の中年男に読ませたい傑作だと思う。

かつてシェイクスピアは「憂鬱そうなデンマーク人」と表現したが、現代にあってはデンマークだけでも、スウェーデンだけでもない。憂鬱で悲しみにくれる人々は世界中にいるのである。

そしてもちろん、忘れてならないのは本シリーズが画期的な警察小説だということだ。ヴァランダーの捜査方法は、どこかおかしな〝感じ〟を摑むことから始まる昔ながらのやり方だが、それは超自然的な勘ではなく、経験と情報に裏打ちされた、彼なりの新しい時代に相応しい捜査なのである。今回の犯罪と犯人も、新しい時代だからこそ生まれたものと言えようが、なんとか食らいつこうとするヴァランダーの姿に、わたしはつい自分を重ねて無条件で応援したくなってしまうのだ。

二〇〇五年七月

検印
廃止

訳者紹介　1943年岩手県生まれ。上智大学文学部英文学科卒業，ストックホルム大学スウェーデン語科修了。主な訳書にマンケル「白い雌ライオン」，ウォーカー「喜びの秘密」など，著書に「女たちのフロンティア」「わたしになる！」など。

笑う男

2005年9月30日　初版
2008年6月6日　再版

著　者　ヘニング・マンケル

訳　者　柳《やなぎ》沢《さわ》由《ゆ》実《み》子《こ》

発行所　(株)東京創元社
代表者　長谷川晋一

162-0814/東京都新宿区新小川町1-5
電話　03・3268・8231-営業部
　　　03・3268・8204-編集部
URL http://www.tsogen.co.jp
振替 00160—9—1565
精興社・本間製本

乱丁・落丁本は，ご面倒ですが小社までご送付ください。送料小社負担にてお取替えいたします。

ISBN 4-488-20905-X　C0197